龍潭水流

동학(東學)을 이끈 사람들

차례

축간사 | 전병삼 … 4

한밤중의 검곡(劍谷) … 10
스승의 피체(被逮) … 43
멀리멀리 달아나라 … 57
이필제의 영해(寧海) 작변(作變) … 80
동학 재건의 여정 … 113
달라지기 시작하는 조선 … 144
스승의 신원(伸冤), 보국안민(輔國安民) … 170
구사일생의 퇴로(退路) … 201
동학 3대 교주 손병희(孫秉熙) … 228
자주독립국 조선을 세우기 위해 … 279
'좌·우 합작' 독립운동 … 302

집필노트 … 331
부 록 … 334

龍潭水流

동학(東學)을 이끈 사람들

| 축간사 |

역사는 강물처럼 흐르는데
– 姜南求 先生의 『龍潭水流』 발간을 축하하며

全炳三 (수필문학작가회 회장)

"아름다운 이 땅에 금수강산에 / 단군 할아버지가 터 잡으시고 / 홍익인간 뜻으로 나라 세우니 / 대대손손 훌륭한 인물도 많아 … / … 녹두장군 전봉준 … / … 삼십삼인 손병희 … / … 황소 그림 이중섭 역사는 흐른다."

「한국을 빛낸 100명의 위인들」, 이 동요는 꽤 오래 전부터 초등학교 학생들로부터 고등학교 학생들까지 즐겨 불러오는 노래랍니다. 5절로 되어 있는 가사를 대충 살펴보더라도 연대 차례도, 주제별 묶음도 아니며, 언급된 인물들보다 훨씬 훌륭하다고 평가되는 분들도 부지기수로 빠져 있음에도 별 비판이나 수정도 하지 않고 다들 신나게 흥얼거린답니다. 이 노래를 초등학교 2학년인 손자 녀석도 할머니가 적어 준 걸 10여 일 만에 외워가지고 열심히 불러대고 있습니다. 등굣길엔 아예 행진곡이 되었는걸요. 함께 발을 맞춰 걸어가는 저에게 질문을 합니다. "홍익인간이 뭐예요?", "녹두장군 전봉준은 무슨 일을 했어요?", "삼십삼인 손병희는 무슨 말이에요?"… 다행히 제가 노래에 나오는 인물쯤에 관해서는 웬만큼 일러줄 수 있기에 그런대로 체면을 유지하고 있답니다.

그런 즈음에, 강 선생님의 「용담수류(龍潭水流)」라는 역사소설을 접하고, 저는 적잖이 충격을 받았습니다. '아니, 아흔을 바라보시는 분이 어떻게 이 방대한 사료(史料)들을 모으고 추적하셨단 말인가, 허리가 불편하셔서 거동도 힘드실 텐데…' 그럼에도 청장년 못지않은 선생님의 의욕과 정열을 은근히 부러워하면서 저는 작품 전체의 맥락을 확인해 보았습니다.

이제는 어엿하게 전통종교로 자리 잡은 동학(東學), 즉 천도교(天道教)의 발상(發祥), 지난한 계승과 전파 과정을 참으로 생생하게 전개하셨더군요. 동학 교조(教祖) 수운(水雲) 최제우(崔濟愚)에 이어서 2대 교주 해월(海月) 최시형(崔時亨), 3대 교주 의암(義庵) 손병희(孫秉熙), 4대 교주 춘암(春庵) 박인호(朴寅浩)) 등으로 법통이 승계되어 활동하는 실상을 역력하게 엮어 놓으셨습니다.

저는 선생님의 작품을 통해서 그동안 잊고 있었던 동학의 면모를 새삼스레 상기해 볼 수 있었답니다. 최제우는, 경상도 상북면 천성산 적멸궁과 내원암에서 49일 동안씩 기도하고, 경주 구미산 밑 가정리 용담정(龍潭亭)에서 한울님[上帝]로부터 '사람을 질병에서 구제하고 장생하게 하라'는 계시를 받고서, 득도한 바를 실천하기 위해 수도하고 포덕(布德)함으로써 이 땅에 동학의 기운이 싹트게 되었지요. 그러나 1860년대의 시대 상황이 그리 원만치 않아서, 유생들을 비롯하여 문중에서조차 최제우의 '시천주(侍天主)', '인내천(人乃天)' 등의 천일합일(天人合一) 사상이나 광제창생(廣濟蒼生)하려는 뜻을 마치 혹세무민(惑世誣民)하는 짓이라고 몰아붙였네요. 엎친 데 덮친 격으로, 전국적으로 퍼지기 시작한 서학(西學), 곧 천주교(天主教) 교리와 상통하는 난정(亂正)이요 사학(邪學)이라며 비판과 모함을 가해댔군요. 결국 최시형은 상제의 뜻과 득도한 진리도 제대로 펼치지 못한 채로 참형을 당함에, 안타까움을 금할 수 없었습니다.

　본 소설의 첫 장을 여는 중심인물로 설정하신 최경상(崔慶相) 곧 최시형은 스승의 피신을 돕고, 가르침을 전파하고, 억울함을 풀어드리기 위해 경상도, 충청도, 전라도, 경기도 방방곡곡, 오지(奧地)라는 오지는 안 가 본 데가 없네요. 특히 여기에서, 저는 어떻게 선생님께서 그 많은 두메산골까지를 그렇게 소상히 들춰냈는지 초풍할 정도였습니다. 이는 선생님께서 지난날 백두대간을 세 차례나 답파하시고, 수시로 이리저리 뻗어 있는 여러 정맥들을 섭렵하시면서 동학의 자취를 샅샅이 확인하신 결과겠지요. 그 뿐만이 아닙니다. 조선 영·정조 이후, 순조, 철종, 고종, 순종 대로 이어지는, 지극히 혼잡스러웠던 시대를 적나라하게 파헤치면서 동학의 수난사를 조명하셨더군요. 그 과정에 최시형이 스승의 가르침이 담긴『동경대전(東經大全)』,『용담유사(龍潭遺詞)』등을 발간하는가 하면, 스승의 가족들을 돌보는 데에까지 온 정성을 다하는 장면에서는, 제자의 도리는 제대로 하지 못하면서, 스승인 체만 하려는 제 모습이 몹시도 부끄러웠습니다.

　특히 저의 관심을 끈 것은, 동학 고부 접주 전봉준(全琫準) 장군이 주동이 되었던 '동학농민혁명' 전개 장면이었습니다. 전봉준 장군은 천안 전씨 53세손이신데, 방계 항렬로 저의 8대 조부뻘이 되신답니다. 저는 퇴임 후에 종친회 업무를 도우며, <전봉준 장군 기념사업회>와 <전봉준 장군 동상건립위원회>에 잠시 관여하는 동안, 장군님 활약상과 동학 관련 전모를 살펴보았기 때문입니다. 장군께서는 위정척사(衛正斥邪), 보국안민(輔國安民), 폐정개혁(弊政改革)을 주창하면서, 동학 교도로서 최시형, 손병희 등과 함께 교조 최제우의 신원(伸冤)을 도모하시다가 순국하셨지요.

　또한 동학을 천도교로 개칭한 3대 교주, 손병희와 연관된 사건들을 묘파한 부분도 저에겐 그리 낯설지 않았습니다. 왜냐하면, 천도교 교도들이 주축이 되어 조선 민족의 진가를 온 누리에 발휘·선양했던 3·1만세운동 100주년에 즈음하여, 저는 『수필문학』(2019년 3월호)에 「三·一 獨立 宣言書의 起草에서 朗讀까지」라는 졸고를 게재했었습니다. 당연히 작품을 구상하기 위해서 민족 대표 33인 명단 맨 처음 이름을 올린 손병희 교주와 관련된 자료들을 두루 찾아보아야 했고, 만세운동의 주축이었던 천도교의 흔적을 더듬어 천도교 회관, 수운회관, 보성사 터, 태화관 자리, 손병희 선생 집 터, 탑골공원 일대를 한동안 둘러보아야 했으니까요.

『龍潭水流』는 자연히 구한말과 개화기의 혼란상, 일제 강점기의 수난사, 사상과 이념 대립, 우리나라를 둘러싸고 쟁탈전을 벌였던 중국, 왜국, 러시아의 만행, 심지어 세계 열강들의 각축전까지를 실감나게 풀어가고 있었습니다. 혼란스러운 시대 상황은 필연적으로 동학, 곧 천도교 교지(敎旨)의 변질과 훼손을 가져왔을 것이며, 유교와 불교, 선교(仙敎)를 두루 아우르는 동국(東國-우리나라) 종교로 정착하는 진도를 사뭇 주춤거리게 했을 것입니다. 역사는 강물처럼 도도히 흘러가는데, 교단 창시 후 어언 160여 년을 지나며 파란만장한 우여곡절을 겪어온 천도교 교세는 과연 어떠한지 자못 궁금하기도 하네요.

아마도 선생님께서는 이런 점이 몹시 안타까우셨던 모양입니다. 동도서기(東道西器)라 했는데, 오히려 물질문명뿐만이 아니라, 정신문화도 사상도 이념도, 인간의 본성을 밝고 맑게 깨우치는 종교마저도 온통 서구화되어 있는 현실이 심히 못마땅하시겠지요. 그리하여, 용담(龍潭)에서 비롯한 수운 대신사의 무극대도(無極大道)가 온 누리에 전파하기를 진심으로 바라는 심경을 고스란히 『龍潭水流』에 담아내신 듯합니다.

강남구 선생님, 실록소설 『龍潭水流』를 통하여 오랫동안 마음에 담고 있던 큰 뜻을 성취하심에 축하의 말씀을 올립니다. 수필 문단을 통해서 선생님과 맺은 인연은 저에게는 참으로 귀중하고 고마운 일이랍니다. 선생님을 가끔씩 뵈면서 또는 선생님의 작품들을 감상할 때마다 은근히 쬐는 선생님의 고결하고 곧은 숨결은 자칫 혼미스러워지려는 저의 심지(心志)를 다독이고 보듬어 주시니까요.

우리 모두, 천제(天帝) 환인(桓因), 천왕(天王) 환웅(桓雄), 단군(檀君) 왕검(王儉)의 자손이 분명할진대, 한결같이 "동해물과 백두산이 마르고 닳도록 / 하느님[한울님]이 보우하사 우리나라 만세"를 염원해야겠지요.

『龍潭水流』를 통해 동학(東學), 곧 천도교(天道敎)의 종지(宗旨)를 이리저리 새김질하면서, 선생님의 그윽한 심중을 헤아려 봅니다.

선생님께서 아무쪼록 꾸준히 건강을 챙기시어 수심정기(守心正氣)하고 홍익인간(弘益人間)의 정의로움을 실천할 수 있는 작품들을 보여주시길 간곡히 기원합니다. 姜南求 선생님! 진심으로 흠앙(欽仰)합니다.

한밤중의 검곡(劍谷)

1.

조선 제26대 임금 철종 14년(1863년) 12월 10일 밤, 경상도 경주부(慶州府) 송광면(松光面) 마북리(馬北里) 검산(劍山) 자락 최경상의 오두막집, 최경상은 누렁이가 짖어내는 소리에 눈을 떴다. 자정이 가깝도록 스승의 글을 읽다가 막 잠자리에 들었는데 갑자기 누렁이가 짖어대기 때문이었다. 누렁이가 한밤중에 이렇게 짖어대는 것은 처음이었다. 누가 찾아온 것 같았다. 그러나 밝은 대낮에도 찾아오는 사람이 없는 깊은 산골짜기, 더욱이 자정이 훨씬 지난 한밤중에 찾아올 사람이 없었다. 바깥은 차가운 바람이 오두막을 날려 보낼 듯 심하게 불고 있었다.

최경상은 이불 속에 누운 채 문밖을 향해 "누렁아, 좀 조용히 해!"하고 소리쳤다. 추워서 도무지 몸을 일으키고 싶지 않았다. 그런데도 누렁이가 계속 짖어댔다. 누렁이는 6년 전 최경상이 화전(火田)을 하러 이곳에 올 때 데려온 것으로 주인의 말을 곧잘 따랐는데, 말을 듣지 않고 계속 짖어대는 것이었다.

"컹컹컹…, 컹컹…."

최경상은 산골짜기의 적막을 깨뜨리는 누렁이 짖는 소리를 들으며 이불 속에서 몸을 웅크린 채 바깥을 향해 소리를 쳤다.

"누렁아, 제발 조용히 해라! 잠 좀 자게."

그는 내일 새벽 일찍 나무를 하러 가야 했다. 겨울 농한기라 마을의 다른 사람들은 집에서 새끼를 꼬고 가마니를 짜기도 했지만, 최경상은 매일 이른 새벽부터 뒷산 검산에 올라 통나무를 베어와 장작을 만들었다. 장작을 송광면 오일장에 내다 팔아 엽전을 만지는 재미가 새끼를 꼬고 가마니 짜는 것에 비길 바 아니었다. 최경상은 장작을 만들려는 욕심으로 아무리 추운 겨울날도 매일 마을 뒤편의 검산을 오르내렸다.

검산은 산이 크고 깊어 가끔 멧돼지나 호랑이를 만나기도 했지만, 장작을 만들려면 어쩔 수 없었다. 최경상은 '소복(小福) 재근(在勤)'이라는 옛 사람 말을 굳게 믿고 낮에는 장작을 만들고, 밤이면 호롱불 아래에서 스승으로부터 받은 도의 가르침 두루마리 글을 읽고 또 읽었다. 경주 북부 지방의 동학 관리 책임자 북부중주인(北部中主人)이라는 직책 때문이었다. 그러나 지난밤은 두루마리 글이 아닌 스승의 또 다른 글 「영소(詠宵)」를 읽다가 잠자리에 들었는데 누렁이 짖는 소리에 잠을 깬 것이다.

최경상은 다시 잠을 청했다. 내일 아침 일찍 통나무를 베러 검산에 가야만 했다. 그러나 매서운 찬바람이 오두막을 흔들며 지나가고, 누렁이 또한 사납게 짖어대고 있어 도무지 그냥 잘 수가 없었다. 어쩔 수 없이 몸을 일으켰다. 혹시 검산에서 산짐승이라도 내려온 것일지 몰랐다. 겨울이면 가끔 검산에서 멧돼지가 먹을 것을 찾아 오두막으로 내려오기도 했다. 공연히 짖어댈 누렁이가 아니었다.

최경상은 급히 호롱에 불을 붙이고 방문을 탁 열어젖혔다. 멧돼지 정도는 불빛이나 기침 소리로 물러가기 때문이었다. 문이 열리자 방 안으로 찬바람이 들어와 호롱불이 꺼질 듯 춤을 추며 호롱불빛에 깊이 잠든 아내 손(孫)씨와 어린 딸의 모습과 방 윗목에 들여놓은 고구마 포대와 읽다가 밀쳐둔 스승의 시 「영소(詠宵)」, 두루마리 글 등이 눈에 들어오고 누렁이도 짖기를 그쳤다. 그러자 다시 찾아온 적막 속에 멀리서 말발굽 소리가 들리기 시작했다. 그 소리에 누렁이가 짖어댄 것 같다. 잠시 후 말발굽 소리가 오두막 앞 사립문 앞에 멈추고, "주인님, 주인님!" 하는 소리가 들렸다. '주인'은 동학 북도중주인(北道中主人) 최경상을 가리키는 이름이었다. 최경상은 그 소리에 "누구시오?"하고 물었다. 그러자 검은 그림자 하나가 사립문 안으로 성큼 들어서면서, "주인님, 저 강수(姜洙)입니다."라는 소리에 최경상은 깜짝 놀랐다.

강수는 최경상과 스승의 무극대도를 배우는 도반(道伴)으로, 이곳 동쪽 1백 리 거리 영덕(盈德) 직동(直洞)에 살고 있었다.

"아니. 강수! 자네가 웬일인가? 지금 어디서 오는 길인가?"하고 물었다. 강수는 이 시각 이곳에 나타날 사람이 아니기 때문이었다. 그러나 강수는 "주인님, 우선 냉수 한 그릇만 주십시오." 했다. 그는 떠다 준 물을 벌컥벌컥 마셨다. 그런 강수의 땀에 젖은 얼굴이 호롱불빛을 받아 번들거렸다. 최경상은 강수에게 "혹시 용담정에서 오는 길인가?"하고 물었다.

가끔 제자들이 용담정에서 자정이 넘도록 배울 때도 있었다. 그러나 지금은 아니었다. 이틀 전 스승께서 제자들에게 관아의 움직임이 심상치 않으니 당분간 용담정에 오지 말고, 집에서도 남들이 보는 앞에서 기도도 올리지 말고 포덕도 하지 말라는 명을 내린 때문이었다.

최경상은 강수에게 "스승께서 당분간 용담정에 오지 말라 하지 않았는가?"하고 물었다. 하지만 강수는 "그래도 제자들이 모두 왔습니다. 주인님만 오시지 않고…."라며 말을 얼버무렸다.

최경상은 마치 누구에게 속은 것 같았다. 그러나 강수에게, "어쨌든 추우니 어서 방으로 들게."라고 권했다. 그런데도 강수는 마당에 서서 한참을 달려왔더니 전혀 춥지는 않다고 했다. 최경상이 강수에게 권했다.

"기왕 왔으니 오늘 밤은 여기서 나와 함께 자세."

그러자 강수가 갑자기 목소리를 높였다.

"주인님, 큰일 났습니다."

깜짝놀란 최경상이 다그쳤다.

"큰일이라니 무슨 소리야?"

"스승께서…, 스승께서…."

강수는 차마 말을 잇지 못했다. 최경상이 "스승께서 무슨 일이라도 있는가?"하고 되묻자 강수는 "스승께서…, 붙잡혀 가셨습니다."하며 참았던 울음을 터트렸다.

최경상이 거듭 다그친다.

"붙잡혀 가다니? 무슨 소린가?"

강수가 얼마 전 자정 무렵, 암행어사가 종자들과 경주 군영 군졸들을 이끌고 용담정으로 들이닥쳐 스승을 붙잡아 갔다는 것이었다.

강수는 변소에 가려고 밖으로 나와 보니 스승의 수양딸이, 암행어사가 스승을 제자 이내겸과 함께 마차에 싣고 어디론가 가고, 여러 제자들, 사모님, 스승의 아들을 경주 병영으로 끌어갔다고 해서, 소식을 빨리 북부 중주인 최경상에게 전하려고 급히 말을 몰아 달려왔다는 것이다.

이 소동에 최경상의 아내와 딸이 잠을 깼다. 강수는 최경상을 바라보며 울음을 토했다.

"주인님, 이제 어찌해야 하는 겁니까?"

"어찌 하다니? 어서 스승의 뒤를 쫓아야지."

최경상은 아내에게 보따리에 옷가지 몇 벌과 짚신 몇 켤레와 전대에 엽전을 있는 대로 넣어 달라고 했다. 그간 최경상이 송광면 오일장에 장작을 내다 판 엽전이 꽤 많았다.

최경상은 강수에게 물었다.

"자네는 어찌할 것인가?"

그러자 강수가

"스승께서 이미 훨씬 전에 붙잡혀 어디로 가셨는지 모르는데 어떻게 뒤를 쫓겠습니까?

최경상은 당연하다는 듯이 말을 받았다.

"어디로 갔겠어? 어차피 대구 경상 감영이겠지."

"주인님 뜻을 따르는 것이 제자의 도리가 아니겠습니까? 저도 함께 가겠습니다."

"그래. 고마우이."

2.

최경상(崔慶祥)은 조선 23대 순조 27년(1827년) 3월 21일, 경상도 경주부 황오방(皇五坊)에서 부친 최종수(崔宗秀)와 모친 월성 배씨(月城裵氏)의 아들로 태어났다.

조선 23대 임금 순조(純祖) 이공(李玜)은 정조(正祖)의 아들이자, 영조(英祖)의 증손(曾孫)이었다. 순조의 증조부 영조는 1724년 10월 1일, 자신의 이복형 36살 경종(景宗)을 이어 즉위한 후 선왕 경종을 독살했다는 소문에 시달리다가 4년 후 1728년 3월 16일, 충청도의 남인 이인좌(李麟佐)와 경상도의 남인 정희량(鄭希亮) 등의 반란을 만나 즉시 토벌군을 보내 3월 24일 안성 죽산의 반군을 진압하고, 4월 19일 오명항(吳命恒)의 관군이 거창(居昌)에서 잔당을 완전히 토벌했다. 그 후 즉위 38년(1762년), 13년 동안 대리청정을 하던 자신의 장남 이선(李愃)을 뒤주에 가두어 죽였다. "이선이 함부로 궁비(宮婢)를 난행하고 환시(宦侍)를 죽이고, 시전 상인에게 많은 돈을 빌리며 반역을 꾀했다."라는 나경언(羅景彦)의 고변 때문이었다.

영조는 이선의 장남 이산(李祘)을 세손에 봉하고, 후궁 정순황후의 오라비 김구주가 "은언군이 많은 하인을 거느리고 외람되이 남여(藍輿)를 타며 위세를 부린다."는 탄핵을 따라 1771년 이선의 서자 은언군(恩彦君) 이인(李裀)을 제주도로 유배 하고 5년 후(1776년), 3월 5일 82세에 세상을 떠나, 4월 27일 세손 25세 이산이 조선 제22대 왕에 즉위했다.

정조 이산은 즉위 11년(1787년), 아들을 얻으려고 수빈 박씨를 후궁으로 들여 3년 후(1790년) 아들 이홍(李玒)이 태어났다. 그런데 이듬해(1791년) 5월, 충청도 진산(珍山)에서 천주교 신자 윤지충(尹持忠)이 어머니 상에 제사를 지내지 않는다는 보고가 올라왔다. 윤지충은 공조판서 이가환(李家煥)의 처남으로 4년 전(1785년) 3월 한양에서 천주교 모임으로 체포되어 훈방된 적이 있었다. 이가환은 천주교 신부 이승훈의 외삼촌, 정약용은 이가환의 처남, 윤지충은 정약용의 외사촌이었다. 정조는 부모 제사를 지내지 않는 것은 조선 고래의 윤리에 반하는 큰 사건이라, 1791년 12월 8일, 윤지충을 참수하게 하고 정약용을 서해안 해미(海美)로 유배했다.

그리고 이듬해(1792년) 규장각 대교 김조순(金祖淳)을 규장각 직각(直閣)에 임명했다. 김조순은 병자호란의 척화신 김상헌(金尙憲)의 7대손으로, 노론이었지만 3년 전(1789년)에 김조순이 규장각 대교(待教) 때 시파(時派)와 벽파(僻派)의 당쟁에 중립을 지켰기 때문이다.

정조는 1795년 7월 노론이 정약용을 천주교도라고 탄핵하자 7품계 낮은 찰방으로 좌천했다가 4년 후 1799년 형조참의에 명하고, 1800년 윤사월, 김조순의 딸을 아들 이공의 비로 간택하고, 3개월 후 7월 4일 세상을 떠나니, 1800년 8월 11일 11세 세자 이공이 조선 23대 임금에 오르면서 영조의 후궁 정순왕후(定順王后)의 섭정이 시작되었다.

섭정 정순왕후는 노론 벽파 인사들을 등용하고 순조의 외조부 김조순을 병조판서와 비변사 제조 당상을 겸하게 했다. 비변사(備邊司)는 약 300년 전 삼포왜란(三浦倭亂) 때 처음 설치한 것으로, 임진왜란 때는 국방, 인사 등을 수행한 조정의 최고 권력 기구였다.

정순왕후는 1801년 음력 1월 10일, '천주교 신자는 사학(邪學)을 믿는, 인륜을 무너뜨리는 금수와도 같은 자들이니 마음을 돌이켜 개전하게 하고, 듣지 않으면 역률로 처벌하라'는 교지를 내리고, 4월 8일 노론 벽파 영의정 심환지(沈煥之), 대사간 목만중(睦萬中) 등과 정조가 총애하던 시파(時派) 남인(南人) 천주교인 이승훈(李承薰), 정약종(丁若鍾), 이가환, 청나라 신부 주문모(周文謨) 등 300여 명을 처형했다.

그리고 정약용은 전라도 강진(康津)에 정약용의 형 정약전(丁若銓)은 전라도 가거도(可居島 : 黑山島)에 유배하고, 2개월 후 6월 30일 이선의 서자 은언군 이인과 부인 송(宋)씨, 며느리 신(申)씨 등을 사사(賜死)했으며, 이인의 2남 전계군(全溪君) 이광(李壙)은 강화로 유배하고, 1803년 2월 섭정에서 물러났다.

그 후 순조의 장인 영안부원군(永安府院君) 김조순(金祖淳)이 섭정이 되어 신유박해를 일으킨 노론 벽파의 심환지, 김종수 등의 관직을 박탈했다. 차도살인(借刀殺人)이었다. 이후 김조순의 아들 김좌근(金左根), 손자 김병기(金炳冀) 등이 세도정치(世道政治)라는 이름으로 지방관의 임명과 세곡·군사에 이르는 모든 권력을 휘두르다가 11년 후 1811년 12월 18일, 평안도의 홍경래 등의 반란을 만났다.

반란은 조선의 상국 청나라에서도 있었다. 청나라 4대 황제 강희제 13년(1673년)부터 1681년까지 9년간의 운남성·오삼계·광동성 상지신·복건성 경정충의 반청반란, 강희제 54년(1715년)부터 10년 간의 운남성(雲南省) 묘족(苗族) 반란, 가경제(嘉慶帝, 즉위년 1796년) 3월부터 9년간의 호북성 백련교도 제림(齊林)의 반란 등이 있었다.

'홍경래의 난'은 김조순 조정이 평안도 등, 서북 사람들을 문무 고관에 등용하지 않자, 관직에 진출하지 못한 평안도의 홍경래가 1811년 음력 12월 18일(양력 1812년 1월 31일)에 일으킨 반란이었다. 홍경래의 반란군은 이후 평안도의 가산, 박천, 곽산, 정주, 선천 등 청천강 서쪽 16개 군을 장악했다가 거병 5개월 후 1812년 5월 29일(음력 4월 19일), 관군에 진압되어 2,983명이 체포되고 1,917명이 처형되었다.

순조는 홍경래의 난 8년 후(1819년) 3월, 세자 효명(孝明)의 빈을 부사직(副司直) 조만영(趙萬永)의 딸로 들이고, 8년 후 1827년 2월 22일 18세 효명을 섭정에 세워 조만영(趙萬永)의 아우 영의정 조인영(趙寅永)으로 세자를 보좌하게 했다. 건강도 좋지 않았지만, 특별히 세자를 섭정에 세워 김조순의 세도정치를 끊으려는 것이었다. 그런데 효명이 4년 후(1830년) 5월 6일에 세상을 떠나, 다시 즉위해 4년 후(1834년)인 12월 13일에 세상을 떠났다. 그 후 효명의 아들 8세 이환(李奐)이 조선 24대 왕[헌종(憲宗)]에 올라 순조의 비 순원왕후의 섭정을 받았다.

최경상은 순조 복위 2년(1832년) 5살 때 어머니와 사별하고 헌종 3년(1837년) 10세 때 아버지가 경주 서악서원에 보내 주었다. 서악서원은 조선 13대 명종 15년(1561년) 경주 부윤 구암(龜巖) 이정(李禎)이 임진왜란에 소실된 김유신 · 설총 · 최치원의 사당을 서원으로 중건한 것이었다.

최경상은 서원을 2년 다니다가 헌종 5년(1838년)에 아버지가 세상을 떠나 서원 공부를 접고 누이와 먼 친척 집으로 가서 농사일을 돕는데, 이듬해 1839년 9월 22일, 헌종의 섭정 신정왕후가 천주교 신자 정하상

(丁夏祥) 등 119명을 처형했다. 정하상은 38년 전(1801년) 정순왕후에 의해 처형된 천주교 신자 정약종(丁若鍾)의 아들로, 1824년 로마 교황청에 선교사 파견을 요청하고, 1836년 압록강에서 조선에 부임하는 프랑스 신부 모방을 한양으로 안내하다가 처형된 것이었다.

1876년경부터 영국이 인도에서 생산된 모직물과 면제품(綿製品)을 청나라에 팔고, 청나라에서 차(茶)와 도자기를 수입하다가 영국의 면제품과 모직물은 청나라에 인기가 없고 그 대신 청나라의 차와 도자기는 영국인에게 인기가 많아 무역 수지가 맞지 않자, 영국이 인도에서 생산된 아편을 가져다 팔면서 아편이 폭발적인 인기를 끌었다. 청나라 8대 황제 도광제(道光帝)는 청나라의 은 유출이 심각해지자, 1839년 흠차대신 임칙서(林則徐)를 광주(廣州)로 보내 영국의 아편 수입을 금하고, 임칙서는 광주의 영국 상인 아편 수천 상자를 몰수하고 영국 상인을 홍콩으로 내쫓았으며, 영국 동인도 회사가 1840년 무력으로 청나라를 침공해 청나라는 2년 후(1842년), 영국과 남경조약을 맺고 영국에 구룡반도 홍콩을 할양했다.

그 후 2차 아편전쟁 중 1850년 청나라 광동성에서 예수의 아들을 자처하는 홍수전(洪秀全)이 신도들과 배상제회(拜上帝會)를 만들어 1851년 남경에 새로운 나라 태평천국을 건국하는 상황에 영국·프랑스·미국 등이 청나라를 무찌르고, 1854년 남경조약을 체결해 '청나라의 모든 내지(內地)와 연해 도시 개방, 상선과 군함의 양자강 자유 왕래, 아편 무역 합법화, 내지(內地)의 통관세 폐지, 외국 사절의 북경 상주' 등을 약속받는데, 1856년 10월에 청나라 관리가 광주(廣州) 주강(珠江)의 영국 상선 애로호의 영국 국기를 강제로 내린 사건으로 동인도 회사와 프랑스군이 1857년 12월 광주(廣州)를, 1858년 6월 발해만의 천진항(天津港)을 함락하고 청나라와 천진조약(天津條約)을 체결하고 '서양 외교관의 북경 체류 허용, 청나라 10개 항구 개방, 아편 무역 합법화, 기독교 공인, 전쟁 배상금과 위로금을 배상'을 약속했다.

그러나 청나라 강경파들의 조약 이행 거부로 영국, 프랑스가 1860년 10월 북경을 함락하고, 청나라 함풍제는 아우 공친왕을 북경에 남기고 이궁(離宮), 열하로 달아났다. 영국·프랑스·러시아 연합군은 공친왕과 북경조약을 체결해 아편 거래 합법화, 11개 항구의 개항, 전쟁 배상금 지불, 영국에 구룡반도의 홍콩을, 러시아에 연해주를 할양하고, 종교의 자유 허용, 배상금 지불 등을 약속받았으며, 청나라는 1861년 8월 22일 함풍제가 죽어, 아들 5세 동치제(同治帝)가 즉위해 생모(生母) 서태후(西太后)의 섭정 속에 한족 관료 증국번(曾國藩)·이홍장(李鴻章) 등이 양무운동(陽武運動)을 추진하고, 홍수전의 남경 태평천국을 토벌하기 시작했다.

3.

최경상은 14세이던 헌종 7년(1841년), 흥해(興海)의 한지 공장 조지서(造紙署)에 들어가 밥벌이를 하다가 주인에게 성실한 성품이 알려져 흥해·청하·영덕·경주 등지의 거래처 배달과 수금을 하다가 5년 후 (1846년) 19세에 흥해(興海)의 돈 많은 젊은 과부 오(吳)씨의 청혼을 받았다. 주위 사람들이 호박이 덩굴째 굴러들었다며 결혼을 권했지만. 최경상은 돈을 보고 결혼하는 것이 싫어 흥해 매곡(梅谷)의 밀양 손(孫)씨 처녀와 결혼하고 처가에서 살았다.

1849년 음력 6월 6일, 조선 24대 임금 헌종이 22세에 아들도 없이 세상을 떠나면서 조선은 17대 효종 때부터 이어온 왕가의 대가 끊어지고, 헌종의 조모 순원왕후가 왕가의 대를 잇기 위해 78년 전(1801년), 정순왕후가 강화도로 유배한 사도세자의 손자 19세 이원범(李元範)을 효명의 아들로 만들어 이름을 이변(李昪)으로 고쳐 왕위에 올리니, 순원왕후는 친정 6촌 조카 김문근(金汶根)의 딸을 왕비로 들여 정치를 쥐락펴락하고 있었다. 바로 조선 제25대 왕인 강화도령 철종이다.

최경상은 철종 12년(1860년) 이른 봄, 아내와 딸을 데리고 흥해 매곡에서 북쪽 경주부 송광면(松光面) 마북리(馬北里) 검산 골짜기로 갔다. 14년 동안의 처가살이를 그만두고 화전(火田)을 해서라도 자립하려는 것이었다. 검산 골짜기는 마침 마을에서 멀리 떨어진 외진 산골이라, 최경상은 산자락에 오두막을 얽고 여기저기 수풀을 태워 씨앗을 심는 화전을 시작하고 틈틈이 산에서 통나무를 베어다 장작을 만들어 송광면 오일장에 내다 팔았다. 장작을 팔아 얻는 수익이 화전보다 훨씬 좋았다. 최경상은 화전을 하며 마을 풍강(風綱)을 맡기도 했다.

최경상은 검산에 들어간 이듬해(1861년) 3월 초, 장작을 팔기 위해 송광면 오일장에 갔다가 경주부 현곡면(見谷面) 가정리(柯亭里) 사람이 질병에서 사람을 구하는 '무극대도(無極大道)'를 가르친다는 소문을 들었다. 사람의 병을 낫게 하는 가르침보다 더 소중한 것은 없었다. 최경상은 바로 찾아가 가르침을 듣고 싶었다. 그러나 막 봄이 시작되어 울타리 밑에 호박을, 처마 밑에 박을, 텃밭에 채소를 심어야 하는 등, 할 일이 많아 6월에야 현곡면 가정리 구미산(龜尾山) 아래 스승의 용담정(龍潭亭)을 찾아갔다. 최경상이 스승께 큰절을 올리자 스승도 맞절로 맞이했다.

스승은 "아! 같은 일가를 만났습니다."하며 반가워했다. 스승 수운(水雲) 최제우(崔濟愚)는 순조 24년(1824년) 10월 28일, 경주부 현곡면 가정리에서 부친 최옥(崔鋈)과 후처 곡산 한씨(谷山韓氏)의 서자로 태어나 8살 때

(1832년) 어머니를 여의고 경주 서악서원을 다녔다고 했다. 서자 신분이라 과거를 볼 수 없는데도 아버지가 무릇 자식 공부는 8살 때부터 시켜봐야 안다며 서원에 보냈다고 했다. 스승은 12년 후 헌종 8년(1842년), 19세에 울산의 월성 박씨와 결혼하고, 2년 후 헌종 10년(1844년) 아버지가 세상을 떠나자 서원 공부를 그치고 21세부터 전국으로 장사를 다니다가 31살 때(1854년) 청나라의 장발적(長髮賊)의 난을 보고, '세상은 요순, 공자, 맹자의 덕으로 부족하다.' 생각하고 고향으로 돌아와 자신의 이름 최제선(崔濟宣)을 제우(濟愚)로 바꾸고, 3년 후 철종 9년(1857년) 경상도 양산 상북면(上北面) 천성산(千聖山) 적멸굴을 찾아가 하느님께 49일 기도를 올린 끝에 1860년 4월 5일 '상제(上帝)님'으로부터 사람을 질병에서 건지고 장생하게하는 영부를 받았다고 했다.

최경상은 스승이 같은 경주 최씨 숙부 항렬에, 자신처럼 어릴 때 부모를 잃고 같은 서악서원을 다닌 것에 호감이 가서 1861년 6월, 스승을 찾아가 하느님 옥황상제 신위에 향불을 피우고 21자 주문을 읽으며, 하느님 옥황상제(玉皇上帝)에게 자신이 하는 일을 일일이 고(告)했다. 어디를 나갈 때는 "어디를 갔다 오겠습니다", 밥을 먹을 때는 "밥을 먹겠습니다." 잠을 잘 때는 "잠을 자겠습니다."라고 했다. 그렇게 자신의 일을 하느님께 고하는 것은 곧 자기 자신에게 하는 다짐 같았다.

최경상은 입도 후 4일에 한 번씩 70리 길 용담정을 찾아가 스승의 가르침을 받았다. 동학에 '至氣今至 願爲大降 侍天主 造化定 永世不忘 萬事知'의 21자 주문이 있었다. '지기금지(至氣今至)'는 '지금 신령스러운 하느님의 기(氣)가 이르는 것', '원위대강(願爲大降)'은 '기(氣)가 크게 내리기를 청하는 것', '시천주(侍天主)'는 '저마다 자신의 마음에 상제님을 모시는 것', '조화정(造化定)'은 '아무 행함 없이도 저절로 이루어지는 상제님의 덕에 자신의 마음을 맞추는 것', '영세불망(永世不忘)'은 '평생토록 생각을 잊지 않는 것', '만사지(萬事知)'는 '도(道)를 통해 모든 것을 알게 되는 것'이었다. 또 스승은 사람에게 신령(神靈)이 있어 몸 밖의 기를 받아 성(誠)과 경(敬)을 다해 포덕천하(布德天下)·보국안민(輔國安民)·광제창생(廣濟蒼生) 세상을 이루어야 한다고 했다.

제자들은 스승께 배우다가 때로는 너무 늦어 용담정에서 자기도 했다. 그런 날은 다음 날 새벽에 도반(道伴)들과 용담정 뒤편 구미산에 올라 동쪽 함월산(含月山)과 토함산(吐含山)으로 뻗은 산줄기, 남동쪽 오봉산(五峯山)과 벽도산(碧挑山)으로 뻗은 산줄기를 호연지기를 느끼며 하늘에 기도를 올렸다.

스승의 동학은 유불선(儒佛仙)을 아우른 우리나라 동국(東國)의 도(道)라 했다. 최경상은 동학(東學)이 낯설지 않았다. 동학의 중심 생각 '수심정기(守心正氣)', '성경신(誠敬信)', '인의예지(仁義禮智)'가 어린 시절 서원에서 배운 유가(儒家)의 『대학(大學)』, 3강령(三綱領), 명명덕(明明德), 친민(親民), 지어지선(止於至善)과 격물(格物), 치지(致知), 성의(誠意), 정심(正心), 수신(修身), 제가(濟家), 치국평천하(治國平天下)의 8조목과 다르지 않았다.

4.

최경상이 동학에 입도한 4개월째인 1861년 10월 20일, 상주부(尙州府) 우산서원(愚山書院)이 상급서원 도남서원(道南書院)에 동학(東學)을 '서학(西學)과 같은 요적(妖敵)'이라는 통문을 보냈다. 우산서원(愚山書院)은 조선 22대 정조 20년(1796년), 임진왜란의 의병장 우복(愚伏) 정경세(鄭經世)의 6세손 전 함창 현감 입재(立齋) 정종로(鄭宗魯)가 정경세(鄭經世)의 학문을 추모하고 배향하기 위해 상주부 외서면에 세운 서원이었다. 정경세는 서애(西厓) 류성룡(柳成龍)의 수제자로 임진왜란 때 의병장으로 활약하고, 수찬(修撰)·정언·교리·사간·경상관찰사·성균관 대사성·대제학 등을 역임한 유학자였다.

경상도는 예부터 훌륭한 성리학자들이 많이 배출된 고장이라 곳곳에 유난히 서원이 많았다. 상주부 도남리에 선조 39년(1606년) 지방 유림이 고려조의 충신 정몽주(鄭夢周), 조선의 김굉필(金宏弼), 이언적(李彦迪), 이황(李滉) 등 유학자 9명을 배향하기 위해 세운 도남서원, 상주부 외남면에 인조 9년(1631년) 고려 공민왕 때 홍건적을 물리친 장군 김득배(金得培)와 조선 중종 조의 청백리 신잠(申潛), 유학자 김범(金範), 이전(李㙉), 이준(李埈) 등을 배향하기 위해 세운 옥성서원(玉成書院), 상주부 모동면(牟東面)에 정조 13년(1789년) 세종 조의 영의정 황희(黃喜)를 배향하기 위해 세운 옥동서원(玉洞書院), 상주부 연원동에 숙종 28년(1702년) 동춘당(同春堂) 송준길(宋浚吉)을 배향하기 위해 세운 흥암서원(興巖書院) 등이 있었다. 부근 안동(安東)에는 퇴계(退溪) 이황(李滉)을 배향하는 도산서원(陶山書院), 서애(西厓) 유성룡(成龍)을 배향하는 병산서원(屛山書院), 보백당(寶白堂) 김계행(金係行)을 배향하는 묵계서원(黙溪書院), 겸암(謙菴) 유운룡(柳雲龍)을 배향하는 화천서원(花川書院), 대산(大山) 이상정(李象靖)을 배향하는 고산서원(高山書院) 등이 있었고, 경주에는 조선 중종 조의 학자 회재(晦齋) 이언적(李彦迪)의 양동 옥산서원(玉山書院)과 우재(愚齋) 손중돈(孫仲暾)의 동강서원(東江書院), 안동 권씨의 시조 태사 권행(權幸)의 운곡서원(雲谷書院), 신라의 김유신(金庾信)·설총(薛聰)·최치원(崔致遠)의 서악서원(西岳書院), 고려 유학자 이제현(李齊賢)의 구강서원(龜岡書院), 최제우의 7대 조상 최진립(崔震立) 장군의 용산서원(龍山書院) 등이 있었다.

경상감사 서헌순(徐憲淳)은 도남서원의 고발을 받고 경주부에 명을 내려 최제우에게 도를 가르치지 못하게 했다. 스승은 문중(門中)까지 스승에게 무신(巫神)이 내렸다며 비난하자, 그해(1861년) 10월 제자 최중희(崔仲犧)와 경주를 떠나 11월에 전라도 남원(南原) 교룡산성(蛟龍山城) 밖 서공서(徐公瑞)의 집으로 갔다가 다시 선국사(善國寺) 은적암(隱寂庵)으로 옮겨 검무로 몸을 단련하며,「검결(劍訣)」,「논학문(論學文)」,「몽중노소문답가(夢中老少問答歌)」등의 글을 지었다.

최제우가 남원에 머물던 3개월째 1862년 2월, 남원 남쪽 1백 리 거리 경상도 진주(晉州)에서 민란이 발생했다.

1861년 진주에 부임한 경상병사 백낙신(白樂莘)이 진주목사 홍병원(洪秉元)과 환곡(換穀)을 빼돌리고는 부족분을 향회(鄕會)에 도결(都結)로 하게 하자, 진주 수곡면(水谷面)의 유림(儒林) 유계춘(柳繼春)이 비변사(備邊司)에 백낙신의 잘못을 누차 상소했다. 세금 거둘 곳은 갈수록 줄어들어 평민이 부담할 능력이 한계에 이르자 향회가 군포나 환곡의 부족분을 도결로 처리하면서 수령·향리들의 착복분까지 붙여 토지에 일률적으로 부과하고 있었다.

그러나 비변사가 아무런 대답을 않자 유계춘이 1862년 2월 4일, 수곡면 농민 유득춘(柳得春)·김수만(金守滿) 등과 수곡면 장터에 모여 흰 수건을 머리에 두르고 몽둥이와 낫을 들고 진주 관아로 달려가 진주성 아전(衙前)을 죽이고, 진주목사와 경상우병사 백낙신에게 도결 철회를 요구했다. 진주의 민란은 50년 전 평안도에서 발생한 홍경래 난과는 달랐다.

홍경래의 난은 계획적이고 조직적인 반란이었지만, 진주의 민란은 관리들의 삼정 문란 때문에 곪아터진 것이었다. 백낙신이 도결 결정은 목사 서리 김희순(金希淳)과 이방 권준범(權準範)의 소행이라고 발뺌하자 유계춘(柳繼春) 등은 시민들과 합세해 목사서리 김희순과 이방 권준범 등을 죽이고 약 10일 동안 진주 관아를 점거했다. 조선 조정은 박규수(朴珪壽)를 안핵사로, 홍문관 교리 이인명(李寅命)을 암행어사에 임명해 진주로 보내 사태를 수습하게 했다.

박규수는 연암(燕巖) 박지원(朴趾源)의 손자로, 실학자 서유구(徐有榘)·윤정현(尹定鉉)·홍양후(洪良厚) 등과 교유하며 42세(1848년) 때 증광별시 문과에 급제하고, 철종 12년(1861년) 6월, 청나라 문안사로 황제의 이궁 열하(熱河)에 갔다가 1862년 안핵사에 임명되었다. 박규수는 민란의 원인을 제공한 백낙신의 재산을 몰수하고 전라도 고금도(古今島)로 유배하는 한편, 민란을 주도한 유득춘과 유계춘, 김수만(金守滿)까지 모두 처형했다. 진주민란은 그 후 전라도 익산, 충청도, 경상도 울산, 경기도 광주 등으로 파급되기도 했다.

최제우는 진주민란 석 달 후인 1862년 6월 경주로 돌아갔다. 진주민란 때문에 다시는 탐관오리들이 함부로 백성을 억누르는 일은 없을 것이라 생각했다. 하지만 혹시 있을지 모르는 탄압을 피하려고 자신의 집인 용담정으로 가지 않고, 경주부 서면(西面) 도리(道里) 박대여(朴大輿)의 집에 머물렀다. 이때 최경상은 자기도 알 수 없는 어떤 힘에 이끌려 박대여 집으로 가서 스승을 뵈었다.

스승은 자신을 찾아온 최경상을 보고 깜짝 놀라며 반갑게 맞이했다.
"내가 여기에 있다는 것을 어찌 알았느냐?"
"저도 모르게 마음에 이끌려 왔습니다."
"이것이야말로 연(緣)이 아니겠느냐!"

스승은 1862년 7월부터 박대여의 집에서 제자들에게 자신이 남원 은적암에서 지은 「검결(劍訣)」, 「몽중노소문답가(夢中老少問答歌)」, 「흥비가(興比歌)」 등을 가르치기 시작했다.

「검결」은 검무(劍舞)를 추며 부르는 "시호, 시호. 이내 시호. 부재 패지(牌旨) 시호로다. 만세 일지 남아 장부, 5만 년 시호로다. 용천검 아니 쓰고 무엇 하리. 무수장삼 떨쳐 입고, 이 칼 저 칼 힘껏 들어, 호호 망망 넓은 천지 한 몸으로 서서, 칼 노래 한 곡조 시호, 시호를 불러내니, 용천검 날랜 칼이 일월을 희롱하고, 게으른 무수장삼이 우주를 덮는구나. 만고 명장 어디 있나. 장부 앞에 장사라. 좋을시고, 좋을시고. 이내 신명 좋을시고."라는 가사 노래였다. 최경상은 검결(劍訣)을 배우며 상제님이 세상의 모든 악을 물리쳐 줄 것만 같아 어깨가 절로 들썩거렸다.

「몽중노소문답가(夢中老少問答歌)」는 "한양 도읍 4백 년 하원갑(下元甲)에 자식 없는 두 늙은이가 금강산 산신님께 빌어 어렵게 태어난 옥동자(玉童子)가 어지러운 세상을 한탄하고 천하를 주유하다가 고향에 돌아가 백가시서(百家詩書)를 익히고, 다시 금강산에 들어가 꿈속에서 어떤 도사(道士)를 만나 12제국 괴질 운수 다시 개벽 아니런가. 매관매작(賣官賣爵) 세도가(世道家)도, 전곡 쌓인 부첨지(富僉知)도, 유리걸식하는 패가자(敗家者)도 모두 궁궁(弓弓) 일심으로 궁궁촌을, 혹은 산중을 찾아가거나 서학에 입도해 나는 옳고 너는 그르다고 하니, 세상은 요순(堯舜) 지치(至治), 공맹(孔孟)의 덕(德)으로도 구하기 부족하다. 이제 하원갑(下元甲)이 지난 상원갑(上元甲) 호시절에 무극대도가 나와 억조창생들이 태평 격양가(擊壤歌)를 노래하니, 전지 무궁 아니겠나."라는 내용이었다.

최경상은 몽중노소문답가의 주인공 옥동자가 바로 스승 최제우 같기만 했다.

「흥비가(興比歌)」는 『시경(詩經)』의 흥비(興比) 형식 노래로, 흥(興)은 다른 사실로 읊어 목적한 바를 표현하고, 비(比)는 비슷한 사물을 끌어내 목적한 사물을 표현하는 형식이었다. 스승은 「흥비가(興比歌)」에서 "도(道)를 닦는 것은 어렵거나 먼 곳에 있는 것이 아니라 가까운 일상을 요령 있게 하는 것으로 가령 훌륭한 장인(匠人)은 비록 아름드리 좋은 나무가 두어 자 썩어도 버리지 않지만, 혹시 보지 못할 경우가 있으니 사람의 운수(運數) 또한 아무리 좋은 천시(天時)가 와도 노력하지 않으면 멀어지므로 부지런히 수도(修道)에 힘써야 한다."라고 했다.

스승이 제자들을 가르치던 1862년 9월 29일 밤, 경주 병영이 군사들을 보내 도리의 박대여의 집을 급습해 스승을 붙잡아 갔다. 경주 사람 윤선달(尹先達)이 경주 병영 영장(營將)에게 최제우가 사교를 가르친다는 이유로 "스승을 붙잡아 가면 수천 명의 제자들이 반드시 천금(千金)을 바쳐 스승을 구하러 올 것이다."라고 부추긴 때문이었다. 최경상은 즉시 7백여 문도를 이끌고 경주 군영으로 몰려가 "스승의 가르침 동학(東學)은 사람마다 자기 마음속에 하느님을 모시고 덕(德)을 구하는 우리 조선의 학문으로 유학에 더 가깝고, 조상의 제사(祭祀)를 지내지 못하게 하는 서학(西學)과 같지 않은데 어찌해 사도(邪道)라 하느냐."라며 스승의 석방을 요구했다.

경주 군영은 보름을 버티다가 10월 14일 밤에 스승을 석방했다. 경주 군영에서 풀려난 스승은 최경상에게 주문했다.

"장차 내가 은신할만한 곳을 알아보아라."

이에 제자들이 의아해서 여쭈었다.

"무죄로 석방되셨는데 왜 또 은신하려 하십니까?"

스승께서는 그 까닭을 일렀다.

"관아를 어찌 믿을 수 있겠느냐."

최경상은 스승의 명을 따라 은신처를 물색했다. 좋은 은신처는 사람들의 눈에 띄지 않으면서 부근이 잘 바라보이고, 여차하면 도망치기 좋은 곳이라야 했다. 그러나 좋은 은신처를 찾기가 쉽지 않았지만 설사 그런 곳이 있어도 관아가 스승의 동학을 사도라고 지목한 상황이라 아

무도 허락하지 않아 최경상은 생각 끝에

"스승님. 제가 사는 검곡(劍谷)은 어떻겠습니까?"

하고 물었다. 자신의 집 송광면 마북리 검곡은 깊고 깊은 산중으로 가까운 근처에 마을 하나 없어 참으로 좋은 은신처였다. 이보다 더 좋은 은신처는 없었다. 그러나 스승은 단호히 거절했다.

"그대의 집은 안 돼…."

최경상은 이런 좋은 은신처를 마다하는 스승을 이해할 수 없었다.

"스승님, 왜 마다하십니까?"

"그대 집은 달랑 오두막 하나뿐이라…."

"스승께서 거처하실 집을 새로 짓겠습니다."

집을 지을 나무는 집 뒤편 검산에서 얼마든지 베어올 수 있었다. 그러나 스승은 그렇게까지 수고할 것은 없다며 다시 다른 곳을 알아보라고 했다. 스승은 폐를 끼치지 않으려는 것 같았다.

최경상은 아내 손(孫)씨와 처가 흥해(興海) 매곡(梅谷)으로 나가 처숙(妻叔) 손봉조(孫鳳祚)에게 좋은 은신처를 부탁했다.

처숙은 "자네가 어떻게 우리 집 문간채가 빈 것을 알았나?"하며 자신의 집을 허락했다. 손봉조의 집은 야트막한 야산 자락에 대숲을 등지고 바다를 내다보는 곳으로, 사람들 내왕도 없는 위치였다. 최경상은 이보다 더 안전한 은신처는 없을 것 같아 1863년 11월 29일, 스승의 거처를 매곡 손봉조 씨 댁 문간채로 옮겨드리고, 날씨가 추워져 여름 옷차림 스승에게 솜옷 한 벌과 이불 한 채를 지어 드렸다. 손봉조 씨는 스승보다 12세 연상, 최경상보다 15세 연상의 50세였지만, 스승과 제자들을 아들처럼 대해 주셨다.

스승은 손봉조 씨 집에서 한 달 후 12월 망간(望間 : 음력 보름)에 각지 제자들을 불러, 각 지역의 동학 접주를 임명했다. '접주(接主)'는 각 지역에 동학을 포덕하고 도인들을 보살피는 사람으로, 스승은 경주부서(慶州府西) 접주에 제자 백사길(白士吉)과 강원보(姜元甫), 영덕(盈德) 접주에 오명철(吳命哲), 영해(寧海) 접주에 박하선(朴夏善), 청도(淸道), 기내(畿內) 접주에 김주서(金周瑞), 청하(淸河) 접주에 이민순(李民淳), 영일(迎日) 접주에 김이서(金伊瑞), 안동(安東) 접주에 이무중(李武仲), 단양(丹陽) 접주에 민사엽(閔士葉), 영양(英陽) 접주에 황재민(黃在民), 영천(永川) 접주에 김선달(金先達), 신령 접주에 하치욱(河致旭), 경상도 남부 고성(固城) 접주에 성한서(成漢瑞), 울산(蔚山) 접주에 서군효(徐群孝), 경주부내(慶州府內) 접주에 전 아전 이내겸(李乃謙), 장기(長鬐) 접주에 최중희(崔仲羲), 상주(尙州) 접주에 황문규(黃文圭) 등, 모두 16명을 임명했다. 1개의 접(接)은 40호에서 60호라 16개 접 전체는 약 650호, 도인의 수는 약 1천여 명이었다.

스승은 각 지역의 접주를 임명하고 그 기쁨을 이기지 못해,

"황하가 맑아지고 봉황새가 우는 것을 누가 능히 알 것인가. 운수가 어느 곳으로부터 오는지 내 알지 못해도, 천명은 천년 운수요, 백세의 업이라. 용담수(龍潭水)가 흘러 사해(四海)의 근원이 되고, 구미산(龜尾山)에 봄이 돌아와 꽃이 피었도다.
(河淸鳳鳴孰能知 運自何方吾不知 平生受命千年運 聖德家承百世業 龍潭水流四海源 龜岳春回一世花)"

라는 절구(絶句)를 짓고, 시를 지었다.

"방방곡곡 돌아보니 물마다 산마다 낱낱이 알겠더라. 푸른 소나무와 잣나무는 푸릇푸릇 줄지어 서서, 가지마다 잎새마다 만만 마디다. 늙은 학이 새끼를 쳐서 온 천하에 날아오고 날아가는 것이 극치로다. 운이여, 운이여 얻었느냐 얼

지 못했느냐? 때여, 때여 깨달음 얻었도다. 봉황이여, 봉황이여 어진 사람이로 다. 물이여, 물이여 성인이로다. 봄 궁전의 복숭아꽃, 오얏꽃 곱고 고와라. 지혜로운 남아(男兒)는 즐겁고 즐거워라. 만학천봉 높고 높을시고. 한 두 걸음 오르며 읊어 보노라. 밝고 밝은 운수는 저마다 밝을시고. 같고 같은 배움의 재미 생각마다 같을시고. 만년 묵은 가지에 핀 천 떨기 꽃이여. 사해 구름 가운데 뜬 달은 하나의 거울이요. 누각에 오른 사람 신선 같고, 물에 뜬 배 하늘의 용이로다. 사람은 공자가 아니라도 뜻은 같고, 글은 만 권이 아니라도 뜻은 크도다. 만 리(萬里) 창공에 어지러이 흩날리는 백설이여. 천산(千山)으로 돌아가는 새의 날갯짓이여. 동산에 오르는 밝고 밝은 해를 어찌 서봉(西峯)이 길을 막고 막는가?

(方方谷谷行行盡 水水山山箇箇知 松松栢栢靑靑立 枝枝葉葉萬萬節 老鶴生子布天下 飛來飛去慕仰極. 運兮運兮 得否 時云時云 覺者. 鳳兮鳳兮 賢者, 河兮河兮 聖人 春宮桃李夭夭兮 智士男兒 樂樂哉 萬壑千峯高高兮 一登二登 小小吟 明明其運各各明 同同學 味念念同 萬年枝上花千朶 四海雲中月一鑑 登樓人如鶴背仙 泛舟馬若 天上龍 人無孔子意如同 書非萬卷志能大 萬里白雪紛紛兮 千山歸鳥飛飛兮 東山慾登明明兮 西峰何事 遮遮路)"

시 속의 '人無孔子意如同 書非萬卷志能大'는 스승의 무극대도를, '萬里白雪紛紛兮 千山歸鳥飛飛兮'는 무극대도를 따르는 사람을, '東山慾登明明兮 西峰何事遮遮'는 스승의 대도를 어찌 서학이라며 탄압하느냐는 뜻이었다. 스승은 그 15일 후 계해년(1863년) 정월 초하룻날을 맞아 또 시 한 수를 지었다.

"묻노니 오늘 도를 아는 바가 어떠한가. 뜻이 새해 계해년(癸亥年)에 있다. 공을 이룬지 얼마 후, 또 때를 지으니 늦다고 한탄하지 말라. 모두 그렇게 되는 것이다. 세상일은 때가 있으니 한탄한들 무엇 하리. 새 아침, 운을 불러 좋은 바람을 기다리노라. 지난해 북서에서 영우(靈友)가 우리 집을 찾아온 것이니, 봄이 오는 소식을 알 수 있네. 지상의 신선이 가까이 왔지만, 이때 모인 영우들이 대도의 중(中)을 알지 못하도다.

(問道今日何所知, 意在新元癸亥年, 成功幾時又作時, 莫爲恨晚其爲然, 時有其時恨奈何, 新朝唱韻待好風 去歲西北靈友尋 後知吾家此日期 春來消息應有知 地上神仙門爲近 此日此時靈友會)"

시(詩)의 '거세서북영우심(去歲西北靈友尋)'은 지난번 금강산에서 천서(天書)를 가지고 자신을 찾아온 스님을, '차일차시영후회(此日此時靈友會) 대도기중부지심(大道其中不知心)'은 '대도(大道)의 중(中)'을 알지 못하는 제자들을, '대도(大道)의 중(中)'은 유가의 시중(市中)처럼 어떤 상황이 지속되는 '환경'이나 '조건', 그 상황에 맞는 '옳음(義)'을 말한 것이었다.

5.

스승은 손봉조 씨 집에서 1863년 1월부터 제자들에게 「용담가(龍潭歌)」, 「안심가(安心歌)」, 「교훈가(敎訓歌)」, 「도수사(道修詞)」, 「권학가(勸學歌)」 등을 가르쳤다.

「용담가(龍潭歌)」는 스승의 경주 가정리(柯亭里) 용담(龍潭) 마을과 득도의 기쁨을 노래한 글, 「안심가(安心歌)」는 '만물 중에 사람이 최고의 영(靈)이다. 신(神)은 곧 하늘이며, 용담에 명인이 태어나 범(虎)도 되고 용(龍)도 되니 부녀들은 근심하지 말고 춘삼월 호시절에 태평가를 불러보세.'라는 세상 부인들을 안심시키려는 노래, 「교훈가(敎訓歌)」는 '흉언(凶言) 괴설(怪說)하는 것이 원망스러우니 가난하고(貧) 천(賤)한 사람 이제

오는 시절 부귀(富貴)로다.' 하는 경주부의 아들 조카들에 학문을 권하는 노래이고,「도수사(道修詞)」는 도를 닦는 요체, '권학가(勸學歌)'는 '요망한 서양적이 중국을 침범해 천하가 다 망하게 되었으니, 동학으로 동귀일체(同歸一體) 하자.'며 학문을 권한 노래로 권학가는 서양적은 아편전쟁을 일으킨 영국을 가리키는 것이었다.

스승은 또 "상제(上帝)께서 무위이화(無爲而化)의 생장 염장(生長斂藏)을 주재해 봄여름에 기르고, 가을에 열매를 맺어 겨울에 갈무리한다."하고, "하늘에 선천 5만 년과 후천 5만 년이 있어, 선천 하원갑(下元甲) 세상이 함지사지(陷地死地)한 후, 5만 년 호시절 상원갑(上元甲) 세상이 오느니라." 했다. 최경상이 스승에게 물었다.

"스승님, 상원갑 하원갑은 소강절(邵康節)의 학설 원회운세론(元會運世)과 어떤 관련이 있습니까?"

그러자 스승께서는

"아무 관련이 없다. 소강절은 주역으로 세상을 말하고 있지만 우리 도(道)는, 하느님의 뜻으로 상원갑은 지나간 5만 년 세월이며, 하원갑은 경신년(1860년) 이후 다가올 5만 년 세월이다. 상원갑 5만 년은 천지 운수의 세상이었지만 하원갑 5만 년은 천지개벽(天地開闢)의 세상이다."

라고 화답했다.

소강절의 원회운세론(元會運世)은 우주의 1년 원(元)은 지구 시간 12만 9천 6백 년, 우주의 1개월 회(會)는 지구 시간 1만 8백 년, 우주의 하루 운(運)은 지구 시간 360년, 우주의 한 시간 세(世)는 지구 시간 30년이라는 학설이었다.

스승은 천지개벽(天地開闢)을 가리켜 기존 질서를 허물고 새로운 질서를 짜는 것이라 했다. 그 후 스승은 1863년 3월 9일, 손봉조 씨 집에서 자신의 경주부 현곡면 가정리 용담정으로 돌아가 제자들을 가르치기 시작했다. 마침 관아의 지목도 얼마간 느슨해져 스승은 용담정에서 종종 경주 부근의 유학의 고을 영천(永川), 신령(新寧) 등지로 포덕을 다니며 그해 4월, 수도 방법을 묻는 제자 강수에게 "우리 도의 요지는 많은 말이 필요하지 않고 간략하다. 오직 성경신(誠敬信) 3자에 있으니, 마음에 티끌(雜念)이 일어나는 것을 두려워 말고 깨우쳐 올바른 지(知)에 이르기를 두려워 하라.(吾道博而約 不用多言義 別無他道理 誠敬信三字 這裏做工夫 透後方可知 不怕塵念起 惟恐覺來知)"는 글귀를 써 주었다. 말과 글에 얽매이지 말고 정성(誠)·공경(敬)·믿음(信)의 셋에 의지하라는 것이었다.

스승께서는 성경신(誠敬信)의 성(誠)을 사람마다 하늘로부터 받은 본성(本性), 경(敬)을 사람마다 마음을 한 곳에 집중시켜 흩어지지 않게 몰입하는 것, 신(信)은 상제님에 대한 굳은 믿음이라 했다.

최경상은 입도 이듬해 1863년 5월부터 스승을 따라 상주부(尙州府) 공성면(功城面), 모동면(牟東面), 모서면(牟西面), 화동면(化東面), 화서면(化西面), 공검면(恭儉面), 문경 은척면(銀尺面) 등지로 포덕을 다니다가 하루는 스승께 "스승님, 저도 포덕(布德)할 수 없을까요?"하고 물었다. 그러자 스승께서 그럼 그렇게 한번 해 보라며 흔쾌히 허락하셨다. 최경상은 사실상의 허락 같아 뛸 듯이 기뻤다. 그러나 포덕을 하려면 얼마간의 노자와 활동 경비가 있어야 해서 연일(延日) 접주 김이서(金伊瑞)를 찾아가 약간의 돈을 빌려, 예천군(醴泉郡), 청도군(淸道郡) 등지를 다녔다. 그러나 포덕은 사람들이 신통한 술수나 이(利)를 바라기 때문에 쉽지 않았다.

최경상은 동학이 술수가 아니라 사람마다 가슴에 상제님을 모시고 21자 주문을 지성으로 외워야 도를 이룰 수 있으며 도를 이루고 이루지 못하는 것은 하느님을 믿느냐 아니냐에 매인 것이라 했다. 소가 물을 먹는 것은 소의 뜻이듯, 사람이 하느님을 믿는 것은, 그 사람의 정성이라고 했다. 최경상은 덕분에 두 달 후 영덕(盈德)의 유성운(劉聖運)과 박춘서(朴春瑞), 예천(醴泉)의 황성백(黃聖伯), 청도(淸道)의 김경화(金敬和), 울진(蔚珍)의 김욱생(金旭生), 흥해(興海)의 박춘언(朴春彦) 등을 동학에 입도시켰다. 그러자 스승께서 "그대가 오히려 나보다 낫구려." 하며 격려를 해주셨다.

6.

1863년 7월 23일, 스승께서 최경상을 용담정으로 불러 제자 최자원, 이내겸, 강원보(姜元甫), 백사길(白士吉) 등이 함께하는 자리에서,

"그대를 북도중주인(北道中主人)에 임명하노니, 장차 북도(北道) 도중(道中)의 모든 일을 맡으라."

했다. 북도는 경주 북쪽 해안의 울진·흥해와 경상도 내륙의 안동, 상주, 예천, 영양, 충청도의 단양, 보은 등으로, 주인(主人)은 동학 도인들을 보살피는 직책이었다. 최경상은 스승에게,

"스승님, 저보다 더 훌륭한 제자들이 많이 있는데 왜 하필 접주도 아닌 저를 명하십니까? 부디 명을 거두어 주소서." 하니,

"이는 천제님의 뜻이니 아무 말 말고 따르라. 내 이제 그대에게 도호(道號) '해월(海月)'을 내리노라."

하고, 여러 제자들에게,

"앞으로 나를 만나려면, 먼저 북도중주인 해월(海月)을 만나라. 그리고 북도중주인을 칭할 때는 반드시 도호를 사용하라."

했다. '해월(海月)'은 도(道)의 바다를 밝히는 달(月)이라는 뜻이라 했다.

한 달 후 8월 13일, 스승께서 검곡(劍谷)으로 사람을 보내 최경상을 불렀다. 최경상은 집에서 추석 차례 준비를 하다가 급히 용담정으로 달려갔다. 그날 스승께서는 여러 제자들 앞에서,

"내, 해월을 장차 우리 도를 이끌어 갈 후계자로 지명하노라. 지금 우리 도가 관아의 탄압으로 바람 앞의 등불이라 도를 지키기 어렵기 때문이오. 훌륭한 제자들이 많지만 북도중주 해월을 후계자로 세우는 것이오."

라는 말에, 최경상은 갑자기 둔기에 머리를 얻어맞은 것 같아서 간청했다.

"스승님, 저는 아는 것이 하나도 없습니다. 지금 북도중주인도 과분한데 하물며 후계자는 더욱 황당하옵니다. 부디 명을 거두어 주십시오."

그러나 스승은 오히려 더욱 정중히 당부를 했다.

"이는 내 뜻이 아니라 상제님의 뜻이오. 내 이제 그대에게 도(道)의 연원(淵源)과 도법(道法)을 전했으니, 부디 명을 어기지 말고 우리 도를 더욱 키워주기 바라오."

최경상은 스승 앞에 무릎을 꿇고 사정했다.

"저보다 먼저 입도한 훌륭한 선배들이 많사오니 부디 명령을 거두어 주십시오."

그러나 스승은,

"그대가 원하든 아니하든 어찌할 수 없는 천명이오. 일찍이 사마천(司馬遷)은 『사기(史記)』에서 '사시지서 성공자거(四時之序成功者去)'라고 했오. 춘하추동도 각각 일을 마치면 가 버리고 사람도 일을 이루면 떠나는 것이 하늘의 이치로, 나는 이제 갈 때가 되었으니 장차 그대가 우리 도를 이끌어 가기를 바라오."

하면서, 액자(額字)와 족자(簇子) 하나씩을 내리며 붓으로 종이에 '수명(受命)'이라 쓰게 했다. '수심정기(修心正氣)' 액자는 용담정 벽에 걸려 있던 것이오. 족자(簇子) '용담수류 사해원(龍潭水流 四海源) 검악인재 일편심(劍岳人在 一片心)'은 새로 만든 것이었다. 최경상은 얼떨결에 액자와 족자를 받고 떨리는 손으로 붓을 잡아 수명(受命)이라고 썼다.

 수심정기(守心正氣)는 '참마음(誠)으로 공경(敬)하고 믿음(信)으로 기(氣)를 바르게 하라'는 동학의 종지(宗旨), '용담수류 사해원(龍潭水流 四海源)'은 용담의 물이 사해(四海) 근원이며, '검악인재 일편심(劒岳人在 一片心)'은 검산에 있는 사람의 도심 깊다'는 뜻으로, 용담수류는 스승의 제자들, 검악인재(劒岳人在)는 최경상 자신을 가리키는 것 같았다. 하지만 스승은 아직 후계자를 지명할 연세가 아니었다. 성인 공자도 40세를 불혹(不惑)이라 했는데, 스승은 이제 한창 활동할 서른아홉이었다. 최경상이 다시금,
"스승님, 나중에 받겠사오니, 지금은 거두어 주십시오."
하고 사정했지만 스승은,
"내가 계속할 수 있다면 왜 후계를 지명하겠는가? 지금 관아(官衙)가 우리 도를 심하게 지목하는 것이 하루로 말하면 날 새기 직전의 새벽이니, 관아의 탄압이 새벽 추위처럼 혹독해 내가 버틸 수 없기 때문이오."
하고, 문갑(文匣)에서 두루마리 글 한 뭉치를 꺼내 최경상에게 주었다.
"이것은 우리 동학(東學)의 가르침을 적은 글이니, 그대가 잘 보관하다가 장차 반드시 책으로 만들어 주기를 바라오."
 그 후 스승은 용담정에서 1863년 10월부터 제자들에게 「불연기연(不然其然)」과 「팔절(八節)」 등을 가르쳤다.
 「불연기연(不然其然)」에서 스승은,

"천고의 만물은 각각 이름과 형상이 있어, 그렇고 그렇지만 근원을 헤아리면 심히 멀고 아득해 헤아리기 어렵다. 내가 세상에 있음은 선조와 부모가 있었기 때문이며, 내가 자손이 된 것은 지나간 세상에서 찾아보면 분간하기 어렵

다. 아! 이 같은 헤아림이 그러함은 생각하면 기연(其然)이요, 그렇지 않음을 생각하면 불연(不然)이라. 태고에 천황(天皇)씨는 어찌 사람이 되고 임금이 되었는가. 이처럼 사람의 근본 없음을 보면 어찌 불연이 아니겠는가. 세상에 부모 없는 사람이 없으니 그 선조를 상고하면 그렇고 또 그렇다. 세상은 그렇게 임금을 내어 법(法)을 만들고, 스승을 내어 예(禮)를 가르쳤다. 임금은 처음부터 자리를 전해준 임금이 없는데 어디서 법강(法綱)을 받았으며, 스승은 처음 가르침을 받은 스승이 없는데 어디서 예(禮)를 받았을까. 알지 못하고 알지 못할 일이로다. 태어나 행함이 없이도 그런 것인가. 나면서부터라 할지라도 마음은 어두운 가운데 있고, 저절로 알았다고 해도 이치가 아득한 사이에 있어 불연의 까닭을 알지 못하니 기연이라. 끝을 규명하면 만물이 만물된 이치가 얼마나 멀고 먼가. 세상 사람이 어찌 앎이 없는가, 운수(運數)가 절로 회복되는 것인가. 예와 지금이 변하지 않으니 어찌 운이라 하고, 회복이라 하는가. 만물의 불연이여! 헤아려 밝히고 기록해 밝히리라. 춘하추동 사시(四時)의 차례 있음이 어찌 그리되고 그리되었는가. 산 위에 물이 있으니 그럴 수 있는가. 밭을 가는 소가 사람 말을 알아들으니 마음이 있고 앎이 있는가. 힘으로 할 수 없는데 왜 고생하며 왜 죽는가? 까마귀가 그 어미를 도로 먹이니 효도와 공경을 아는가. 제비가 주인을 앎이여, 가난해도 해마다 돌아오고 또 돌아오니, 기필하기 어려운 것은 불연이요, 판단하기 쉬운 것은 기연이라. 먼 근원을 생각하면 그렇고 그렇지 않지만, 조물자 하느님에 부쳐 보면 그렇고, 그렇고 또 그런 이치다.

(千古之萬物兮 各有成各有形 所見以論之則 其然而似然 所自以度之則 其遠而甚遠 是亦杳然之事 難測之言. 我思我則 父母在玆 後思後則 子孫存彼 來世而比之則理無異於我思我 去世而尋之則或難分於人爲人. 噫 如斯之忖度兮 由其然而看之則 其然如其然 探不然而思之則 不然于不然 何者 太古兮 天皇氏 豈爲人 豈爲王 斯人之無根兮 胡不曰 不然也 世間 孰能無父母之人. 考其先則 其然其然 又其然之故也 然而爲世 作之君作之師 君者以法造之 師者以禮敎之 君無傳位之君而法綱何受 師無受訓之師而禮義安效

不知也不知也 生以知之而然耶 無爲化也而然耶 以知而言之 心在於 暗暗之中 以化而 言之 理遠於茫茫之間 夫如是則 不知不然故 不曰不然 乃知其然故 乃恃其然者也 於是 而其本 究其本則 物爲物理爲理之大業 幾遠矣哉 況又斯世之人兮 胡無知胡無知 數定 之幾年兮 運自來而復之 古今之不變兮 豈謂運豈謂復 於萬物之不然兮 數之而明之 記 之而鑑之 四時之有序兮 胡爲然胡爲然 山上之有水兮 其可然其可然. 赤子之稺稺兮 不 言知夫父母 胡無知胡無知 斯世人兮 胡無知 聖人之以生兮 河一淸千年 運自來而復歟 水自知而變歟. 耕牛之聞言兮 如有心如有知 以力之足爲兮 何以苦何以死 烏子之反哺 兮 彼亦知夫孝悌 玄鳥之知主兮 燕知主人兮 貧亦歸貧亦歸. 是故 難必者不然 易斷者其 然 比之於究其遠則 不然不然 又不然之事 付之於造物者則 其然其然 又其然之理哉)"

라고 했다.

최경상은 스승의 「불연기연」이 흡사 불가(佛家) 반야심경(般若心經)의 '공즉시색(空卽是色) 색즉시공(色卽是空)' 같기만 했다.

스승의 「팔절(八節)」은 '명(明)·덕(德)·명(命)·도(道)·성(誠)·경(敬)·외(畏)·심(心)'을 깨닫는 8개 덕목을 가르치는 방법으로, '전 팔절(前八節)', '후 팔절(後八節)'로 나누어 '전팔절'에서 "밝음(明)이 어디 있는지 알지 못하면 내 마음이 밝은가를 돌아보고, 덕(德)이 어디 있는지 알지 못하면 내 몸이 어디서 왔는지를 생각하고, 명(命)이 어디 있는지 알지 못하면 내게 하늘의 명이 있느냐 없느냐를 생각하고, 도(道)가 어디 있는지 알지 못하면 내 신념이 한결같은가를 헤아리고, 성(誠)을 이루는 바를 알지 못하면 내 마음을 잃지 않았는지를 헤아리고, 경(敬)할 바를 알지 못하면 잠시도 모앙(慕仰) 하는 마음을 늦추지 말고, 두려워(畏)할 바를 알지 못하면 사사로움이 없는가를 생각하고, 마음(心)의 얻고 잃음을 알지 못하면 마음 쓰는 곳의 공(公)과 사(私)를 살피라."하고, '후팔절(後八

節)'에서 "밝음(明)이 어디 있는지를 알지 못하면, 내 마음을 그리로 보내고, 덕(德)이 어디 있는지를 알지 못하는 것은 알고자 해도 너무 커서 말하기 어렵기 때문이며, 명(命)이 어디 있는지를 알지 못하는 것은 주고받은 이치가 묘연하기 때문이다. 도(道)가 어디 있는지 알지 못하는 것은 나를 위하고 남을 위하지 않기 때문이며, 성(誠)을 이루는 바를 알지 못하는 것은 게으름 때문이며, 경(敬)할 바를 알지 못하는 것은 마음을 깨닫지 못하기 때문이니, 두려워(畏)할 바를 알지 못하거든 죄가 없어도 죄를 지은 듯이 하고, 마음(心)을 얻고 잃음을 알지 못하거든 어제 잘못을 생각하라." 했다.

7.

1863년 10월 10일, 경상감사 서헌순(徐憲淳)이 조정에 "경상도 경주부 현곡면 가정리의 최제우(崔濟愚)라는 자가 사람을 질병에서 건지고 영생하게 하는 하늘의 영부(靈符)를 받았다며 동학(東學)을 만들어 백성들을 미혹시키고 있습니다. 동학은 서양의 서학(西學)을 이름만 바꾼 것으로, 중국의 백련교도(白蓮教徒) 무리, 배상제회(拜上帝會) 무리와 같은 화근의 무리라 최제우를 효수하고, 그 제자들을 모두 처벌해야 할 것입니다. 성리학의 추로지향(鄒魯之鄉) 영남(嶺南)이 이런 사교에 휘말린 것이 심히 걱정스럽습니다."라는 장계를 올렸다.

서헌순은 순조 1년(1801년) 한양에서 태어나 29세 때 문과에 급제하고 성균관 대사성 · 공조판서 · 형조판서 · 예조판서 · 전라도 관찰사 · 한성부판윤 · 사헌부대사헌 등을 역임하고, 1862년 청나라에 사은정사(謝恩正使)로 갔다 와 1863년 경상도 관찰사로 있었다. 서헌순이 장계에서 말한 추로지향은 경상도가 맹자의 추(鄒) 나라, 공자(孔子)의 노(魯) 나라와 같은 유교의 고장이라는 의미였다.

스승은 1863년 10월 28일, 자신의 40세 생신날 전국 각지에서 용담정을 찾아온 문도들에게 자신의 시「남진원만북하회(南辰圓滿北河回)」를 나누어 주셨다.

"남쪽별이 둥글게 되고 북쪽 은하수가 돌아오면 대도가 하늘의 겁회(劫灰)를 벗어나리. 거울에 만리(萬里)가 비치니 눈동자가 먼저 알고, 삼경에 달이 솟아오르니 홀연히 뜻이 열리네. 누가 비를 내려 사람을 살릴 것인가. 세상이 바람을 좇아 마음대로 오고 가니. 내 겹겹이 쌓인 티끌을 씻으러 학을 타고 표연히 선대(仙臺)로 향하리. 맑은 하늘 밝은 달은 다른 뜻 없고, 좋은 웃음과 좋은 말은 예부터의 풍속이라. 사람이 세상에 태어나 무엇을 얻을 것인가. 오늘 도를 알고자 주고받아도 깨닫지 못하는 이치가 있으니, 뜻은 현문(玄門)에 있어 반드시 나와 같으리. 하늘이 만백성을 내고, 도를 내어 각각의 기(氣)와 상(像)이 있음을 알지 못해도 뜻이 폐부에 통해 어그러지지 않고, 크고 작은 일에 의심이 없네. 마상(객지)의 한식(寒食)은 고향이 아니니, 집에 돌아가 옛 벗들과 하고 싶어라. 의와 믿음과 예지여. 내 그대와 함께 모일 것이니. 오는 사람, 가는 사람 어느 때 함께 이야기 나누며 상재를 바랄까. 세상 소식 또한 알지 못하니, 그 소식 듣고 싶어라. 서산에 구름 걷히면 여러 벗들 만나보리니, 언제 여기서 서로 좋게 만날까. 처신을 잘못해 이름을 더럽히지 말라. 말하고 또 글 쓰는 뜻 더욱 깊어라. 마음 들뜨지 마라. 오래지 않아 또 타향에서 사귄 벗들을 만나볼 것이다. 사슴이 진(秦)나라 뜰(庭)을 잃었다. 우리가 어찌 그런 무리인가? 너희는 봉황이 주나라 궁에서 울었던 일을 알 것이다. 천하는 보지 못해도 구주를 들으니 어린아이 물놀이하는 마음이라. 의자에 앉아 물소리를 들으니 동정호(洞庭湖)가 아니라도 악양루(岳陽樓) 같고, 내 마음 지극히 묘연한 사이 햇빛을 따르는 것 같다.

(南辰圓滿北河回	大道如天脱劫灰	鏡投万里眸先覚	月上三更意忽開
何人得雨能人活	一世從風任去来	百畳塵埃吾欲滌	飄然騎鶴向仙台
清霄月明無他意	好笑好言古来風	人生世間有何得	問道今日授与受
有理其中姑未覚	志在賢門必我同	有理其中姑未覚	志在賢門必我同
天生万民道又生	各有気像吾不知	通于肺腑無違志	大小事間疑不在
馬上寒食非故地	欲帰吾家友昔事	義与信兮又禮智	凡作吾君一会中
來人去人又何時	同坐閑談願上才	世来消息又不知	其然非然聞欲先
雲捲西山諸益会	善不処卞名不秀	何来此地好相見	談且書之意益深
不是心泛久不此	又作他郷賢友看	鹿失秦庭吾何群	鳳鳴周室爾応知
不見天下聞九州	空使男児心上遊	聴流覚非洞庭湖	坐榻疑在岳陽楼
吾心極思杳然間	疑随太陽流照影)"		

　최경상은 시 속의 '녹실진정오하군(鹿失秦庭吾何群)' 대목은 알 수 있었다. 옛날 중국의 진(秦)나라 환관 조고(趙高)가 만조백관들이 보는 앞에서 사슴 한 마리를 황제께 말(馬)이라며 바치고, 만약 의심스럽다면 신하들에게 직접 물어보게 하고 모든 신하가 이구동성으로 말(馬)이라고 대답하는데 어느 신하가 홀로 "폐하! 그것은 말이 아니고 사슴입니다." 하고 바른말을 했다가 환관 조고에게 쥐도 새도 모르게 끌려가 죽은 고사로, 그렇게 강했던 진나라가 멸망한 것은 절대 권력자 환관 조고 때문이라는 글이었다.

　스승은 그날 밤 제자들에게 "아마, 후세 사람들은 나를 가리켜 천황씨(天皇氏)라 할 것이다."라고 했다. 천황씨는 상고시대에 지황씨(地皇氏), 인황씨(人皇氏)와 함께 중국에 처음으로 문명을 연 황제로, 스승이 자신을 천황씨라 한 것은 사람에게 무극대도를 처음으로 전했다는 말이었다.

이때 한 문도(門徒)가 채근했다.

"스승님! 지금 관아에서 스승을 이단(異端)으로 지목해 체포하려 한다고 하오니 어서 몸을 피하소서."

하지만, 스승의 의지는 변함이 없었다.

"나도 이미 알고 있다네. 그러나 본시 도(道)가 내게서 나왔으니, 내 어찌 비겁하게 몸을 피해 다른 사람에게 누(累)를 끼치게 하리오?"

그러자 또 다른 제자가 "스승님, 작년처럼 남원 은적암으로 피하소서." 하니, 스승은 작년에 남원으로 피한 것은 두려워서가 아니라 우리 도가 모우미성(毛羽未成)에, 대도의 주인을 정하지 못한 때문이었다. 그러나 지금은 이미 해월로 주인을 정했으니 어찌 피하겠느냐고 했다.

모우미성(毛羽未成)은 새가 덜 자라서 날지 못한다는 뜻으로, 당시 무극대도가 자리를 잡지 못했다는 뜻이었다. 스승은 제자들에게 "지금 관아의 움직임이 심상치 않으니 이 시간 후로 여러분들은 당분간 용담정에 오지 말고, 집에서도 남이 보는 앞에서는 기도도 올리지 말고, 포덕도 하지 말라."고 신신당부한 후에 따로 최경상을 불러,

"그대는 항상 내게 딱딱하고 재미없는 글만 가르친다고 했는데, 이 글 한번 읽어보게나."

하고, 시 하나를 주셨다. 「영소(詠宵)」라는 시였다. 최경상은 그날 밤 검곡 오두막 호롱불 아래에서 '영소'를 읽다가 잠이 들었다.

스승의 피체(被逮)

1.

최경상과 강수가 오두막을 나서자 캄캄한 밤하늘에서 희끗희끗 눈발이 날리고 있었다. 세차게 불어대던 바람은 어느새 잠잠해지고 그렇게 춥지도 않았다. 최경상과 강수는 계속 내달았다. 이미 멀리 갔을 스승의 뒤를 따라잡으려고 마음이 급했다. 두 사람은 몇 시간 후 경주부 서면(西面)의 도리(道里)를 지났다. 도리는 2년 전 1861년 6월, 스승께서 제자들에게 도를 가르친 박대여의 마을이라 비록 캄캄한 밤이지만 사방이 눈에 익었다. 최경상과 강수는 도리를 지난 후 영남대로에 들어 다시 부지런히 내달았다. 스승을 압송하는 마차는 아직도 보이지 않았다. 최경상은 어둠 속을 달리며 어젯밤 읽은 스승의 시 「영소(詠宵)」 속을 헤엄치고 있다는 생각이 들었다. 스승의 시 영소는의 내용은 이러하다.

"세속 여자 항아(姮娥)가 제 행실을 부끄러이 여겨 광한전(廣寒殿 : 달)에 올라 평생을 밝히니, 그 마음을 안 바람이 흰 구름을 보내 얼굴을 가려 주네. 연꽃이 물에 잠기니 물고기는 나비가 되고, 구름은 땅이 되네. 두견화는 웃는데 두견새는 울고, 봉황대를 세우느라 바쁜데 봉황새는 놀고, 백로가 그림자 타고 강을 건너니, 바람이 구름을 날려 흰 달을 보내네. 물고기가 용이 되어 하늘을 올라가도 물고기는 여전히 연못에 놀고, 숲에서 쫓겨난 호랑이가 바람을 쫓네. 바람은 오는 자취는 있어도 가는 자취는 없고, 달은 돌아보면 뒤가 앞이 된다. 길을 막은 연기(煙氣)는 밟아도 흔적이 없고, 산봉우리는 구름이 더해도 높아지지 않는다. 산에 사람은 많아도 신선(神仙)은 없고, 십(十)이 모두 장정(壯丁)이라도 군사가 아니다. 달밤에 구름이 시내의 돌을 헤아리고, 정원 꽃가지가 바람에 나비 되어 춤을 춘다. 사람이 방에 들면 바람은 밖으로 나가고, 배가 언덕으로 다가서면 산이 물을 마중 나온다. 꽃 문짝 열려 봄바람이 불고, 가을 달이 성근 대울타리를 비추며 간다. 물속의 옷 그림자는 젖지 않고, 거울 속의 미인은 대답을 않는다. 용은 물을 벗어나지 못하면 하늘을 오르지 못하고, 호랑이가 문으로 들어와 어찌 나무가 없느냐 묻는다. 밤안개에 버들이 연못에 잠기니, 어부가 등불을 밝혀 바다로 나간다.

(羞俗娥翻覆態	一生高明広漢殿	此心惟有清風知	送白雲使蔵玉面
蓮花倒水魚爲蝶	月色入海雲亦地	杜鵑化笑杜鵑啼	鳳凰台役鳳凰遊
白鷺渡江乘影去	皓月欲逝鞭雲飛	魚変成竜潭有魚	風導林虎故從風
風来有迹去無迹	月前顧後毎是前	烟遮去路踏無迹	雲加峯上尺不高
山在人多不曰仙	十爲皆丁未謂軍	月夜渓石去雲数	風庭花枝舞蝴尺
人入房中風出外	舟行岸頭山来水	花扉自開春風来	竹籬輝疎秋月去
影沈緑水衣無湿	鏡対佳人語不和	勿水脱乘美利竜	問門犯虎那無樹
烟鎖池塘柳	灯増海棹鈎)"		

최경상은 스승의 시「영소가」스승의 다른 글과는 너무도 달라 도무지 이해되지 않았지만, 스승의 문학 재능에 깜짝 놀랐다. 산머리에 걸린 반달, 연못에 비친 달빛 속에 기울게 잠겨 바람에 흔들리는 연꽃, 밤바다로 등불을 들고 물고기를 잡으러 나가는 어부(漁父)의 등에서 어쩐지 쓸쓸한 느낌이 드는 시였다.

최경상은 어둠 속을 달려가며「영소」속의 밤안개, 달, 등불도 없는 밤바다를 헤엄치고 있다는 생각이 들었다. 어쩌면「영소」는 스승께서 이런 날이 있을 것을 예측하고 쓰신 것 같기만 했다.

최경상과 강수는 캄캄한 영남대로를 부지런히 달려 여명(黎明) 무렵에 영천군(永川郡) 북안면(北安面) 북안천(北安川) 둔치에 이르렀다. 북안천 둔치의 마른 갈대숲 위로 철새들이 날고 있었다. 북안천 건너 영천군 화남면(華南面) 도남리(道南里)는 광주 안씨(廣州安氏) 안증(安嶒)의 완귀정(玩龜亭)으로 유명한 곳이었다. 안증은 1544년 조선 11대 중종이 죽고 인종이 즉위하자 중종의 제2계비 문정황후가 그해 12월, 자신의 아들 이환(李峘)을 왕위에 세우려고 제1 계비(繼妃) 장경왕후(章敬王后)의 아들 인종 이호(李峼)를 독살하자 시강원 설서(說書) 벼슬을 던지고 아무 연고도 없는 이곳 도남리로 낙향해 지은 정자였다. 그리고 그 14년 후(1459년), 안증의 손자 안후정(安后靜)이 여섯 아들을 낳아 영천 도남리는 이후 광주 안씨(廣州安氏)의 집성촌이 되어 있었다.

최경상과 강수는 북안천에서 다시 3시간을 더 달려 정오 무렵, 금호강(琴湖江)이 펼쳐지는 영천시 창구동(倉邱洞)에 이르렀다. 금호강은 먼 동쪽 포항 청하면(淸河面)의 고주산(高柱山), 기북면(杞北面)의 병풍산(屛風山), 죽장면(竹長面) 등에서 발원한 물과 영천(永川) 보현산(普賢山)의 자호천(紫湖川), 고현천(古縣川), 임고면(臨皐面)의 임고천(臨皐川), 신녕면(新寧面)의 신령천(新寧川), 북안면(北安面)의 북안천(北安川)과 합류한 강으로, '금호(琴湖)'라는 이름은 바람에 강변의 갈대가 비파소리 소리를 낸다는 뜻이었다.

마침 금호강변 언덕의 조양각(朝陽閣)에 한 무리의 사람들이 있었다. 갓과 패랭이를 쓴 것으로 농민은 아닌 것 같았다. 지난 밤중에 검곡을 나선 이후 처음 보는 사람들이었다.

조양각은 300년 전 고려 공민왕 17년(1368년), 영천 부사 이용(李容)이 창건한 누각(樓閣)으로, 처음 이름은 명원루(明遠樓)였다. 그런데 창건 2백 년 후(1592년) 임진왜란 때 불에 타 35년 후 인조 15년(1637년) 영천 군수 한덕급(韓德及)이 중건해 조양각이라 하고, 영조 18년(1742년) 영천 군수 윤봉오(尹鳳五)가 조양각 좌우편에 몇 개의 누각을 증축했다. 이후 조양각은 경상우도 진주(晉州)의 촉석루(矗石樓), 밀양(密陽)의 영남루(嶺南樓)와 함께 영남 3루로 불려온 영천이 자랑하는 명소였다.

조양각에 포은(圃隱) 정몽주(鄭夢周)의 시「청계석벽(淸溪石壁)」, 서거정(徐居正)의「명원루기(明遠樓記)」, 영천 군수 한덕급(韓德及)의「중수기」등 역대 문장가들의 한시(漢詩) 70여 점의 편액이 있어 선비들이면 반드시 찾는 곳이었다.

정몽주의 시「청계석벽(淸溪石壁)」은, 이런 내용을 담고 있다.

"냇물이 청계 바위벽을 안고 돌고, 누각에 오르면 눈앞이 훤히 열리네. 남쪽 밭에 익은 곡식이 누런 구름처럼 보이고, 서산에서 삽상한 기운이 불어와 아침을 깨운다. 풍류를 아는 돈 많은 태수(太守)는 오랜만에 친구를 만나 술 3백 잔을 마시며 깊은 밤 옥피리를 불고 싶어, 높이 솟은 밝은 달과 함께 배회한다.
(淸溪石壁抱州回 更起新樓眼豁開 南畝黃雲知歲熟 西山爽氣覺朝 風流太守二千石 邂逅故人三百杯 直欲夜深吹玉笛 高攀明月共徘徊)"

서거정의「명원루기(明遠樓記)」는 "천지는 청명하고 고요하며, 바람과 달은 한 없이 맑아, 4계절 아침저녁 밝고 맑은 기운이 속기를 벗어나 그사이에 한 점 흠도 끼어듦이 없으니 이것이 이른바 밝음(明)이요, 하늘은 가없이 멀어 새가 날아가 닿을 데가 어디쯤인지 알 수 없으니 이것이 이른바 멂(遠)이다."라고 했고, 당나라 시인 한유(韓愈)의 시에는

"멀리 보니 눈이 더 맑아진다(遠目增雙明) 했으니, 시야가 막히면 밝지 못하고, 밝지 못하면 멀리 보지 못한다고 했으니, 바로 이곳을 말하는 것이다"라고 적고 있었다. 조양각 앞에 있는 사람들을 본 강수가 입을 뗐다.

"주인님, 명소가 아무리 좋은들 이 겨울에 웬 사람들일까요? 혹시 저들이 스승을 압송하는 일행이 아닐까요? 잘 보십시오. 저쪽에 마차도 있지 않습니까?"

강수의 말에 최경상은, "드디어 저들을 따라잡았네. 하느님…! 정말 고맙습니다."라며 합장을 하였다.

그러자 강수는, "주인님. 저들이 조양각에 들르지 않았다면 우리가 어찌 따라잡았겠습니까."라고 화답했다.

최경상과 강수는 조양각에서부터 스승을 압송하는 마차를 뒤따랐다. 부산에서 한양 가는 영남대로에 울산, 경주, 영천, 안동, 풍기, 죽령, 단양을 거치는 열닷새 길 '영남좌로(嶺南左路)' 부산에서 밀양, 청도, 대구, 선산, 상주, 음성, 이천, 광주(廣州) 등지를 거치는 열나흘 길이 있어, 어느 길이든 경상 감영 대구까지는 70리, 한양까지는 800리 정도였다.

최경상과 강수는 조양각에서 한나절을 더 달려 드넓은 금호강 물줄기가 펼쳐지는 하양(河陽) 고을을 지났다. 하양은 금호강이 북쪽 팔공산에서 흘러온 물, 먼 동쪽 청도군 용각산(龍角山)에서 흘러온 물, 경산군 삼성산에서 흘러온 신천(新川), 비슬산, 금박산, 구룡산에서 흘러온 용계천(龍溪川) 등과 합류하는 드넓은 평야 지대로 금호강 강변에 대숲과 잿빛 버드나무가 울창하고, 그 위로 까마귀(慈鴉) 떼가 하늘을 덮으며 날고 있었다.

예부터 우리나라 고을 이름은 강 북안(北岸)에 양(陽)을 붙여 하양(河陽)은 서울 한양(漢陽), 경상도의 진주(晉州), 함양(咸陽), 밀양(密陽) 등과 함께 양(陽)의 고을이었다.

스승의 압송 마차는 다시 남천(南川)과 관란천(觀瀾川)이 금호강에 합류하는 경산(慶山) 들녘을 지났다. 경산(慶山)은 신라의 스님 원효(元曉)와 그 아들 설총(薛聰), 그리고 고려 인종 때의 일연(一然) 스님 등이 태어난 고을이라, 삼성(三聖) 고을로도 불리고 있었다.

스승의 압송 마차는 경산에서 북쪽 대구로 향했다. 스승은 대구에서 경상 감영으로 압송될 것이 분명했다. 강수는 최경상에게 내일이 조부의 제사라 영덕으로 돌아가야겠다는 말을 전했다. 스승이 경상 감영으로 압송되면 어제 자정부터 최경상과 스승의 압송 마차를 뒤쫓는 것이 끝나기 때문이었다.

"조부의 제사라? 조상의 제사는 반드시 지내야지. 여기까지 함께해 주어 고마웠네."

최경상은 강수와 작별하는 것이 참으로 아쉬웠다. 그런데 스승을 압송하는 마차가 대구관(大邱館) 앞에서 멈추었다. 경상 감영으로 바로 가지 않는 것이 이상했다. 강수가 물었다.

"주인님 저들이 어째서 대구관에 듭니까?"

마땅히 경상 감영 옥으로 가야 할 행차가 공무(公務)로 출장 간 관리들의 숙소 관(館)에 드는 이유를 알 수 없었다.

"주인님 저들이 혹시 스승을 한양으로 압송하려는 것은 아닐까요?"

"설마, 한양까지야…?"

사람을 죽인 것도 아니고, 반란을 선동하지 않은 사건이라 마땅히 경상 감사가 직권으로 처리할 사건이었다. 압송 행차가 대구관에 들자 강수가 "주인님께서는…?"하고 최경상을 바라본다.

"나는 좀 더 상황을 지켜볼 생각이네. 자네는 어서 가보게."

작별이 아쉬웠지만 어쩔 수 없었다. 그러나 강수가 선뜻 자리를 떠나지 못한다.

"주인님, 저 안 가겠습니다. 조부님 제사는 아버지와 동생이 있으니, 저는 주인님과 함께 있겠습니다."

결국 강수는 최경상과 함께 대구관 부근 주막에 들러 밥을 시켜 먹고 곧바로 잠에 곯아떨어졌다. 어제 자정 이후 신광면 검곡에서 대구까지 오느라 굶다가 갑자기 먹은 밥 때문이었다.

2.

최경상과 강수는 다음날 1863년 12월 12일, 아침 일찍 주막을 나와 스승의 압송 마차를 뒤쫓았다. 역시 압송 마차는 강수가 걱정한 대로 경상 감영으로 가지 않고 영남대로를 달리고 있었다. 한양으로 가는 것 같았다. 최경상과 강수는 마차를 뒤따르기 위해 힘껏 달렸다. 압송하는 사람들에게 들키지 않으려고 상당한 거리를 유지하는 일이 쉽지 않았다. 두 사람은 대구에서 다시 종일을 달려 팔공산 자락을 지나 북쪽 칠곡군(漆谷郡)을 거쳐 그날 저녁 늦은 시각 선산군(善山郡) 장천면(長川面) 상림역(上林驛)의 어느 집 헛간에서 하룻밤을 지새웠다. 선산군 상림역은 구미군(龜尾郡), 군위군(軍威郡), 칠곡군(漆谷郡) 등의 접경이었다.

스승의 압송 마차는 다음날 12월 13일, 상림역을 출발해 종일을 달려 상주군(尙州郡) 낙동역(洛東驛)에 이르러 하룻밤을 보내고, 12월 14일 낙동역을 출발해 문경새재 영남좌로를 버리고 서쪽으로 길을 바꾸어 병성천(屛城川) 나루로 갔다.

병성천은 상주부 공성면 백운산에서 흘러내린 물과 공성면 영오리(靈梧里) 웅이산(熊耳山 : 국수봉)에서 흘러내린 두 물줄기가 합류해 남쪽 백화산, 무지개산 부근에서 북으로 흐르는 북천(北川)과 만나 상주시 병성동을 흘러 낙동강(洛東江)에 드는 물줄기였다.

병성천 나루에서 스승을 압송하는 사람들이 먼저 나루를 건너고 나머지 사람들은 다음 차례를 기다리고 있는데, 강수가 나룻배를 기다리는 어느 중년 선비에게 물었다.
　"이 길이 낙동역에서 한양 가는 가장 빠른 길입니까"
　"웬걸요. 문경새재 길이 더 빠르지요."
　"그러면 저 나리들이 빠른 길을 두고 왜 이쪽으로 갈까요?"
　"보아하니 죄인을 호송하는 나리들 같은데, 문경새재에서 죄인을 강도에게 뺏기지 않으려는 것이겠지요."
　문경새재는 행인의 재물을 넘보는 도적들이 많다고 했다. 최경상과 강수는 병성천을 건너 스승의 압송 마차를 뒤쫓아 종일을 달려 그날 저녁 상주군 화서면 화령역(化寧驛) 화령장터 난전에서 하룻밤을 묵었다.
　화령장은 경상도 상주군과 충청도 보은군의 중간 지점에 위치한 곳이라, 상인들은 상주 사람과 보은 사람 반반으로 씨앗, 모종, 토종닭 등 있을 것은 다 있는 이름난 장이라 했다. 그러나 아침 이른 시간에 장이 열렸다가 한낮이 되기 전에 파장이 된다고 했다.
　최경상과 강수는 다음날 12월 15일, 종일을 달려 충청도 보은역(報恩驛)에서 하룻밤을, 그다음 날 12월 16일에는 충청도 청안 증평역(曾坪驛)에서 하룻밤을, 그다음 날 12월 17일은 충청도 직산역(稷山驛)에서 하룻밤을, 12월 18일 경기도 오산역(烏山驛)에서 하룻밤을, 12월 19일 용인(龍仁) 양지역(陽智驛)에서 하룻밤을, 12월 20일 수원역(水原驛)에서 각각 하룻밤을 묵고 1863년 음력 12월 21일, 저문 시각 경기도 과천(果川) 양재역(良才驛) 말죽거리에 당도했다.
　양재역은 한양 도성 30리 전방 찰방역(察訪驛)으로, 부근의 40개 역을 관장하고 있었다. 이 때문에 조정의 문서를 전달하는 파발꾼 5명과 관물(官物), 공물(貢物)을 운송하는 사람 수십 명이 있었다. 그리고 삼남 지방에서 한양으로 상경하는 사람들이 말에게 마지막 여물을 먹이고 자신들도 한 잔씩 기울이는 역이었다. 스승을 압송하는 책임자 또한 과천역에서 한 달 동안 수고한 종자(從者)들에게 위로의 술자리를 베풀었다.

최경상과 강수는 이를 보면서 바로 잠자리에 들었다. 일찍 자야 다음날 또 스승의 뒤를 쫓을 수 있기 때문이었다. 그런데 이튿날 12월 22일, 아침 스승의 압송 마차가 움직이지 않았다. 자고 나면 출발을 서둘던 행차가 움직이지 않는 것이 이상했다. 지난밤 술자리가 과했던 때문이 아닐까 싶었다. 그러나 군졸들이 이리저리 바쁘게 움직이고 있어 술 때문은 아닌 것 같았다. 스승의 압송 마차는 해가 중천에 올라도 움직이지 않고, 다음날도, 그다음 날도 움직이지 않았다.

그러자 강수가 알아보겠다며 최경상에게서 엽전 몇 닢을 받아 밖으로 나갔다가 늦은 밤에 돌아왔다. 스승을 압송하는 졸개들로부터 확인한 바로는 한 달 전인 1863년 11월 20일, 조정이 선전관 정운구(鄭運龜)를 암행어사에 명해 최제우를 잡아들이게 하고, 다음날 11월 21일, 정운구가 무예별감 양유례(梁有禮)와 장한익(張翰翼), 종자 고영준(高英晙) 등을 이끌고 한양을 떠나 11월 25일에 문경새재에 이르고, 이후 경주로 가는 곳곳 마을에 들러 동학 사정을 탐지해 조정에 보고하며, 12월 6일 경주로 가서 3일 동안 저잣거리, 절 등을 다니며 동학 상황을 알아보고, 12월 9일 종자 고영준(高英晙)을 동학 입도자로 꾸며 용담정(龍潭亭)에 들여보내고 그날 자정 정운구가 경주 감영 군사들을 이끌고 용담정을 급습해 스승과 가족 제자들을 잡아간 것이다.

스승을 압송하는 마차는 12월 25일도 움직이지 않았다. 보다 못한 강수가 다시 밖으로 나가 밤늦게 돌아와, "강화도령 금상이 20일 전 12월 8일에 승하해서 스승의 압송 마차가 움직이지 않는답니다." 했다. 금상 강화도령이 죽은 12월 8일은 최경상이 스승으로부터 시「영소」를 받던 그날이었다. 강수는 정운구의 졸개들과 화투를 치다가 알아냈다고 우쭐했다. 그리고 "혹시 흥선군을 아느냐?"하고는 강화도령 이변이 죽은 후, 흥선군 이하응(李昰應)의 둘째 아들이 금상에 즉위했다고 전했다.

흥선군 이하응은 조선 16대 임금 인조(仁祖)의 2남 인평대군(麟平大君)의 7세손(世孫) 남연군(南延君) 이구(李球)의 넷째 아들로, 아버지 이채중(李寀中)이 1815년 영조(英祖)의 장남 사도세자 이선의 서자 은신군(恩信君) 이진(李禛)을 양자로 입적해 본래 이름을 이구로 바꾸어 남연군에 봉해지고, 슬하에 흥인군(興寅君) 이최응(李最應), 흥선군 이하응(李昰應) 등 4남 1녀를 두었는데, 철종 이변이 후사가 없자 헌종(憲宗)의 모후 신정왕후(神貞王后) 조(趙) 대비의 조카 조성하(趙成夏)와 친분을 맺고, 철종 이변(李昇)이 세상을 떠나자 자기 둘째 아들 이명복을 조대비 아들로 입적시켜 조선 26대 왕에 즉위한 것이었다.

14년 전(1849년) 7월에 순조의 손자 25대 조선 임금 헌종 이환(李奐)이 21세에 후사 없이 세상을 떠날 때 헌종의 조모 순원왕후(純元王后) 김씨가 계속 권력을 계속 잡기 위해 강화도에 유배되어 농사를 지으며 땔나무를 하는 사도세자 이인의 3남 은언군의 서손 이원범(李元範)을 자신의 양자로 입적시켜 왕에 세운 것과 너무도 같은 상황이었다.

스승을 압송하는 마차는 양재역에서 1863년 12월 26일, 새벽 선전관 정운구의 종자들이 스승의 목에 칼을 씌워 이내겸과 함께 마차에 태워 어디론가 출발했다. 최경상과 강수는 일정한 거리를 두고 얼마쯤 뒤따르는데, 강수가 "어? 이 길은 아닌데…" 라며 의구심을 가졌다.

한양 도성은 마포나루를 건너야 하는데 방향이 아니었다. 최경상은 동서남북도 알지 못했지만, 강수는 그간 정운구의 졸개들을 만나면서 동서남북 정도는 알고 있었다. 강수가 정운구 일행이 머물던 주막으로 달려가더니 잠시 후 돌아와 '금상의 조정이 스승을 경상 감영으로 보내, 경주 옥에 갇힌 다른 제자들과 함께 조사하기 위해 다시 경상 감영으로 압송한다'는 소식을 전해 준다.

두 달 전 1863년 10월 10일, 경상 감사 서헌순의 장계를 받은 조정이 철종의 승하로 처리를 미뤄오다가 금상 즉위 후 비변사(備邊司) 당상 박규수가 섭정 조 대비(趙大妃)에게 "국상 중에 도성을 소란하게 하지 말고 최복술을 경상 감영으로 보내, 경주 옥에 갇힌 다른 제자들과 함께 철저히 조사해 묘당(廟堂)에 품하게 하는 것이 좋겠습니다."하고, 조 대비가 "아뢴 대로 최복술을 속히 경상도 영백(令伯)에게 보내 조사해 묘당(廟堂)에 품하라."라는 허락이 내린 것이라고 했다.

스승을 경상 감영으로 압송하는 정운구 일행은 1863년 12월 26일, 양재역에서 남태령(南泰嶺)을 넘어 선바위(立巖), 인덕원(仁德院), 수원 등지를 거쳐 그날 밤 양지역에서 하룻밤을, 다음날 12월 27일에는 광혜원(廣惠院), 충주(忠州)를 거쳐 대소원(大召院) 달천역(達川驛)에서 하룻밤을 묵고, 다음날 12월 28일에는 일찍 달천역을 출발해 오후 7시가 넘어 문경새재 주흘관(主屹關)에 도착했다.

문경새재는 과거를 보러 한양으로 가는 영남 선비들이 반드시 넘어야 하는 험한 40리 고갯길로, 조선 태종 14년(1413년)에 처음 길이 트이고, 1592년 4월 임진왜란 때 일본이 한양으로 북상하자 선조가 여진 토벌의 명장 신립(申砬)을 보내 일본군을 막게 했다. 그러나 신립은 천험의 요새 새재를 버리고 북쪽 충주 달천강(達川江) 탄금대(彈琴臺)에서 배수진을 치다가 죽었는데, 새재의 세 관문은 1595년 8월에 충주 출신 훈련원 주부(訓鍊院主簿) 신충원(辛忠元)이 쌓은 것이었다.

그날 밤 스승의 압송 행차가 주흘관에 이르자, 초적(草賊)의 무리 100

여 명이 횃불을 들고 길을 막았다. 무예별감 양유례가 초적들에게 "무엄하다. 네놈들은 누구냐?"하고 호통을 치자, 초적 무리가 "보면 모르겠느냐. 어서 죄인을 내놓아라."며 마차를 에워쌌다. 양유례와 장한익은 어찌할 수 없어 스승의 결박을 풀었다. 그러자 초적의 무리 두목이 스승에게 큰절을 올렸다.

"스승님을 구출하기 위해 미리 기다리고 있었습니다."
"너희들이 진정 나를 구하려 하는 것이냐?"
"그러하옵니다. 스승님 이제 안심하옵소서."

초적의 두목이 조아리니, 스승께서는 부근 바위에 올라, 무리들을 은근히 타일렀다.

"너희들이 나를 구하려는 뜻은 고맙지만, 폭력은 옳지 않다. 천도(天道)가 어디 폭력으로 만물을 성장하게 하더냐? 폭력은 폭력을 부르는 이포역포(以暴易暴)일 뿐이다. 너희가 구하려는 것이 내 육신이냐, 성령이냐? 육신은 짧고 도(道)는 길다. 너희가 진실로 나를 구하려 할진대 먼저 나의 도(道)와 덕(德)을 믿으라. 내가 이 길을 가는 것은 강제에 못 이겨서가 아니라, 천명을 따르는 것이다. 너희들이 천명을 믿는다면 속히 돌아가 오직 수도에 힘쓰라."

스승은 다시 수레에 올라 스스로 결박을 청했다. 이때 무리 중에서 한 사람이 스승에게 나아가 흐느꼈다.

"스승님. 천명이 선하다는 스승님의 말씀은 믿습니다만, 천명이 스승을 곤액(困厄)에 빠지게(陷) 하니, 어찌하오리까?"

그러나 스승은 만면에 웃음을 띠고 일렀다.

"그렇게 생각할 수도 있지만 그것은 사지사견(私知私見)의 작은 생각이다. 너희 사견으로 어찌하면 천명이 선하고, 어찌하면 악하다는 것을 알 수 있느냐. 사람이 살아도 악한 삶이 있고, 죽어도 선한 죽음이 있으니, 천명은 생사를 초월한다. 천명을 지켜 죽음으로 중생을 살릴 수 있다면, 그 죽음이 얼마나 선한 것이겠느냐. 나는 그런 죽음이 없는 것을 한탄하니 다시 들으라. 나는 항상 무궁한 세상 안에 내가 있다고 말해 왔다. 나는 절대로 죽지 않는다. 그대들은 내가 죽지 않는다는 것을 세상에 널리 전하라."

스승을 압송하는 정운구 등은 12월 28일 밤을 요성역(堯城驛)에서 묵었다. 요성은 마을 인심이 요순 시대와 같아 붙은 이름으로 요성역에는 역리(驛吏) 100여 명, 역노(驛奴) 10여 명, 대마(大馬) 2필, 중마(中馬) 2필, 복마(卜馬) 6필, 역마 10필이 딸려 있었다.

정운구 일행은 다음날 12월 29일 아침 요성역을 출발해 정오에 영남대로 18개 역참을 관장하는 찰방역(察訪驛) 점촌(店村) 유곡역(幽谷驛)에 도착했다. 유곡역에서 동래로(東來路)와 통영로(統營路)가 갈려 나가고 있었다. 동래로는 상주·대구를 거쳐 부산 동래에 이르는 길, 통영로는 전라도의 삼례(三禮), 전주(全州), 임실(任實), 남원(南原)을 지나 경상도의 함양(咸陽), 진주(晉州), 사천(泗川)을 지나 3도 수군통제영, 통영에 이르는 길이었다.

정운구 일행은 유곡역에서 갑자년 1864년 1월 1일, 새해를 맞아 역장(驛長), 발군(撥軍) 등과 사흘을 머물다가 1월 4일 유곡을 출발했다. 최경상과 강수도 근처 민가에서 설을 쇠고 정운구 일행을 일정한 거리를 두고 뒤따랐다. 유곡역에서 점촌 장승배기, 불정동(佛井洞), 흥덕동(興德洞)을 거쳐 고모산성(姑母山城)을 올라 영강(瀶江) 협곡 물을 내려다보며 재악산(宰岳山)을 넘었다. 그리고 상주 함창(咸昌) 당교(唐橋)로 이안천(利安川)을 건넜다. 당교(唐橋)는 문경현(聞慶縣)의 모전동(茅田洞)과 함창현 윤직리 경계 모전천에 놓인 작은 다리로, 옛날 당나라 대장군 소정방(蘇定方)의 군사가 신라까지 침공하려고 머물렀는데, 신라 대장군 김유신(金庾信)이 잔치를 베풀어 독주를 퍼먹여 당나라 군사를 모두 죽인 곳으로, '당교(唐橋)' 혹은 '뙤다리'로도 불리는 곳이었다.

스승을 압송하는 마차는 그 후 공검지(恭檢池)·솔티재(松峙)를 넘어 상주 낙동역(洛東驛)에 이르러 하룻밤을 묵었다. 상주부 공검지는 옛날 전라도 김제의 벽골제(碧骨堤), 충청도 제천의 의림지(義林池)와 함께 삼한 시대의 3대 저수지였다.

정운구 일행은 1월 5일, 새벽 낙동역을 출발해 선산군(善山郡) 상림역(上林驛)에서 하룻밤을 보낸 후, 다음날 1월 6일에 상림역을 출발해서 늦은 밤에 대구에 이르러, 스승은 바로 경상 감영에 수감되었다.

멀리멀리 달아나라

1.

스승이 대구 경상 감영에 수감 되자 강수는 "주인님, 이제 어찌해야 합니까?" 하고 물었다. 그간 스승의 압송 마차를 뒤따라도 스승을 직접 마주하지 못하고 또 경상 감영에 수감된 때문이었다.

"그간 고생이 많았네. 천 리 길 왕복을 아무나 할 수 있는 일인가? 진인사대천명(盡人事待天命)이라 했으니, 이제 하느님의 뜻을 기다려야지. 나도 어찌해야 할 것인지 막막하다네."

"그러면 저는 집으로 돌아가겠습니다. 언제든 주인님께서 부르시면 바로 달려오겠습니다."

강수는 바로 떠났다. 강수가 떠난 후 최경상도 아내와 딸이 기다리는 집으로 돌아가고 싶었다. 몸도 마음도 지쳐 있었다. 그러나 스승을 이대로 두고 떠날 수 없었다. 스승은 어쩌면 조만간 석방될 수도 있을지 몰랐다. 사람을 죽이거나 남의 재산을 빼앗지도 않았고, 반란을 일으킨 중죄인도 아니기 때문에 당연히 석방되어야 옳았다.

그동안 스승을 수발 드는 옥바라지가 있어야 했다. 최경상은 스승의 수제자로 알려져 직접 전면에 나설 수 없고, 제자들도 모두 체포된 상황이었다. 어쨌든 옥바라지를 구해야 했다. 최경상은 그날 밤 대구 지역의 여러 도인들을 찾아가 대책을 의논했다. 다행히 현풍(玄風)의 도인 곽덕원(郭德元)이 옥바라지를 자청했다. 곽덕원은 대구 감영 인근에 방 하나를 얻어들어 자신의 갓과 망건(網巾)을 벗어 던지고 얼굴에 숯 검댕을 발라 천민으로 꾸며 스승의 세 끼 식사와 담배 수발 등을 했다.

그러나 최경상은 스승을 직접 만나보고 싶었다. 스승의 무슨 말씀이든 듣고 싶어 옥바라지 곽덕원에게 스승을 면회할 방법을 물었다.

"옥리(獄吏)를 구워삶아야지요. 옥리들은 참으로 영악합니다. 세상에 돈만큼 확실한 것은 없습니다. 돈은 죽을 사람도 살릴 수도 있습니다."

최경상은 그날 바로 영덕(盈德)의 도인 유상호(劉尙浩)를 찾아가 1백 냥을 꾸어서 곽덕원에게 주어 옥졸을 매수하게 했다. 그러나 옥졸은 발각되면 바로 목이 달아난다며 아예 말도 꺼내지 못하게 하다가 결국 거금 앞에 무릎을 꿇었다.

최경상은 1864년 1월 19일 밤, 옥졸의 옷으로 바꾸어 입고 다리 없는 소반에 스승의 저녁 진지를 차려 들고 스승이 수감된 옥으로 갔다. 난생처음 보는 옥 한쪽 벽에 태(笞)·장(杖)·곤장(棍杖) 등이 걸려 있고, 스승은 옥방 구석에 쪼그리고 앉아 동학의 주문을 외고 계셨다.

최경상은 스승 앞에 이르러 짐짓 헛기침을 하며 밥상을 바치자 스승께서 잠시 최경상을 흘낏 보시고는 아무 말씀도 않고 소반을 받았다. 최경상은 스승께서 자신을 알아보지 못한 것이라 생각하고 다시 헛기침을 했지만, 스승은 그냥 식사만 드셨다. 최경상이 무슨 말을 여쭈려 하자 스승께서 '쉿-'하고 손가락으로 자신의 입을 막았다. 말을 하지 못하게 하는 것 같았다.

이윽고 스승께서 식사를 마치고 소반을 물리며 당신의 담뱃대를 소반에 올려놓고 손을 들어 옥문을 가리켰다. 어서 나가라는 것이었다. 담뱃대는 스승께서 항상 사용하는 것이라 최경상이 소반의 담뱃대를 도로 내려놓자 스승께서 황황히 손을 저어댔다.

　최경상은 담뱃대를 그냥 가져가라고 하는 것이라 생각하고 말없이 스승에게 절만 올리고 부랴부랴 옥을 나왔다. 소반과 옷은 옥리에게 돌려주고 담뱃대만 들고 밖으로 나와 기다리고 있는 옥바라지 곽덕원에게 갔다. 그런데 곽덕원과 함께 기다리던 도인 김경필이 "주인님, 고생이 많으셨습니다. 그래 스승님을 만나는 보셨습니까?"하고 물었다. 최경상은 "만나는 뵈었지만…."하고 말꼬리를 흐렸다. 스승과 말 한마디 나누지 못하고 물러났기 때문이었다.

　"어째 대답이 그렇습니까? 스승께서 무슨 말씀을 하셨습니까?"

　"말은 한마디도 나누지 못하고, 이것만 받아 왔습니다."

　최경상은 담뱃대를 보여주었다. 김경필이 의아하다는 표정을 지었다.

　"세상에 그런 면회도 있답니까?"

　"몰래 하는 면회라 그랬겠지요."

　최경상은 담뱃대만 어루만진다.

　"스승께서 늘 곁에 두고 쓰시는 것인데…."

　"혹시, 스승께서 유품으로 주신 것입니까?"

　"무슨 말씀을 그렇게 하십니까? 스승께서 유품을 남겨야 하는 대역죄인이란 말씀 같습니다."

　곽덕원이 역정을 냈다.

　"그런 뜻으로 한 말이 아닙니다."

　당황한 김경필이 담뱃대를 받아 물부리를 입에 물고 뻐끔뻐끔 빨아본다.

　"어? 담뱃대가 왜 이래? 완전 먹통이네."

　"그럴 리가 있나? 아까 점심때까지는 멀쩡했는데…?"

　곽덕원이 담뱃대를 빼앗아 역시 뻐끔뻐끔 빤다.

"어? 정말이네. 참 이상하네."

김경필이 담뱃대를 이리저리 살펴본다.

"혹시 스승께서 담뱃대를 고쳐 달라고 보낸 것은 아닐까요? 어? 이게 뭐야? 대꼬바리에 무엇이 있네!"

대꼬바리에 종이 심지 같은 것이 박혀 있었다. 김경필이 이러니 바람이 통하겠냐며 심지를 잡아당기자 돌돌 말린 종이가 나왔다.

'燈明水上 無嫌隙 柱似枯形力有餘 吾順受天命 汝高飛遠走'라는 글귀가 심지말이 종이에 적혀 있었다.

"혹시 스승께서 일부러 하실 말씀을 적어 대꼬바리에 감추어 둔 것은 아닐까요?"

곽덕원이 물었다. 최경상은 아까 옥(獄)에서 소반에 올려놓은 스승의 담뱃대를 내려놓자 스승께서 갑자기 손을 젓던 것을 생각했다. 스승께서 제자들에게 전하실 말씀을 담뱃대 대꼬바리에 감추어 전하신 것 같아 스승의 지혜에 머리가 숙여졌다.

이와 비슷한 일이 고려 공민왕 때도 있기는 했다. 공민왕 12년(1363년), 원나라에 머물던 찬성사(贊成事) 이공수(李公遂)가, 원나라 황제 순제의 비 기황후(奇皇后)가 공민왕을 폐하고, 공민왕의 조부 충선왕(忠宣王)의 서자 덕흥군(德興君)을 고려 왕으로 세우고 원나라 군사 1만 명을 보내 공민왕을 폐위하려 하자, 그 사연을 적어 대나무 지팡이 속에 넣어 공민왕에게 전했다.

최경상은 대꼬바리에서 나온 '등불을 밝히고 물 위를 아무리 찾아보아도 아무런 틈을 찾을 수 없고, 나무 줄기가 마른 것처럼 보이지만 아직 힘(生命)이 남아 있다. 나는 순순히 천명을 받을 터이니, 너는 높이 날아 멀리 달아나라.'는 글귀의 뜻을 생각해 보았다.

관아가 아무리 동학의 잘못을 찾아도 찾을 수 없으며, 동학이 비록 탄압을 받아 없어진 것 같아도 도를 이은 제자들이 있다. 자신은 순순히 죽음을 받을 것이니, 북도 중주인 최경상은 부디 멀리 달아나 몸을 피하라는 내용이었다. 멀리 달아나는 것은 강한 적을 만나 여의찮을 경우, 일단 달아나(走), 은밀하게 공격할 후일을 기다리는 1천 년 전의 지혜, 손자병법의 36계 '주위상(走爲上)' 작전이었다.

경상 감사 서헌순(徐憲淳)은 1864년 음력 1월 21일, 상주목사(尙州牧使) 조영화(趙永和)·지례 현감(知禮縣監) 정기화(鄭夔和)·산청 현감(山淸縣監) 이근재(李近在) 등으로 사건을 조사하는 참사관(參査官)을 구성해 스승을 국문하게 했다. 최경상은 옥바라지하던 곽덕현을 통해 스승의 국문 소식을 들었다.

 참사관 : 동학이 곧 서학과 같은 것이 아닌가?
 스   승 : 아니요. 하늘을 믿는 것은 서로 같지만, 서학은 서양에서 온 것이며, 동학은 우리 고래의 도(天道)이니 동학과 서학이 어찌 같겠소?
 참사관 : 왜 동학을 만들었는가?
 스   승 : 동학은 내가 억지로 만든 것이 아니라 하늘의 상제님(하느님)으로부터 받은 말씀이오.
 참사관 : 하느님 말씀은 어떤 것인가?
 스   승 : 사람의 질병(惡)을 고치는 말씀이오. 지금은 낡은 도덕이 없어지고 새 도덕이 낡은 것을 대신하는 개벽의 천지조판(天地組版) 운수라, 사람마다 자기 마음에 하늘을 모시고 지상 신선이 되어 보국안민(輔國安民)하라는 말씀이오.
 참사관 : 당신이 무리를 모아 검무(劍舞)를 추고, 검가(劍歌)를 부르며 펄펄 뛰었다는데, 왜 그랬는가?

스　승 : 양학(洋學)이 세상에 퍼져나가는 것을 그냥 볼 수 없어, 사람들에게 천도로 어지러운 세상을 다스리고 기울어져 가는 나라를 바로 잡으려는 것이었소. 동학은 동쪽 우리나라 학문이라 양(陽)이요. 서학은 서쪽 나라 학문이라 음(陰)이니, 동학 주문 21자로 음(陰)을 제압하려 한 것이오.

참사관 : 동학의 주문이 효과가 있었는가?

스　승 : 주문을 외우기만 해도 풍병(風病)이든 간질병(癎疾病)이든 차도가 있었소.

참사관 : 당신이 사람들에게 귀신을 내리게 하고, 칼춤을 추며 공중에 솟아오르고, 사람들에게 돈과 쌀을 빼앗았다는데?…

스　승 : 아니오. 나는 사람에게 귀신을 내리게 한 적도 없고, 칼춤은 추어도 공중에 솟아오르지 못했고, 돈과 쌀을 강요한 적은 없소.

참사관 : 작년에 영양 일월산에서 소를 잡아 제사를 지냈다는데?…

스　승 : 일월산에서 아픈 사람을 낫게 하는 기도는 올렸지만, 소는 잡지 않았고, 일월산에서 영양(英陽)과 진보(眞寶) 사람들이 산막을 지어 공부했다는 말은 들었소.

참사관들은 스승에게 곤장을 치며 '청나라 배상제회의 홍수전과 같은 반란을 획책했다'는 자백을 하게 했다. 그러나 스승은 '동학의 하늘은 태초부터 전해오는 우리의 옥황상제이며, 배상제회 홍수전의 하늘은 유대 나라 갈릴리에서 태어난 예수의 하느님이라 서로 같지 않으며, 홍수전 무리처럼 반란을 획책한 적이 없다.'하며 뜻을 굽히지 않는다고 했다.

그런데 그날 밤 스승의 옥바라지 곽덕원이 다급히 최경상을 찾아와

왔다.

"주인님! 큰일 났습니다. 경상 감사 서헌순이 수제자 주인님을 잡아들이려 하고 있으니, 이곳 일은 저에게 맡기고 어서 몸을 피해야 할 것 같습니다."

최경상은 다시금 담뱃대 대꼬바리에서 나온 종이에 적힌 글 '오순수천명 여고비원주(吾順受天命 汝高飛遠走)'를 생각했다. '汝高飛遠走'는 '너는 멀리 달아나라.'는 뜻이었다.

최경상은 스승의 뜻을 따라 달아나기로 했다. 목숨을 부지하려는 것이 아니라, 스승의 도를 이루려는 것이었다. 최경상은 다행히 강수와 한 달 동안 압송되는 스승의 마차를 뒤쫓아 한양까지 갔다가 대구 감영까지 왕복한 경험이 있었다. 경험처럼 확실한 것은 없었다.

2.

최경상은 1864년 1월 21일 밤, 대구의 도인들을 찾아가 뒷일을 부탁하고 다음 날 1월 22일 새벽, 도인 김춘발(金春發)과 안동으로 달아났다. 행장은 집에 들르지도 못해 한 달 전 아내가 챙겨준 보따리의 옷가지 몇 벌, 짚신 몇 켤레, 얼마간의 엽전, 스승으로부터 받은 두루마리 글이 모두였다.

최경상은 1월 23일, 안동에서 안동 접주 이무중(李武仲)을 찾았다. 이무중은 스승으로부터 접주에 임명된 분으로, 최경상과 김춘발을 반갑게 맞아 자신의 뒷방에 거처하게 했다.

안동은 동쪽은 영양군, 청송군, 서쪽은 예천군, 남쪽은 의성군, 북쪽은 순흥군, 봉화군 등과 접하는 곳으로, 신라 때는 고창군(古昌郡), 고려 왕건이 견훤을 물리친 930년 이후 안동부(安東府) 또는 영가군(永嘉郡)으로 불리고, 고려 개국 공신 김선평(金宣平)의 안동 김씨의 관향이요, 조선 23대 임금 순조(純祖)의 외조부 김조순(金祖淳)의 본향이기도 했다.

최경상은 1864년 3월 중순, 안동 오일장에 갔다 온 이무중으로부터 스승의 별세 소식을 들었다. 스승은 최경상이 달아난 1864년 1월 21일부터 1월 23일까지 3일 동안 경상 감사 서헌순과 참사관들로부터 22차례의 혹독한 고문을 받아 다리뼈가 부러졌으며, 1월 23일, 경상 감사 서헌순이 조정에 "동학은 서학(천주교)을 이름만 바꾼 사교로, 이를 조속히 뿌리를 뽑지 않으면 옛날 청나라의 백련교도(白蓮敎徒)의 난, 홍수전(洪秀全)의 배상제회 난과 같은 화근이 될 것이니 일벌백계하고, 제자 이내겸(李乃謙), 최자원(崔自元), 강원보(姜元甫), 백원수(白源洙) 등 12명은 원지 유배, 증거가 명백하지 않은 전석문(田錫文) 등 20명은 방면함이 마땅하겠습니다."라는 장계를 올렸다. 이에 1864년, 새로 즉위한 금상의 조정이 3월 2일, "아뢴 대로 대명률(大明律) 제사편(祭祀編) 금지사무사술조(禁止師巫邪術條) 좌도난정율(左道亂正律)을 범했으니 최복술은 참수하고, 제자 이내겸 등 12명은 유배하라."는 명을 내렸다.

경상 감사 서헌순은 1864년 3월 10일 오후 2시 대구 감영 남문 관덕당 뜰에서 스승을 참수하니, 유해는 3일 동안 남문 밖에 방치되다가 3월 12일, 가족 수양 사위 정을산(鄭乙山)·최경상의 매형 임익서(林益瑞), 제자 10여 명이 쏟아지는 장대비 속에 스승을 경주부 현곡면으로 운구하다가 대구와 경주 중간 지점 후연점(後淵店)에 이르렀는데, 그때까지 스승의 체온이 있어 체온 내리기를 기다려 3월 15일, 스승의 묘를 경주부 현곡면 가정리 구미산 대릿골에 지었다. 그 즈음 스승의 부인 박 씨와 자녀들은 현곡면 지동(芝洞)의 큰조카 최세조 집에 머물러 계신다고 했다.

최경상은 스승의 별세 소식을 들은 한 달 후 4월 어느 날, 이무중의 집에서 "자네, 지금 뭣 하고 있는가? 빨리 달아나지 않고!" 하는 스승의 꿈을 꾸고, 이무중의 뒷담을 넘어 달아났다. 그러나 마땅히 갈 곳이 없어 영덕 직천(直川)으로 갔다. 그곳은 스승이 대구 옥에 수감된 후 최경상에게 언제든 불러만 주면 달려오겠다고 약속한 강수의 마을이었다. 강수는 스승의 별세 소식을 듣고 대성통곡을 했다. 최경상은 강수에게 물었다.

"나는 지금 달아나는 길이니, 자네는 어찌할 셈인가?"

그러자 강수는

"집을 버리고 달아나 어떻게 삽니까?"

라며, 최경상을 바라보았다.

"세상은 참으로 넓고도 넓다네. 지난번에 경험하지 않았는가? 함께 달아나 후일을 도모하세."

최경상의 말에 잠시 생각에 잠긴 강수는 뜻을 따르겠노라고 했다.

"주인님의 명을 어찌 거역하겠습니까?"

이튿날 새벽 일찍 영덕 직동(直洞)을 떠나 북쪽 평해(平海)로 갔다. 평해는 영덕과 같은 바닷가로 서쪽 높은 산줄기 병풍에 둘러싸여 있는데, 관동 8경의 망양정(望洋亭), 월송정(越松亭) 등이 있어 찾는 사람들이 많았다.

최경상은 평해에서 평해 접주 황주일(黃周一)을 찾았다. 황주일의 집은 남대천이 동해로 흘러드는 하구 후포항(厚浦港)이었다.

최경상과 강수는 후포에서 매일 새벽 물고기를 잡아 포구로 들어오는 고깃배를 보며 하루를 시작했다. 고깃배가 포구로 들어오면 하늘 가득 갈매기 떼가 날고, 오징어, 대게, 문어, 대구 등을 팔고 사는 사람들로 활기가 넘쳤다. 최경상과 강수도 가끔 오징어, 대게 등을 잡으며 도망자라는 신분을 잊기도 했다.

평해 접주 황주일이 1864년 10월에 최경상의 부인과 딸을 후포로 데려왔다. 황주일은 낯선 길을 묻고 물어 통양포(通洋浦:포항)를 거쳐 송광면 마북리(馬北里) 검등골로 찾아가 부인을 데려다 준 것이었다. 황주일은 또 최경상과 강수에게 평해의 명소 월송정(越松亭)을 구경시켜 주었다.

월송정은 신라의 화랑도가 심신을 단련하던 바닷가 소나무 숲에 자리한 정자로, 고려 충숙왕 13년(1376년), 평해 존무사(存撫使) 박숙(朴淑)이 창건하고, 조선 연산군 때 경상도 관찰사 박원종(朴元宗)이 중건했는데, 누각 현판은 달(月)과는 무관한 월송정이었다.

월송정에 평해 황씨 시조 황락(黃洛)과 중시조 황온인(黃溫仁)을 배향하는 시조단(始祖檀)이, 부근의 기성면(箕城面) 정명리(正明里)는 황주일의 15대조 황응청(黃應淸)을 배향하는 명계서원(明溪書院)과 황주일의 12대조 해월(海月) 황여일(黃汝一)의 위패를 모신 해월헌(海月軒) 등이 있었다. 황주일은 은근히 목에 힘을 주어 최경상에게 연줄을 이었다.

"저의 12대조 할아버지 호(號)가 해월(海月)이십니다. 주인님과 무슨 인연이 있는 것 같습니다."

최경상이 후포로 간 9개월 후 1864년 12월, 평해 관아의 포졸들이 접주 황주일의 집 주변을 기웃거렸다. 평해 관아가 낌새를 맡은 것 같아 강수는 자신의 집 영덕현 직동으로 돌아가고, 최경상 부부와 19세 딸은 황주일이 1865년 1월, 후포 북쪽 울진군 죽변면 죽변항으로 옮겨주어서 그 후 죽변항에서 아내와 딸과 셋이 살았다. 죽변 포구도 아침이면 고깃배들이 들어와 생선을 사고파는 사람들로 붐볐다. 죽변항은 같은 위도(緯度)의 충청도 제천(提川), 강원도 영월(寧越), 태백(太白) 등과는 달리 혹독하게 춥지는 않았다.

최경상은 죽변에서 매일 아침 포구로 나가 고기를 잡아 들어오는 뱃사람들을 만나다가 1865년 1월에 사위를 보았다. 사위는 영양군(英陽郡)

수비면(首比面) 출신 뱃사람이었다. 영양군 수비면은 역사적으로 주(周) 무왕(武王)에게 쫓겨난 은(殷)나라 백이(伯夷)와 숙제(叔弟)가 수양산(首陽山)에 들어가 주나라 음식을 거부하고 굶어 죽은 것처럼 많은 충신이 배출되어 수양산에 비교된다는 뜻에서 비롯된 이름이었다.

최경상은 딸을 출가시킨 후 1865년 1월, 사가(師家)의 유가족이 살고 있는 강원도 정선군 남면 문두곡으로 가서 사모님 박 씨와 아들 세정(世貞), 세청(世淸), 세 딸을 죽변항으로 모셔와 함께 살았다. 사모님은 스승 별세 후, 경주 지동(芝洞)의 조카 최맹륜(崔孟倫)의 집에서 살다가 두 아들 세정과 세청이 관아에 끌려가 취조를 당하자 단양(端陽) 접주 민사엽(閔士葉)이 정선 문두곡으로 모셔갔다. 그 후 민사엽이 병으로 세상을 떠나 사가(師家)의 생계가 막막해 죽변으로 모신 것이다. 사가를 죽변으로 모시고 보니 비로소 마음이 놓였다. 그러나 죽변 포구는 사람의 내왕이 너무 많아 외려 불안했다. 차라리 깊은 산중으로 가는 것이 나을 것 같아 황주일에게 물었다.

"어디 깊은 산중은 없을까요?"

"글쎄요. 경상도 예천(禮泉)에 우리 황(黃)씨 일족이 살기는 합니다만…"

예천은 죽변에서 남쪽 근남면(近南面) 성류굴(聖留窟)로 가서 서쪽 울진군 서면(西面)의 왕피천(王避川), 불영계곡(佛影溪谷) 등을 지나는 험한 100리 길이라 했다.

최경상은 1865년 2월에 황주일이 써 준 편지를 품에 넣고, 사가 가족들과 사흘을 걸어 경상도 예천군(醴泉郡) 풍양면(豊壤面)으로 가서 예천 접주 황성백(黃聖白)을 만났다. 최경상은 예천에서 예천 수산리(水山里)로 가고, 사가 가족들은 그 훨씬 서쪽 속리산 형제봉 골짜기 상주부 화남면 동관음(東關陰) 절골 남육생(南育生)의 집으로 갔다.

최경상은 그 한 달 후 1865년 3월 8일, 도인 황문규(黃文奎), 한진오(韓振五), 황여장(黃汝章), 전문여(全文汝) 등과 함께 사가로 가서 3월 10일 스승의 첫 기제사를 지내고, 사흘 후 수산리 집으로 돌아왔다. 기다리고 있던 부인이 수상한 사람들이 찾아와서 행방을 묻기도 했다며 불안한 마음을 감추지 못했다.

예천 관아가 최경상의 뒤를 쫓고 있었다. 최경상은 다른 곳으로 거처를 옮겨가야 했다. 그러나 마땅히 옮겨갈 곳이 없어 예천 접주 황성백(黃聖白)을 찾아가 사정을 호소했다.

"경상도 영양 일월산에 도인들이 살고 있다고는 합디다만…."

영양(英陽)은 최경상의 사위 고향이었다. 최경상은 사위로부터 들은 영양군(英陽郡)은 이웃 봉화군(奉化郡)과 함께 고을 전체가 산지로, 특히 일월산은 사람의 발길이 닿지 않는 깊은 골짜기라는 말이 생각나서 황성백에게 영양은 마침 제 사위의 고향이고 해서 그쪽으로 가겠다고 하니까, 일월산은 호랑이가 많은 곳이니, 가지 말라며 황성백은 펄쩍 뛰었다.

그의 말에 설마 호랑이가 포졸보다 더 무섭겠느냐며, 이튿날(3월 14일) 부인 손씨와 보따리를 짊어지고 흡사 장사꾼 같은 형색으로 길을 떠났다.

3.

최경상 부부는 일월산 가는 길을 묻고 물어 1865년 3월 16일 저녁, 예천군 풍양면(豊壤面) 청곡리(靑谷里) 삼수정(三樹亭)의 회화나무 아래에서 하룻밤 노숙(露宿)을 했다. 3월 중순이었지만 밤기운은 쌀쌀했다.

삼수정은 4백여 년 전(1420년)에 결성(結城:홍성) 현감 정구령(鄭龜齡)이

퇴임 후 세운 것으로, 아름드리 느티나무가 있었다. 창서 당시 정귀령이 심은 어린 회화나무 세 그루가 거목이 되었는데, 200여 년 후 병자호란 때 정자와 함께 불에 타고, 죽은 나무에서 새로 돋아난 움이 자라 거목이 되었다.

최경상 부부는 다음날 3월 17일, 내성천(乃城川)을 거슬러 봉화군 재산면(才山面)으로 가서 동면천(東面川) 계곡을 거쳐 일월산(日月山)을 올랐다.

봉화군 재산면은 동쪽의 영양군 청기면(靑杞面), 서쪽의 봉화군 명호면(鳴湖面), 북쪽의 봉화군 소천면(小川面), 남쪽의 안동군 예안면과 접하는 곳으로, 동면천은 일월산에서 북쪽으로 흘러 낙동강에 드는 물줄기였다. 동면천 우측(서쪽)에 봉화군 명호면의 청량산(淸凉山)이, 좌측(남쪽)에 영양군의 진산 일월산이 솟아 있었다. 청량산은 봉화군의 진산으로, 조선 명종 때 유학자 이황(李滉)이 즐겨 찾은 산이었다.

최경상 부부가 동면천 계곡을 허위허위 올라 동화재 고갯마루에 서자, 서쪽 건너에는 청량산 36개 봉우리가 솟아 있고, 남쪽 전방에는 일월산의 일자봉(日字峰), 월자봉(月字峰), 장군봉(將軍峰)이 더 높은데, 일자봉 동쪽 아래에 수십 채의 움막집이 있었다. 예천 접주 황성백이 말한 동학도인들 마을 같았다.

최경상 부부는 가쁜 숨을 몰아쉬며 동학 도인들의 움막촌을 찾았다. 이른바 영양군 일월면 용화동 윗대치(上竹峙) 마을이었다. 윗대치는 일월산 정상 일대를 뒤덮은 산죽(山竹) 때문에 붙은 이름으로, 비록 움막들이지만 산꼭대기에 마을이 있는 것이 신기했다.

최경상은 그날(1865년 3월 17일), 윗대치에서 뜻밖에 낯익은 얼굴 영양 접주 황재민(黃在民)을 만났다. 황재민은 스승께서 참형을 당한 후 관아의 수배를 피해 이곳으로 들어왔다. 그 후 한두 사람씩 들어와 지금은 동학도인 김덕원(金德元), 정치겸(鄭致兼), 전윤오(全潤吾) 등, 16명이 살고 있었다.
 최경상은 황재민으로부터 안동 접주 이무중과 강수, 그리고 스승을 죽인 흥선대원군의 소식 등을 들었다. 이무중은 최경상이 밤중에 스승의 꿈을 꾸고 달아난 이튿날 안동 관아에 잡혀가 최경상의 행방을 추궁받다가 자신의 전답을 팔아 관아에 돈을 바쳐 풀려나고, 강수는 최경상이 후포에서 죽변으로 갈 때 고향 영덕으로 갔다가 전 가족을 이끌고 영해로 옮겨가서 살고 있다고 했다.

 흥선대원군(興宣大院君)은 1864년 조 대비(고종의 양어머니)와 순조의 장인 당상 김조순의 세도정치를 끝내기 위해 비변사(備邊司)를 혁파해 의정부를 부활시켰다. 그리고 탐관오리의 척결, 양반의 세금 부과, 무명잡세(無名雜稅)·진상 제도(進上制度) 등을 폐지하고, 1865년 경복궁을 중수하게 했다. 경복궁은 조선 태조 4년(1395년)에 창건한 조선의 정궁으로 임진왜란 때 소실되어 창덕궁을 정궁으로 사용하며 몇 차례 재건을 추진하다가 재정 때문에 미뤄오던 것이었다.
 흥선대원군은 1866년 2월, 조 대비로부터 섭정을 물려받아 경복궁 중수 경비를 마련하기 위해 원납전(願納錢)을 징수했다. 원납전은 경재(卿宰) 이하 지방 관리에 이르기까지 재력에 따라 자진해서 납부하게 하는 것으로, 1만 냥을 납부하면 상민도 벼슬을 주고, 10만 냥을 납부하는 사람은 수령에 임명했다. 그러나 원납전만으로 경비가 부족해 당백전(當百錢)을 발행했다. 당백전에는 '호대당백(戶大當百)'이라는 글자를 새겼다. '이 돈은 호조(戶曹)에서 주조하고, 다른 화폐(상평통보)의 100배 값어치가 있다.'는 의미였다. 그러나 당백전 발행으로 물가가 치솟고, 인심이 더욱 흉흉했다.

최경상은 1865년 3월 18일, 황재민과 일월산 곳곳을 돌아보았다. 황재민은 영양군의 토박이라 일월산 곳곳을 잘 알고 있었다. 영양군의 동쪽은 영덕군, 울진군, 서쪽은 안동군, 남쪽은 청송군, 북쪽은 봉화군 등과 접하는 전형적 산지로, 일월산 북쪽은 봉화군 소천면(小川面), 남쪽은 영양군 일월면(日月面), 동쪽은 영양군 수비면, 서쪽은 청기면(靑杞面), 중앙은 영양읍(英陽邑), 영양군의 서남쪽 끝은 입암면(立巖面), 동남쪽 끝은 석보면(石保面)이었다.

　일월산 산줄기는 동쪽으로 뻗어 내린 울련산(蔚蓮山), 금장산(金藏山), 맹동산(孟童山), 명동산(明童山)으로 이어가 울재를 넘어 동해안의 영해군(寧海郡) 창수면(蒼水面), 영해읍(寧海邑)으로 통하고, 서쪽은 청기면 북쪽에서 덕산봉, 영등산으로 뻗어가 안동군과 통하고, 남쪽은 일월면에서 흥림산, 부용봉으로 뻗고, 일월산의 물길은 정상에서 장군천(將軍川)에서 발원한 물이 남쪽으로 흘러가 동부지맥, 중부지맥 사이의 장파천(長坡川)과 만나 남쪽 반변천에 들어 일월면 문암리(門巖里), 곡강리(曲江里), 대천리(大川里)에서 동천(東川), 소청천, 신사천 등과 합류해 남쪽으로 흘러 낙동강에 들고, 수비면 본신리, 오기리에서 발원한 장수포천이 북동쪽 왕피천을 흘러 동해로 들고, 일월산 북쪽의 물은 장군봉(將軍峰)에서 북쪽으로 회룡천(回龍川)이 발원해 동쪽 봉화군 소천면 옥방천(玉芳川), 광비천(廣比川) 등과 합류해 낙동강에 들고, 장군봉에서 서북쪽으로 발원한 현동천(懸東川)이 봉화군 재산면(才山面) 갈산리(葛山里)를 흘러 낙동강에 들고 있었다.

　일월산 북쪽의 봉화군 소천면(小川面), 재산면(才山面) 등지는 조선 중종 때의 예언가 남사고(南師古)가 꼽은 조선의 10 승지로, 표고가 높은 지대라 10월이면 서리가 내리고, 겨울에 눈이 많이 내렸다.

　일월산은 사람의 발길이 닿기 어려워 관가에서 잡으러 오면, 북쪽 동화재 고개를 넘어 봉화군(奉化郡) 소천면 우련전(雨蓮田) 마을로 달아나 봉화군 춘양면(春陽面) 재산면(才山面), 또는 인접의 순흥군(順興郡), 풍기군(豊基郡), 충청도 제천군, 단양군 등지로 도망치기에 좋았다.

일월산 정상 바로 남쪽 아래에 황씨부인당(黃氏婦人堂)이 있었다. 약 60여 년 전 일월산 서쪽 영양군 청기면(靑杞面) 당리(堂里)에 사는 우(禹)씨의 부인 황씨가 아들을 낳지 못한다는 시어머니 구박에 이곳 삼막에 들어와 목을 매어 죽은 후 마을 사람들 꿈에 나타나 남편이 상을 치르고 당집을 지었는데, 이곳에서 굿을 하면 영험이 있어 사람들 발길이 끊이지 않았다.

최경상은 윗대치로 온 후로 마음이 무척 편안했다. 후포, 죽변, 예천에 있을 때는 언제 잡혀갈지 몰라 불안했지만, 윗대치는 관아의 발길이 닿지 않는 곳이기 때문이었다. 최경상은 윗대치에서 모처럼 49일 기도를 올렸다. 49일 기도는 2년 전 1863년 12월 10일, 강수와 선전관 정운구에게 압송되는 스승의 마차를 뒤따른 이후 한 번도 올리지 못했다.

최경상은 윗대치에서 산밭에 고추, 잎담배 등을 가꾸고, 산을 다니며 약초 천궁, 천마, 당귀 등을 캐고, 봄에는 취나물, 참나물, 곰취, 어수리, 곤드레 등을 뜯어 가마솥에 삶아 묵나물을 만들기도 했다. 산나물은 최경상이 화전을 일구며 지내던 송광면 마북리 검곡에서 배고픔을 지탱해 준 양식이었다.

최경상은 윗대치에서 가끔 영해로 나가 도반 강수를 만나기도 했다. 1865년 10월 28일에 스승의 41회 생신 향례를 올리고, 강수, 박춘서(朴椿瑞), 김경화(金京和) 등과 돈 4전씩을 내는 계를 조직해 3월 10일의 스승 기제, 4월 5일의 스승 득도제, 10월 28일의 스승 생신 향례 경비로 쓰기로 하고 향례에 참석한 도인들에게,

"사람(人)이 곧 하늘이라, 누구든지 사람을 차별하지 말며, 사람을 귀

천(貴賤)으로 가르는 것은 하느님의 뜻이 아니므로 도인들은 사람의 귀천 차별을 없애 스승의 가르침 천연(天緣)의 화기를 상하게 하지 말라."하고, 사계절마다 반드시 49일 기도를 올리게 했다.

그리고 1866년 3월 10일, 흥해 매곡 전광무(全光武)의 집으로 나가 도인 박춘서, 김경화, 김사현, 이원일, 김경여, 임만조, 유성원, 김용여, 임만근, 구창선, 신성우, 강수, 강수의 부친 강정 등과 스승의 기제사를 올리고, 다시 계를 확대해 스승의 제사 등 여러 행사의 경비를 마련하게 했다. 계장에 강수의 부친 강정(姜鋌)을 추대하고 다음 날 흥해 매곡 시장에서 각종 과일나무의 묘목을 사서 윗대치 마을 둘레에 심었다. 이를 지켜보고 있던 도인들이 심히 의아해 했다.

"나무는 심어 뭘 합니까? 언제 도망가야 할지 모르는 처지에…."

하지만 최상경은 꾸준히 그들을 위무했다.

"세상일은 반드시 때가 있습니다. 곡식도 봄에 심지 않으면 가을에 거둘 수 없듯, 봄이 되었으니 과일 나무를 심는 것입니다. 언제 도망가야 할지 모르지만, 윗대치는 지금 우리들의 집입니다. 우리가 도망을 가도 훗날 누구에겐가 소용이 될 것입니다."

4

최경상이 용화동 윗대치에 머물던 2년 후인 1867년 7월 중순, 뜻밖에 사모님께서 아들 세정, 세청 그리고 딸들까지 거느리고 윗대치로 찾아왔다. 사모님은 2년 전 1865년 2월, 죽변에서 상주 화서면 동관음 절골로 옮겨가서 살다가 최경상이 일월산에 산다는 소문을 듣고 길을 묻고 물어 꼬박 10일을 걸어 찾아오신 것이었다. 최경상이 사모님을 2년 전 3월 10일 스승의 제삿날 뵌 후로 처음이었다.

사모님은 "결국 산 사람은 어떻게든 만날 수 있군요."하고 감개무량했다. 최경상은 무더운 삼복더위에 먼 길을 걸어서 찾아오신 사모님이 오죽 힘들었을까 싶어 "사모님 참으로 잘 오셨습니다."라며, 자신이 사는 오두막을 사모님께 비워 드린 후에 자신은 아랫대치(下竹峙)로 옮겨 가고 매일 윗대치를 오가며 사가 가족을 보살폈다.

최경상은 스승의 큰아들 세정으로부터 처음으로 바깥 세상 소식을 들었다. 놀라운 것은 동학을 탄압한 흥선대원군이 다시금 천주교까지 탄압하고 있다는 것이었다.

흥선대원군은 1년 전인 1866년 3월 7일, 천주교 신자 교리 남종삼(南鍾三)과 그 부인과 큰아들 부친을 처형하고, 3월 8일 서해안의 당진(唐津), 보령(保寧) 등에서 프랑스 천주교 주교 다블리(Daveluy), 천주교 신도 황석두(黃錫斗), 오메트로(Aumaitre) 신부 등을, 3월 9일에는 한양에서 프랑스 신부 베르뇌(Berneux) 주교, 프랑스 신부 도리((P. H. Dorie), 볼리(S. L. Beaulieu) 등을, 3월 11일 천주교 신자 정의배(丁義培)와 신부 푸르티에(Pourthie), 프티니콜라(Petitnicolas), 신도 우세영(禹世英) 등을 처형하고, 충청도 당진 합덕에서 신부 위앵(Huin), 충청도 제천 배론(舟論)에서 신도 장주기(張周基) 등을 체포해 3월 30일 함께 처형했다.

대원군의 천주교 박해 단초는 1866년 2월, 천주교 신자 교리 남종삼이 흥선대원군에게 러시아 남하를 막으려면 조선이 먼저 프랑스 신부 다블뤼 주교에게 부탁해 영국, 프랑스 등과 동맹을 맺어야 한다고 건의하자, 흥선대원군은 '좋은 방책'이라며 다블뤼 신부와 베르뇌 주교를 만나기로 했다가 안동 김씨 일파들이 '흥선군이 청나라를 망친 천주교를 받아들이려 한다.'는 탄핵을 하자 갑자기 태도를 바꾼 것이었다. 이는 7년 전인 1859년 10월 25일, 청나라가 아편전쟁에서 패하여 미국,

영국, 프랑스, 러시아 연합국과 천진조약을 체결하고, 1860년 러시아에 블라디보스토크, 연해주 등을 할양한 것에 대한 타산지석이었다.

조선의 천주교 박해는 60년 전 순조 원년(1801년), 섭정 정순왕후의 신유박해, 30년 전인 헌종 5년(1839년), 섭정 순원왕후의 기해박해, 20년 전인 1846년 풍양 조씨의 병오박해를 이은 4번째였다.

흥선대원군은 천주교를 박해하던 1866년 3월, 여주(驪州) 여흥 민씨 민치록(閔致祿)의 딸 민자영(閔玆暎)을 아들 이명복의 배필로 들였다. 민자영의 부친 민치록이 이미 세상을 떠나고, 양자 민승호(閔升鎬) 하나만 있어 정치에 간여할 사람이 없다고 생각한 것이었다. 흥선대원군은 그 후 승지 박규수를 청나라에 보내 세상 정세를 알아보게 했다. 박규수는 청나라 황제의 이궁 열하까지 갔다가 6개월 후, 돌아와 흥선대원군에게 '조선이 자주와 독립을 지키려면 새로운 서양 문물을 받아들여야 한다고 건의하는데, 5개월 후인 1866년 8월, 미국 상선 제너럴셔먼호가 대동강을 오르며 통상을 요구했다. 그러나 조선이 응하지 않자 포를 쏘며 협박하니, 평안 감사가 된 박규수가 미국 상선을 불태웠다.

그 2개월 후 10월 15일, 청나라 천진 주둔 프랑스 극동사령관 로즈가 7척의 군함에 1천여 명의 해병을 이끌고 강화도 물치도(勿淄島)로 와서 12월 12일, 정족산성(鼎足山城)을 공격했으나 매복 중이던 양헌수(梁憲洙)와 조선 포수들에게 병사 6명이 죽었다. 로즈 제독은 한 달 동안 강화도에 머물다가 1966년 12월 17일 퇴각하면서 모든 관아에 불을 지르고 금은괴, 규장각(奎章閣)의 조선의궤(朝鮮儀軌) 등을 약탈해 청나라로 철수했다. 흥선대원군은 그 후 양화진 절두산에서 전국의 천주교도 수천 명의 목을 잘랐다.

최경상은 1867년 10월 18일, 일월산 윗대치에서 스승의 아들 세정, 세청을 데리고 흥해군 매곡의 전광무(全光武) 집으로 가서 스승의 43주기 생신 향례를 올리고, 함께 참석한 도인들에게 도를 설파했다.

"무릇 겉으로 꾸미는 사람은 도(道)에 멀고, 진실한 자는 도에 가까우니, 진실한 마음으로 천주를 공양하라. 천주를 아는 자는 심원한 경지에 이를 것이며 시천주를 안 연후에 달통하게 될 것이니라."

이듬해(1868년) 봄에는 윗대치에 새로 움막을 지어 옮겨가 3월 10일, 사가에서 스승의 5주기 제사를 올리고, 제사에 참석한 사람들에게도 자신이 깨달은 바를 전했다.

"나는 부인들이나 아이의 말을 하늘의 말로 생각하고 쫓는다. …(중략) 기연(其然)을 아는 자, 기연을 직각(直覺)하는 자는 모두 정도가 같지 않으니, 입으로 시천주 주문만 외지 말고 만심쾌재(滿心快哉)의 기쁨과 감격으로 조화정(造化定)에 나아가라. 사람이 자아(自我)를 알고 마음을 정(定)하면 천하 사람들이 다르지 않다는 것을 알 것이다. 나도 소싯적에 성인(聖人)은 보통 사람 이상의 무엇을 가졌을까 생각했는데, 스승의 말씀을 따라 마음을 비운 뒤로 성인도 별사람이 아니라 마음 정함에 있음을 알았다. 마음을 정하는 것은 하늘을 기르는 것이요, 하늘을 기르면 하늘과 사람이 둘이 아니라는 것을 알 것이니라."

이즈음에 상주부(尙州府)의 도인 황문규, 한진우, 황여장, 전문여 등이 돈을 모아 사가를 돕고, 영덕의 도인 김용여(金容如)가 거금 500냥을 쾌척해 사가와 궁핍한 도인들을 도왔다. 각처에 숨어 있던 도인들도 하나

둘씩 용화동 윗대치로 찾아들기 시작했다. 스승 별세 후 무너진 안동, 영해, 울진 지방의 동학 조직이 차츰차츰 재건되고 있었다.

1869년 1월, 강원도 양양군 서면에서 최혜근(崔惠根)과 김경서(金景瑞)가 윗대치로 찾아왔다. 두 사람은 공생(孔生)이라는 사람을 통해 동학에 입도했는데, 공생이 갑자기 자취를 감추어 수행 방법을 몰라 찾아왔다고 했다.

최경상은 눈보라 속에서 먼 길을 묻고 물어 찾아온 두 사람이 반갑고, 공생이라는 사람도 고마웠다. 공생은 직접 만난 적은 없지만, 공생 때문에 스승의 도가 멀고 먼 북쪽 강원도 강릉, 양양까지 전해졌기 때문이었다.

최경상은 최혜근과 김경서에게 동학의 교리와 동학의 주문·독송(讀誦)·묵송(黙誦) 방법을 가르쳤다. 독송은 아랫배에 힘을 주어 운율에 맞추어 하고, 묵송은 주문 소리를 내지 않고 마음속으로 하늘을 생각하며 외우게 했다.

최혜근과 김경서는 용화동에서 한 달 동안 배우고 2월에 양양으로 돌아가며 최경상에게 직접 양양에 와서 마을 사람에게 동학을 가르쳐 주기를 청했다. 최경상은 이들이 돌아간 후 3월 10일의 스승 별세 6주기 제사를 지내고 도인 박춘서와 양양군 서면으로 향했다.

윗대치에서 강원도 양양은 일월산 정상에서 북쪽 동화재를 넘어 봉화군(奉化郡) 춘양면(春陽面)으로 가서 다시 강원도 태백, 정선, 강릉 등을 지나 홍천군(洪川郡) 내면에 이른 다음, 북쪽 구룡령(九龍嶺)을 넘는 멀고 먼 길이었다.

구룡령은 남쪽의 내륙 오지 홍천군 내면과 북쪽의 해안 오지 양양군 서면을 가르는 높고 험한 고개였다. 구룡령 서편은 설악산 한계령에서 망대암산·점봉산·갈전곡봉으로 남하하는 백두대간이 지나고, 동편은 구룡령에서 남하하는 백두대간이 약수산, 응복산, 만월산 등으로 뻗어 내리고 있었다.

구룡령에 연신 자욱한 안개구름과 세찬 바람이 불어 대고 있었다. 흡사 일월산 윗대치와 같았다. 다른 것은 일월산 윗대치는 사람이 살고 있지만, 구룡령은 아무도 사는 사람이 없었다.

양양군 서면(西面)은 구룡령에서 북쪽 후천(后川：西林川) 계곡의 물줄기를 따라 한나절을 내려가야 했다. 최경상과 박춘서는 서면에서 최혜근과 김경서를 만나 한 달 동안 골짜기 마을을 찾아다니며 동학을 포덕했다. 양양 사람들은 비록 배움은 없어도 사람으로 갖춰야 하는 시비지심(是非之心), 측은지심(惻隱之心), 수오지심(羞惡之心), 겸양지심(謙讓之心)을 갖추고 있는 것 같았다. 최경상이 8년 전 스승을 따라 경주부 인근의 신령현, 상주, 평해, 예천 등으로 포덕을 다닐 때 동학을 믿으면 무슨 이익이 있느냐 하던 사람들과는 달랐다.

양양군 서면은 북쪽의 양양군 강현면(降峴面)과 인제군 북면(北面), 서쪽의 인제군(麟蹄郡) 기린면(麒麟面), 남쪽의 홍천군 내면(內面), 동쪽의 양양읍(襄陽邑), 손양면(巽陽面), 현북면(縣北面) 등과 접하는 곳으로, 산중 마을 상평리, 서림리, 오색리, 용천리, 장승리, 황이리, 갈천리 등 20여 개의 리가 있었다. 중에서 갈천리, 장승리는 아예 화전만 하고, 벼농사는 한계령에서 동해로 흐르는 오색천(五色川) 부근, 남대천 주변의 공수전리, 용천리 뿐이었다. 특히 황이리(黃耳里)는 땅이 너무도 척박해 작물잎이 누렇게 말라붙어서 불리는 지명이었다.

최경상은 박춘서와 서면에서 한 달 동안 동학을 포덕하고 바야흐로 농사철이 시작되어 4월 중순에 용화동 윗대치로 돌아왔다. 그런데 최경상이 일월산 윗대치로 돌아와 보니 사가가 어디론가 가고 없었다. 최경상이 양양으로 떠난 후 공생이란 사람이 윗대치로 찾아와 스승의 장남 세정에게 용화동은 너무 깊은 산중이라 사람들의 내왕이 불편하니 다른 곳으로 옮기자며 사가를 영월군 소밀원(蘇密院)의 장기서(張奇瑞) 집으로 옮겨갔다고 했다.

최경상은 스승 별세 후 나름대로 정성을 다해 사가를 도왔는데, 자신에게 말 한마디 않고 옮겨간 것이 못내 섭섭하고 배신당한 것 같아 공생과 장기서를 동학에 입도시킨 이경화(李慶化)를 찾아가 사가가 옮겨간 소밀원(蘇密院)을 알아보았다. 소밀원은 영월군 중동면 망경대산 아래로, 일월산보다 결코 교통이 좋은 곳이 아니었다. 사가가 옮겨간 것은 반드시 교통이 불편한 이유만은 아닌 것 같았다.

최경상은 그 후 윗대치에서 낮에는 짚신 미투리 덕석 등을 엮고, 밤에는 스승으로부터 받은 두루마리 글을 읽고 또 읽었다. 스승의 말씀을 따라 언젠가는 두루마리 글을 반드시 책으로 엮어야만 했다.

이필제의 영해(寧海) 작변(作變)

1.

최경상이 일월산 윗대치에 머물던 3년째인 1870년 10월 중순, 영해(寧海)에서 도인 이인언(李仁彦)이 윗대치로 최경상을 찾아왔다. 바야흐로 온 산이 가을 단풍으로 불타고, 하얀 억새가 사방에서 바람에 일렁이고 있었다.

이인언은 최경상에게 동학 도인들의 근황이며, 흥선대원군의 천주교도 탄압 등을 이야기하던 끝에 찾아온 연유를 밝혔다.

"신사님. 사실은 영해 창수면 우정골의 정가(鄭哥)의 부탁으로 찾아오게 되었습니다."

최경상은 정가라는 사람이 생각나지 않아 정가가 누구냐고 물었다. 이인언은 그분이 신사님을 몹시 뵙고 싶어 한다는 것이다. 최경상은 기억나지 않는 사람인데 왜 만나자고 하는지'를 다그쳤다. 이인언은 그분은 신사님을 잘 아신단다.

최경상이 "저는 처음 듣는 이름입니다." 하자, 이인언이 그분은 계해년 봄에 동학도에 입도했다고 전한다.

계해년은 1863년으로, 봄은 최경상의 입도 3개월 전이었다. 그래도 같은 해인지라 스승에게 들을 수도 있었을 터인데, 전혀 들은 기억이 없다고 했다.

최상경의 말에 이인언이 내막을 전했다.

"정가는 입도 후 바로 지리산에 가서 6, 7년 동안 도를 닦고, 근자에 산을 나와 작년에 영해 창수면(蒼水面) 우정골(雨井谷) 박사헌(朴士憲)의 집에 머무르며, 스승의 불행을 듣고 원수를 갚으려고 신사님을 한 번 뵙고자 하는 것이니, 한 번 만나보는 것이 좋을 듯합니다."

최경상은 정가가 어떤 방법을 스승의 원수를 갚으려 하는지 알고 싶었다.

"어떻게 원수를 갚으려 한답니까?"

"잘은 모르지만 아마 관아를 습격하려는 것 같습니다."

순간 최경상은 그를 만나고 싶지 않았다. 폭력은 스승의 뜻이 아니었다. 10년 전 스승께서 정운구에게 압송되어 양재역까지 갔다가 다시 대구 경상 감영으로 압송될 때 문경 조곡관에서 자신을 구하려고 앞을 막는 초적 무리에게 '이포역포'라며 폭력을 거절하신 바 있었다.

스승 별세 후 도인들이 뿔뿔이 흩어지고, 최경상 홀로 간신히 목숨을 부지해 일월산 용화동 윗대치에서 어느 정도 도를 회복시킨 상황에 다시 폭력으로 도를 망치고 싶지 않았다. 그래서 "나는 정씨를 만나볼 생각이 없습니다."하고 이인언을 돌려보냈다.

그런데 한 달 후 11월, 영해에서 도인 박군서(朴君瑞)가 찾아왔다.

"신사님, 정가의 본이름은 이필제(李弼濟)입니다."

최경상은 이필제라는 이름도 기억나지 않았다.

"그 이름도 기억이 나지 않습니다."

"이필제는 신사님께서 검곡에 계실 때 용담정을 다니셨답니다."

그러나 최경상은 이필제와 엮이고 싶지 않아서 만남을 거절했다.

"저는 그 사람을 만날 생각이 없습니다."

그러나 박군서가 거듭 권했다.

"신사님, 이필제는 스승의 원수를 갚으려는 마음뿐이니, 한 번 만나 보시기 바랍니다."

최경상은 이필제가 정가라는 다른 이름으로 자신에게 접근한 것이 불쾌했다.

"나는 그 사람을 만나볼 생각이 없습니다."

그렇게 박군서도 돌려보냈는데, 한 달 후 12월에 이인언이 다시 찾아와 사정을 했다.

"신사님, 이필제를 한 번만 만나 주십시오."

최경상은 이런 추운 날씨에 영해에서 험한 산줄기 맹동산(孟童山), 명동산(鳴童山) 산줄기를 넘어 힘들게 찾아온 이인언을 다시 돌려보냈다. 그것으로 끝난 일이라 생각했다. 그런데 한 달 후인 1871년 1월, 영해군 서면 창수동(蒼水洞) 우정(雨亭)골의 박사헌(朴士憲)이 최경상을 찾아왔다.

"저는 박하선(朴夏善)의 아들 박사헌입니다."

박사헌의 부친 박하선은 스승으로부터 영해 접주에 임명된 분이었다. 박사헌은 추운 날씨에 얇은 상복 차림이었다. 최경상은 박사헌을 맞절로 맞이했다.

"춘부장의 존함은 스승으로부터 많이 들었습니다."

박사헌은, 부친은 3년 전(1868년)에 영해 유림으로부터 '궁촌에서 소굴을 만들어 사교를 동학에서 가르친다.'는 탄핵을 받아 영해 관아에 끌려가 혹독한 고문을 받아 후유증으로 작년(1869년) 6월 세상을 떠났다고 했다.

최경상은 박사헌에게 합장의 예를 표했다.

"아무쪼록 선고(先考)의 명복을 빕니다."

마음이 아파 더 이상 말을 할 수 없었다. 박사헌은, 작년(1870년 7월), 이필제가 도인 이수용(李秀用)의 소개로 자기 집에 와서 지금까지 반년 가까이 기거하면서 이수용, 권일원, 박군서 등 50여 명의 도인과 함께 스승의 원수를 갚으려 영해부성을 습격하려다가 인원이 적어 신사님도 함께 활동해 주시길 바랐는데, 신사님이 번번이 허락하지 않아 자기를 보냈다는 것이다.

"노형은 그 사람과 몇 달 동안 함께 있어 그 사람을 잘 아실 것이니, 사실대로 말씀해 주십시오."

"신사님께서 직접 이필제를 만나보시면 허실을 잘 알 수 있을 것입니다. 저는 이필제가 늘 구구절절 스승을 위하는 말만 하고 있어 진심인 것 같습니다만, 어찌 사람의 마음까지 알겠습니까."

"그런 일을 함부로 도모할 수 있겠습니까? 아무쪼록 날씨가 풀리면 이필제를 한 번 만나보도록 하겠습니다."

두 사람의 대화는 계속되었다. 상복 차림에 눈보라 몰아치는 맹동산 산줄기를 넘어 찾아온 박사헌을 박절하게 대할 수 없었기 때문이었다.

그런데 한 달 후 1871년 2월 6일, 이번에는 도인 권일원(權一元)이 찾아와 이필제가 오직 스승의 복수를 의논하려는 일념으로 신사님을 뵙고자 하는 것이니, 부디 한 번만 만나 달라고 간청을 했다.

최경상은 이필제를 만나고 싶지 않았지만 다섯 번이나 사람을 보낸 것을 외면할 수도 없어 민심도 알아볼 겸, 영해로 나가 이필제를 만나보기로 했다.

2

최경상은 1871년 2월 10일, 영해 서면 창수동 박사헌의 집으로 가서 이필제를 만났다. 이필제는 최경상보다 한두 살 많아 보이는 나이로, 당당한 체구에 턱수염이 많고, 눈동자에 정채(精彩)가 번득이고 있었다.

이필제는 최경상과 맞절을 한 후 말을 이어 나갔다.

"신사님! 소생은 신사님과 비록 친분은 없어도 도를 함께 하는 동문(同門) 형제라, 선사(先師)님을 설원(雪冤) 하려는 마음은 같을 것이라고 생각합니다. 옛글에 '하늘이 내린 복을 받지 않으면 재앙을 받는다.' 고 했는데, 소생이 지금 하늘의 명을 받아 스승의 치욕을 씻고, 만백성을 재앙에서 구하고자 하오니 외면하지 않기를 바랍니다. 소생은 당초 명나라를 정벌하려 했습니다. 명나라를 세운 주원장도 처음은 거지였으니 저라고 못할 이유가 있습니까. …소생이 지금 이곳 영해에서 거사하려는 것은, 이 고장 영해는 학자 이색(李穡), 스님 나옹(懶翁), 의병장 신돌석(申乭石) 등이 태어나고 스승의 도(道)가 기를 맺은 고장이기 때문입니다. 신사님! 이 땅의 태평성세를 이루기 위해서는 민중이 일어나야 합니다. 소생은 스승의 제삿날인 3월 10일 영해에서 거사하기로 했으니 함께해 주시기 바랍니다."

"거사는 쉬운 것이 아닙니다. 설사 성공한다 해도 많은 사람이 목숨을 바쳐야 하는 일입니다."

최경상은 고개를 내저었다. 돌이켜 보면 지난 철종 14년(1863년)의 진주민란, 순조 11년(1811년) 12월의 홍경래(洪景來)의 난, 영조 4년(1728년) 3월의 이인좌(李麟佐), 정희량(鄭希亮)의 무신란(戊申亂), 등은 모두 탐관오리를 척결하고 썩은 나라를 바로 세운다는 좋은 명분이었지만 모두 토벌되었고, 태평천국을 세운 홍수전의 장발적 반란도 역시 1866년 1월에 완전히 진압된 때문이었다.

"더욱 스승께서는 문경 초곡관에서 자신을 구하려는 초적들에게 폭력으로 원수를 갚는 것은 또 다른 원한을 만들기 때문에 하늘의 뜻이 아니라고 하셨습니다."

최경상의 말에 이필제가 갑자기 눈을 반짝였다.

"신사님! 그날 초곡관 초적을 말하시는 겁니까? 제가 바로 그 초적 두목이었습니다."

최경상은 깜짝 놀라 이필제의 얼굴을 보았다.

"아! 그렇습니까?"

그러나 최경상은 8년 전 일인데다 밤에 본 얼굴이라 전혀 기억나지 않았다.

"무슨 일이든 서두르면 실패하는 법이니 수심정기(守心正氣)로 그때를 기다리기로 합시다."

"신사님, 저는 그때가 바로 지금이라고 확신합니다."

최경상은 이필제가 이미 작변을 착수한 것 같아 영덕에서 영해로 옮겨와 살고 있는, 신임하는 동지 강수의 의견을 듣고 싶어 그를 찾아갔다.

"이필제를 믿어도 되겠는가?"

"주인님, 쓸데없는 걱정이십니다. 스승을 신원하겠다는데 왜 믿지 못합니까?"

강수의 대답이다. 그래도 최경상은 강수도 이미 이필제에게 포섭된 것 같아 인근 평해의 민심을 알아보려고 가다가 도중에 평해의 도인 전동규(全東奎)를 만났다. 전동규도 같은 생각이었다.

"신사님! 저도 준비를 하고 있습니다. 신사님께서도 부디 기회를 놓치지 마십시오. 평해 민심이 모두 그렇습니다."

그날 저녁, 강수가 직접 지은 격문도 보여주었다. 거사는 이미 착착 진행되고 있었다.

다음날 2월 13일 저녁, 이필제가 스승의 제사 경비를 자신과 최경상, 박사헌 셋이 부담하자고 제의했다. 최경상은 마땅히 자신이 혼자 부담해야 할 제사 경비를 함께 분담하자는 것을 굳이 반대할 이유가 없어 흔쾌히 응낙했다. 최경상은 그런 이필제가 오히려 고맙기까지 했다.

최경상은 이필제와 그렇게 약속하고 2월 15일 윗대치로 돌아가, 이튿날 2월 16일에는 교도 이군협(李群協), 정치겸(鄭致兼), 장성진(張星進) 등을 불러 전국 각처의 도인들에게 '스승의 제삿날 3월 10일, 모두 영해 창수면 우정골(雨井谷) 박사헌의 집으로 모이라'는 통문을 보내게 했다.

최경상은 스승 별세 8년 만에 처음으로 전국의 도인들이 함께 스승의 제사를 올리게 되는 것이 감격스러워 오직 스승의 제사만 생각하고, 이필제가 폭동을 일으킬 것을 생각하지 않았다. 이필제가 다음날 1871년 3월 5일, 영해(寧海) 도인 김진균(金震均), 전영규(全永奎), 박사헌, 평해의 도인 전동규(全東奎) 등과 함께 거사에 사용할 조총(鳥銃) 몇 자루, 도검(刀劍)과 죽창 180여 개를 만들어 우정골 주막에 감추어 두고 제삿날 별무사(別武士)가 입을 청색 윗도리, 유건(儒巾), 천제(天祭)에 쓸 소 2마리, 제주(祭酒), 제삿날 교도들이 먹을 식량, 술 등을 준비한 사실도 알지 못했다.

최경상은 3월 9일 아침, 일찍 윗대치에서 명동산(明童山) 울재(泣峙), 창수령 등을 넘어 늦은 밤 박사헌의 집에 도착해 다음 날 3월 10일 이른 새벽에 목욕재계하고 스승의 위패(位牌)와 축문(祝文)을 썼다.

1871년 3월 10일, 날이 밝으면서 인근의 영해, 평해, 흥해, 영덕 도인들이 영해현 서면(창수면) 우정골 박사헌의 집으로 모여들기 시작했다. 뒤를 이어 울진, 진보, 영양, 안동, 청하, 연일, 경주, 울산, 장기, 상주, 대구 등지의 도인들, 그리고 칠원, 밀양 등지의 도인들이 찾아와 정오 무렵 도인의 수가 5백여 명을 헤아렸다.

그날 정오 이필제, 최경상, 박사헌이 제관이 되어 청색 저고리 청색 허리띠에 제관을 쓰고, 일반 도인은 홍색 저고리에 홍색 허리띠, 유건을 쓰고, 초헌, 아헌, 종헌이 술잔을 올리고, 각지에서 찾아온 도인들이 일제히 재배를 올렸다. 그리고 제사가 끝난 후 사람들이 마당 여기저기에 덕석을 깔고 둘러앉아 개다리소반의 술과 떡, 육류 등을 나누어 먹었다. 그 다음에는 천제를 올리기 위해 길게 줄을 지어 용 두 마리가 머리를 맞대고 승천하는 모습의 북쪽 형제봉 정상의 병풍바위에 올라 소머리 등 제물을 진설하고, 이필제가 먼저 꿇어앉아 잔을 올리고, 이수용이 옆에서 축문을 읽었다.

형제봉에서 북쪽 건너로 독경산(獨慶山), 운서산(雲棲山)이 솟고 사방으로 좋은 조망이 펼쳐졌다. 운서산은 고려 말 나옹국사의 장육사(裝陸寺)가 있어 많은 참배객이 찾는다고 했다. 최경상은 천제가 끝난 후, 바로 윗대치로 떠났다. 닷새 후 윗대치에서 올릴 천제 준비 때문이었다.

이필제는 최경상이 떠난 후 형재봉에서 강수, 박사헌, 전영규, 남두병(南斗柄) 등과 우정골로 내려가 천제에 참석한 180여 장정에게 '중군', '별무사' 등의 첩지(帖紙)와 죽창, 조총, 큰 칼 등을 지급하고, 저녁 7시가 되기를 기다려 동쪽 30리 영해부성(寧海府城)으로 몰려갔다.

밤 9시, 박동혁(朴東赫), 강수, 강수의 아우 강문(姜汶) 등이 선두에서 횃불을 들고 함성을 지르며 서문과 남문을 공격하다가 강문이 관군의 총에 쓰러지고, 강수가 영해성의 동헌(東軒) 담장에 불을 질러 이필제가 담을 넘어 달아나는 영해부사 이정(李政)을 붙잡아 꿇어앉혔다. "너는 백성을 학대하고 재물을 탐했으니 죽어 마땅하다."하고, 부하 김낙균(金洛均)에게 목을 베게 했다. 이정이 죽자, 부인이 목을 매어 죽고 영해부의 6방 이속들은 모두 달아났다.

이필제는 이튿날 3월 11일 아침, 영해부 사람들에게 "이번 거사는 영해 부사 이정의 학정을 응징한 것이니, 백성들은 동요치 말고 평소처럼 생업에 종사하기를 바란다."라는 영을 내렸다. 영해 관아 금고의 엽전 150냥을 영해부 5개 마을 백성에게 각각 20냥씩 나눠주고 남은 50냥으로 술을 사다가 장정들에게 먹이고, "다음 목표는 영덕현(盈德縣)이다."라고 선언했지만, 영덕현이 이미 연락을 받고 방어 중이라는 소식에, 장정들을 3개 대로 나누어 각각 일월산 용화동 윗대치로 퇴각하게 했다.

강수와 이필제, 전성문 등은 영해에서 3월 12일 밤, 맹동산(孟童山) 윗섬재를 넘어 일월산 용화동으로 향하고, 일부 장정들은 새재(鳥峴)와 허리재(屹里嶺) 등을 넘어, 서면 인량리(仁良里)로 가고, 박사헌과 정치겸 등은 명동산(鳴童山) 울재(泣峙)를 넘어 영해 남면(南面) 웅곡(熊谷), 백석동(白石洞)을 거쳐 용화동으로 향했다.

경상 감사 김세호(金世鎬)는 3월 11일 조정에 "어제 한밤중에 적도 수백 명이 영해부성을 기습해 인부(印簿)를 탈취하고 각 방(房)의 이속들을 죽였으니 즉시 이들을 토벌하고, 반란군에 살해된 영해부사 이정의 장례를 도와야 할 것입니다."라는 장계를 올렸다.

강수와 이필제, 전성문은 3월 13일 새벽, 비를 맞으며 윗대치로 가서 3월 15일 천제(天帝)를 올릴 장대 끝에 인부(印符)를 매달다가 갑자기 영양 현감 서중보(徐中輔)의 별포군(別砲軍) 습격을 받아서 영해의 도인 남두병, 박사헌 등 12명이 죽고, 도인의 가족 10여 명이 체포되었다.

최경상은 이필제, 전성문과 급히 일월산 정상 북쪽 동화재를 넘어 봉화군 재산면(才山面) 갈산리(葛山里) 우련전(雨蓮田)으로 달아났다. 우련전은 연꽃이 물에 뜬 연화부수(蓮花浮水) 명당으로 사람의 발길이 닿지 않은 곳이었다. 우련전에 사람이 처음 들어온 것은 60년 전인 순조 즉위년(1801년), 순조의 섭정 조모 정순왕후의 천주교 신유박해(辛酉迫害) 때의 천주교인들이었다. 최경상 등은 우련전에서 밤 내내 걷고 걸어 북쪽 봉화군 춘양면(春陽面)으로 향했다.

조정은 3월 16일 후임 영해 부사에 이정필(李正弼)을, 안핵사에 암행어사 박제관(朴齊寬)을, 영덕 현감에 한치림(韓致林)을 임명해 현지로 보내고, 경상 감영에 "도신(道臣)과 수신(帥臣)은 속히 군사를 내어 속히 적도(賊徒)을 섬멸하되, 혹시 위협에 어쩔 수 없어 따른 자도 있을 것이니 옥석(玉石)을 가려 처벌하라"는 교지를 내렸다.

최경상 등은 관군을 피해 딱히 어디로 가야 할 목적지도 없이 달아나다가 문득 영월 소밀원 사가를 생각했다. 말 한마디 않고 옮겨갔지만, 그리로 가기로 했다. 최상경은 소밀원이 어디쯤인지 몰라도 목적지가 정해지자 힘이 났다. 이필제는 소밀원을 얼마쯤 알고 있는 것 같았다. 이필제는 젊은 시절부터 8도를 다녀 모르는 곳이 없어 일행 모두는 그를 따라 봉화군 춘양면 서벽리(西壁里)로 가서 운곡천(雲谷川) 계곡으로 소백산 도래기재를 올랐다.

도래기재는 서벽리에서 우구치리로 통하는 고개로, 남서쪽은 소백산 고치령에서 선달산, 박달령, 옥석봉으로 북상한 백두대간 안부(鞍部)로, 도래기재에서 백두대간이 남쪽은 소백산으로, 동북 방향은 구룡산(九龍山), 신선봉(神仙峰)을 거쳐 태백산(太白山)으로 이어가고 있었다. 도래기재는 옛날 이곳에 있었던 역참(驛站) 도력(道力)의 변한 이름이었다. 도래기재에 일월산 윗대치 정도로 높은 산중마을 춘양면 우구치리(牛口峙里)가 있었다. 우구치리는 마을이 지형이 소의 입을 닮아 붙은 이름이라 했다. 일행은 우구치리 마을에서 먹을 것을 청했다. 도망치느라 10여 일을 굶고 계곡물로 배를 채우며 가까스로 이곳까지 온 것이었다.

일행은 우구치리에서 감자밥을 얻어먹고. 영월 가는 길을 물어 서북쪽 계곡으로 영월군 하동면(下東面) 내리(內里)로 내려가 다시 옥동천(玉洞川)을 따라 단양군 영춘면(永春面) 의풍리(義豊里) 등지를 지나 해가 질 무렵에 영월군 중동면 화원리(花原里) 소밀원(蘇密院)에 도착했다. 윗대치를 떠난 후 12일 만이었다.

소밀원은 높은 산자락 아랫마을로, 옛날 관리들이 묵어가는 객원이 있어 유래한 이름이었다.

3.

최경상은 소밀원에서 먼저 강수를 약초꾼으로 꾸며 마을로 들여보내고 나머지 세 사람은 몸을 감추게 했다. 생각 같아서는 어서 사가로 가서 무엇이든 먹어야 했지만, 혹시 무슨 일이 발생할지 모르기 때문이었다.

강수는 사가 앞에서 기웃거리다가 마침 물동이를 이고 사립문을 나서는 스승의 큰아들 세정의 처를 만났다. 강수는 너무도 반가워 인사말을 건넸다.

"그간 잘 계셨습니까?"

"어찌 잘 있을 수 있겠습니까?"

찬바람이 느껴지는 세정 처의 목소리였다. 살기가 너무 고단해서인지, 아니면 '영해작변'의 소문을 듣고 외면하는 것인지도 모를 일이었다. 숨어 있던 최경상과 이필제, 전성문 등이 모습을 나타내며 세정의 처에게 안부를 묻는다.

"사모님께서는 잘 계십니까?"

"어머니는 지금 집에 계시지 않습니다. 어쩐 일로 오셨습니까?"

아직 '영해작변'을 알지 못하는 것 같았다. 최경상은 혹시 집에 밥이 있냐고 물었다. 배가 너무 고팠다. 세정의 처는 난감해 했다.

"집에 밥이 없습니다. 오래전부터 양식이 떨어져서…."

일행은 윗대치를 떠난 후 10일을 내내 굶다가 어젯밤 우구치리에서 겨우 감자로 허기를 겨우 면했을 뿐이었다.

세정의 처는 밖으로 나갔다가 얼마 후 조밥 한 그릇을 들고 왔다. 뒷

집 장기서 어른 집에서 얻어왔다며 그들 앞에 내놓는다.

　장기서는 작년 2월 공생을 윗대치로 보내 사가를 영월 소밀원으로 옮겨온 사람이었다. 세 사람은 조밥 한 그릇을 급히 나누어 먹었다. 물론 양에 찰 까닭이 없었다.

　그런데 세정의 처가 다그친다.

　"선생님들, 다 잡수셨으면 어서 떠나셔야 하겠습니다."

　최경상이 놀라서 세정의 처를 바라보았다.

　"무슨 말인가?"

　세정의 처는, 관아의 지목이 심해 어머니는 정선(旌善)으로, 서방님과 도련님도 다른 곳으로 가고, 여기는 젊은 여자 혼자 사는 집이니, 나가 달라는 말이었다.

　최경상은 사가에 오면 반갑게 맞아 주리라 생각했다가 문전박대를 당한 것이 허탈했다. 어쨌든 젊은 여자가 혼자 사는 집에 함께 있을 수도 없었다. 어디로든 옮겨가야 했지만 마땅히 갈 곳이 없었다.

　서로 얼굴만 쳐다보는데 이필제가 정녕 갈 곳이 없다면 자기가 가자는 곳으로 가겠느냐고 말문을 열었다. 강수가 우리 처지에 찬밥 더운밥 가릴 소냐며 어디 좋은 곳이 있느냐고 묻자, 이필제가 "혹시 단양(端陽)을 아십니까?"하고 물었다. 그러나 일행 모두는 단양을 알지 못했다.

　강수가 단양이 어디냐고 하고 묻자, 이필제는

　"여기서 그다지 멀지 않습니다."

　하니, 강수가 선뜻 응대를 했다.

　"멀면 어떻습니까. 어디든 가 봅시다."

　일행은 사가를 나와 이필제를 따라 밤길을 걷고 걸어 이튿날 새벽 어느 산중 마을에 도착했다. 충청도 단양군 단성면(丹城面) 가산리(佳山里)였다.

이필제가 일행을 동구에서 잠시 기다리게 하고 혼자 어느 집 대문 앞에 가서 "이보게 주인장! 이필제가 왔다네."하고 대문을 두드렸다. 얼마 후 한 중년 남자가 대문을 열고 나왔다.

"아! 이(李) 장군! 이런 첫새벽에 어인 일이십니까? 주인님께서 안에 계시니 어서 들어갑시다."

그는 이필제를 데리고 집안으로 사라졌다. 얼마 후 주인이 밖으로 나와 일행들에게 집 안으로 들기를 청한다.

"저는 이 장군의 친구 정기현(鄭技鉉)입니다. 어서 안으로 드십시오."

최경상은 집주인 정기현이 이필제와 보통 친구가 아니라는 생각이 들고, 13일 동안 쫓기다가 만난 좋은 은신처 같았다. 곧바로 아침 밥상이 들어왔다. 윗대치에서 이곳까지 오는 동안 우구치리에서 감자밥 한 술, 사가에서 조밥 몇 술 먹었을 뿐이라, 배가 너무도 고파 허겁지겁 밥을 먹고는 주인 정기현에게 먹고 살기가 힘들어 정처 없이 떠도는 글도 모르는 사람들이라면서 이름까지 거짓으로 둘러댔다. 물론 정기현도 굳이 캐묻지 않았다.

그날 오전 세 사람은 각각 헤어져 정기현의 집에서, 이필제는 가산마을의 정창화(鄭昌和) 집, 최경상은 가산마을의 정석현(鄭錫鉉) 집, 전성문은 가산마을의 또 다른 집, 강수는 단양 영춘면(永春面) 상리(上里) 김용권(金容權)의 집 머슴이 되었다. 강수가 간 영춘면(永春面) 상리는 가산에서 다시 배로 얼마간 더 가는 곳으로, 어젯밤 일행이 소밀원에서 이곳으로 올 때 지나친 옥동천 옆이었다.

가산마을은 북쪽으로 강원도 영월(寧越), 서쪽으로 충청도 제천(堤川), 동남쪽으로 경상도 순흥(順興), 남쪽으로 경상도 문경(聞慶)과 접하는 도락산 골짜기 산중 마을로, 마을 옆에 도락산(道樂山)에서 발원하는 단양천이 흘러내리고, 단양천에 크고 작은 너럭바위들이 지천으로 널려 있었다.

주인 정석현은 최경상이 묻지도 않은 단양천 계곡의 명소 상선암(上仙巖), 경천벽(擎天壁), 중선암(中仙巖), 하선암(下仙巖) 등을 자랑하느라 열을 올렸다. 특히 중선암의 옥렴대(玉廉臺) 바위에 새겨진 각자(刻字) '사군강산(四郡江山) 삼선수석(三仙水石)'은 단양(丹陽)과 제천(堤川), 영춘(永春), 청풍(淸風) 4군의 명소로, 이 마을 이름 가산리(佳山里)는 이 옥렴대 때문에 유래한 이름이며, 마을의 도락산(道樂山)은 조선 효종, 현종, 숙종 때의 대유학자 송시열이 "사람에게 깨달음의 도(道)와 즐거움의 낙(樂)이 있어야 한다."라며 명명한 이름이라고 했다.

최경상은 정석현의 집에서 새벽부터 논밭에 나가 농사를 짓고, 밤이면 새끼를 꼬고 짚신을 삼았다. 주인 정석현은 이런 부지런한 머슴 최경상에게 농사일이 끝나면 사인암(舍人巖)과 사선암(四仙巖)을 구경시켜 주겠다고 했다. 단양천의 사인암은 계곡에 층층을 이룬 바둑판을 닮은 바위, 사선대는 사인암 상류의 네 신선이 놀았다던 전설의 바위였다.

최경상은 1871년 4월 어느 날, 마당에서 못자리에 낼 퇴비를 소달구지에 퍼 담고 있었다. 그런데 아침에 단양 오일장에 갔던 주인 정석현이 포졸 하나를 집으로 데려와 마루에 앉아 최경상에게 "이보게, 여기 술상 좀 차려오게나. 나리가 오셨다네." 했다.

최경상은 포졸을 보는 순간 가슴이 철렁했다. 그러나 주인과 포졸은 오일장에서 이미 한잔하고 다시 집에 와 최경상에 술상을 차려오게 한 것이었다. 정석현의 부인이 며칠 전 최경상의 부인을 데리고 친정에 가고 없어 최경상은 술상을 차려다 주고 소달구지에 퇴비를 퍼담으며 두 사람 이야기에 귀를 기울였다.

주 인 : 그 괴수가 언제 단양에 왔답니까?
포 졸 : 잘 모르지. 워낙 신출귀몰한 놈이니….

주 인 : 그렇게 신출귀몰합니까?
포 졸 : 그렇지 않으면 어찌 현상금을 두둑하게 걸었겠어?
주 인 : 놈을 잡기만 하면 한 팔자 고치겠지요?
포 졸 : 여부가 있나. 눈을 부릅뜨고 잘 살펴보시오. 자고로 등잔 밑
       이 어둡다고 했으니….
주 인 : 잘 알겠습니다. 내 집부터 잘 살펴보라는 말씀이지요?
포 졸 : 그렇지요. 자고로 꺼진 불도 다시 보라 했으니….

　최경상은 두 사람의 이야기를 듣다가 깜짝 놀랐다. 바로 자신을 두고 하는 말이었다. 주인 정석현이 한 팔자를 고치려고 자신을 관가에 넘길 것 같기만 했다. 어서 달아나야 하는데, 아내가 며칠 전 주인마님을 따라가 아직 돌아오지 않고 있었다. 주인 정석현이 일부러 먼 영양 일월산 윗대치까지 가서 데려다 준 아내였다. 아내와 함께 달아나야 했지만 최경상은 더 지체할 수 없어 자신의 행장 보따리를 챙겨 거름을 실은 소달구지에 싣고 집 밖 동구로 나와 소를 나무에 묶어놓고, 급히 이필제와 전성문을 찾아갔다. 그러나 이필제가 출타하고 없어 전성문과 함께 영춘면 상리로 가서 강수를 만나 옥동천(玉洞川)을 거슬러 오르다가 얼마 후 옥동천 북쪽 지류 골짜기로 들어갔다.
　그런데 그 안쪽으로 산줄기에 둘러싸인 드넓은 골짜기가 펼쳐지고, 곳곳에 마을도 있었다. 별천지 같았다. 최경상 등은 그 마을의 어느 농가로 가서 주인을 찾았다. 마침 주인이 바지게에 퇴비를 퍼담다가 일행들의 형색을 살폈다.
　"누굴 찾아오셨소?"
　"우리는 정처 없이 유랑하는 사람입니다. 혹시 머슴이 필요하지 않습니까? 먹여만 주시고 새경(私耕)은 주지 않아도 됩니다."

최경상의 말에 주인이 놀라 세상에, 새경 없는 머슴도 있냐면서 일행을 더욱 유심히 훑어보았다. 최경상은 도망친 머슴 신분이 밝혀질까 봐 가슴이 털컥 내려앉았지만 "정말입니다. 먹고 재워만 주십시오." 하자 주인이 "새경이 없어도 좋다면 우리 집에 있겠어요?" 한다.

고향도, 이름도 어떻게 이곳에 오게 된 사연도 묻지 않았다. 강수와 전성문도 주인의 소개로 각각 다른 마을 찰골, 한밭골 농가의 머슴이 되었다.

최경상은 이 마을이 참으로 마음에 들었다. 사방으로 높은 산줄기에 둘러싸이고 마을 입구가 좁은 물길이기 때문이었다. 마을 입구의 물길만 막으면 안쪽에 마을이 있다는 것을 알 수 없는 지형이었다. 그러나 이곳이 어디쯤인지, 마을 이름이 무엇인지, 마을을 에워싼 산들의 이름을 알지 못했다. 어제까지 머슴 살던 단성면 가산도 이런 곳이었다. 강원도는 대부분 이런 골짜기였다.

최경상은 며칠이 지나면서 주인 정진일로부터 이 마을은 영월군 중동면 직동리(稷洞里) 큰골이라는 것을 알았다. 예전에 기장(稷) 농사를 많이 지어 직동리라 부른다고 했다.

마을을 에워싸고 있는 북쪽 산줄기에 솟은 산은 질운산(織雲山), 두위봉, 예미산이며, 동쪽에 높이 솟은 산은 백운산(白雲山), 정암산(太白山), 매봉산(鷹峰山), 남쪽 마을 입구 좌우에 솟은 높은 산은 꼭두봉 흰병산(白屛山)이라는 것을 알았다. 그뿐 아니라 두위봉·예미산 북쪽은 정선군 사북읍, 신동읍, 정선 남면, 서쪽은 영월읍, 남쪽은 영월군 하동면(下東面), 동쪽 백운산 너머는 영월 상동(上洞)이라는 것도 알았다. 어린아이가 말을 차츰차츰 알아가고 걸음마를 배우는 것과 같았다.

최경상은 직동리 큰골의 정진일 집에서도 아침 일찍 논밭에 나가 종일 일을 하고, 밤에는 골방에서 스승의 두루마리 글을 읽으며, 하느님께 단양 가산에 두고 온 아내가 무사하게 해 주시기를 빌었다. 주인 정진일(鄭進一)은 최경상이 올리는 기도를 간섭하지 않았고, 21자 동학 주문을 배워 마을 사람들에게 자랑하고 다녔다. 최경상은 그러던 어느 날 주인에게 물어보았다.

"혹시 소밀원을 아십니까?"

소밀원이 같은 영월군 중동면이기 때문이었다. 그러자 주인이 깜짝 놀란다.

"당신이 소밀원을 아시오?"

"소밀원에 아는 사람이 있어 한 번 간 적이 있습니다."

그러나 그 아는 사람이 사가라는 것은 말하지 않았다. 정진일은 소밀원으로 가려면 우리 마을 앞 옥동천에서 동쪽 녹전리로 가서 다시 북쪽 물길로 들어가는 곳이라고 일러준다.

최경상은 비로소 소밀원이 직동리와 그다지 멀지 않는 곳이라는 알았다. 혼자서도 찾아갈 수 있을 것 같았다. 그러나 영해작변으로 쫓길 때 찾아가 세정의 처에게 쫓겨난 사가를 잊어버리고 싶었다.

4.

최경상이 직동리 정진일의 집에 머슴을 살던 1871년 3월 16일, 경상 감사 김세호(金世鎬)가 안핵사 박제관(朴齊寬)을 한양으로 보내 조정에 영해작변 처리 방침을 보고하게 했다. 박제관은 과거 시험장까지 영의정 김병학(金炳學)을 찾아가 보고하고, 1871년 3월 25일에 죽은 영해 부사 이정의 시신을 한양으로 운구하고, 3월 28일에는 이필제로부터 돈을 받은 주민, 작변 군사의 아침밥 24상을 갖다준 사람 등, 100여 명을 안동 감옥에 가두었다. 그러나 사람 수가 너무도 많아 감옥이 비좁아 죄가 가벼운 23명은 대구, 청도, 고령, 경주 등지로 보내, 5월 22일까지 모두 문초를 끝내고서, 한 달 후 6월 22일 조정에 장계를 올렸다.

"폭도 100명 중 12명은 문초를 받다가 죽고, 1명은 자진(自盡)하고, 남은 77명 중 32명은 효수, 21명은 원지 유배, 반란에 가담하지 않은 15명은 석방하는 것이 좋겠습니다. 그리고 이번에 위험을 무릅쓰고 공을 세운 흥해 군수(興海郡守) 김홍관(金弘灌)과, 포(砲)를 이끌고 역도들을 소탕한 영양 현감(英陽縣監) 서중보(徐中輔), 폭도에게 빼앗긴 인장(印章)과 병부(兵符)를 찾아 바친 영양의 아전, 많은 물자를 지원한 영덕의 선비들과 백성들을 각각 포상하시고, 다만 영덕 현령(盈德縣令) 정중우(鄭仲愚)는 토벌에 잘못 대처했으니 참고하소서."

조정은 그 11일 후 7월 3일, 경상감사의 장계를 따라 김세호에게 반란자 32명은 효수하고 21명은 원지 유배에 처하게 했다. 그 후 경상도의 영해, 평해, 울진, 진보, 삼척, 영덕, 청하, 영일, 장기, 경주, 안동, 영양, 청송 등지는 관아가 수상한 기미만 보여도 사람들을 잡아가 동학교도를 전혀 찾아볼 수 없었다.

최경상은 1871년 8월 말, 영월 중동면 직동리에서 주인 정진일로부터 이필제 소문을 들었다. 단양 장에 갔다 온 정진일이 이필제가 경상도 문경에서 관아를 습격하다가 7월 5일 체포되어 8월 22일, 일당 44명과 함께 서울로 압송되었다고 전한 것이었다. 이필제는 최경상이 단양 가산리에서 달아난 후 친구 정기현과 문경에서 또다시 작변을 꾸민 것이었다.

이필제는 순조 24년(1824년), 충청도 홍주(洪州)에서 태어나 23세(1844년) 때 이홍(李弘)이란 가명으로 무과(武科)에 급제했지만 벼슬을 얻지 못하고, 1850년 5월 경상도 풍기(豊基)에서 허관(許瓘)이란 노인으로부터 '서양 세력과 청나라 오랑캐를 멀리하라'는 가르침을 받아 고종 6년

(1869년) 4월 21일, 충청도 진천(鎭川)에서 김창정(金滄艇)이라는 가명으로 김낙균(金洛均), 양주동(梁柱東) 등과 작변을 계획하다가 다시 경상도 거창, 합천, 남해(南海) 등지로 달아나 동지 양영렬(楊永烈), 성하첨(成夏瞻), 정만식(鄭晩植), 김낙균(金洛均) 등과 작변을 모의하다가 발각되었다. 1870년 2월 28일 지리산 골짜기 경상도 산청군 덕산(德山)으로 가서 작변을 모의하다가 또다시 발각되어 이필제는 김낙균 등과 강원도로 달아나고, 양영렬, 정만식은 체포되어 추자도(楸子島)·흑산도(黑山島)로 유배되었다. 그 후 이필제는 1871년 김낙균과 경상도 영해부 서면(西面) 창수동 박사헌(朴士憲)의 집으로 가서 1871년 3월 10일 영해작변을 일으키고, 최경상 등과 단양 가산리로 달아났다가 다시금 문경에서 작변을 획책한 것이었다. 생각하면 이필제는 전문적인 작변가(作變家)였다.

최경상은 직동리에서 1871년 9월 5일, 다시 도망길에 올랐다. 두 달 전 직동리 찰골마을 정사일(鄭士一)의 아내가 문경 친정에 갔다 와서 문경작변에 관련되었다며 영월 관아에 체포되고, 이틀 전 9월 3일, 직동리 정진일의 옆집 남자가 영월 관아에 잡혀가고, 주인 정진일 또한 수배를 받기 시작한 때문이었다.

최경상은 9월 4일 급히 전성문과 강수를 찾아가 9월 5일 도망길에 올랐다. 단양 가산에서 도망칠 때도 그랬듯이 행장은 스승의 두루마리 글을 담은 보따리 하나가 모두였다. 최경상 등이 정진일의 집을 나서자 마을 앞 논에 자신이 가꾼 벼가 익어가고 있었다. 강수가 물었다.

"주인님, 어디로 가실 생각입니까?"

"일단 사가가 있는 소밀원으로 갈까 하네."

"주인님은 아직도 사가를 잊지 못하십니까?"

"나도 잊으려 했지만 달리 찾아갈 곳도 없으니…."

작년(1871년) 7월 13일 찾아갔다가 세정의 처에게 쫓겨난 사가였다.

"사가 가는 길을 알기나 하십니까?"

강수가 묻자 최경상은 주인 정진일로부터 들어 얼마간 알고 있다고 했다.

최경상은 강수, 전성문과 마을 입구로 나가 옥동천을 거슬러 중동면 녹전리로 가서 다시 북쪽으로 방향을 바꾸어 소밀원으로 갔다. 작년 7월 13일 이필제 등과 찾아갔던 곳이라 부근 산세가 얼마간 눈에 익었다. 최경상 등이 사가로 들어서자 사모님께서 몹시 미안해 했다.

"전날은 내가 집에 없어서…."

작년 7월 13일 세정의 처가 최경상 일행에게 박대당한 일이 마음에 걸리는 모양이었다. 최경상이 사모님의 마음을 보듬어 주었다.

"그때는 사모님께서 정선에 가셨다지요?"

"쫓기는 팔자라…. 어쩌겠나. 그런데 지금 그대들의 형색이 어찌 그런가?"

사모님은 매우 걱정스러운 표정이었다. 강수가 내막을 밝혔다.

"이필제가 문경에서 또 작변을 일으켜 쫓기고 있답니다."

"이필제가 또 작변을 일으켰어? 그래, 어찌 되었는가?"

"결국 붙잡혀 한양으로 압송되었답니다."

사모님은 한숨을 쉬며 혀를 끌끌 차고, 곁에서 스승의 큰아들 세정이 끼어 들었다.

"선생님들, 어머니께서는 아직 문경작변을 모르십니다."

사모님은, 아무도 말해 주지 않으면 어찌 알겠느냐며 아들 세정에게 선생님들께서 먼 길을 오시느라 고단하실 테니 어서 잠자리를 준비해 드리라고 했다. 그러나 세정이 가족은 내일 양양(壤陽)에서 동생 세청의 결혼식이 있어 새벽 일찍 집을 나가야 해서 집을 비우게 된다고 했다. 어서 나가 달라는 말이었다.

이필제의 영해(寧海) 작변(作變)

"내일이 세청의 결혼이라고? 참으로 축하하네. 주인 없는 집인들 우리가 어찌 있지 못할까만, 우리도 결혼식에 함께 가겠네. 주인님(해월)이 하인이 되어 세청의 말고삐를 잡고, 내가 예물을 짊어지고, 전성문이 하객이 되면 누가 감히 우리를 수상하게 보겠는가?"

강수가 구실을 대며 사정했다. 그런데 세정이 잠든 한밤중에 일행을 깨웠다.

"선생님들, 어서 일어나요. 조반(朝飯)입니다."

"밤중에 무슨 조반인가? 아직 첫닭도 울지 않았는데?"

강수가 선잠에서 깬 눈을 비비며 의아해 했다. 스승의 둘째 아들 세청이 사실대로 말을 했다.

"사실은 장기서가 선생님들을 마을 사람들 눈에 띄기 전에 내보내라고 해서요. 우리가 여기 사는 것도 장기서 어른의 덕택이니…. 어쩔 수 없습니다."

그러자 강수가 그래도 이건 너무 심하지 않으냐며 투덜거리자, 최경상이 어찌 남에게 탓을 돌리는가? 우리가 곤궁에 빠진 것도 하느님 뜻이니, 누구를 원망하고 허물할 것이 없다면서 세청에게 은근히 청을 넣었다.

"지금 내게 일곱 냥이 있으니 적지만 경사에 보태 쓰게. 우리는 자네가 잠시 이끌어주면 관에 잡히는 것을 면할 수 있을 것이라 생각했으니 잘 생각해 보게."

그러나 세정과 세청은 미처 해도 뜨기 전에 사모님을 모시고 집을 나가버렸으니, 최경상 등은 주인 없는 집에 있을 수 없어 사가를 나오고 말았다.

5.

최경상 등이 소밀원 사가를 나오자니, 사방 보이는 것은 좁은 하늘, 험준한 산봉우리뿐이었다. 그들 일행은 고비원주(高飛遠走)의 길이 참담했지만 희망을 버리지 못해 차라리 산으로 가서 산짐승처럼 살자며 소밀원 뒷산 망경대산(萬景臺山)을 오르기 시작했다.

1452년, 조선 6대 임금 단종 이홍위(李弘暐)가 숙부 수양대군에게 왕위를 뺏기고 영월로 유배되어 3년 후(1457년) 17세에 살해되자 이 고장의 선비 우천(愚川) 추익한(秋益漢)이 매일 올라 한양을 바라보며 원통한 마음을 달랜 산이라 만경대산이었다.

최경상 일행은 망경대산 수라리재를 넘어 한창 요란한 단풍이 물든 9월의 산을 오르내렸다. 수라리재는 남쪽 영월군 중동면 녹전리와 북쪽 정선(旌善) 신동면(新東面) 사이로, 1392년, 이성계에 의해 폐위되어 삼척군 근덕면으로 유배 가던 고려 공양왕이 수라를 든 곳이라 해서 붙여진 이름이었다.

최경상 일행은 나무숲을 헤치며 산을 오르내렸다. 길이 따로 있을 리 없었다. 배가 고파서 도토리, 솔잎 등으로 허기를 달랬다. 사람도 산에서는 속절없는 한 마리의 짐승이었다. 그들은 그렇게 종일 산을 헤매다가 뜻밖에 산에서 사람 하나를 만났다. 일월산 윗대치에서 함께 살았던 영양 접주 황재민(黃在民)이었다. 산중에서 사람을 만나는 것도 그랬지만 아는 사람을 만난 것이 신기했다. 어쩌면 옥황상제께서 예비한 것 같았다.

황재민은 6개월 전 3월 12일 밤, 이필제의 영해작변 당시 도인 이인언 등과 영해에서 일월산 윗대치로 달아나 3월 14일 아침 영양 현감 서중보(徐中輔)의 별포군의 습격을 받았는데, 이인언은 죽고 혼자 도망쳐 이곳까지 오게 된 것이었다. 그간 배도 고프고, 사람이 그리웠다며 최경상의 손을 꼭 잡았다. 최경상 일행은 황재민을 만나 산을 헤매다가 바위굴 하나를 발견했다. 추위와 맹수를 피하기 좋은 굴이었다. 전성문이 몹시 기꺼워했다.

"상제님께서 우리에게 좋은 잠자리를 주신 것 같습니다."

일행은 솔가지를 바닥에 깔고 낙엽을 덮어 잠자리를 만들었다. 그리고 그날 밤 그 굴에서 모처럼 단잠을 잤다. 그러나 다음 날 아침 눈을 떠 보니, 굴 입구에 큰 호랑이 한 마리가 있었다. 다행히 호랑이는 해치지 않고 곧 사라졌다. 최경상은 호랑이가 사라지자 영(靈)이 어찌 사람에게만 있을 것인가. 저 짐승도 영물(靈物)이 분명하다고 했다. 호랑이는 다음 날 밤도 동굴 근처를 배회했다. 황재민은 호랑이가 자기들을 지켜주려는 것 같다면서 마음을 놓았다.

하지만 최경상 일행은 산에서 며칠째 아무것도 먹지 못했다. 간장병도, 소금 주머니도 비어 있었다. 소금은 '평안 감사보다 소금 장수가 낫다.'는 말처럼 사람에 반드시 먹어야 하는 것이었다. 다음날 황재민이 산에서 견디지 못해, "신사님! 저는 죽어도 집에 가서 죽겠습니다."하고 산에서 내려갔다. 전성문도 황재민을 따라 훗날 다시 만나기를 약속하며 산을 떠났다.

황재민과 전성문이 산을 떠난 후 최경상은 강수와 정처 없이 산을 헤맸다. 훗날 강수는 『도원기서(道源記書)』에서 이때 일을 "곡기를 못한 지 이미 열흘, 장차 어떻게 살 것인가? …(중략) 절벽에 올라가 돌아보고 또 돌아보며 누가 먼저 가고 누가 뒤에 갈까. 차라리 서로 끌어안고 죽는 것이 좋을 것 같았다."라고 적었다.

최경상과 강수는 다음 날 오후 산에서 뜻밖에 또 다른 한 사람을 만났다. 나뭇가지 사이로 검불을 헤치며 무언가를 찾고 있는 젊은이였다. 산에서 사람을 만나는 것은 산짐승을 만나는 것보다 드문 일이었다. 젊은이는 등에 짊어진 바랑, 손에 든 괭이로 보아 약초꾼이었다. 최경상과 강수는 한동안 젊은이를 지켜 보다가 "이보게, 젊은이!"하고 가만히 말을 걸었다. 젊은이가 사람 소리에 놀라 "누구십니까?"하고 소리를 질렀다. 강수는 젊은이를 진정시켰다.

"놀라게 해서 미안하오. 우리는 기도하러 태백산에 왔다가 길을 잃었답니다. 결코 나쁜 사람은 아닙니다."

그러자 젊은이는 "이 산은 두위봉(斗圍峰)입니다. 태백산은 한참 저쪽이고요." 하면서 동쪽 방향을 가리켰다.

강수가 "두위봉이라뇨?"하고 놀라자 젊은이는

"이 산 두위봉은 정선군 신동면(新東面)과 남면(南面), 사북읍(舍北邑), 영월군 중동면(中東面)의 경계산입니다."

라고 했다. 이에 강수가 다그치듯 물었다.

"그럼, 태백산은?"

"태백산은 이 산에서 동쪽으로 사북읍 백운산(白雲山)을 올라 다시 동쪽으로 한참 가야 합니다. 두위봉 서쪽은 영월군 신동읍, 북쪽은 영월군 남면, 남쪽은 영월군 중동면, 동쪽은 정선군 태백산입니다."

듣고 있던 최경상이

"어찌 그렇게 잘 아시는가."

하자, 젊은이는

"매일 약초를 캐러 산을 다니기 때문입니다. 저의 집은 이 산 두위봉 아래 질운산 자락 영월군 중동면 직동리 막골입니다."

젊은이의 말에 최경상은 깜짝 놀랐다. 직동리는 사흘 전까지 머슴으로 살던 정진일 마을이었다. 최경상이

"막골도 영월군 중동면 직동리입니까?"

하고, 물었다.

"그렇습니다. 선생님께서 어떻게 직동리를 아십니까? 저는 직동리 막골에 사는 박용걸(朴龍傑)입니다."
"잘은 모르지만 직동리에 흰병산(白屛山)이 있다는 말을 들은 적이 있습니다."
최경상은 넌즈시 둘러댔다. 흰병산은 최경상이 정진일의 집에서 고개만 들면 눈에 들어오는 산이었다. 젊은이는 은근히 흰병산을 자랑스러워 했다.
"흰병산은 우리 집 막골에서 남쪽 20리 거리, 옥동천(玉洞川) 옆의 바위산입니다. 멀리서 보는 산이 하얀 바위가 병풍을 두른 모습이라 흰병산 혹은 단풍산(丹楓山)이라고 부릅니다. 흰병산과 그 옆 바위산 꼭두봉의 가을 단풍이 환상적이지요."
최경상은 강수에게 은밀히 귓속말을 건넸다.
"우리가 지금껏 사흘을 부처님 손바닥의 손오공처럼 직동리 뒷산을 헤맨 것인가."
강수가 젊은이에게 구차스런 말을 걸었다.
"혹시 먹을 것이 없습니까? 지금 배가 몹시 고파서…."
"제게 주먹밥이 있습니다만…."
"죄송하지만 그거라도…. 우리는 열흘째 아무것도 먹지 못했습니다."
그들은 젊은이가 준 주먹밥을 허겁지겁 삼키고 물까지 얻어 마셨다.
"아. 이제 살 것 같습니다. 이 은혜를 어떻게 갚을까요?"
"은혜라니요? 요기가 되셨으면 다행입니다."
"젊은이! 혹시 이 산에 매일 오십니까?"
"아닙니다. 가끔입니다. 약초를 캐러 오늘은 이 산, 내일은 저 산으로 다닙니다. 이 부근의 죽렴산(竹簾山), 백운산(白雲山), 매봉산, 함백산(咸白山) 등은 약초가 많이 납니다."

잠시 망설이다가 강수는 젊은이에게 간절한 청을 넣었다.

"어렵겠지만 당분간 이곳으로 밥을 좀 갖다 주실 수 없겠습니까?"

젊은이는 밥을 갖다 드리는 것은 어렵지 않지만, 왜 계속 산에서 지내려 하느냐고 의아해 했다.

그래도 다음날 젊은이는 아침 조밥 두 그릇을 가져왔다. 최경상과 강수가 밥그릇 비우기를 기다리던 그가 말문을 열었다.

"그러지들 마시고 저의 집으로 가십시다. 날씨는 점점 추워 오는데 산에서 어떻게 삽니까? 혹시 제가 관아에 알릴까 봐 그럽니까?"

강수가 화들짝 놀라 물었다.

"우리가 쫓기고 있다는 것을 어찌 알았는가?"

"척 보면 알지요. 그러나 소문내지 않겠으니 걱정하지 마십시오. 저의 죽마고우가 영월 관아 아전으로 있지만 고자질 않겠으니 저를 믿고 저의 집으로 가십시다."

젊은이가 거듭 권했다. 그 후 최경상은 젊은이 박용걸의 집 머슴이 되고 강수는 그 마을 다른 집 머슴이 되었다. 최경상은 직동리 막골 박용걸의 집에서 날마다 낮에는 마당을 쓸고, 땔나무를 하며 밤마다 하느님께 기도를 올렸다. 그러다가 박용걸을 동학에 입도시키고, 박용걸은 자신의 가족들, 정선(旌善) 남면(南面)의 외숙부 유인상(劉寅相)을 동학에 입도시켰다.

박용걸은 경상도 순흥(順興)에 사는 친형에게까지 가서 최경상과 강수의 겨울옷 한 벌씩을 지어왔다. 최경상은 자신을 가족처럼 대해 주는 박용걸이 참으로 고마웠다. 이필제의 영해작변으로 쫓기다가 만난 참으로 좋은 피난처였다.

6.

　강수는 신미년 1871년 12월 어느 날, 뜻밖에 전성문을 만났다. 강수가 나무를 하러 갔다가 전성문을 만나 데려왔기 때문이었다. 그는 한 달 전 두위봉에서 황재민과 함께 산을 떠났지만, 이곳을 벗어나지 못하고 인근 마을에서 머슴을 살았다고 한다. 최경상은 전성문의 손을 부여잡았다.

　"다시 만나게 되어 고맙네!"

　"하느님의 뜻인가 봅니다. 산에서 강수 선생을 만날 줄 생각이라도 했겠습니까."

　최경상은 이듬해 임신년 1872년 1월 5일, 박용걸의 집에서 천제를 올렸다. 스승 별세 후 이필제의 영해작변 때문에 한 번도 올리지 못한 천제였다. 박용걸이 영월 장에서 천제의 제수로 향과 곶감, 대추, 양초, 삼색 헝겊까지 사 왔다.

　천제에 강수, 전성문, 박용걸이 함께 하고 박용걸의 가족과 동네 사람들도 구경을 했다. 최경상은 천제 축문을 읊었다.

　"동학도주 최해월(崔海月)은 해와 달이 비추는 하늘의 큰 은혜를 입고도 상제님의 뜻을 깨닫지 못해 작년 3월 10일, 스승의 기일에 스승의 조난(遭難)을 풀겠다는 이필제의 말에 현혹되어 관아의 혹독한 지목을 받아 스승의 후천개벽 운을 만나지 못하고 도가 쓰러질 지경이 되었으니, 부디 하루빨리 무서운 지목에서 풀려나게 하시고 가엾은 생령(生靈)들을 구해주시기를 원합니다."

　그리고, 마을 사람들에게 권면했다.

"하늘은 우리에게 생명을 주신 주인이시니, 덕으로 사람을 가르치는 것은 하늘에 순종하는 것이요, 힘으로 사람을 굴복시키는 것은 하늘의 뜻을 거역하는 것입니다. 힘과 돈으로 사람을 억누르지 말고, 악을 감추고 선을 칭찬해 하늘과 사람, 만물을 공경하게 합시다. 남의 말을 경솔히 들으면 반드시 나쁜 속임에 빠지게 되니, '우(愚)·묵(默)·눌(訥)' 세 글자로 공덕(功德)을 닦아 바른 데로 돌아가게 합시다."

우묵눌(愚默訥)의 우(愚)는 자신을 어리석은 듯 낮추어 겸손하게 하는 것이요, 묵(默)은 말만 앞세우지 않고 묵묵히 실행하는 것이요, 눌(訥)은 함부로 하지 말고 여유롭게 하는 것이었다. 최경상은 사람들에게 스승의 도를 깨우쳤다.

"세상의 한 사람이 착하면 천하가 착하게 되고, 한 집안도, 한 나라도, 온 세상도 모두 화하게(無爲而化) 됩니다. 대신사께서 '풍운대수 수기기국 현기불로 물위심급(風雲大數 隨其器局 玄機不露 勿爲心急)'이라 하셨으니, '세상의 운수는 시대 흐름을 따르는 것이요, 당장 현묘한 기미가 나타나지 않는다고 조급한 마음을 먹지 말라'는 말씀입니다. 우리는 오로지 지극한 정성으로 대신사의 도를 지켜 천하를 착하게 하는 '한 사람'이 됩시다."

최경상은 천제를 마친 후 박용걸에게 감사의 뜻을 전했다.
"우리 도가 그대 덕분에 다시 살아나는 것 같으니 참으로 고맙네."
박용걸은 그 덕을 친구 지달준(池達俊)에게 돌렸다.
"제가 선생님을 도울 수 있는 것은 저의 죽마고우 영월 관아의 아전 지달준 덕분입니다."

최경상은 7년 전 스승이 경상 감영 옥에서 담뱃대 대꼬바리에 감추어 전해준 '여고비원주(汝高飛遠走)'의 뜻을 박용걸과 그의 죽마고우 지달준 덕분으로 다시 도를 이룬 것 같아 이번 천제가 자랑스러웠다. 그리고 천제 소식을 소밀원 사가에 알리고 싶어 다음날 1월 6일, 강수·전성문과 함께 사가 소밀원으로 갔다. 작년 7월 13일 이필제 등과 찾아갔다가 세정의 처에게 쫓겨나고 그해 9월 다시 강수·전성문과 찾아갔다가 또 쫓겨난 사가였다. 그러나 천제를 알리고, 또 사가가 어떻게 지내는지 궁금했다. 최경상 등이 사가에 들어서자 사모님께서 불편한 몸을 힘겹게 일으키며 사과를 했다.

"선생님들! 지난번 우리의 괄시를 너무 허물하지 마시게."

그 말은 지난 9월, 세청의 결혼식 때 박절하게 대한 것을 말하는 것이었다. 최경상은 그 일을 마음에 두었다면 어찌 다시 찾아왔느냐는 말로 사모님을 위로했다. 사모님은 "우리 인연이 그래서는 안 되는데…."하고 눈물을 글썽였다.

큰아들 세정은 작년 9월에 양양(襄陽)의 김덕중(金德中) 집으로 갔다가 10월에 인제(麟蹄) 귀둔리(耳屯里) 소말랭이 장춘보(張春甫) 집에 머무르고, 작은아들 세청은 그의 처가 인제군 남면 무의매리(舞依梅里)로 가고, 당신 혼자 소밀원에 살고 있다고 했다. 최경상은 사모님 박 씨에게 자식은 누구든 성인이 되면 따로 사는 것이 조물자 하느님의 뜻이라며, 사가 이곳저곳을 둘러보았다.

우선 쌀독에 쌀이 한 톨도 남아 있지 않아 강수를 박용걸 형 순흥의 박봉한(朴鳳漢)에게 보내 쌀을 가져오게 할 요량으로 영월 직동 박영걸의 집으로 돌아갔다. 그런데 20일 후 1872년 1월 25일, 사모님께서 임생(林生)을 직동리 막골 최경상에게 보내, 사흘 전 1월 22일, 큰아들 세정 부부가 인제 귀둔리 소말랭이 장춘보 집에서 양양 포졸에 체포되고, 둘째 딸 최완(崔婉)도 인제 관아에 체포되었다는 전갈을 보냈다. 최경상은 다음날 1월 26일, 소밀원으로 사모님을 찾아가 피신을 강권했다.

"사모님, 아들과 딸, 며느리까지 체포되었으니, 다음은 사모님 차례입니다. 속히 다른 곳으로 피하소서."

이틀 후 1872년 1월 28일 밤, 최경상은 강수, 전성문과 소밀원으로 가서 1월 29일 첫새벽에 사모님과 딸들을 박용걸의 집으로 옮겨드리고, 3월 10일에 박용걸의 집에서 스승의 제8주기 제사를 올린 다음, 제사에 참석한 도인 안시묵(安時黙), 홍석범(洪錫範), 김경순(金慶淳) 등의 협조로 사가를 영월군 하동면 노루목(獐間地)으로 옮겨 드렸다.

노루목은 영월 중동면 막골에서 옥동천으로 나와 옥동천을 거슬러 동쪽으로 들어간 영월군 하동면(河東面) 산중 마을이다. 60여 전, 1811년 홍경래의 난 때 반란군에게 항복한 평안도 선천 부사 김익순(金益淳)의 어린 손자 김병연(金炳淵)이 어머니에게 업혀 들어온 싸리골 인근이었다. 사모님은 도인들이 마련해 준 집이 넓은 텃밭까지 딸려 몹시 흡족해 하셨다.

사가를 노루목으로 옮긴 얼마 후 농사철이 시작되면서 직동리 막골에 사람들 내왕이 많아져 박용걸은 최경상을 자신의 외사촌 유인상의 정선군 남면 문곡리(文谷里)의 무은담(霧隱潭)으로 옮겨주고, 자기도 얼마 후 막골에서 장간지(노루목) 사가 인근의 단양 영춘면 와석리(臥石里)로 옮겨갔다. 자신을 도와준 죽마고우 지달준(池達俊)이 영월 관아에서 삼척 관아로 옮겨간 때문이었다.

최경상이 새로 옮겨간 정선군 남면 문곡리 무은담(霧隱潭)은 함백산 서쪽 아래로 서쪽 두위봉(斗圍峰)에서 보는 마을 모습이 정암사(淨庵寺) 계곡 물안개에 쌓여 '숨은 연못' 같아 붙인 이름이었다.

7.

　최경상은 무은담에서 1872년 3월에 강수, 임생, 세청 등과 양양 관아를 찾아갔다. 사모님 박씨께서 지난 1월 22일, 양양 관아에 잡혀가 두 달 넘게 소식이 없는 큰아들 세정의 일로 잠을 이루지 못하였다. 최경상 등이 양양 관아를 찾아가자 아전이 아직 조사 중이라서 언제 판결이 날지 알 수 없다고 했다. 강수가 두 달이 지났는데 아직도 조사가 끝나지 않았느냐고 하자, 아전은 "댁은 뉘시오? 죄인을 문초하다 보면 그럴 수도 있지."하고 눈을 부라렸다.

　최경상 등은 신분이 밝혀지는 것이 두려워 그냥 관아를 나오는데 세정의 아우 세청이 작별을 고한다.

　"선생님, 저는 이제 저의 처가로 가야 할 것 같습니다. 처가가 피난을 가고 있어서… ."

　강원도에도 바야흐로 이필제의 문경작변 후폭풍이 불어 닥친 것이었다. 최경상도 세청과 그의 처가 인제군 남면 무의매리(舞衣梅里)로 가기로 했다. 양양에서 인제군 남면은 양양군 서면 오색리(五色里)로 가서 설악산 한계령을 넘어 약수와 폭포로 유명한 필레골을 지나야 했다.

　최경상과 세청이 무의매리에 도착하자 세청의 처가와 이웃들은 이미 피난을 떠나고, 세청의 처숙부 김병내(金秉鼐)가 이삿짐을 꾸리고 있다가 최경상에게 어디로 가야 좋으냐고 물었다. 최경상은 마땅히 갈 곳이 없다면 함께 가자고 하니, 김병내가 사는 곳이 어디냐고 한다.

　최경상이 천의봉(咸白山) 아래 정선(旌善) 남면 문곡리라고 하니, 김병내가 거기는 안전하냐고 확인을 한다. 그의 말에 최경상은 그것은 하느님만 아신다고 했다.

　그때 김병내의 15살 남자 조카가 졸랐다.

　"작은아버지! 우리 이 아저씨를 따라가요!"

김병내의 조카 김연국(金演國)은 2년 전에 부모를 여의고 형 김연순과 숙부 김병내의 보호를 받고 있었다.

최경상은 그 후 김병내와 그 조카 김연국·김연순(金演純) 형제를 자신의 집, 영월군 하동면 와석리 노루목(獐間地)으로 옮긴 다음에, 모두 동학에 입도시키니, 김연국은 최경상을 친아버지처럼 따랐다.

최경상은 1872년 4월 5일 밤, 사가에서 스승의 제12주기 창도제(創道祭)를 올렸다. 그날 사모님 박 씨는 양양 관아에 잡혀가 두 달이 넘도록 소식 없는 큰아들 세정이 걱정에 꼬박 뜬 눈으로 날을 지새웠다. 강수는 사모님의 모습이 너무 안타까운 나머지, 세정은 하느님이 보살펴 주실 것이니. 너무 걱정하지 마시라고 위로했다.

최경상은 이튿날 4월 6일, 임생과 세청을 양양 관아로 보내 사정을 알아보게 했으나 소식을 알아내지 못했는데, 한 달 후인 5월 12일에 양양 관아에서 세정이 옥에서 죽었다는 전갈을 보냈다. 세정과 함께 체포된 김덕중, 이일여, 최희경 등은 문초를 받은 후 모두 먼 곳으로 유배되고, 세정 혼자 국문을 받다가 죽은 것이었다.

최경상은 5월 13일, 전성문과 양양으로 가서 세정의 시신을 수습하고, 사가로 돌아왔다. 사모님은 최경상을 부여잡고 통곡했다.

"아! 하느님이 내 남편을 잡아가더니 이제 내 아들까지 잡아갔단 말입니까?"

최경상은 노루목에서 1872년 7월 1일 세정의 49재를 마친 후 7월 2일 첫새벽에 영춘면 노루목으로 가서 사모님을 정선 무은담으로 옮겼다. 가재는 모두 버리고 몸만 옮기는 이사였다. 사모님은 노루목의 집을 나와 몇 번이나 뒤돌아보며 아쉬워했다. 사모님은 정선으로 옮겨가는 산길이 몹시 힘이 들었다.

"아. 하느님이 나를 어찌 이토록 고통스럽게 하는가? 무은담이 어찌 이리도 먼가? 아직도 멀었는가?"

강수가 그때마다 사모님을 부축하고 "저 산만 넘으면 됩니다. 저 물만 건너면 됩니다." 하며 한밤중이 훨씬 지나 무은담에 도착했다. 그러나 종일을 걸어온 피로에 지쳐 3일 동안 몸져누웠다가 세청 내외와 세 딸의 부축을 받아 다시 무은담 북쪽 깊은 골짜기 정선군 동면 싸내(米川)로 옮겨갔다.

싸내는 정선군 관내에서 가장 쌀농사가 많은 곳이었지만 사모님은 어렵고 고단하게 살았다. 여름 내내 농사를 지어도 키질할 알곡이 없어 조석 끼니를 콩으로 때웠다. 그러자 보다 못한 그 마을 도인 최진섭(崔振燮) 형제가 쌀자루를 메고 집집을 다니며 한 줌씩의 곡식을 얻어드렸다.

동학 재건의 여정

1.

1872년 10월 16일, 최경상은 정선군 남면 무은담에서 유인상·강수·전성문·김해성·김택진 등과 49일 기도를 올리기 위해 갈래산(葛来山 : 함백산) 적조암(寂照庵)을 찾았다. 1857년 대신사께서 양산 천성산(千聖山) 적멸굴(寂滅窟)에서 처음 올린 후 16년째였다. 49일 기도는 불가에서 세상을 떠나신 부모님의 극락왕생을 위해 우란분절(盂蘭盆節 : 음력 7월 15일)부터 49일 동안 올리는 기도이기도 했다. 10개월 전 1월 5일, 중동면 직동리 박용걸의 집에서 천제는 올렸지만 49일 기도를 올리는 것은 처음이었다.

적조암을 오르는 초입 정암사 계곡에 늦가을 단풍이 한창이었다. 최경상 일행은 정암사 적멸보궁 위쪽 산비탈의 수마노탑(水瑪瑙塔)에 들러 잠시 참배를 올렸다. 불자(佛子)는 아니지만 기도하는 입장은 그다지 다르지 않기 때문이었다.

정암사의 수마노탑은 신라 선덕여왕 14년(645년)에 자장(慈藏) 스님이 왕명으로 당나라에 갔다가 바닷길로 신라로 올 때 서해 용왕이 준 마노석(瑪瑙石)으로 쌓은 것이라는데, 현재의 7층 석탑은 훗날 고려 때 쌓은 것이었다.

최경상 등이 적조암에 들어서자 노스님 한 분이 마당에서 낙엽을 쓸다가 합장을 한다.

"어디서 오시는 처사님들입니까?"

강수가 둘러댔다.

"우리는 부근 사람으로, 이번 겨울에 49일 기도를 올리려고 찾아왔습니다."

노스님은 "그럼, 불자(佛子)이시군요."하고 반기며, "저는 '철수자' 스님입니다."라고 자신을 소개했다.

최경상이 "스님 이 절에 계신지 오래되셨습니까?"하고 묻자, 스님은 "아닙니다. 바로 이틀 전 경상도 순흥(順興)에서 왔답니다." 했다.

강수가 사실을 알렸다.

"저희가 삼동(三冬)을 이제 스님과 함께하게 되었으니, 어찌 속이리오? 스님과 저희는 도를 닦는 것은 같지만, 저희 도는 오직 주문 21자만 외웁니다."

그러자 스님은,

"네, 세상 술업(術業)이 각각 다르겠지요. 그런데 선생님들의 주문 21자는 어떤 것입니까?"

강수가 간략히 설명을 했다.

"어렵지 않습니다. 불가에는 수만권의 경전이 있지만 저희 도는 '지기금지(至氣今至) 원위대강(願爲大降) 시천주(侍天主) 조화정(造化定) 영세불망(永世不忘) 만사지(萬事知)'의 21자가 모두입니다. 극락왕생 기도가 아닌 내 마음에 하느님을 모시는 기도랍니다."

스님이 처음 듣는 주문이라고 했다. 두 사람은 서로 몇 마디 대화를 주고받았다.

"스님, 혹시 동학을 들어보셨습니까?"

"네. 들은 적은 있습니다."
"저희가 바로 그 동학 사람들입니다."
"관아의 탄압을 받는다던데요?"
"그래서 이렇게 산을 다닙니다."

최경상 등은 그날 밤부터 적조암(寂照庵) 승방에 자리를 정하고 앉아 염주를 돌리며 동학 주문을 외기 시작했다. 철수자 스님이 최경상 등의 기도 모습을 보고 자기 눈에는 모두가 불상으로 보인다며, 덕담을 했다.

일행이 49일 기도를 올리는 적조암 바깥은 찬바람이 연신 주변의 나무를 흔들며 지나가고 눈도 내리기 시작했다. 최경상은 기도를 시작한 일주일이 되던 날 몽롱한 의식 속에 어느 선관(仙官)이 주인에게 전하라는 봉황 여덟 마리를 받아 세 마리는 자신이 갖고, 나머지 다섯 마리는 새장에 넣다가 홀연히 꿈을 깼다. 암자 바깥은 여전히 폭설이 퍼붓고 있었다. 최경상이 일행들에게 꿈 이야기를 하자 모두 봉황 한 마리씩을 달라고 졸라댔다. 최경상 일행은 끼니로 감자를 먹는 시간 외는 오직 주문만을 외어댔다.

그러던 어느 날 아침, 최경상이 승방 문을 열자 시야에 하얀 눈을 쓴 높은 산봉우리, 바위, 나뭇가지 등이 보이며, 풀잎에 맺힌 얼음이 서로 부딪쳐 영롱한 소리를 내고 있었다.

최경상은 1872년 12월 5일, 드디어 49일 기도를 마치고 시 한 수를 지었다.

태백산 49일 기도에서 봉황 8마리를 받아 각각 주인을 정했네. 천의봉 정상에 하늘 꽃 피고, 오늘 마음을 갈고 닦아 오현금을 울렸네. 적멸궁에서 속세의 티끌 떨어냈다. 잘 마쳤다 49일 기도를.

동학 재건의 여정

(太白山工四十九 受我鳳八各主定 天衣峯上開花天 今日琢磨五鉉琴 寂滅宮殿脫塵世 善終祈禱七七期).

시 속의 천의봉은 태백산 정상, 하늘 꽃은 산을 가득 덮은 하얀 눈, 오현금(五絃琴)은 풀잎 끝에 맺힌 얼음 구슬이 서로 부딪쳐 내는 영롱한 소리였다.

최경상 일행은 49일 기도를 마치고 철수자 스님과 차를 마시며, 넌지시 물었다.

"스님, 저희들이 조용히 숨어 살만한 곳은 없을까요?"

"세상에 그런 곳이 따로 있겠습니까? 사람 이르는 곳은 어디든 살만하지요. 마음먹기에 매인 것이지요."

스님은 일행을 바라보았다.

"스님. 그런 선담(禪談)은 그만하시고 제발 좋은 곳을 알려주십시오."

강수의 재촉에 스님이 일행을 살폈다.

"혹시, 도솔봉(兜率峰)을 아십니까?"

강수가 스님에게 바짝 다가 앉았다.

"도솔봉이 어딥니까?"

"소백산 풍기에 있는 산입니다. 풍기는 소백산 품에 안겨 북천(北川)과 남천(南川)을 내다보는 승지(勝地)로, 옛날 격암(格菴) 남사고(南師古) 선생께서 꼽은 조선의 10승지랍니다."

두 사람의 대화를 듣고 있던 최경상이 그럼, 물도 넉넉하고 전답도 제법 있겠다고 하니, 스님은 웃으며 사람 사는 곳이면 어디든 물도 있고 전답도 있지 않겠느냐고 한다. 강수가 어찌 그곳을 잘 아느냐고 물으니, 스님은 이곳에 오기 전 있었던 곳이라고 했다.

최경상 일행은 적조암에서 나흘을 더 머물다가 1872년 12월 10일,

적조암 아래 정선 남면 유인상의 무은담(霧隱潭)으로 하산했다. 그런데 그날 무은담에서 사모님 박씨의 부음(訃音)이 기다리고 있었다. 사모님께서 하루 전 12월 9일, 정선 싸내에서 세상을 떠난 것이었다.

최경상은 강수, 전성문과 바로 정선 싸내 사가로 가서 사모님을 양지바른 산자락에 모셨다. 그러나 땅이 너무 꽁꽁 얼어 삽도 곡괭이도 들어가지 않아 임시로 장례를 치르고, 이듬해 1873년 3월, 다시 가서 묘를 짓고 49재를 올렸다.

사모님의 한평생은 참으로 기구했다. 열아홉에 결혼한 후 남편이 바로 전국으로 장사를 나가 가정을 돌보지 않고 10년 후(32세), 기도에 미친 사람이 되어 집으로 돌아와 양산 천성산에 가서 49일 기도를 올리고, 1861년 집에 돌아와서도 기도를 올리다가 하늘로부터 무극대도를 받았지만, 3년 후 1864년 3월 10일, 세상을 어지럽힌 죄로 처형되어, 사모님은 그 후 14년 동안 도망만 다니다가 일생을 마친 것이었다.

최경상은 강수와 1873년 10월 16일, 다시 정선의 갈래산 적조암을 찾았다. 반년 전 겨울 49일 기도를 도와준 철수자 스님께 고마움을 전하기 위해 스님의 새 옷 두 벌을 지어갔다. 그러나 스님은 자리에 누워 몸을 일으키지도 못했다. 작년 12월 최경상 등이 49일 기도를 마치고 떠난 후 곧바로 병을 얻었다고 했다. 사람의 발길도 없는 산중에서 혼자 살다 보니 병을 간호하고, 식사를 챙겨줄 사람이 없어 병이 더욱 나빠진 것이었다.

스님이 무슨 말을 하려고 해서 최경상이 귀를 기울이자 가늘게 '도솔봉…'이라 했다. 최경상이 스님에게 "도솔봉을 말씀하시려는 겁니까?" 하자, 스님은 가늘게 고개를 끄덕였다. 도솔봉은 최경상이 49일 기도를 마치고 스님께 사람 살만한 곳을 물었던 곳이었다. 최경상이 "내년 봄에 가 볼 계획입니다."라고 하자, 스님이 가늘게 입술을 움직이며 가쁜

숨을 몰아쉬었다. 열반이 임박한 것 같았다. 최경상과 강수가 스님께 새로 지어온 옷을 입혀드리고 하루를 머무는데, 다음날 스님이 입적했다. 최경상과 강수는 스님의 시신을 수습하고 무은담으로 돌아왔다.

2.

최경상이 박용걸의 집에 머물렀던 신미년(1871년) 6월 10일, 미국 태평양함대 로저스 사령관이 2척의 군함에 해군 644명으로 강화도의 초지진, 덕진진, 광성진 등을 공격했다. 6년 전 병인년 1866년 7월 12일, 대동강에서 미국 상선 제네럴셔먼호를 불태운 것에 대한 응징이었다. 당시 미국은 남북전쟁 중이라, 5년 후 비로소 응징에 나선 것이었다. 조선은 중군장(中軍將) 어재연(魚在淵)의 강화 수병 6백 명으로 대항했지만. 어재연은 병사 43명과 함께 전사하고, 미군은 전사자 3명만 내고 22일 후 7월 2일 물치도(勿雉島)로 물러났다. 미군이 물러간 후 흥선대원군은 전국에 척화비를 세우며 쇄국정책을 더욱 강화했다.

청나라는 이 시기 한족 관료 증국번(曾國藩)과 그 제자 이홍장(李鴻章) 등이 서양 군대와 홍수전의 태평천국을 토벌하고, 북경에 외국어 학교를 세우며 청나라 관료와 학생들을 유럽에 보내 선진 문물을 견학하게 하는가 하면, 서양식 총·포·선박 공장을 세워 자강(自彊)의 양무운동 전개하고 있었다.

한편 일본은 1852년 1월, 일본에 온 동인도 미국 해군 제독 마듀 페리(Mathew C. Perry)로부터 '일본은 태평양을 건너 중국을 오가며 조업하는 많은 미국 포경선(捕鯨船)의 식량과 연료의 공급, 해난 시 피난처와 구조를 제공해 달라'는 미국 대통령의 친서를 받았다. 당시 미국은 대서양을 건너 아프리카 남단을 돌아 인도양을 거쳐 중국으로 다니며 한

반도와 일본 열도를 침투하는 러시아 세력의 견제를 위해 반드시 일본을 개방시키려 하고, 일본 도쿠가와 막부는 아편전쟁에서 청나라가 영국에 당한 것을 보고, '이국선(異國船)'이 바다에 나타나면 격퇴하고, 일부 일본의 화란(和蘭) 학자들은 화란에서 무기와 함선을 구입해 연해 방비를 강화하려던 때였다.

일본은 페리 제독에게 '당장 개항이 어렵다'고 통보하려다가 2년 후 1854년 2월, 군함 8척을 이끌고 일본에 온 페리 제독에 굴복해 3월 31일, 어쩔 수 없이 미국과 '미·일 화규조약(美日 和親條約)'을 체결하고, 이후 미국에 동경만(東京灣)의 시모다항(下田港)과 북해도(北海道) 남단 하코다데(函館) 항을 미국 상인의 거주와 미국 영사 주재를 허용했다.

이로써 일본은 200년 동안의 도쿠가와 막부의 쇄국정책에 종지부를 찍고, 14년 후 1868년, 일본의 각 번주(藩主)들이 스스로 자신의 영지와 인민을 천황에게 바치고, 1871년 8월에는 사쓰마번, 조슈번이 구미 각국에 서양의 제도를 연구하는 사절단을 보내 학제(學制) 개혁, 지조령(地租令), 징병령, 사법 제도, 단발령 등을 정비하고, 정부 주도의 산업 육성, 서양의 공업 기술 도입, '엔화(円貨)' 도입, 중앙은행 설치, 우편 제도와 전신망 정비, 철도 및 선박 운수 등을 정비하는 명치유신(明治維新)을 단행했다.

일본의 명치유신 2년 후인 1873년 10월, 조선에서는 최익현(崔益鉉)이 고종에게 '훼철한 만동묘(萬東廟)를 복구하고, 중앙과 지방에도 서원을 세워야 합니다. 성균관(成均館)은 옛날의 국학이 향교(鄕校)는 옛날의 주서(州序), 서원은 숙상(塾庠)이니, 만호 고을에 한두 개의 서원만으로는 매우 소략합니다. 서원이 있어야 위로는 윤리가 밝아지고 아래로는 백성들이 화목하게 되는데, 조정이 서원을 백에 열, 혹은 하나만 남겨 서원의 본래 뜻을 크게 잃어 교육이 해이되고 풍속이 퇴폐해질 것입니다.

또 금상은 이제 성년이라 대원군의 섭정을 받아야 할 이유가 없습니다.'라는 상소를 올렸다.

최익현은 흥선대원군을 지지하는 노론 화서(華西) 이항로(李恒老)의 제자로, 이항로 생존 시는 흥선대원군 비판을 자제하다가 상소를 올린 것이었다. 최익현의 상소를 고종과 민 왕후 일족은 적극 환영했지만, 흥선대원군을 따르는 좌의정 강로(姜浧), 우의정 한계원(韓啓源), 영돈령부사 홍순목(洪淳穆) 등은 최익현의 상소에 항의해 직상소를 올렸다. 그러자 고종은 즉시 강로 등의 사표를 수리하고, 흥선대원군 반대파 이유원(李裕元)을 영의정, 박규수를 우의정, 최익현을 호조 참판에 임명했다. 그 후 최익현은 흥선대원군 일파로부터 부자간의 이간 행위라는 비판을 받아 1873년 11월에 제주도에 위리안치되고, 흥선대원군도 결국 하야했다. 그 후 조선은 고종의 부인 민 왕후와 척족 민겸호(閔謙鎬), 민영준(閔泳駿) 등이 권력을 휘두르게 되었다.

민겸호는 민 왕후의 먼 친척 오라비, 민영준(閔泳駿)은 민 왕후의 15촌 조카로, 형조·예조·공조의 판서·한성부 판윤·이조 판서 등을 역임하며 권력을 휘두르는 민씨 정권의 수장이었다.

고종은 1873년 12월, 영의정 이유원, 우의정 박규수의 건의로 승지 박정양(朴定陽)을 초량(草梁) 왜관(倭館)에 보내 일본의 사정을 알아보게 했다. 당시 일본에서 일고 있는 조선 정벌 움직임 때문이었다. 그리고 1874년 6월, 동래 훈도 현석운(玄昔運)에게 일본과 통상 회담을 하게 했다.

왜관은 고려 말 이후 조선 초까지 왜구의 회유를 위해 남해안 웅천(熊川)의 내이포(乃而浦), 동래(東萊)의 부산포(富山浦), 울산(蔚山) 염포(鹽浦)에 설치한 일본과의 무역 거점으로, 1510년 4월에 일본인들이 난(亂)을 일으켰다. 이후 내이포(鎭海)에만 두었다가 중종 36년(1541년)에 내이포의 일본인들이 다시 반란 일으켜 부산포로 옮기고, 1678년 5월 대마도 도주와 일본 아시카가(足利)가 막부의 요청으로 초량으로 옮겨 일본인 5백여 명이 상주하며 시장·상점 등을 열어 조선 훈도(訓導), 별차(別差), 수세산원(收稅算員), 개시감관(開市監官), 개시군관(軍官)의 감독을 받고 있었다.

당시 일본은 명치유신 이후 기술, 교육, 관제, 군제 등을 혁신하고, 국민의 관심을 나라 밖으로 돌리기 위해 조선 침략을 제1 목표로 삼고 있었다.

3.

최경상은 1875년 4월 초, 정선 무은담에서 김연순·김연국 남매, 그리고 교도 권명하(權明夏)를 소백산 도솔봉에 보내 사정을 알아보게 했다. 최경상은 무은담을 떠나고 싶지 않았다. 무은담은 이필제의 영해작변 후 일월산에서 영월 직동리로 가서 박용걸로부터 외사촌 유인상을 소개받아 무너진 동학을 다시 4년 후 일으킨 곳이었다.

그러나 동학을 전국으로 넓혀가기 위해서는 정선에만 머물러 있을 수 없었다. 스승이 담뱃대 대꼬바리에 감추어 전해준 '고비원주(高飛遠走)'의 유지를 조선 천지에 전파하기 위해 도솔봉을 알아보게 한 것이었다. 며칠 후, 권명하와 김연순, 김연국 형제 등이 무은담으로 돌아와 '풍기 도솔봉은 근처에 영남과 충청으로 통하는 죽령(竹嶺)이 있는 교통이 좋은 곳'이라고 보고했다.

최경상은 그 후 권명하와 김연국을 다시 도솔봉으로 보내 장차 기거할 집을 준비하게 하고, 1874년 4월 20일, 새벽 일찍 무은담을 떠나 풍기 도솔봉 아래 절골(寺洞)로 향했다. 무은담에서 남쪽 자미원(紫味垣)으로 나가 죽렴산(竹廉山) 수리재, 신동읍(新東邑) 새비재 등을 차례로 넘어 영월 중동면(中東面) 직동리에서 옥동천(玉洞川)으로 가서, 4월 21일 단양군 영춘면(永春面) 와석리(臥石里) 노루목에서 1박 하고, 다음날 경상도 영주 순흥군 단산면 마락리로 가서 소백산 고치령을 올랐다. 마락리(馬落里)는 사람들이 말을 타고 고치령을 넘다가 말에서 절벽 아래로 떨어지는 일이 많아 유래한 이름이었다.

고치령에서 소백산 산줄기가 서쪽은 형제봉, 신선봉, 국망봉 등을 지나 소백산 정상 비로봉(毘盧峯)으로 향하고, 동쪽은 마구령(馬驅嶺), 선달산(先達山), 박달령을 지나 옥석봉(玉石峰)으로 북상하고 있었다. 최경상은 고치령에서 남쪽 경상도 단산면 좌석리, 영주군 부석면 북지리, 순흥면 내죽리(內竹里)를 지나 단양군(丹陽郡) 대흥면(大興面) 도솔봉 아래 절골로 갔다. 도솔봉은 소백산 정상 비로봉에서 남쪽 연화봉을 오른 후 죽령으로 내려섰다가 다시 솟구친 봉우리로, 동쪽 행정구역은 영주 풍기읍(豊基邑)과 봉현면(鳳峴面), 서쪽은 단양군 대흥면(大興面)과 금강면(金剛面)이었다.

도솔봉 서쪽 대흥면에는 사동리(寺洞里), 미노리(未老里), 덕촌리(德村里), 남천리(南泉里), 올산리(兀山里), 무수천리(無愁川里) 등이, 금강면에 용부원리(龍夫院里), 천동리(泉洞里), 두음리(斗音里) 등이 있었다.

대흥면 사동(寺洞)에서 도솔봉 묘적령을 올라 동쪽 영주시 봉현면 두산리(斗山里)로, 뱀재에서 남쪽 예천군(醴泉郡) 상리면(上里面) 초항리(草項里), 고항리(高項里), 효자면(孝子面) 용두리(龍頭里)로 통하고 있었다.

도솔봉 북쪽 죽령은 영남 지방의 동래, 영천, 의성, 안동 등지 사람들이 한양을 가려면 반드시 지나야 하는 고개였다.

최경상은 절골에서 집 2채 중 안쪽에서 거처하고 나머지 사람들은 바깥채에 거처했다. 전국에서 찾아오는 도인들을 일단 바깥채에 머물게 했다가 밤에 최경상을 만나게 했다.

　최경상은 절골에서 1874년 5월, 안동 김씨를 부인으로 맞이했다. 3년 전(1871년) 단양 가산에서 헤어진 첫 부인이 소식이 없어 주위에서 재혼을 권한 때문이었다.

　안동 김씨는 영월의 동학교도 권명하(權明夏)의 이종 누이로, 14년 전(1860년) 영월에서 윤진사 댁 머슴 곡강(曲江) 배(裵)씨와 결혼해 딸 연화(蓮花)를 낳아 행복하게 살았다. 그런데 안동 김씨를 탐한 주인 윤진사가 딸에게 주려고 백일홍 꽃 한 송이를 꺾은 배씨를 영월 관아에 고발해 배씨가 심한 고문을 받아 죽은 후 딸과 어렵게 사는 것을 이종 동생 권명하가 최경상의 수발을 들게 했다가 재혼하게 된 것이었다.

　최경상은 1874년 10월 28일, 절골에서 스승의 50주년 생신 향례를 올리고, 12월 9일, 강수와 김연국을 사모님 박씨의 첫 제사에 정선 싸내로 보내고 자신은 부인 김씨가 임신 중이라 가지 않았다. 그 이듬해(1875년) 1월 24일, 첫아들 덕기(德基)가 태어났다. 최경상은 아들의 아명을 도솔봉의 정기를 받고 태어났다는 뜻으로 솔봉(率峰)으로 지었다. 그런데 그날 정선 싸내에서 스승의 둘째 아들 세청이 죽었다는 전갈이 왔다. 세청이 사내에서 처가 강원도 양구로 가다가 소밀원의 장기서의 집에 들러 갑자기 배탈이 나서 죽은 것이었다. 최경상은 아들 덕기가 태어난 날 세청의 부음을 접한 것이 꺼림칙했다.

　사가는 장남 세정이 양양 관아에서 죽고, 차남 세청까지 죽었으니 대가 끊긴 것이었다. 그래도 윤씨 문중으로 출가한 큰딸과 인제 아전 허찬(許瓚)에게 출가한 둘째딸, 그리고 막내딸이 있어 부모님의 제사는 모실 수 있었다.

　최경상은 1875년 2월, 절골 뒤편 언덕의 소나무를 베어내고 주춧돌을 놓아 집 몇 채를 지었다. 전국 곳곳에서 찾아오는 사람들로 집이 부족하기 때문이었다. 최경상은 집을 완공한 후 그해(1875년) 추석날 정화수 한 그릇을 놓고 집 지은 것을 하늘에 고하는 천제를 올린 후에 교도들에게 일렀다.

"나는 지금까지 기도나 제사에 고래 관습대로 각종 음식물을 올려왔는데 이제부터는 제사에 음식물 대신 청수(淸水) 한 그릇을 올리려 한다. 물은 만물의 본원이기 때문이다."

그리고 최경상은 김연국을 솔두둑에 남겨 가족을 돌보게 하고, 도를 전국으로 넓히기 위해 강수·전성문을 대동하고 남행길에 올랐다. 김연국을 솔두둑에 남긴 것은 부인의 딸 배연화와 결혼한 사실상 사위이기 때문이었다.

최경상은 먼저 문경으로 갔다. 문경은 영남대로가 지나는 곳으로, 11년 전 강수와 양재역에서 대구로 이송되는 스승의 뒤를 쫓아 지났고, 3년 전 이필제가 문경작변을 획책하다가 붙잡힌 곳이었다. 최경상은 문경에서 영남대로를 따라 남쪽 상주, 선산, 청송, 영천 등지를 거쳐 9월에 신령현(新寧縣)에 이르러 신령 접주 하치욱(河致旭)을 찾아보았다. 13년 전 스승으로부터 접주에 임명된 하치욱은 백발이 성성한 노인이 되어 있었다. 최경상은 다음날 경주로 가서 스승의 장조카 최맹윤(崔孟胤)과 또 다른 조카 최세조, 최경화(崔慶華) 등을 찾았다. 모두 13년 전에 별세한 스승의 유구(遺軀)를 수습한 분들로, 어느덧 노인이 되어 있었다.

최맹윤은 4촌 동생 세정, 세청의 안부부터 물었다. 이들은 세정과 세청이 죽은 사실을 모르고 있었다. 최경상은 이들에게 차마 두 사람이 죽었다는 말을 할 수 없어 "둘 다 정선에서 잘 있다네."하고 속으로 울었다. 최경상은 다음날 동쪽 경주부 청하(淸河)로 가서 도인 이군강(李君綱), 이준덕(李俊德) 등을 찾아보고, 그다음 날은 영덕으로 가서 강수의 아들 강위경(姜爲敬)을 만나보았다. 그리고 현풍으로 가서 스승의 옥바라지를 한 곽덕원도 만나보고 싶었지만, 관아의 지목이 무서워 접고, 9월 하순에 절골 솔두둑으로 돌아왔다. 경상도에서 동학을 재건할 가망이 없다는 것을 확인한 것이었다.

최경상은 솔두둑에 돌아와 전국의 포접에 "모든 도인들은 오는 10월 28일, 스승의 48주년 생신 향례에 솔두둑으로 모이라."는 통문을 보냈다. 스승의 생신 향례를 시작으로 교세를 전국으로 확산시키려는 것이었다.

최경상은 1875년 10월 28일 아침, 스승의 51주기 생신 향례를 올렸다. 이 생신 향례에 유인상, 전성문과 김영순(金英淳), 단양 도인 박규석(朴奎錫) 등이 각각 돈을 내어 제수와 선도복(仙道服)을 만들었다. 제단 첫 줄에 청수 한 그릇을, 다음 줄에 백미와 무명베를, 그다음 줄에 곶감, 대추를 진설하고, 향불을 피워 초헌(初獻), 아헌(亞獻), 종헌(終獻) 등이 잔을 올리고, 축문을 읽었다.

"오늘 스승님의 48주년 탄신을 맞이하여 생명의 하느님 말씀을 전해주신 스승님을 흠모하옵니다. 돌이켜 생각하면 스승께서 11년 전 갑자년(1864년) 봄 사도(邪道)사라는 모함을 입어 순도하신 후 도가 끊어지고, 그 4년 뒤 임신년(1871년) 3월, 어리석은 이필제 등이 영해에서 일으킨 작변으로 살아나던 도가 끊어졌다가, 하느님의 도움으로 정선과 이곳 솔두둑에서 다시 도가 살아났으니, 하느님께서 모든 사람에게 광제창생의 은혜를 내리시기 간절히 바라옵니다."

이어서 최경상은 생신 향례에 참석한 도인들에게 당부를 했다.

"도(道)를 행하는 것은 용시용활(用時用活)에 있습니다. 세상의 모든 일은 반드시 제때에 맞추어야 합니다. 땅에 씨앗을 넣는 것, 거두어들이는 것은 모두 때를 잘 맞추어야 합니다. 때가 맞지 않으면 무슨 일이든 성공할 수 없습니다. 스승께서도 '우리 도의 후천 5만 년 미래는 때를 알아야 한다.'고 하셨습니다. 아무리 훌륭한 가르침도 '지금 여기'라는 때가 중요합니다. 따라서 나 최경상(崔慶翔)은 지금부터 내 이름을 때를 가리키는 시(時)를 넣어 '최시형(崔時亨)'으로 고치노니, 여러분들도 자기 이름에 각각 '시'자를, 자(字)에 '활(活)'자를 넣기 바랍니다."

이에 강수(姜洙)는 강시원(姜時元), 유인상(劉寅常)은 유시원(劉時元), 전성문(全聖文)은 전시황(全時晄)으로 각각 이름을 바꾸었다. 그 후 최시형은 강시원을 동학 차도주(次道主)로, 유시원을 도접주에 명하고 천제를 올려 하늘에 고했다. 강시원은 일찍이 최시형을 그림자처럼 보필했고, 유시원은 박용걸을 통해 입도한 후 자신의 거처 무은담을 동학 도소로 제공한 공로가 컸다.

단양군 대강면 절골 솔두둑은 스승의 48주년 생신 향례 후 충청도·경기도 등지에서 찾아오는 도인들이 많았다. 최경상은 솔두둑을 찾아오는 도인들에게 '마음과 바른 기를 지켜 수심정기(守心正氣) 후천개벽 세상을 열자.'하고, 이듬해 1876년 4월 중순, 강시원, 유시원, 김병내 등과 두루마리 글을 책으로 발간할 장소 물색하기 위해 강원도 인제군 남면 갑둔리(甲遁里)를 찾았다. 갑둔리는 관아의 발길이 닿지 않는 글자 그대로 '숨어서 피하기(遁) 좋은(甲)' 지형이었다. 최시형은 경전 발간 장소를 갑둔리로 정하고 곧바로 절골 솔두둑으로 돌아왔다. 그런데 솔두둑에 부인 손씨가 기다리고 있었다.

손씨 부인은 최시형이 단양군 단성면 가산리 정석현 집에서 달아난 후 단양 관아에 잡혀가 문초를 받고 풀려나, 전국 각지를 정처 없이 떠돌다가 남편이 단양군 대강면 절골에 산다는 소문을 듣고 찾아왔다고 했다.

최시형은 부인 손씨에게 안동 김씨를 부인으로 맞이한 것이 몹시 미안했다. 그러나 손씨 부인은 모든 것을 운명이라 하고, 둘째 부인 안동 김씨는 지금부터 손씨 부인을 시어머니로 모시겠다고 했다.

4.

최경상이 단양군 절골 솔두둑에 있던 1874년 6월, 동래 초량 왜관 훈도 현석운과 일본 외교관 모리야마 시게루(森山茂)가 회담을 하다가 본회담에 참석하는 사신의 의복 등 사소한 의견 대립으로 결렬되었다. 회담 결렬 후 일본 대표 모리야마 시게루는 일본 정부에 무력으로 조선을 제압하는 것이 좋을 것이라 건의했다. 당시 조선을 침탈하려는 일본에게 가장 큰 걸림돌은 병자호란 후 조선을 속국으로 지배하는 청나라였다. 이 때문에 일본 정부는 1875년 1월, 모리 아리노리(森有禮)를 청나라 공사에 임명하고, 청나라 북양대신 이홍장에게 '조선은 청나라 속국이지만 내정과 외교는 조선에 맡기고 간섭하지 않겠다.'라는 약속을 받아낸 후, 1875년 8월 21일, 부산항에 군함을 급파하였다. 9월 20일에는 군함을 강화도 동남쪽 난지도 부근에 보내 식수를 구한다며 보트에 군인을 태워 연안을 정탐하며 강화도의 초지진 포대까지 접근하고, 조선군이 접근하지 말라는 경고 사격을 하자, 강화도 초지진 포대를 포격하고, 다음 날 초지진, 영종진을 폭격하며 육전대(陸戰隊)를 강화에 상륙시켜 약탈을 자행했다. 한편 부산에 보낸 전함은 조선군 35명을 죽이고 16명을 체포했다.

일본군은 강화도에서 단 2명의 경상자가 있었을 뿐인데, 이듬해 1876년 2월에 전권대사 구로다 기요타카(黑田淸行)가 군함 5척을 이끌고 강화도에 와서 조선 정부에 담판을 요구했다. 조선 조정은 중신 회담을 거듭했다. 원임대신 개화파 민규호(閔奎鎬)는 '배상이란 한낱 빌미일 뿐으로, 조선과 싸우자는 것이 아니라 교역하자는 화호(和好)이므로 받아들여도 무방하다.'하고, 영의정 이최응(李最應)도 '일본과 화호하고 교역한다 해서, 나라의 근본이 뒤흔들리는 큰일은 있지 않을 것이니 전과 같이 통신사를 오가게 하고, 대마도와 동래부를 통한 종래의 교역을 조금 더 늘리는데 지나지 않을 것'이라 했다. 결국 고종은 2월 26일, 판중추부사 신헌(申櫶), 부관 윤자승(尹滋承)을 교섭 대표에 임명해 강화도로 보내, 일본 측 대표 모리야마 시게루, 이노우에 가오루(井上馨)와 사태 협상을 하고, 1876년 2월 27일(음력 2월 3일), '조 · 일 수호조규(朝日修好條規)'를 체결했다.

일본과 조선은 조 · 일 수호조규에서 '대일본국과 대조선국은 본디 우의를 두텁게 해온 지 여러 해가 되지만 양국의 정의(情意)가 미흡해 다시 옛 우호 관계를 닦아 친목을 굳게 다지고자, 일본국 정부는 특명전권변리대신(特命全權辨理大臣) 육군 중장 겸 참의개척장관(參議開拓長官) 구로다 기요다카(黑田淸隆)와 전권변리대신 의관 이노우에 가오루(井上馨)를 보내고, 조선국 정부는 판중추부사 신헌(申櫶)과 부총관 윤자승(尹滋承)을 보내 각자 받든 유지(諭旨)를 따라 조관(條款)을 다음과 같이 체결했다.

    제1관 : 조선국은 자주국으로서 일본국과 평등한 권리를 보유한다. 이후 양국은 동등한 예의로 대해야 하고, 조금이라도 상대방의 권리를 침범하거나 의심하지 말아야 한다. 우선 교제를 막았던 종전의 여러 가지 규례들을 일체 혁파하고 너그럽고

융통성 있는 법규를 넓히는 데 힘써 서로 영구히 평안하기를 기약한다.

제2관 : 일본 정부는 15개월 후 수시로 사신을 파견하여 조선국 경성(京城)에 가서 예조판서를 직접 만나 교제 사무를 상의한다. 조선국 정부는 수시로 사신을 파견해 일본국 도쿄로 가서 외무경(外務卿)을 만나 교제 사무를 상의한다.…(중략)

제4관 : 조선국 부산(釜山) 초량항(草梁項)에 오래전부터 두 나라의 통상 지구 일본 공관(公館)이 있었는데 일본은 종전의 관례와 세견선(歲遣船) 등은 혁파하고 새로운 조관에 따라 무역 사무를 처리하고, 조선국 정부는 제5관에서 정한 항구 두 곳을 별도로 개항해 일본국 인민이 통상을 하도록 해당 지역에 터를 임차해 가옥을 짓고, 임시로 거주하는 사람들 집은 각각 그 편의에 따르게 한다.

제5관 : 경기, 충청, 전라, 경상, 함경 5도의 연해 중에서 통상하기 편리한 항구 두 곳을 골라 개항을 일본 명치(明治) 9년 1876년 2월, 조선 병자년(丙子年) 2월부터 20개월로 한다. …(중략)

제7관 : 조선국 연해의 섬과 암초는 지극히 위험하므로 일본국 항해자가 수시로 해안을 측량하도록 허락해 위치와 깊이를 재고 지도를 만들어 양국 배와 사람들이 위험을 피하고 안전하게 할 수 있도록 한다. …(중략)

제10관 : 일본국 인민이 조선국 각 항구에서 죄를 범할 경우 모두 조선국과 교섭해 일본국이 심리 판결하고, 조선국 인민이 죄를 범할 경우 일본국과 교섭해 조선 관원이 조사 판결하되 각각 그 나라의 법률에 근거하여 심문하고 판결한다. …(후략)

- 대조선국 개국 485년(1876년) 병자(丙子) 2월 3일(양 2월 27일), 대관(大官)

판중추부사(判中樞府事) 신헌(申櫶), 부관 도총부 부총관(都總府副總管) 윤자승(尹滋承). 대일본국 기원 2536년(1876년) 명치 9년 2월 3일(양 2월 27일), 대일본국 특명전권변리대신 육군 중장 겸 참의개척장관 구로다 기요다카(黑田淸隆). 대일본국 전권변리대신 의관(議官) 이노우에 가오루(井上馨).

조·일 수호조규 체결로 조선은 일본에 치외법권(治外法權)을 인정하고, 사인(私人)의 무역 불간섭, 조선의 제물포와 원산 등 2개 항구를 개항하고 일본의 조선 해안 측량을 허용했다.

조·일 수호조규 체결 2개월 후 조선은 1876년 4월 4일, 예조참의 김기수(金綺秀) 등 수신사 76명을 일본에 보냈다.

김기수 등은 부산에서 일본으로 가서 4월 26일, 일본 외무성 관리의 안내로 동경에서 일본 천왕을 알현하고 1개월 정도 머물러 일본의 전신, 철도, 군함, 대포, 산업 시설 등을 둘러보고, 1876년 6월 1일, 조선에 돌아와 고종에게 시찰 결과를 보고 하였다. 이듬해(1877년) 수신사 기록 『일동기유(日東記遊)』를 발간했다. 김기수는 『일동기유』에서 "요코하마(橫濱)에서 신바시(新橋)까지 화륜차(火輪車)가 한 시간에 3~4백 리를 달리는데 차체가 조금도 요동하지 않았다."라고 기록했다.

조·일 수호 조규 체결 6개월 후 1876년 8월 24일, 조선은 일본에 양곡의 무제한 유출, 일본 상품 무관세, 일본 화폐 사용 등을 허용하는 '조·일 수호조규 부록'과 '조·일 무역 규칙 11관'을 체결했다.

5.

최시형은 1877년 10월 5일, 처음으로 구성제(九星祭)를 올렸다. 10월 3일 절골 솔두둑에서 도인 장춘보(張春甫)·김치운(金致雲) 등과 강원도 인제군 남면 갑둔리 김연호의 집으로 가서 올린 것이었다. 구성제는 천제(天祭)와 같은 성격으로 "하늘의 아홉 개 별과 땅 위의 구주(九州)가 응한다(天有九星 以應九州)"라는 스승의 글「논학문(論學文)」에 근거한 것이었다. 구성제는 바쁜 농사철에 49일 기도를 올리기 어려운 도인들의 환영을 받고 도인들에게 권했다.

"구성제는 매년 한 번만 지내도 49일 기도를 올리는 것과 같은 효과가 있으니, 앞으로 매년 10월마다 지내라. 개별적으로 지내거나 혹은 집단으로 함께 지내도 좋을 것이다."

최시형은 그 후 인제군 남면 갑둔리 김현수 집에 경전 발간소를 설치하고 10일을 머물다가 10월 16일, 정선 무은담에 가서 구성제를 지내고, 유시원, 김연국, 신시영(辛時永), 김종여(金宗汝) 등 38인과 계를 만들어 매년 스승의 득도제 · 생신 향례 · 구성제 등의 경비로 쓰기로 하고, 계장(契長)에 접주 안상묵(安尙黙)을 추대했다.

이듬해 1878년 4월 하순, 경전에 수록할 스승의 부친 근암공 최옥(崔鋈)의 행적과 스승의 유고를 수집하러 경주 최형오(崔亨悟)를 찾아가 스승의 유고(遺稿)와 근암 최옥의 행적을 수집하고, 구미산 대릿골의 스승 묘소를 참배한 후 5월 초에 솔두둑으로 돌아왔다.

그 사이 딸이 태어나 있었다. 최시형은 딸 이름을 넉넉하게 살라는 뜻으로 윤(潤)이라 지었다. 그런데 1개월 후 1878년 6월부터 단양 관아가 솔두둑을 기웃거리기 시작했다. 전국에서 찾아온 신도들로 도소가 관아에 알려졌기 때문이었다. 최시형은 7월 25일, 차도주 유시원과 정선 무은담으로 가서 동학 도접소(都接所)를 설치했다. 여차하면 도소를 다시 무은담으로 옮겨가려는 것이었다. 최시형은 무은담에 도소를 설치하고 도인들에게 강설을 이어갔다.

'여러분의 몸은 천지(天地)와 부모(父母)가 주신 것이다.', '시천주(侍天主)는 각자의 마음에 모신 신령(神靈)과 상제님(하느님)의 기(氣)가 하나 되는 것으로, 사람의 마음이 곧 상제(하늘)요, 삼라만상이 모두 마음의 물체다.' '시(侍)를 알면 정(定)을 알고, 정(定)을 알면 지(知)를 알게 되나니, 지(知)는 곧 통(通)이다.', '무위이화(無爲而化)는 세상일이 무위(無爲) 이치에 순응하고 도에 순응하는 것이다.', '스승의 말씀, 가까운 것을 버리고 먼 것을 취한다는 사근취원(捨近取遠)은 일의 순서가 뒤바뀐 것을 말한 것이다.', '유가(儒家)는 먼 조상으로부터 몸을 받은 귀신을 모시는 향벽설위(向壁設位) 제사를 지내지만 우리는 나(사람) 중심의 향아설위(向我設位) 제사를 지내야 한다.', '수심정기(守心正氣) 성경신(誠敬信)은 몸과 마음을 갓난아기 보호하듯 지키는 것이다.', '스승께서 자신을 천황씨(天皇氏)라 하신 것은 세상에서 처음으로 후천운수 시천주를 열었기 때문이다.', '우리의 일상 생활에 도 아닌 것이 없으니, 벽을 보는 참선으로 어찌 인륜을 실천할 수 있겠느냐.'

그리고 이듬해(1879년) 윤삼월 6일, 강시원, 김연국 등과 경전 발행소 강원도 인제군 남면 갑둔리로 가다가 영월군 하동면 와석리에서 날이 저물어 그곳 노정근(盧貞根)의 집에서 하룻밤을 묵었는데, 스승의 꿈을 꾸었다. 스승이 푸른 옷에 검은 관을 쓰고 3층 누각 높은 곳에 올라 좌우에 동자 4, 5인을 거느리고 붓으로 '천문개탁 자방문(天門開坼子方門)'이란 일곱 글자를 써서 북문에 붙이고 북문을 세 번 치셨다. 개탁(開坼)은 밀봉(密封)을 연다, 자방(子方)은 정북방(正北方)이라 '하늘 문은 북쪽에서 열린다.'라는 뜻이었다.

꿈에서 최시형이 스승에게 "스승님, 저도 문을 칠까요." 하자, 스승께서 "그대는 훗날 북문을 칠 날이 있을 것이다." 하시며, 한(寒)·온

(溫)·포(飽) 세 글자를 주시면서, "장차 고초가 많을 것이니, 도인들이 추워할 때는 온(溫)을, 더워할 때는 한(寒)을, 배고파할 때는 포(飽)를 사용하라."하고 총총히 멀어져 갔다.

꿈을 깬 최시형은 스승이 북문에 붙인 글 '천문개탁 자방문(天門開坼子方門)'은 경전을 발간하는 북쪽 강원도 인제를 가리킨 것이라 생각했다.

최시형은 1879년 11월 10일, 경전 발행소 강원도 인제 남면 갑둔리에서 다시 정선군 남면 방시학(方時學)의 집으로 가서 차도주 강시원에게 스승의 생애, 득도 과정, 남원 은적암 은거, 피체, 순교, 이필제의 영해작변, 그 후의 동학 재건, 스승의 유고를 정리하게 하고, 강시원은 이를 전세인(全世仁)에게 주어 정서(精書)를 시켜 굳게 봉해 도접주 유시원에게 주어 사람들 눈에 띄지 않게 잘 보관하도록 하였다. 이듬해(1880년) 5월 9일, 인제군 남면 갑둔리 김현수 집에 경전 발간의 도청(道聽), 감역(監役), 교감(校監) 등 19개 부서를 설치했다. 이후 7개월 동안 목판을 만들고 글씨를 새겨 1년 후 1881년 1월 14일, 처음으로 『동학경전』 100부를 발간했다.

『동학경전』에 스승의 「논학문(論學文)」, 「수덕문(修德文)」, 「불연기연(不然其然)」 등 한문 글 4편과 한글의 「용담가(龍潭歌)」, 「안심가(安心歌)」, 「교훈가(敎訓歌)」, 「몽중노소문답가(夢中老少問答歌)」, 「도수사(道修詞)」, 「권학가(勸學歌)」, 「도덕가(道德歌)」, 「흥비가(興比歌)」, 「검결(劍訣)」 등 9편을 수록했다.

최시형은 경전 발간 2일 후인 1881년 1월 16일, 하늘에 천제를 올려 경전 발간을 고하고, 발간 경비를 부담한 인제접(麟蹄接), 상주접(尙州接), 정선접(旌善接), 청송접(靑松接)에 각각 감사 통문을 보냈다. 그 후 솔두둑에서 1881년 3월 10일에 스승의 제17주기 제사를 올리고, 전국 각 포접에 '모든 접은 오는 4월 5일 스승의 21주기 득도일(得道日) 같은 시각에 일제히 향례를 올리라.'는 통문을 보냈다. 그 후 1881년 6월, 솔두둑 부근 샘골(泉洞) 여규덕(呂圭德)의 집에서 한글「포덕문」9편을 묶은『용담유사(龍潭遺詞)』100부를 발간했다.

샘골의『용담유사(龍潭遺詞)』를 발간한 후 1881년 7월, 충청도 목천군(木川郡) 병천면(甁川面)에서 김은경(金殷卿)이, 공주(公州)에서 윤상오(尹相五)가, 경기도에서 김영식(金榮植), 유경순(柳敬順)이 솔두둑을 찾아와 동학에 입도하고, 김은경은 그해 1881년 12월, 절골 갈천(葛川)에서 49일 기도를 올리는 최시형을 찾아와 충청도 목천접에서『동학경전』을 발간하겠다고 청했다.

6.

『동학경전』을 발간하던 1880년 4월 1일, 조선은 예조참의 김홍집(金弘集), 강위(姜瑋), 지석영(池錫永) 등을 제2차 수신사로 일본에 보냈다. 김홍집은 박규수의 제자로, 1867년에 과거 급제 후 흥양(興陽) 현감 등을 거쳐 1880년 6월 예조참의로 있었고, 강위는 1864년 40세에 이건창(李建昌), 김택영(金澤榮), 정건조(鄭健朝) 등과 교유하며 황현(黃炫)과 역관들 자제들에게 시문(詩文)을 가르치고, 1876년 강화도조약 전권대사 신헌(申櫶)의 부관, 개화파 김옥균(金玉均)의 서기 등으로 있었다.

김홍집 등의 2차 수신사들은 일본에서 일본 관리의 안내로 5개월 동안 일본의 근대 산업 시설 등을 둘러보며 일본의 정치가, 청나라 일본 공사 황준헌(黃遵憲) 등과 만나고, 1880년 9월에 조선에 돌아와 고종에게 '조선이 러시아의 남하를 견제하기 위해서는 청나라와 친하게 지내며 일본과 결속하고 미국 등 서양 각국과 연대해야 한다.'라는 청나라 일본 공사관 황준헌의 글,『조선책략(朝鮮策略)』11권을 바쳤다. 고종은『조선

책략』은 조선에 필요한 글이라며 조선의 관리와 전국의 유생들에게 돌려보게 했다. 그런데 그 2개월 후 1880년 10월 1일, 병조정랑 유원식(劉元植)이『조선책략』을 가져온 김홍집을 엄벌에 처하고, 흥선대원군이 철폐한 서원을 다시 세워 조선의 국시(國是) 성리학(性理學)을 부흥시켜야 한다.'는 상소를 올렸다. 이에 고종은 유원식을 평안도 철산부(鐵山府)로 유배하고, 12월 1일에 서대문 청수관(淸水館) 자리에 일본공사관 건립을 허가했다. 그리고 이듬해 1881년 1월, 박정양 어윤중 등 60명을 제3차 조사시찰단(朝士視察團)으로 일본에, 김윤식(金允植) 등 영선사(領選使) 38명을 청나라에 보냈다.

박정양 어윤중 등 3차 일본 조사시찰단은 1881년 4월 28일 일본에 가서 약 4개월을 머물러 일본의 정부 기관, 세관, 교육 시설 등을 돌아보고 윤칠월 3일 귀국했으며, 청나라 영선사 김윤식 등 38명은 청나라의 근대식 무기 제조 공장, 군사 제도 등을 둘러보고 12월 14일 돌아와 각각 고종에게 결과를 보고했다. 그런데 이듬해 1882년 2월 26일, 영남 유생 이만손(李晩孫)이 영남 유생 1만 명과 '외세 침략을 불러오는 김홍집 일당을 처벌하고 개화 정책을 즉각 중단하라.'는 상소를 올리고, 3월과 5월 충청도와 강원도 유생들도 같은 상소를 올렸다.

그런 가운데 고종은 5월 22일, 김홍집을 독판교섭통상사무(督辦交涉通商事務)에 명해 미국과 조·미수호통상조약(朝美修好通商條約)을 체결하게 하고, 신사유람단의 건의에 따라 조선의 군대 훈련도감·수어청·어영청·총융청·금위영의 5군영을 무위영·장어영 둘로 축소하고, 일본식 군대 교련병대(敎鍊兵隊 별기군)를 창설했다. 그리고 교련병대 당상관에 중전 민 왕후의 조카 민영익(閔泳翊)을, 훈련 교관에 일본인 호리모토 레이조(堀本禮造)를 임명했다. 교련병대는 그 후 처음의 80명에서 '사관 기예병대' 300명, '생도대' 140명으로 대폭 늘어나고, 선혜청도봉소는 교련병대의 월급은 제때 지급하면서 구식 군대 월급을 13개월째 지급을 미루다가 1884년(임오년) 6월에서야 1개월분을 지급했는데, 쌀에 겨와 모래를 섞었다. 그러자 분노한 구식 군대 군인들이 6월 9일 선혜청 창고를 습격하니, 선혜청 당상 민겸호(閔謙鎬)는 구식 군대 군인 2명을 붙잡아 포도청에 넘겼다.

이에 분개한 구식 군대 군인들은 흥선대원군을 찾아가 호소하고, 내락을 받아 도봉소 당상 심순택(沈舜澤), 선혜청 당상 민겸호, 경기 관찰사 김보현(金輔鉉), 강화 유수(江華留守) 등을 차례로 죽이고, 일본 공사관에 불을 지르고, 교련병대 일본인 교관 호리모토(堀本禮造)와 일본 공사관 순사 13명을 죽였으며, 다음날 6월 10일 흥선대원군의 친형인 돈령부 영사 이최응(李最應)과 호군(護軍) 민창식(閔昌植)을 죽였다. 그래도 분이 안 풀린 군인들은 민 왕후를 죽이러 창덕궁으로 난입했다. 그러나 왕후는 직전에 궁녀로 꾸며 몰래 궁을 빠져나갔다.

고종은 급히 흥선대원군에게 사태 수습을 청했다. 흥선대원군은 궁에 들어와 이미 죽은 선혜청 당상 민겸호, 도봉소 당상 심순택(沈舜澤), 무위영(武衛營) 영장 이경하(李景夏) 등을 파직하고, 조선 군대 5군영을 복구했으며, 일본이 설치한 통리기무아문을 폐하고 삼군부를 설치해 자신의 장남 이재면(李載冕)에게 훈련대장, 호조판서와 선혜청 당상을 겸임시키고, 구식 군인들의 밀린 봉급을 지급했다. 또한 난동을 부린 구식 군인들을 사면하고, 행방을 찾을 수 없자 민 왕후가 죽었다며 국상(國喪)을 발표했는데, 그때 왕후는 6월 19일, 충주 목사 민응식(閔應植)의 장호원(長湖院) 관저로 피신하였다. 또한 김윤식(金允植), 어윤중(魚允中)을 청나라에 보내 군사를 청했다.

6월 17일, 청나라 장수 마건충(馬建忠)의 4천 5백 군사가 조선에 오고, 2일 후 6월 29일에는 일본군 보병 1개 대대가 군함 3척을 이끌고 제물포에 상륙했다. 그 13일 후 7월 12일, 청나라 해군 제독 오장경(吳長慶)이 김윤식과 남양만을 통해 용산(龍山)에 와서 흥선대원군을 초대한 후 군란을 선동했다며 천진항으로 압송하고, 7월 16일에는 청나라 군대가 왕십리, 이태원 등에서 반란을 일으킨 구식 군대 170여 명을 체포해 11명을 처형하고 반란을 진압하니, 그 15일 후 8월 1일, 민 왕후가 장호원에서 청나라 군대의 호위 속에 입궐했다.

이러한 임오군란 후, 일본은 1882년 8월 30일(음력 7월 17일), 조선과 제물포조약(濟物浦條約), 수호조규속약(修好條規續約)을 체결하고 손해배상금 50만 원을 청구하며 한양에 일본군 1개 대대를 주둔시켰다. 고종은 군란 진압 후 1882년 9월, 박영효(朴泳孝)를 전권대신 겸 제4차 수신사에 임명해 일본에 보내 군란의 사과문을 전달하게 하고, 배상금 50만 원의 지불 방법을 협의하게 했다.

이에 박영효는 부사 김만식, 종사관 서광범, 민영익, 김옥균 등 수신사 14명과 일본에 가서 약 3개월 동안 일본의 문물 제도 등을 둘러보고 1882년 12월에 귀국했다.

박영효가 귀국해 보니, 조선 조정을 차지한 왕후의 척족들은1882년 8월 23일 '조·청 상민 수륙무역장정(朝淸商民水陸貿易章程)'을, 이듬해 1883년 11월 조·독통상조약(朝獨通商條約), 조·영수호통상조약(朝英修好通商條約), 조·영신조약(朝英新條約) 등을 체결하고 있었다.

7.

1883년 2월, 충청도 목천현(木川縣)의 동학 대접주 김용희(金鏞熙)와 김은경(金殷卿), 김성지(金成之), 김화성(金和成) 등이 스스로 청해『동경대전』1천 부를 발행했다. 최시형은 목천판(木川版) 경전에 발문을 붙였다.

"오! 놀랍도다. 스승께서 계해년(1863년)에 혹시 가르침에 잘못이 있을 것을 저어해 내게(해월) 두루마리 글을 책으로 내게 하셨다가 이듬해 갑자년(1864년) 3월 10일 불행을 당하시고, 그 후 도세가 미약해 뜻을 이루지 못하다가 그 18년 후 경진년(1880년)에 비로소 책을 냈지만, 빠진 글자가 많아 아쉬웠는데 이번에 목천접(木川接)에서 바로 잡은 경전을 발간해 스승을 사모하는 바가 간절하다. 내 감히 망령되이 옹졸한 글로 책 끝에 기록하노라."

- 계미년(1883년) 중춘(仲春) 도주 최시형

최시형은 목천판 경전을 전국의 포접에 보내며, "여러 도인은 임금님께 충성하고, 부모님께 효도하고, 스승을 높이 받들며, 형제간에 화목하고, 부부간에 화순하고, 벗과 서로 믿음이 있고, 이웃과 친하게 지내고 수신제가로 사람이나 물건에 공경을 다 하라."는 통문을 보냈다. 동학이 서학과 달리 유가(儒家)에 더 가깝다는 것을 강조한 것이었다. 목천판 경전 발간 후 경기도에서 황하일(黃河一), 서인주(徐仁周), 안교선(安敎善) 등 9명이, 충청도에서 박인호(朴寅浩), 손병희(孫秉熙) 등 8명이, 전라도 고산(高山)에서 박치경(朴致京) 등이 각각 솔두둑으로 찾아와 동학에 입도했다.

최시형은 자기 조카 충청도 아전 손성렬(孫星烈)의 권유로 입도한 손병희를 주목했다. 장차 동학을 위해 큰일을 할 사람 같았기 때문이었다. 최시형은 입도자들에게 당부했다.

"사람이 어찌 도를 알고 입도하겠는가. 혹은 의지하기 위해, 혹은 도움을 받으려고 입도하니, 도를 바로 아는 자는 많지 않다. 입도는 쉬워도 도를 통하기는 어렵다. 여러분은 우리 도가 장차 5만 년을 이어갈 시대에 태어난 것을 행복이라 생각하라. 도를 깨닫는 자는 풍운대

수(風雲大手)가 따를 것이니, 모두 성(誠)·경(敬)·신(信) 셋으로 포덕에 힘쓰라."

이때 어느 입도자가 "신사님, 어찌하면 빨리 도를 통할 수 있습니까?"하고 묻자, 최시형은 "사람에 따라 다르지만 매일 짚신 두 켤레를 삼고, 주문 3만 독을 3년은 계속해야 할 것이니라."라고 했다.

목천판 경전 발간 후 공주 도인 서인주(徐仁周)가 솔두둑으로 최시형을 찾아와 "신사님, 목천판 경전 때문에 공부가 많이 되었습니다."하고 치하했다. 서인주는 30년 동안 절에 몸담고 있다가 작년에 입도했지만 작은 체구에 총기가 번뜩이는 눈동자였다.

최시형은 서인주의 치하에 "공부가 많이 되었다니 고맙네. 그러나…."하고 한숨을 쉬었다. 서인주가 "신사님, 왜 한숨입니까?"하고 묻자, 최시형은 "아닐세. 내 공연한 욕심이라네." 하며 서인주를 물끄러미 바라보았다.

서인주가 "신사님, 무슨 욕심입니까?"하고 묻자 최시형은 "내 인제, 단양, 목천 등에서 경전을 발간했는데 정작 스승께서 태어나신 경주판 경전이 없어서…." 했다.

그 말씀을 듣자마자 마치 기다리고 있었던 듯이 서인주가 "그럼, 저희 공주접에서 경주판을 발간하겠습니다." 하면서 최시형의 승낙을 재촉했다.

마침내 서인주는 공주접(公州接)의 안교선(安敎善), 윤상오(尹相五) 등과 1883년 5월에 경주판 발간에 착수하고, 최시형도 동협(東峽 : 경기도 동쪽과 강원도)의 안동, 영양 도인들의 지원을 받아 1883년 8월 15일, 경주판 『동경대전(東經大全)』과 『용담유사(龍潭喩詞)』를 발간하였다. 경주판 판형은 그 전의 경전보다 약간 큰 목각이었다. 경주판 경전의 발문은 이러하다.

"아! 스승께서 20년 전 계해년(1863년) 8월에 저에게 책을 만들게 하셨다가 이듬해(1864년) 갑자년 3월에 불행을 당하시고, 17년 후(1880년) 인제와 단양에서, 20년 후 (1883년) 목천접에서 경전을 간행했지만 정작 경주라는 이름이 없어서 흠이었는데, 이번에 공주접에서 경주판 경전을 발간해 소원을 이루었다. 이번 경주판 발간에 공이 많은 목천접의 성우용(成虞鏞), 공주접의 윤상오, 김선옥(金善玉), 인제접의 이만기(李萬基), 영양접주 황재민, 정선접주 전시봉(全時鳳), 안교선 등을 기록하노라."

- 계미(癸未) 중추(中秋) 북접(北接) 도주(道主) 월성(月城) 최시형(崔時亨)

경주판『동경대전(東經大全)』과『용담유사(龍潭喩詞)』발간 후에 경기도 남부, 강원도 인제, 충청도 등에서 동학에 입도하는 사람들이 늘어나면서 관아의 동학 탄압이 시작되었다. 그래서 어디든 도소를 다시 옮겨가야 했다. 절골은 최시형이 안동 김씨 부인을 만나 아들 덕기와 딸 윤을 낳고, 양아들 김연국을 부인의 전 남편 곡강(曲江) 배(裵)씨의 딸 연화와 결혼시켰으며 10년을 살아온 정든 곳이었다. 최시형은 절골을 떠나고 싶지 않았다.

그러나 다시 정선 무은담으로 돌아갈 수도 없었다. 그러던 1884년 6월, 고산 접주 박치경(朴致京)과 새로 옮겨갈 도소를 찾아 전주, 여산, 고산, 삼례 등지를 둘러보다가, 익산군(益山郡) 금마면(金馬面) 미륵산(彌勒山) 중턱의 옛 백제 고찰 사자암(獅子庵)을 찾았다. 사자암은 남쪽으로 광활한 평야에 자리한 미륵사지가 내려다보이고, 동쪽 건너에 용화산(龍華山), 천호산(天壺山) 등이 솟은 더없이 좋은 암자였다.

최시형은 사자암에서 21일 기도를 올리고, 박치경은 솔두둑으로 돌아가 최시형의 가족을 경상도 상주부 화서면 봉촌리 전성촌(前城村)으로 옮겨주었다. 전성촌은 옛날 군량 창고를 지키기 위해 마을 입구에서 원통봉까지 쌓은 성 때문에 붙은 이름이었다.

최시형은 사자암에서 21일 기도를 올리고 전성촌으로 가서 한 달을 머물다가 1884년 10월에 손병희, 손천민, 박인호, 송보여 등과 함께 충청도 공주군 사곡면(寺谷面) 마곡사(麻谷寺) 가섭암(迦葉庵)으로 갔다. 마곡사는 미륵산 사자암에서 그다지 멀지 않은 태화산(泰華山) 산줄기 아래로, 인근의 사곡(寺谷) 유구(維鳩) 지역은 18년 전인 1862년에 흥선군의 천주교 박해를 피해 서해안 내포에서 옮겨온 사람들이 많이 살고 있었다.

최시형은 가섭암에서 새로운 천제 인등제(引燈祭)를 올렸다. 등불을 밝힌 제단 첫 단에 청수 한 그릇을, 둘째 단에 13되들이 목기에 쌀을 담아 백목으로 싸서 올리고, 셋째 단에 과실 감 7개를 올렸다. 최시형은 도인들에게 하룻밤 인등제가 49일 기도와 같은 효과가 있다고 했다.

최시형은 가섭암에서 인등제를 올리고 전국 각 포접에 "당분간 동학의 주문 '시천주 조화정(侍天主造化定) 영세불망 만사지(永世不忘萬事知)'를 '봉사상제 일편심(奉事上帝一片心) 조화정만사지(造化定萬事知)'로 고치라." 하는 통문을 보냈다. 관아가 '천주(天主)'라는 두 글자 때문에 동학을 서학과 같다며 탄압하기 때문이었다.

최시형은 가섭암에서 동학의 조직을 '교장, 교수(敎授), 도접(都接), 집강(執綱), 대정(大正), 중정(中正)' 등 육임제(六任制)로 구상했다. 교장은 덕망 있는 사람, 교수는 도를 성실하게 전수할 사람, 도집은 기강을 밝히고 선악을 잘 가리는 사람, 집강은 시비를 밝히고 기강을 세우는 사람, 대정은 공평하고 부지런하며 신임이 두터운 사람, 중정은 바른말을 하는 강직한 사람을 생각하고, 가섭암에서 글 셋을 지었다.

첫째 글은 『주서(周書)』 태서편(泰誓編)의 '天降下民 作之君 作之師(하늘이 땅에 백성을 내려 임금을 만들고 스승을 만들었다)'로 시작하는 글이요, 둘째 글은 '哀此世人之無知兮(슬프다 사람의 앎이 없으니)'로 시작하는 글이요, 셋째 글은 '嗟呼明者'로 시작하는 글이었다. 즉,

첫째 글에서, "임금은 하늘을 도와 백성을 사랑하고 교화와 예악으로 백성을 화합하게 하고, 법과 형벌로 백성을 다스리고. 스승은 효제충신(孝悌忠信) 인의예지(仁義禮智)로 후생을 양성해 모두 하느님을 돕는다. …(중략) 아! 우리 도의 모습이여! 천하는 어두울 때도 밝을 때도 있나니, 경신년(1860년) 스승의 포덕이 어찌 천운이 아니며 천명이 아니겠는가. 갑자년(1863년)의 억울함도 천운이요 천명이니, 우리 도인은 한결같은 마음으로 처음 뜻을 끝까지 극복해 새로운 천명을 이루어 나아가리. 아! 나의 도인이여 이 글을 공경히 받들라."하고,

둘째 글에서, "슬프다. 세상 사람의 앎이 없으니, 조수(鳥獸)로 말하면 닭(酉年)이 울면 밤과 새벽이 갈리고, 개(戌年)가 짖으면 사람이 오는 줄 알 것이라. …(중략) 멧돼지가 칡을 다투니, 창고의 쥐가 있을 곳을 얻고, 제나라 소가 연나라로 달아나니, 초나라 범이 오나라에 오도. 중산 토끼가 성을 차지함이여, 패택용의 한수(漢水)로다. 오사(五蛇: 진나라 무공의 다섯 신하)의 후계 없음이여! 아홉 말이 제 길에 당도하다. 뱀이 개구리를 씹으며 나를 대적할 자 없다며 우쭐대다가 지네가 붙는 것을 알지 못하고, 뱀이 죽자 지네가 교만해 그 몸에 젓 담는 줄 알지 못하더라. 독한 놈은 반드시 독한 데 상하느니 네게서 난 것이 너에게로 돌아간다. 방패와 의로운 무기와 예의의 칼과 지혜의 창으로 서쪽 괴수를 치면 장부 앞에 장사 없으리라." 하고,

셋째 글에서, "밝음은 누구나 볼 수 있어도, 도의 밝음은 혼자만 알 수 있나니, 정성과 공경과 도리를 다해 갓난아기 돌보듯 대자대비(大慈大悲) 일이관지(一以貫之)로 해야 할 것이다. 정성은 마음의 주(主)요 일의 몸통이니, 마음을 닦지 않으면 이룰 수 없고, 공경은 도의 주체이니 몸

으로 실천하라. 마음은 신령(神靈)의 그릇이요, 도는 공과 사를 가르는 기준이니, 하늘과 신의 눈은 진실로 이르지 않는 곳이 없으니 반드시 경계하라." 했다.

최시형은 가섭암에서 손병희 혼자에게 밥솥을 걸게 하고 이런저런 트집을 잡아 여러 번을 고쳐 걸게 했다. 그뿐 아니라 밥을 짓게 하고, 땔나무를 해오라고 했다. 최시형이 일부러 손병희를 시험한 것이었다. 그러나 손병희는 불평 한마디 않고 묵묵히 순종했다.

최시형은 1894년 10월 20일, 가섭암에서 다시 절골 솔두둑 도소로 돌아가 각 포접에 "동학 주문 '봉사상제 일편심(奉事上帝一片心) 조화정만사지(造化定萬事知)'를 '시천주 조화정(侍天主造化定) 영세불망 만사지(永世不忘萬事知)'로 돌리게 했다. 10월 28일에는 스승의 탄신 60주기 행사에 모든 도인들은 솔두둑으로 모이라."는 통문을 보내고, 10월 28일 정오, 전국의 두령 82명, 3천 도인과 제단 첫 단에 일곱 번 찧은 쌀로 지은 메와 떡을, 둘째 단에 백미를, 셋째 단에 과일과 건어물을 올리고 "경신년(1860년) 4월 5일, 스승께서 천명을 받으시고, 갑자년(1863년) 3월 10일 참변을 당하시니 그지없이 억울해 잔을 올립니다. 흠향하소서."라는 축문을 읽고, 동학 초학 주문 '위천주고아정 영세불망 만사의(爲天主 顧我情 永世不忘 萬事宜)'와 강령 주문, '지기금지 원위대강(至氣今至願爲大降)', 본 주문 '시천주 조화정 영세불망 만사지(侍天主 造化定 永世不忘 萬事知)'를 각각 세 번씩 읽었다.

달라지기 시작하는 조선

1.

최시형이 가섭암에 머물던 1884년 9월, 미국에서 의사 알렌(H N Allen)이 조선에 왔다. 2년 전 1882년, 조 · 미 수호 통상조약을 체결한 조선이 미국에 의사와 영어 교사 파견을 요청하고 1884년부터 미국의 교육위원장 이튼(John Eaton)이 1884년부터 조선에 의사와 선교사를 보내기 시작하면서 알렌이 처음 조선에 온 것이었다.

알렌이 조선에 온 3개월 후 1884년 12월 4일(음력 10월 17일) 밤, 조선의 급진 개화당 김옥균(金玉均)이 박영효(朴泳孝), 서재필(徐載弼), 서광범, 홍영식, 박영교(朴泳敎), 등과 한성우정국(漢城郵政局) 낙성 기념 축하 연회에서 부근의 왕세자 별궁에 폭탄을 설치하고 왕비와 조정 관료를 죽이려 했다. 김옥균 등은 사전에 고종의 내락을 받고, 일본 공사 다케조에 싱이치(竹添進一)의 협조로 폭발물을 준비하고 일본 군대까지 동원했다. 그러나 민 왕후의 조카 우영사(右營使) 민영익만 중상(重傷)을 입자 일본 공사와 상의, 창덕궁으로 고종을 찾아가 "전하! 사대당(事大黨)과 청나라 군대가 난을 일으켰으니 속히 피하소서."하고 긴박함을 고했다.

고종은 교련 병대 군사 50명, 일본군 150명의 호위를 받아 경우궁(景祐宮)으로 피했는데, 김옥균 등은 왕명으로 모든 대신들을 경우궁에 입궐시키고 장정을 시켜 궁문에서 우정국 연회장에서 죽이려다 실패한 전영사(前營使) 한규직(韓圭稷), 병조판서 민영목(閔泳穆), 예조판서 조영하(趙寧夏), 군국사무협판(軍國事務協辦) 겸 기계국총판(器械局總辦) 이조연(李祖淵), 후영사(後營使) 윤태준(尹泰駿) 등을 차례로 때려 죽였다.

한규직은 참정대신 한규설(韓奎卨)의 형으로, 19세에 무과에 급제한 후 선전관, 중추부 경력(中樞府經歷) 등을 거쳐 1882년 9월 어영대장, 공조판서·협판군국사무(協辦軍國事務), 군무사(軍務司), 1884년 8월 전영사(前營使)가 되어 박영효의 신식 군대까지 친군 전영에 편입시켰다. 민영목은 민 왕후의 11촌 조카로 1883년 조·미 수호 통상조약, 조·독 수호 통상조약 등을 체결하고 병조판서로 있었다.

조영하는 조 대비의 조카로, 이조판서 때 1873년 흥선대원군을 탄핵하고 훈련대장, 금위대장(禁衛大將)이 되어 임오군란 때 청나라에 군대를 요청하고, 1883년 관리통리아문사무(辦理統理衙門事務), 독판통상사무(督辦通商事務), 도통사(都統使) 등을 거쳐 1884년 예조판서로 있었다. 이조연은 1880년 수신사 김홍집의 수행원이었으며, 1881년 수신사 조병호의 종사관으로 일본에 갔다 와서 민 왕후 측근과 가까이 지내며, 1884년 협판군국사무(協辦軍國事務) 겸 기계국총판(器械局總辦)에 있었다. 윤태준은 임오군란 때 왕후를 여주를 거쳐 장호원으로 피신시키고, 비밀리에 청나라에 군대 지원을 요청한 공로로 1884년 친군 우영의 감독, 기계국총판(機械局總辦)에 있었다.

김옥균 등은 다음날 12월 5일(음력 10월 18일) 새벽, 고종을 옹립하는 내각을 선포하고, 흥선군의 장남 이재면을 영의정 겸 좌찬성, 홍영식(洪英植)을 좌의정, 박영효를 전후영사(前後營使) 겸 좌포장(左捕將), 서광범을 우포장(右捕將), 김옥균을 호조참판, 서재필을 병조참판 겸 정령관, 박영교를 도승지에 임명하였다. 그 시각 수구파들이 몰래 충청감사 심상훈

(沈相薰)을 경우궁의 왕후에게 보내 변란을 알리고, 왕후는 즉시 청나라에 군사 지원을 요청했다.

김옥균 등은 다음날 12월 7일(음력 10월 19일), 각국 공사관과 영사관에 정권 교체를 통보하고, 그간 청나라에 바쳐오던 조공을 폐지하고, 인재 등용, 문벌 폐지, 빈민 구제, 재정 확충 방안 등을 공표했다.

그런데 그날 오후 3시, 청나라 1천 5백여 군사가 갑자기 창덕궁에 쳐들어와 김옥균, 박영효, 서광범, 서재필, 변수(邊樹) 등은 일본 영사관으로 가서 일본으로 달아났다. 홍영식과 박영교는 고종을 지키다가 청나라 군사에게 살해되고 나머지 개화파들은 모두 청나라 군사들에게 참살되었다. 임오군란처럼 청나라 군대에 진압된 것이었다.

고종은 갑신정변 진압 후 좌의정 김홍집에게 정변 수습을 명하고 일본으로 달아난 김옥균 등의 즉각적인 송환을 요구했다. 일본은 이듬해(1885년) 1월 9일, 전권대신 이노우에 가오루(井上馨)를 보내 김홍집과 만나 "조선은 정변 사태를 일본에 문서로 사과하고, 일본군 장교를 죽인 범인을 처벌하고, 일본인이 입은 보상금을 지급한다."라는 전문 5조의 한성조약(漢城條約)을 체결했다.

이 시기, 러시아 공사 베베르(Waeber)가 독일인 부인과 그 여동생 통역사 '마리 앙투아네트 손탁(Marie Antoinette Sontag)'과 함께 조선 공사로 부임했다.

고종은 정변 후 청·일이 대립하자, 외교 고문 독일인 묄렌도르프를 통해 몰래 러시아에 조선의 보호를 요청했다가 이 사실을 알게 된 청나라 조선 총독 원세개가 러시아 견제를 위해 임오군란 때 천진으로 압송한 대원군을 조선에 데려왔다. 그런 상황에 친러파들이 다시 베베르에게 조선을 보호할 군함 파견을 요청하자, 영국이 1885년 러시아의 남하를 막으려고 거문도(巨文島)를 점령했다. 러시아는 영국에 의해 바닷

길이 막히자 1886년, 모스크바에서 동쪽 블라디보스토크에 이르는 9천 3백km 시베리아 횡단 철도 건설에 착수했다. 러시아가 1860년 북경조약으로 차지한 극동 연해주 블라디보스토크까지의 운송 수단을 철도로 대체하려는 것이었다.

고종은 러시아를 끌어들이는 계획이 무산된 후, 1885년에 베베르의 처제 손탁(Sontag)을 궁중 전례관에 임명해 러시아와의 관계를 유지했다. 그리고 일본에 김옥균의 송환을 요구했으나, 일본은 고종의 요구를 거절했다. 그 후 고종이 김옥균 암살 자객을 보내자, 1886년에 김옥균을 일본의 절해고도 오가사와라(小笠原), 북해도(北海道) 등으로 보냈다가 1890년 동경으로 돌아오게 했다. 그러나 김옥균은 4년 만에 동경으로 돌아와, 3년 후 1893년 3월, 청나라 북양대신 이홍장과 조선·일본·청나라 3국의 평화를 협의하러 상해로 갔다가 고종이 보낸 자객 홍종우(洪鐘宇)에게 살해되었다.

최시형(崔時亨)은 1884년 11월 차도주 강시원 등과 단양군 절골 솔두둑의 동학 도소를 충청도 보은 장안리(長內里)로 옮겼다. 10년 전 1874년 4월, 강원도 정선 무은담에서 절골 솔두둑으로 옮긴 도소가 10년이 지나면서 관아에 알려져 탄압이 시작된 것이었다.

충청도 보은은 한양에서 경상도, 호남 지방, 기호 지방으로 통하는 교통의 요지로, 보은 장안리는 도소 앞으로 속리산 천왕봉·구병산 만수계곡을 흘러온 삼가천이 흐르고, 도소 뒤편 서원봉(書院峰) 아래에 조선 중종 때 훈구파 남곤(南袞)·홍경주(洪景舟) 등의 모함을 받아 조광조와 함께 억울하게 사사된 대사헌(大司憲) 충암(沖菴) 김정(金淨)의 상현서원(象賢書院)이 있었다.

최시형이 보은으로 도소를 옮긴 2개월 후인 1885년 6월 3일 저녁, 차도주 강시원이 도인 이경교, 김성집 등과 최시형과 육임소(六任所) 설치를 의논하러 도소로 오다가 단양 관아 포졸에게 체포되고, 최시형은 포졸을 피해 급히 공주 마곡사(麻谷寺)로 달아나 전국 각 포접(抱接)에 "아! 도의 근원 하늘이 변치 않으면 도(道)도 사람도 변치 않는다. 그런데 지금 차도주 등이 관아에 체포되어 당장 돈이 필요하니 내 허물을 널리 용서하시고, 힘닿는 대로 하늘에 보답하기를 바란다."라는 통문을 보냈다. 돈은 죽을 사람도 살릴 수 있기 때문이었다.

최시형은 마곡사에서 한 달 정도 숨어 있다가 7월에 관아의 탄압이 얼마간 누그러졌을 것으로 생각하고 보은 도소로 돌아갔다가 길목 요소요소에 깔린 포졸들 때문에 마곡사로 다시 돌아갈 수도 없어 제자 장한주와 함께 무작정 남쪽으로 달아나 8월 초에 경상도 영천 부장대(阜場垈)를 지나, 어느 산막에 몸을 숨겼다.

다행히 가을철이라 먹을 것은 농가 논밭에서 구하고 물은 계곡물로 해결할 수 있었다. 위치가 어딘지 몰라 도인들과 연락도 할 수 없는데, 소금을 구하러 마을로 갔다가 돌아온 장한주가 물었다.

"신사님! 혹시 통양포(痛痒浦)를 아십니까?"

마을 사람들이 이곳을 통양포(通洋浦) 화계동(花溪洞)이라 한다고 했다.

최시형은 "우리가 그렇게 멀리 왔단 말인가?" 했다. 장한주가 "혹시 아는 곳입니까?"하고 묻자, 최시형은 "옛날 내가 젊은 시절 살았던 근처라네!" 했다.

통양포는 최시형이 신혼 시절 살았던 경주부 신광면에서 그다지 멀지 않은 영일현(迎日縣)의 포구였다. 최시형은 장한주에게 현재 위치를 도인들에 알리게 했다. 45일 후에 황하일(黃河一)이 산막으로 달려왔다. 최시형은 그를 따라 산막을 나와 1885년 9월 15일, 가족이 사는 상주 화서면 봉촌리 전성촌으로 갔다.

황하일은 서인주와 함께 동학에 입도한 제자로, 최시형은 봉촌리 전성촌에서 황하일과 서인주가 구해온 양식으로 어렵게 연명했다. 이듬해(1886년) 2월, 상주 화서면 화령(化寧)에서 19세인 권병덕(權秉悳)이 최시형을 찾아와 가르침을 청했다.

권병덕은 6살 때 천자문을 배우고, 10살 때 외가 충청도 미원(迷原)에 가서 사서삼경을 익히고, 2년 전(1884년) 고향 화령(化寧)으로 돌아와 보은 접주 임규호(任奎鎬)의 권유로 동학에 입도한 청년이었다.

최시형은 그해(1886년) 봄, 전성촌 사람들에게 "금년에 악질(惡疾) 유행이 염려되니 묵은 밥을 새 밥에 섞지 말고, 끓여 먹으라. 침을 아무 곳에나 뱉지 말고, 대변을 보면 땅에 묻고, 하루 두 번씩 집안을 청소하라." 했다. 과연 그해 6월부터 전국에 호열자(콜레라)가 창궐해 많은 사람들이 죽었지만, 전성촌 40여 호는 아무런 피해가 없었다.

그 후 충청도, 전라도, 경상도 등지에서 소문을 들은 많은 사람들이 전성촌을 찾아왔다. 최시형은 이들에게 봄가을에 반드시 49일 기도를 올리게 하고, 이듬해 1887년 1월 1일 새해 첫날에 "성으로 무극대도를 기도드리니, 원통봉 아래에서 통하고 또 통한다(無極大道作心誠圓通峰下又通通)"라는 시(詩) 한 수를 지었다.

1월 15일 서인주의 중매로 아들 덕기의 혼례를 올렸다. 덕기는 13살, 며느리는 청주 율봉면(栗峰面) 음선장(陰善長)의 둘째 딸로 15살, 중매는 며느리의 형부 서인주였다. 그런데 덕기의 혼례를 치른 후 덕기 어머니 안동 김씨가 시름시름 앓다가 9일 후인 2월 24일에 세상을 떠났다. 최시형은 아내의 죽음에 눈앞이 아득했다. 14년 전 단양 절골에서 결혼한 후 아들 덕기와 딸 윤을 낳고 말없이 내조해 온 아내이기 때문이었다. 최시형은 아내를 동네 뒷산 원통봉(圓通峰)에 묻고 돌아와 마을 사람들에게 강설했다.

"여러분! 자기 부인을 함부로 대하지 마십시오. 우리 도의 초보는 부화부순(夫和婦順)입니다. 우리가 도를 통하고 통하지 못하는 것은 부부의 화(和)·불화(不和)에 있습니다. 부부가 화합하지 못하고 어찌 한 집안이 화합할 것이며, 한 가정이 화합하지 못하고 어찌 다른 사람과 화합하리오. 혹 부인이 남편의 말을 따르지 않으면 따뜻한 말과 순한 말로 설득하면 비록 도척(盜跖)의 악이라도 감화될 것입니다. 부인은 한 집안의 주인이니, 부인과 화합하지 못하면 하느님께 소·양·돼지 삼생(三牲)으로 빌어도 아무 감응이 없을 것이니, 부인과 어린아이의 말을 하느님 말씀으로 알고, 스승으로 삼아야 합니다. 아! 내 어찌 사람을 하늘처럼 섬기라는 스승의 가르침을 잊으리오."

그리고 그 24일 후 1887년 3월 21일, 제자들이 차린 눈물의 회갑연을 받았다. 나흘 후 3월 25일, 제자 서인주를 강원도 정선 갈래산 적조암으로 보내 아내의 49재를 준비하게 하고, 4월 초에 김연국, 손천민 등과 적조암에서 아내의 49재를 올리면서, 주변에 만발한 봄꽃에 취해 시 한 수를 지었다.

"뜻하지 않은 4월이 오니, 금사(金士)·옥사(玉士) 또 금사(金士)로다. 오늘내일 또 내일 무엇을 알 것인가. 날이 가고 달이 오고 새날이 와서, 천지 정신(精神)이 지금 나를 깨우네.
(不意四月來 金士玉士又金士 今日明日又明日 何何知知又何知 日去月來新日來 天地精神今我曉)"

최시형에게 주변의 모든 봄꽃은 그냥 꽃이 아닌 지극히 귀한 사람 금사(金士)요 옥사(玉士)였다.

부인의 49재를 올린 후 최시형은 유시원의 무은담으로 가서 그해 여름을 보내고, 10월에 김연국의 숙부 김병내(金秉鼐)와 강원도 인제군 남면 갑둔리(甲遁里)로 갔다. 그간 단양 샘골, 충청도 목천현, 공주접 등에서 발간한 경전이 하나도 남아 있지 않아, 7년 전 갑둔리에서 발간한 『동경대전』 판목으로 경전을 중간하려는 것이었다.

2.

최시형은 1888년 1월, 전라도 김제군(金堤郡) 구이면(九耳面)의 모악산(母岳山) 대원사(大原寺)를 찾아가 49일 기도를 올렸다. 모악산 대원사는 신라 문무왕 10년(676년) 일승(一乘) 대원(大原)이 창건한 사찰로 고려 말의 나옹선사(懶翁禪師), 조선 인조 때 일옥(一玉) 진묵대사(震默大師)가 머물렀던 절이었다.

최시형은 대원사에서 49일 기도를 올리고, 그해 3월, 전주 동북쪽 완주군 소양면(所陽面) 종남산(終南山) 송광사(松廣寺)를 찾았다. 송광사는 고려 희종 1년(1204년) 보조국사(普照國師) 지눌(知訥)이 옛 신라 스님 체징(體澄)이 창건한 백련사 터에 세운 것으로, 종남산은 신라 스님 도의(道義)가 선을 수행한 중국 종남산(終南山) 이름을 갖다 붙인 이름이었다. 최시형은 송광사에서 전국 포접에 "무극대도는 삼강오륜, 인의예지, 효제충신 등 갖춰지지 않은 것이 없으니, 우리 도인은 다음 사항을 지키기 바란다."라는 말과 함께 통문을 보냈다.

첫째, 하늘의 눈은 번개와 같아 속일 수 없으니 스승을 공경하고, 사사로움을 제거하여 올바른 믿음으로 돌아가라.

둘째, 우리 도는 믿음을 주로 한다. 믿음이 없으면 인의예지가 행해

지지 않으니 도를 닦는 일은 믿음이 제일 중요하다.

  셋째, 하늘이 만백성을 낼 때 각각 그 직분을 주었으니 도에 의탁하거나, 도를 핑계로 생업을 돌보지 않거나, 집안을 보살피지 않거나 방탕하지 말라. 항산(恒産)이 없으면 항심(恒心)도 없으니, 밭 가는 사람은 밭을 갈고, 공부하는 사람은 공부를 하고, 물건 만드는 사람은 물건을 만들고, 장사하는 사람은 장사에 전념해 각각 분수에 만족해 즐거이 몸을 닦아 집안을 가지런히 하라.

  넷째, 세상일은 공과 사가 있으니, 공은 천하 여러 사람의 일, 사는 사사로운 개인의 일이다. 공을 지키면 일마다 견실해지며, 사를 따르면 원망의 말이 생기고 일마다 사이가 틀어지고 공과 사로 군자와 소인이 나뉘니 남의 말을 비하하지 말고, 아첨하고 헐뜯는 사람을 멀리하고, 공평하고 사사로움이 없게 하라.

  다섯째, 일은 공평하고 사사로움이 없게 하랴.

  여섯째, 환난(患難)에 가진 자는 없는 자를 도와라.

  일곱째, 남편 있는 여자를 취하지 말고, 내외를 가려 두려운 마음으로 공경하고 삼가라.

  여덟째, 자기를 높이지 말고 예법과 예절을 지켜라.

  아홉째, 접주는 도인들에게 연원을 바르게 하고, 도를 전할 때 사람을 잘 살펴 경솔하고 소홀함이 없게 하라.

  열째, 편장(便長)은 여러 접을 두루 순행해 지목받은 도인들을 안접(安接)하고, 모르는 자를 깨우쳐 진리와 정도로 돌아가게 하고, 규약을 어기는 자는 벌(罰)하라.

  통문 속의 '안접(安接)'은 관아에 수감된 도인(道人)과 그 가족을 보살피는 일, '벌(罰)'은 도인을 가르쳐 깨우치게 하는 직책이었다.

최시형은 1888년 2월에 송광사에서 만경강(萬頃江)의 드넓은 평야 삼례로 나와 보은으로 향했다. 삼례는 부근의 완주 봉동(鳳東), 용진(龍進), 익산(益山)의 왕궁면 등과 함께 예부터 하늘에 예(禮)를 올리는 신성한 땅이었다.

최시형은 1888년 2월 24일, 보은으로 돌아와 아내의 탈상을 지냈다. 그런데 그날 제자들이 손병희의 누이 손시화(孫時嬅)를 새 부인으로 맞이하게 했다. 손시화는 첫 결혼에 실패하고 최시형의 수발을 드는 방년 24세 미망인, 최시형은 이미 62세의 노인이었다.

손시화를 부인으로 맞이한 최시형은 1888년 10월, 강원도 인제군 남면 갑둔리(甲遁里)로 가서 중간(重刊), 『동경대전』 100부와 『용담유사』 100부를 장안리로 가져와 전국의 포접에 보내며, "사람이 한가한 때를 기다려 책을 읽는다면 평생토록 한 권의 책도 읽을 수 없을 것이다. 사람을 구제하는 것도 여유가 생긴 다음 하려면 평생토록 할 수 없으니, 조금의 여유라도 있으면 약간씩의 성의를 내어 도우라. 능력 있는 사람이 피한다면 하늘의 눈을 피할 수 없으니 도와주는 자, 도움을 받는 자, 모두 하느님의 뜻과 사람의 마음을 경계하고 경계하라."라는 통문을 보냈다.

그 무렵 관아가 1888년 12월의 함경도 영흥 민란, 북청(北靑)길주(吉州) 등지의 민란을 동학도의 소행이라며 탄압하고, 1889년 1월, 한양의 동학도 강무경(姜武卿), 방병구(方炳九), 정영섭(丁永燮), 조상갑(趙尙甲) 등을 체포했다.

한편, 일본은 보병 제6연대, 제10연대, 제18대대가 일본군의 막사, 식량 창고, 군용 전신선 등을 운반할 조선인 인부를 모집했는데, 동학 도인들은 일본군의 짐을 져다 주는 놈들은 모두 죽여야 한다면서 일본군 병참부를 습격하니, 일본군은 동학 도인들을 색출에 혈안이 되어 있었다.

　최시형은 몸을 피하지 않을 수 없는 자못 험악한 상황이라, 1889년 4월 강원도 인제로 가려고 김연국, 아들 덕기, 장한주 등과 보은 도소 북쪽 괴산군(槐山郡) 소수면(沼壽面) 수리(壽里) 신항(新項) 마을로 가서 전국 각 포접에 "대운이 점차 뚜렷해지고 옥산(玉山)이 드러나니 밤마다 여러분을 그리는 마음뿐이다. 내게 나라를 다스리고 세상을 구제하는 지혜가 없지는 않아도 당분간 포덕을 멈추고 산에 들어갈 것을 알리니, 앞으로 내가 없다고 의심하지 말고 수도하고 기다리면, 다시 만날 날이 있으리니, 그동안 스스로 덕을 닦기를 바라노라."라는 통문을 보낸 후에 강원도로 가고, 부인 손시화는 손병희가 음죽군 외서촌(外西村) 보뜰(洑平)로 옮겨주었다.

　최시형은 강원도로 가던 도중 서울에서 서인주, 강한형(姜漢馨), 정현섭, 신정엽(申禎燁) 등이 관아에 체포되었다는 소식을 듣고 "나는 식사 때나 잠잘 때나 서인주 생각에 음식을 먹어도 맛을 모르고, 비에 옷이 젖어도 갈아입지 못하고, 잠잘 때도 이불을 덮지 못한다."고 했다. 최시형은 강원도 홍천, 인제를 지나 인제군 북면의 백두대간 진부령(陳富嶺)을 넘어 1889년 10월 29일, 간성군(杆城郡) 죽왕면(竹旺面) 왕곡리(旺谷里)리 김도하(金道河)의 집으로 갔다.

　간성군 왕곡리는 동해와 접한 곳으로, 오음산(五音山) 등 다섯 산에 안긴 약 30호 정도의 조용한 마을로, 다섯 개의 산에서 흘러내린 개천이 마을 앞을 지나 동쪽 석호(潟湖) 송지호(松池湖)로 흘러들고, 뻐꾸기 소리까지 들리고 있었다. 최시형은 11월 어느 날 밤, 왕곡리 김도하의 집에서 밤하늘의 별을 보고 시 한 수를 지었다.

　"남쪽 하늘 별은 너무도 고요하고, 천산 만봉은 푸르고, 천강 만수(水)가 맑으니 마음과 기운이 하나 되어 화평하도다. 봄이 돌아와 꽃이 피니 만년 봄이라. 청천백일 바른 마음(正心)의 기(氣)는 사해의 모든 벗과 한몸이리라.
(南辰圓滿脫怯寂 千山萬峯一柱綠 千江萬水一河淸 心和氣和一心和 春回花開萬年春 靑天白日正心氣 四海朋友都一身)"

그 후 간성군 왕곡리에서 3개월을 머물다가 이듬해(1890년) 1월 4일, 아내 손시화가 둘째 아들을 낳았다는 손병희의 편지를 받고 왕곡리를 떠나 진부령을 넘어 인제군 남면으로 갔다. 남면 갑둔리 김연호의 집, 성황거리 이명수(李明秀) 집 등을 전전하다가, 손병희에게 '여기 성황거리에서 이상 더 있을 수 없다.'라는 편지를 보내니, 손병흠과 손병희가 급히 달려와 최시형을 아내가 사는 충주 외서촌(外西村) 보뜰(금왕읍 도전리)로 옮겨주었다. 최시형은 아들의 이름을 '동희(東曦)'라 짓고, 3월 1일 밤하늘의 별을 보며 시 한 수를 지었다.

"별에서 나온 기(氣)와 새 운(運)이 속히 사람을 구하리니, 궁을(弓乙)은 곧 천을성(天乙星)이라. 3월 초하룻날 하늘의 맑은 새소리의 기(氣)가 만 사람에게 봄을 내리누나.
(發星之氣 新運濟人 從速濟人 弓乙則天乙星也 至氣 天精鳥聲 某朔三月 春降萬人)"

이는 지황씨(地皇氏)의 정수(精髓)가 천을성으로 올라가 백성을 구제할 것이라는 시였다.

최시형이 보뜰에 있던 1890년 4월, 충주군 외서촌 황산리에서 23세 청년 이상옥(李相玉)이 찾아와 동학에 입도했다. 이상옥(이용구)은 1868년 경상북도 상주군 낙동(洛東)에서 태어나 아버지를 일찍 여의고 어머니와 충주 황산리로 옮겨와 학문에 뜻을 두었다가 집이 너무 가난해 동학에 입도한 것이었다. 그 무렵 보뜰에 유회군(儒會軍)이 동학도를 체포하려 설치고 있어, 최시형은 5월 15일 다시 강원도 양구 죽곡리 길윤성(吉允成)의 집 인제군 갑둔리 김연호의 집, 성황거리 이명수의 집 등으로 옮겨 다니며 전국 포접에 통문을 띄웠다.

"사람 마음은 지키기를 게을리 하면 뽕나무밭(桑田)이 되고, 지키기를 크고 공경히 하면 산하가 푸른 바다가 될 것이다. 구악(龜岳)에 다시 봄이 돌아와 상전이 벽해가 되고, 용이 전한 태양주 궁을(弓乙)이 돌아와 천지가 하나 되고, 물에서 생긴 도가 사해를 흘러 만인의 마음에 꽃을 피우리라.
(守心誠而惑怠 人之變也桑田 守心敬而泰然 山河實於碧海 龜岳回春桑田碧海 龍傳太陽珠 弓乙回文明 運開天地一 道在水一生 水流四海天 花開萬人心)"

그해 8월, 공주 접주 윤상오의 주선으로 강원도를 떠나 가족이 사는 공주군 정안면(正安面) 운궁리(雲弓里) 활원(活院)으로 옮겨갔다. 공주 정안면 활궁리는 한양에서 호남으로 가는 길목으로, 최시형은 활원에서 집이 비좁아 부근 윤상오 집에서 기거하며 그해 추석에 시 한 수를 지었다.

"하늘 같은 대도를 누가 훼손하리. 지금 돌아올 기약이 서서히 비치니, 멀다 말고 빠르다고도 말하지 말라. 중추(仲秋)에 눈 밝은 게(蟹)가 둥근 땅 몇만 리를 다리 하나로 다 밟을 수 없으니, 갑(甲)이 돌아오는 해에 그 도리를 알게 될 것이다. 천지 정신이 열려 산 밖, 물 밖 대도의 땅에서 근본을 지키니 홀연히 천지가 열려 바른 마음 기가 둘리네.
(如天大道誰能毀 歸期只在徐徐光 莫言遠莫言速 仲秋蟹眼明 圓地方幾萬里 一脚不能

盡踏際 道理纔知回甲年 天地精神半化開 山外水外大道地 天理守本意忽開 貫觀一氣 正心處)"

최시형은 1890년 9월, 다시 차령을 넘어 북쪽 충청도 청안현 서면(西面=鎭川郡) 용산리(龍山里)로 옮겨가 상주 접주 이관영(李觀永)을 경상도 편의장, 청주 접주 이용구(李容九)를 충청도 편의장, 경기도 광주 접주 이종훈(李鍾勳)을 경기도 편의장, 공주 접주 윤상오(尹相五)를 전라우도 편의장, 진천 접주 남계천(南啓天)을 전라좌도 편의장에 임명했다. 충청도 편의장 이용구는 안성, 직산, 청안(괴산), 충주 등지를 다니며 많은 사람들을 동학에 입도시켰다. 참으로 유능한 사람이었다.

다음 달 1890년 11월 김연국을 미리 경상도 김산으로 보내 준비하게 한 후, 1891년 1월, 청안현 서면(초평면) 용산리에서 충청도 영동을 경유해 추풍령(秋風嶺), 눌의산(訥義山), 황악산(黃嶽山)을 넘어 경상도 김산군(金山郡 : 金泉) 구성면(龜城面) 복호동(伏虎洞) 김창준(金昌駿)의 집으로 갔다.

김산군 구성면에 와룡(臥龍)·복호(伏虎)·각골·아랫마 등의 마을이 있었다. 와룡은 마을 뒷산 산세가 용이 누운 모양, 복호는 마을 뒤 개골산 산세가 호랑이가 엎드린 모양, 각골은 연안(延安) 이씨 마을 주변의 많은 골짜기, 아랫마는 구성면에 제일 먼저 터 잡은 마을이라 불리는 이름이었다.

최시형은 구성면 복호동에서 부인을 위한 「내칙(內則)」과 「내수도문(內修道文)」을 지었다.

「내칙」은, "부인이 잉태하면 육종(肉種)과 해어(海魚), 우렁이와 가재를 먹지 말고, 고기는 냄새도 맡지 말라. 수태 한 달 후부터는 기울어진 자리에 앉지 말고, …(중략) 남을 험잡는 말을 말고, 무거운 것을 들거나 머리에 이지 말고, 힘든 방아를 찧지 말고, 급하게 먹지 말고, 너무 차거나 뜨거운 음식을 먹지 말고, 기대어 앉지 말며, 남의 눈을 속이지 말라. 이렇게 하지 않으면 아기가 요사(夭死)도 하고, 횡사(橫死)도 하고, 조사(早死)도 하고, 병신도 되나니, 잊지 말고 10개월을 조심하면 몸이 바르고 총명하고, 지국(志局)과 재기(才技)가 좋은 사람이 태어나고, 문왕(文王)과 공자(孔子) 같은 성인을 낳을 것이니, 지성으로 수도하소서."라는 내용이었다.

「내수도문(內修道文)」은, "부모님께 효를 다 하고, 남편을 극진히 공경하며, 내 자식과 며느리를 극진히 사랑하고, 하인을 내 자식처럼 여기며, 육축(六畜)을 아끼고, 나무도 순을 꺾지 말며, 부모님 분노를 거슬리지 말고, 어린 자식을 때리지 말고 울리지 마소서. 어린아이도 하느님을 모셨으니 아이를 때리는 것은 곧 하느님을 때리는 것이오. 집에서 큰소리를 내지 말고 화순에 힘쓰소서. 이와 같이 하늘을 공경하고 부모에 효도하면 복을 받나니, 하느님을 극진히 공경하소서. …(중략) 볼일이 있어 어디를 갈 때는 '무슨 일이 있어 어디 갑니다.'하고, 일을 보고 집에 올 때는 '무슨 일을 보고 집에 갑니다.'하고, 남에게 무엇을 줄 때는 '무엇을 줍니다.'하고, 남이 무엇을 주면 '무엇을 받았다.'라고 하소서. 이 일곱 조를 하느님께 고하고, 정성으로 믿으면 윤감(輪感)도 않고, 악질(惡疾)·장학(瘴瘧)도 않고, 별복(鼈腹)·초학(初瘧)도 않고, 간질(癎疾)·풍병(風病)도 낫고, 대도를 통할 것이니 진심으로 봉행하소서. …(중략) 남편은 부인에게 내칙과 내수도문을 외워드려 부인이 뼈에 새기고 마음에 지니게 하소서. 천지 조화가 내칙과 내수도 두 편에 있으니 부디 범연히 보거나 침상에 던져두지 말고, 봉행하소서."

라는 내용이었다.

최시형은 구성면 용호리(龍虎里)에서 포덕을 마치고 1891년 2월 19일, 충청도 청안현 서면 용산리(龍山里) 김성동(金城洞) 집으로 갔다가 관아의 감시를 피해 편의장 윤상오의 주선으로 차령을 넘어 남쪽 공주군 정안면 평정리(平定里) 동막(洞幕)으로 옮겨갔다.

3.

최시형이 동막으로 옮겨간 1891년 2월 말, 호남에서 도인 김영조(金永祚), 김낙철(金洛喆), 김낙삼(金洛三), 김낙봉(金洛鳳), 손화중(孫華仲), 남계천(南啓天) 등이 동막을 찾아와 전라도에서도 동학을 믿는 사람이 많아졌다고 보고했다. 그리고 한 달 후 3월에 다시 찾아와 전라좌도 편의장 남계천과 전라우도 편의장 윤상오가 사사건건 서로 다툰다고 호소했다. 최시형은 이들에게 경계했다.

"일찍이 스승께서 우리 도운(道運)을 동방(東方) 목운(木運)이라 했다. 목(木)은 곧 나무라 서로 비비면 불이 나니, 앞으로는 서로 부딪치지 않고 재질과 덕망을 따라 임명한 편의장의 지휘를 쫓아 의논이 갈리지 않게 하라. 도인의 마음이 화평해야 하늘이 감응하실 것이니라."

그러나 그 후도 두 사람의 분쟁이 그치지 않아 최시형은 신분이 천한 남계천에게 전라좌, 우도 편의장을 겸하게 했다. 그러자 부안 접주 김낙삼(金洛三) 등이 "저희들은 남계천을 따르지 못하겠습니다." 했다. 남계천의 신분이 윤상오보다 천하기 때문이었다. 최시형은 김낙삼에게 "우리의 도는 5만 년 개벽의 무극대도라 문벌(門閥)의 높고 낮음, 나이의 많고 적음으로 구분하는 것은 좁은 소견이다. 비록 문벌이 낮은 자라도 두령 자격이 있어 두목에 임명하면 그 지휘를 따라야 할 것이다. 스승님께서도 일찍이 여종을 양녀로 삼지 않았는가?"하고 남계천을 대동하고 전라도 순행을 했다. 먼저 익산의 남계천 집, 부안의 윤상오, 김낙삼 집, 정읍 옹정(瓮井)의 김윤석(金允錫) 집, 태인현(泰仁縣) 산외(山外)의 김개남(金開南) 집, 김제군 금구(金溝)의 김덕명(金德明) 집, 정읍의 손화중(孫華仲) 집, 칠보면의 최경선(崔慶善) 집, 전주의 최찬규(崔燦奎)의 집 등을 돌아보고, 전국 포접에 도인들이 지켜야 하는 바를 깨우치는 통문을 보냈다.

첫째, 윤리를 바르게 행하고,
둘째, 신의를 굳게 지키고,
셋째, 각자 맡은 일을 열심히 하고,
넷째, 일을 공정히 하고,
다섯째, 가난한 사람을 돕고,
여섯째, 남녀의 구별을 엄하게 하고,
일곱째, 예법을 중히 지키고,
여덟째, 도의 연원(淵源)을 바로하고,
아홉째, 진리를 익히고,
열째, 난잡하지 말라.

우리 도의 종지는 성경신(誠敬信) 세 글자이니, 신중하고 주도면밀하게 살피고, 하늘이 감춘 대운이 세상에 드러날 때가 머지않았으니, 처신을 더욱 신중하게 하라. 듣자니 도인들이 무시로 곳곳을 빈번히 왕래한다고 하니 민망하다. 지금 도운이 차차 이르니 이처럼 번잡할 때는 서로 권면하고, 도를 닦아 따뜻한 봄이 돌아와 무극(無極)의 운수에 함께하기 바란다."

최시형은 다시 관아의 감시를 피해 차령을 넘어 북쪽 음죽군 외서촌 보뜰(洑坪)로 갔다가 역시 관아의 감시가 심해 다시 남쪽 청안현 서면 용산리로 옮겨가 1891년 2월 26일, 전국 포접에 "도인들은 혹 경전을 누워서 읽거나, 침상에 던져두지 말고 소중히 다루고, 사치하지 말고 도인다운 몸가짐을 지키기 바란다. 임직(任職)은 당분간 차임(差任)을 중지하고 신망을 알아보고 승천(陞遷)하겠다. 또, 전국의 모든 도인들은 3월 1일부터 100일 동안 매일 해시(亥時)에 청수를 놓고 선생 주문·제자 주문 기도를 올리라."는 통문을 보냈다.

사흘 후 2월 29일, 전라도 부안(扶安), 장성(長城)을, 3월에 충청도 영동(永東), 옥천(沃川), 청산(靑山) 등을, 4월에 전라도의 김제(金堤), 만경(萬頃), 무장(茂長), 정읍(井邑) 등을 돌아보고 각 포접에 "원근(遠近)이 유무상자(有無相資)로 가난한 도인들을 도와 도인들이 이단(異端)에 이르지 않고 유리(流離)하지 않게 되면 이 노물(老物)의 병이 완쾌할 수 있을 것이다."라는 통문을 보냈다.

그리고 9월에 충청도 청안현 서면 용산리 12월에 북쪽 음죽군 외서촌(外西村: 지금의 大所面), 1892년 2월 청안현 서면 부창리로 옮겨 다니다가 1892년 5월 15일 청주 접주 권병덕(權秉悳)의 주선으로 충청도를 벗어나 경상도 상주부 공성면(功城面) 효곡리(孝谷里) 왕실(旺室)로 옮겨갔다.

상주부 공성면은 동쪽 구미(龜尾) 무을면(舞乙面), 남쪽 김산군 감문면(甘文面)·어모면(禦侮面), 서쪽 상주 모동면(牟東面)과 충청도 영동 추풍령(秋風嶺), 북쪽 상주 외남면(外南面)·청리면(靑里面)과 접하는 상주부의 최남단으로, 효곡리 왕실은 백학산 남쪽 권병덕 조상의 고향이었다.

최시형이 왕실로 옮겨간 지 약 2달 후 1892년 7월 10일, 전라도에서 서인주와 서병학이 최시형을 찾아와 신원을 위한 행동을 촉구했다.

"신사님! 서학(西學)은 이미 10년 전에 해금(解禁)되었지만, 우리 동학은 아직도 지목을 면치 못하고 있으니, 이제 우리 모두 선사의 신원을 위해 일어서야 되겠습니다."

서인주는 9년 전(1883년) 황하일과 함께 절골로 찾아와 동학에 입도하고, 6년 후(1889년) 경상도 영일현 화계동으로 도망친 최시형을 상주 화서면 봉촌리 전성촌으로 옮겨주고, 강원도 정선 적조암에서 최시형 부인의 49재를 함께 지내고, 그해 10월 서울에서 관아에 체포되어 최시형이 금 500냥을 들여 풀려나게 했는데, 풀려나자 곧 전주로 가서 '남접(南接)'의 서병학, 손화중, 김개남, 김덕명, 전봉준 등과 활동하고 있었다.

최시형이 서인주와 서병학에게 "지금 나더러 폭동을 일으키라는 말인가?"하고 묻자, 서병학이 "폭동이면 어떻습니까. 그렇게라도 선사의 신원을 해야 하지 않겠습니까?"며, 흥분을 감추지 못했다.

최시형은 문득 21년 전(1871년)의 영해작변을 생각했다. 당시 영양군 일월산에서 도세가 가까스로 회복되고 있는 상황에 이필제가 스승의 원수를 갚는다며 영해부성을 습격해 영해 부사 이정을 죽였다. 최시형은 전국 도인들에게 스승의 제사에 참석하라는 통문을 보내고, 제사 경비와 외지 도인들의 숙식 경비를 분담했을 뿐 직접 죽창(竹槍)을 들지 않았는데, 그 사건으로 지금까지 21년을 쫓기고 있는 것이었다. 이필제가 영해 부사 이정을 죽였다고 해서 세상은 아무것도 달라지지 않고 동학 도인들만 탄압받는 것이었다.

최시형은 "그대들의 마음을 모르는 바 아니지만, 폭동은 바른길이 아니며 일에는 때가 있으니 좀 더 기다리기로 하자."하고 타일렀다.

서인주와 서병학은 "언제까지 기다려야 합니까? 지금 전국 곳곳에서 민란이 한창이니, 지금처럼 좋은 때가 또 어디 있겠습니까?"라며 항변했다.

그 시기 1889년 봄 강원도 낭천(浪川)에서, 1891년 3월 함경도 함흥 덕원에서 민란이 발생하고 있었다. 그러나 최시형은 "임금을 거역하는 것은 하느님을 거역하는 것이며, 또 폭동은 반드시 토벌되고 만다."하고 반대했다.

165년 전 이인좌(李麟佐) 난, 80여 년 전 홍경래(洪景來) 난, 30년 전 진주 민란, 22년 전 이필제의 영해작변, 17년 전 울산 민란 등이 모두 토벌되었다. 특히 홍경래의 난은 인근 16개 군이 호응했는데도 결국 토벌되었던 것이다. 서인주 등은 듣지 않고 평화적 방법으로는 우리의 뜻을 이룰 수 없다며 강력하게 주장했다.

최시형은 손천민(孫天民) 등과 폭력은 안 된다며 두 사람을 설득해 돌려보내고, 1892년 8월 29일, 전국 포접에 통문을 보냈다.

"아! 세상의 운이 쇠해, 통치자가 난법(亂法)으로 백성을 누르고, 지도자들이 밝지 못해 세상이 혼란하니, 우리 도인은 한 생각도 게을리 말고, 기를 바르게 지켜 덕에 맞는 것은 받아들이고, 아닌 것은 물리쳐 좋은 봄이 오기를 기다리기 바라며 다음 몇 가지를 당부하노라.
첫째, 우리 도는 삼강오륜·인의예지·효제충신 등을 갖춘 하늘의 무극대도이니, 명의에 의탁하게 일삼는 자는 우리 도인이 아니다. 하늘이 살피는 눈은 번개와 같아 감출 수 없으니, 모든 도인은 의리를 중히 여겨 하느님을 공경하고 스승을 높이는 한 생각으로 사심을 버리고 바름으로 돌아가라.
둘째, 우리 도는 믿음을 주로 삼는다. 믿음이 없으면 인의예지가 행해지지 않으니 '신(信)'을 주로 삼으라.
셋째, 하늘이 만백성에게 준 사농공상(士農工商)의 직분을 외면하고 집안을 돌보지 않고 방탕하게 노는 자는 우리 도인이 아니다. 마음이 바르지 않으면 어찌 몸이 닦이고 집안일이 잘 되겠는가. 맹자가 항산(恒産)이 없으면 항심(恒心)도 없다고 했으니, 우리 도인도 밭가는 자는 밭을 갈고, 물건 만드는 자는 물건을 만들고, 장사꾼은 장사로 각자의 생업을 지켜 즐거이 도와 몸을 닦아 방탕하지 말라.
넷째, 세상일에는 공과 사가 있으니 공은 만천하 사람의 일, 사는 한 개인의 작은 일이다. 공을 지키면 일마다 견실해지고, 사를 따르면 일마다 사이가 틀어진다. 공과 사로 군자와 소인이 나뉘니, 우리 도인은 땔나무꾼 말이라도 비하하지 말고, 아첨하지 말고, 헐뜯지 말고 지극한 마음으로 도에 이르게 하라."

그런데 한 달 후 9월, 서인주와 서병학이 다시 왕실로 찾아왔다. 최시형은 두 사람에게 "내가 보낸 통문을 보지 못했냐?"하고 물었다.

서인주가 "신사님께서 '조석으로 허물을 뉘우쳐 좋은 봄이 오기를 기다리라.' 하셨지만 그때까지 어떻게 기다립니까? 신사님의 '좋은 봄'은 대체 언제입니까? 조정이 스스로 스승의 신원을 해 줄 것으로 생각하십니까? 저희는 폭동을 일으키지 않고 지금 충청 감영에 스승의 신원 소첩(訴牒)을 올리려고 하오니 허락해 주십시오." 했다.

최시형이 차마 소첩을 올리는 것까지 막을 수 없어, 한번 생각해 보자고 했다.

그러자 서인주와 서병학이, "신사(神師)님, 고맙습니다. 허락해 주셔서…"하고 큰절을 올렸다.

1892년 10월 17일, 서인주와 서병학이 공주에서 기호(畿湖) 동학 포접에 통문을 보냈다.

"갑자년(1864년) 봄, 대신사께서 당치도 않는 사도(邪道) 모함에 해를 입었으니, 천명인가 시운인가? 아! 슬프다. 어찌 통분치 않을 수 있으며, 망극하지 않을 수 있겠는가? 저 임신년(1871년)의 화란과 을유년(1885년)의 탄압을 비롯해 그동안 원통하게 죽은 사람이 얼마인가. …

(중략)… 인륜에 군사부(軍師父) 의(義)가 가장 큰 근본이라 했거늘 대신 사님 순도 후 30여 성상, 우리 제자들은 마땅히 도모해야 할 스승의 신원을 망각했다. …(중략) 바라오니 우리 도인들은 지금 스승의 신원 청원에 동참하라. 스승의 신원에 뜻이 없는 자는 성토해야 할 것이다."

전날 최시형이 두 사람에게 '소첩을 올리더라도 혹시 착란(錯亂)해 법을 어기지 말고, 의관을 바르게 하는 등 예의를 지키라.'는 것을 허락으로 생각한 것이었다. 통문의 '임신년(1872년) 화란'은 이필제의 영해작변, 을유년 탄압은 8년 전 1885년 6월 3일 밤 동학도 차주 강시원과 접주 이경교(李敬敎), 김성집(金成集) 등이 단양 군수 최희진(崔喜鎭)에게 체포되고 최시형이 하염없이 남쪽으로 달아난 사건이었다.

서인주와 서병학은 1892년 10월 20일, 충청 감사 조병식(趙秉式)에게 다음과 같은 편지를 보냈다.

"대저 하늘과 땅이 있어 사람이 나고, 도덕이 있어 질서를 유지하고 편안히 사는 줄로 압니다. …(중략)… 동학은 유불선을 한 테두리에 넣은 성경신의 가르침으로, 동학을 펴신 최제우 선생은 갑자년(1864년) 3월 10일 사학(邪學)의 무고를 입고, 모면하지 않고 조용히 의(義)에 순도하셨습니다. …(중략) 선생께서 순도하시고 30년이 지나도록 제자들이 스승의 신원을 펴지 못하고 있으니, 합하께서 밝게 살피시고 자애를 베푸시어 옥에 가둔 동학 도인들을 풀어 주시고, 임금님께 아뢰어 우리 선사의 원통함을 펴도록 하여 주옵소서."라는 편지를 보냈다.

또한 전라 감영에게 의송단자(義訟單字)를 보냈다. "엎드려 생각하면 도덕은 영원히 불변하는 도리로 고금에 통하는 의리입니다. …(중략) 지난 경신년(1860년) 4월 하느님께서 구미 최제우에게 천명 무극대도를 주시어 널리 펴게 하시니, 곧 유불선 3교입니다. …(중략) 지난 갑자년(1864년), 성상(고종)의 등극으로 정사와 교화가 뛰어났지만 먼 나라에서 요사한 서학이 들어와 두메산골까지 퍼져 우리나라 윤리와 도덕이 끊기고 대도가 좀먹어, 최제우 선생께서 슬프게 여기시고 제자들에게 옛것을 계승해 미래를 여는 도를 펴시다가 사도(邪道)라는 무고를 당해 구차하게 변명하려 하지 않고 죽음을 달게 받으셨으니, 백이 숙제를 탐욕스럽다는 것은 가할지라도 우리 스승을 사교라 하는 것은 옳지 않습니다. …(중략) 아! 스승께서 세상을 떠나신 후 벌써 30년이 넘었지만, 아직 신원을 펴지 못하고 있습니다. 저희가 동학에 뜻을 둔 것은 사람으로서 허물을 고쳐 스스로 새로워지게 하려는 것입니다. …(중략) 백성은 나라의 근본이니, 각하께서 어찌 무고한 백성을 구제하지 못하십니까. 엎드려 바라오니, 자비로운 덕을 베푸시어 외읍(外邑)에 구금된 동학 도인들을 모두 풀어주시고 상감께 스승의 신원을 청하여 주시기 바랍니다. …(후략)"

충청감사 조병식은 편지를 받고 이틀 후인 1892년 10월 22일, 다음과 같이 감결(甘結)을 내렸다.

"너희들 동학이 언제부터 나왔는지 모르지만, 정학(正學) 아닌 이단(異端)이다. …(중략) 너희들이 양민을 꾀니 법으로 금하고, 혹은 귀양 보내고 혹은 깨우치게 하는 것이다. 조정에서 멋대로 하는 것이 아니라 법으로 명한 것이다. 너희가 막지 말게 하고, 혹은 벌하지 못하게 하니, 어찌 통탄치 않으랴. 동학을 단속하는 것은 오로지 조정의 처분에 달린 것이니 본영에 호소할 일이 아니다. 알았으면 모두 물러가 각자 직업에 충실할 것이다. …(중략) 너희들이 혼미에서 깨어나면 양민이 되어 다행이고, 조정도 다행이지만 만약 물러가지 않고 다시 하소연하면 법대로 처결할 수밖에 없다는 것이 대답이니, 여러 말 할 것 없다."

그리고 이틀 후 10월 24일, 각 고을 수령들에게 또 명을 내렸다.

"동학을 금하는 것은 양민을 보호하게 하는 것이거늘, 수령들이 도인들을 토색하고, 아전들이 금령을 핑계로 도인들을 침어(侵御)해 도인 10명 중 8, 9명을 횡액에 걸렸다니, 양민도 삶을 보존하기 어렵거늘 하물며 죄인들이야? …(중략) 아, 그들도 우리 성상(聖上)의 덕화로 사는 백성이니, 깨달아 돌아오는 자는 후히 상을 주고, 깨닫지 못한 자는 죄를 줄 날이 있을 것이니, 무고한 백성들이 안심하고 살 수 있게 하라. 이 글을 언문으로 바꾸어 게시하고, 공문이 도착한 날로 즉시 시행하고 결과를 보고하라."

서인주 등은 충청감사의 감결을 받고, 10월 27일, 호서의 동학 포접에 또 다시 통문을 보냈다.

"충청 감사의 감결이 얼마간 미흡하지만 '수령들이 도인들을 토색하고, 아전들이 금령을 핑계로 도인을 침어해 횡액에 걸리게 했다. 무고한 백성들을 살 수 있게 하라.' 했으니 앞으로 좋은 조치가 있을 것이다. 우리 도인들이 스승의 원통함을 설욕하지 못하고 지금까지 30년간 지목을 받아 죄지은 사람처럼 떨고 있다. 이번에는 전라 감영에도 의송을 보내려 하니, 전라도의 각 도인들을 모두 오는 11월 1일 완주 삼례 도회소로 모이기를 바란다. 만약 참석하지 않으면 어찌 도를 닦고 오륜을 배웠다고 할 것인가? 우리가 스승의 원한을 펼 줄 모르면 금수(禽獸)와 무엇이 다르겠는가? 만약 즉시 달려오지 않으면, 별도 조치를 할 수밖에 없을 것이다."

그 후 10월 29일부터 호남의 동학 접주 전봉준, 김개남, 손화중, 김덕명 등이 삼례로 모여들어 11월 2일 도인들 수가 1천여 명을 헤아렸다.
서병학, 전봉준, 김개남, 손화중, 김덕명 등은 삼례에서 다음과 같은 의송단자를 작성해서 고부 접주 전봉준과 남원 접주 유태홍(柳泰洪)을 전라 감사 이경직(李耕稙)에게 제출했다.

"전라 감영은 살펴보소서. 스승께서 유불선을 하나로 아울러 만든 동학을 서학이라는 무고를 받아 해를 당하시고, 그 후 30년 동안 제자들은 스승의 떳떳한 신원을 펴지도 못하고, 열읍의 수령들에게 빗질하듯 체포되고, 전재(錢財)를 토색 당해 죽어가고 있습니다. …(중략) 신(臣) 등이 군사부를 섬기는 의로 스승의 신원을 바라오니, 순상(巡相)께서는 관대한 덕으로 상감께 상문 드려 스승의 원한을 풀어 주시기를 빌어 마지않습니다."

그러나 전라감영이 며칠이 지나도록 동안 아무 답도 주지 않아 서병학 등은 6일 후 11월 7일, 다시 전라감영에 거듭해서 글을 올렸다.

"저희는 각하에게 의송을 올린 후 엿새 동안 굶주림과 추위에 떨며 처분을 기다리고 있습니다. 날마다 간절히 바라는 것은 각하의 하늘 같은 혜택입니다. 저희는 집으로 돌아간들 고을 수재(守宰)와 이서(吏胥), 군교(軍校), 간악하고 교활한 향리들이 저희들의 집과 살림을 자기 물건처럼 뒤져 약탈하고 구타해서 살 곳이 막막하니 어디에 호소하오리까. 순상께서는 죽어가는 이 중생들을 불쌍히 여기시어 임금님께 우리 스승의 죄를 풀어 주게 하시고, 각 읍 아전들과 향리들의 행패를 금하게 하시어 우리 중생들이 집으로 돌아가 생업에 힘써 편안히 살도록 해 주시기를 엎드려 비나이다."

이에 전라 감사 이경직은 2일 후 '모두 물러가 새사람이 되라'는 글을 내렸다. 어떤 조치를 하겠다는 말은 없었다. 어쩔 수 없이 서인주 등은 호남 각 포접에 통문을 보내고 도인들을 모두 해산시켰다.

"우리가 충청 감영과 전라 감영에 대신사의 신원 소장(訴狀)을 냈지만, 황하가 맑아지는 운수가 늦어 억울함은 풀지 못했다. 우리 행동은 제자가 취할 처신과 도리에 합당했고, 세상에 내놓아도 거슬릴 것이 없었다. 이번 일은 마땅히 해월신사(최시형)께서 친히 지휘해야 했지만, 고령에 4, 5백 리 길을 왕래하기 힘들어 함께하지 못했으니 달리 생각 말고 장차 법헌(최시형)의 지휘를 기다리는 것이 도리일 것이다. 이번 일로 우리 도인의 평판이 좋아지고 충청 감사도 동학도의 착취를 금하게 했으니 다시 지목은 없을 것이다. 그러나 측량하기 어려우니, 각 열읍의 도인들은 다시 지목을 받으면 가벼운 것은 각 접에서 소장을 감영에 제출하고, 큰 것은 도소에 알려 법헌의 지휘를 받아 감영에 의송(議訟)하기로 하고, 앞으로 혹시 도인들이 도리를 어기고 기강을 어지럽히면 당해 접에서 여러 사람이 책망하고, 고치지 않으면 수접주에게 알리고, 그래도 고치지 않으면 제명하고 관아에 알리라. 또 이번 대의에 참여했다가 살림이 거덜 나서 부모 처자를 돌볼 능력이 없는 도인들도 있을 것이니 서로 도와주도록 하라."

스승의 신원(伸冤), 보국안민(輔國安民)

1.

동학 도인들의 삼례 집회 후 1892년 11월 19일, 최시형은 전국의 포접에 "여러분들은 충청, 전라 두 감사의 제음(題音)을 보았을 것이다. 스승의 신원을 바라는 것은 너와 내가 따로 없으니, 장차 임금님께 직접 신원을 상소하려 하니 여러 도인은 장차 내릴 하회(下回)를 기다리라."라는 통문을 보냈다.

그런데 전라 감사 이경직이 이 통문을 입수하고 11월 21일 '모두 물러가 새사람이 되라'고 내렸던 제음을 고쳐 다시 각 군아(郡衙)에 제음을 내렸다.

"소위 동학은 나라에서 금하는 바이다. …(중략) 이제 들으니 각 읍의 하속들이 동학의 금단을 빙자해 도인들의 전재를 약탈한다고 하니, 생각이나 했으리. 동학도가 금단을 범하면 작은 일은 읍에서 처리하고, 큰 것은 감영의 지시를 받아 조가(朝家)의 전헌(典憲)을 따라야 하거늘 전재(錢財)를 약탈해 토색 소리만 듣게 되니 실로 작은 일이 아니다. 각 군현은 이 공문을 받는 즉시 관내에 명령을 내려 동학 도인들의 마음을 고쳐 정학(正學)을 닦게 하고, 한 푼의 돈이라도 빼앗는 관속들의 토색을 철저히 막아 폐단이 없게 하라. 이 지시가 당도하면 즉시 보고하고, 목장과 산성에도 낱낱이 보내 시행하라."

그러나 그 후 전라도 각 고을 수령들과 유생과 양반들은 여전히 동학도 탄압을 계속하자 1892년 12월 중순 서병학이 다시 공성면 효곡리 왕실로 최시형을 찾아와 울분을 터트렸다.

"전라도 각 고을에서 여전히 도인들의 탄압을 계속하고 있으니, 앞으로는 효과 없는 상소나 소첩을 올릴 것이 아니라, 우리 도인들이 모두 들고 일어나 부패한 조정을 무너뜨립시다."

그러나 최시형은 "폭력은 바른 방법이 아니다. 그 대신 임금님에게 직접 상소를 올리기로 하겠다."며, 그를 돌려보냈다.

이듬해(1893년) 1월 1일 전국 포접에 "금년 2월 10일, 스승의 신원을 직접 임금께 상소하려 하니 뜻을 같이하는 도인들은 1월 10일까지 보은 도소로 오기 바란다."라는 통문을 보냈다. 1893년 2월 10일에 한양에서 세자 탄신 축하 과거가 예정되어 있었다.

1893년 1월 7일부터 전국 8도에서 많은 동학도들이 장내리 도소로 모여들었다. 1월 10일 임금께 상소를 올리기로 하고, 소수(疎首) 대표에 박광호(朴光浩), 교도 대표에 박석규(朴錫奎) 등 9명, 총지휘에 손병희 등 3명, 제소(制疎)에 손천민(孫天民), 소사(疏寫)에 남홍원(南弘源) 등을 선출했다. 1월 12일에는 청주 솔뫼리(松山里) 손천민의 집에 봉소도소(奉疏都所)를 설치하고, 2월 1일 준비를 위해 서병학(徐丙學) 등이 먼저 한양 남산 아래 남소동(南小洞)의 최창한(崔昌漢)의 집으로 갔다. 2월 8일 박광호(朴光浩) 등 40명의 소수(疏首)는 과거 보러 가는 선비로 꾸며 한양으로 가서 3일 후인 2월 11일, 모두 검은 두루마기를 입고 차디찬 광화문 앞 길바닥에 엎드려 상소를 올렸다.

"전하께서는 신 등의 부모요, 신 등은 적자(嫡子)입니다. 신 등이 전하의 지척에서 울부짖는 것은 저희 선사의 억울함을 펴려는 것입니다. 선사의 가르침 동학은 유불선 3교를 아우른 인의예지, 성경신의 학문으로, 공자의 가르침 유학과 다르지 않고, 조금 다른 것은 일을 할 때 반드시 마음으로 하늘에 고하고, 하늘과 땅을 부모 섬기듯 하는 것이오니 선사의 억울함을 신원해 주시고, 그동안 유배 보낸 동학도들을 용서하여 주시기를 피눈물로 비옵나이다."

한편, 별도로 조정에 "전날 충청과 전라 감영에 스승의 신원과 동학도들의 전재를 토색하는 방백과 토호들을 막아달라고 했지만, 아직도 호서의 옥천과 청산과 호남의 무장, 고창, 김제, 만경, 정읍, 여산 등지에서 수령들이 동학도의 재물을 빼앗고, 도인을 살상하고 있으니 임금님께 아뢰어 주시기 바랍니다."라는 글을 바쳤다.

소수들이 사흘 동안 상소를 올리던 3일째 2월 13일, 임금이 광화문으로 사알(賜謁)을 보내 "각자 집으로 돌아가 생업에 힘쓰면 소원을 들어 주겠노라." 하는 비답을 내렸다. 40명의 소수들은 소원을 들어 준다는 임금의 비답에 2월 14일, 대궐을 향해 재배하고 스스로 해산했다.

최시형은 전국 포접에 "8역(道)에서 도인들이 광화문에 엎드려 울부짖기 사흘에 임금의 각안(各安), 각업(各業)의 유(喩)가 내렸으니 천심(天心)이요, 천행(天幸)이라."라는 통문을 보냈다.

그런데 그날 성균관 유생 200여 명이 종로의 일본 영사관, 각국 영사관의 벽에 '외교 배척(外敎排斥) 외상 축거(外商逐去)'라는 괘서를, 프랑스 공사관 담벽에 '너희들은 교당 개설 금지법을 위반했으니 너희 나라로 돌아가라.'라는 괘서를 걸고, 광화문 앞에서 '동학은 곧 서학이니 더욱 탄압하라!'는 집회를 열었다. 관속들도 '동학도는 불노(佛老)보다 나쁜

좌술괴귀(左術怪鬼)다.'하고, 조정은 동학도의 상경을 미리 막지 못한 한성부윤 신정희(申正熙)를 파직하고, 이미 해산한 소수들의 체포에 나섰다. 고종의 '각자 집으로 돌아가 생업에 힘쓰면 소원을 들어주겠다.'라는 비답은 공약(空約)이었다.

손병희, 서인주 등 8명의 소수는 충청도 보은 도소로 가서 최시형에게 청원했다.

"신사님! 이번 일로 오히려 지목(指目)만 더 심하게 되었으니 다른 방책을 지시하소서."

최시형은 1893년 3월 10일에 스승의 제30주기 제사를 지내고, 이튿날 보은 관아 삼문 밖에 창의문(彰義文)을 내걸었다.

"사람이 사는 길에 지키기 어려운 신하(臣下), 자식(子息), 부인(婦人)의 세 길이 있으니, 죽음을 아끼는 자는 신하의 도리를 지킬 수 없고, 의로운 죽음을 기꺼이 하는 자라야 충효의 절개를 세울 수 있다. 지금 왜(倭)와 양(洋)이 우리나라에 들어와 한양은 이미 오랑캐의 소굴이 되어 저 임진년(1592년)과 병자년(1636년)처럼 우리나라 3천 리 강토와 5백 년 사직이 쑥대밭이 되고, 인의예지·효제충신은 찾을 수가 없다. …(중략) 우리는 작은 충성이나마 죽기로 힘을 합해 소파왜양(掃破倭洋)으로 대보(大報)의 뜻을 세우려 하니, 군수 각하께서도 동심협력하시기 바랍니다."

그리고, 전국 포접에 통문을 보냈다

"무릇 백성은 천시(天時)를 받들어 아이를 기르고, 힘을 다해 어버이를 섬기고, 신하는 절개를 지켜 나라를 위해 죽는 것이 인륜의 대의

다. …(중략) 지금 우리 조정에 어진 재상이나 신하의 보좌가 없어, 사직이 조석에 다다랐으니, 모든 도유는 한마음 한뜻으로, 종묘와 사직을 회복해 솟아오르는 해와 달을 보는 것이 충효의 도리일 것이다. 옛글에 덕은 있어도 용기가 없으면 달(達)하지 못한다고 했으니, 모든 군자는 충성을 바쳐 큰 공을 세우기를 바란다.”

1893년 3월 15일부터 동학 도인들이 보은에 집결하기 시작했다. 보은 군수 이종익은 3월 16일 동학 도소로 사람을 보내 '도인은 속인과 다르니 각각 제자리로 돌아가 자신의 생업에 열심히 하기 바란다.'라는 글을 보내 동학도의 해산을 명했다.

그러나 동학 측은 선사의 신원을 청하고, 탐학한 관리들의 동학도 침학을 고치게 하고, 왜적과 서구 세력을 물리치려고 모이고, 지금 각처에서 도인들이 속속 이곳으로 오고 있으니 해산할 수 없다고 했다.

다음날 3월 17일, 보은 군수 이중익은 조정에 동학당이 모인 것은 그들 선사의 신원과 탐관오리의 동학도 침학 시정과 척양척왜(斥洋斥倭)를 알리려는 것으로, 이들 손에는 무기도 없고, 오직 주문만 외우고 있다.는 장계를 올렸다.

조정은 3월 18일, 충청 감사 조병식(趙秉式)과 전라 감사 이경직(李耕稙)을 해임하고, 예조판서 조병호(趙秉鎬)를 충청 감사에, 김문현(金文鉉)을 전라 감사에 임명하고 '장차 탐묵(貪墨)한 관리는 징벌하겠지만 창의(倡義)를 일컫고 민심을 선동하는 자는 용서할 수 없다.'는 조칙을 내렸다.

1893년 3월 19일, 전국 8도에서 보은 장안리로 집결한 2만여 동학도들이 삼가천(三佳川) 둔치와 성 밖에 천막을 치고 척왜척양의 큰 깃발, 충의(忠義), 선의(善義), 청의(淸義), 수의(水義), 광의(廣義) 등의 작은 포기를 세우고, 도소 앞에 "왜양(倭洋)이 견양(犬羊)과 같다는 것은 삼척동자도 알 것이다. 우리는 미혹된 자들이 왜양을 섬길 것이 두려워 이렇게 방을 붙이니, 충청도 순상은 어찌 왜양을 배척하는 우리를 사류(邪類)라 하는가? 우리를 죄 주는 것은 견양에 굴복하는 것이니, 주화매국자(主和賣國者)가 상을 받아야 하는가? 아! 슬프다. 순상(巡相)의 살피지 못함이 이토록 심하니 운인가, 명인가." 하는 글을 내걸었다.

보은 군수 이종익은 3월 22일, 다시 동학도의 해산을 명했다. 동학 측은 스승의 신원과 탐관오리의 침학, 왜양 세력을 물리치게 호소하려 모였으니 물러날 수 없다고 했다. 이중익은 다음 날 다시 도소를 찾아와 왜와 양을 어떻게 물리치려 하느냐고 물었다. 최시형은,

"그것은 오직 사람들이 모이는 취회(聚會)요. 탐학으로 죽어가는 우리가 할 수 있는 것은 이렇게 모여 외치는 것이요. 하느님의 길을 외치는 우리는 삼강오륜의 밝음도, 오랑캐를 구별할 줄도 압니다. 『사기(史記)』에 중국 오랑캐의 장기(長技)를 '이이제이(以夷制夷以)'라 했습니다. 왜와 서양 오랑캐는 어린아이조차 함께하기 부끄러워하거늘, 지금 짐승 같은 왜적과 양적이 조선을 해치고 있는 데도 충청 감사는 왜양을 물리치려는 우리에게 어찌 죄를 씌워 소탕하려 합니까? …(중략) 지금 왜양이 우리 임금님을 위협함이 극에 이르렀지만 부끄럽게 여기는 신하 하나 없으니, 임금이 욕되면 신하가 죽음으로 막는다는 의리는 어디 갔습니까?"

라고 했다. 그리고 각지의 도인들을 통솔할 접주를 임명했다.

손병희를 충의(忠義) 대접주, 손천민을 청의(淸義) 대접주, 박인호(朴寅浩)를 덕의(德義) 대접주, 박석규(朴錫圭)를 옥의(沃義) 대접주에 명하고, 또 충경(忠慶), 호남(湖南), 태인(泰仁), 부안(扶安), 청풍(淸風), 문청(文淸), 관동(關東), 상공(尙公), 금구(金構), 무장(茂長), 시산(詩山), 옥구(沃溝), 완산(完山), 청산(靑山), 고산(高山), 풍대(風大), 봉성(鳳城), 공주(公州), 예산(禮山), 문의

(文義), 홍천(洪川), 인제(麟蹄) 등지의 22개 지역의 대접주를 임명했다.

조정은 3월 24일, 호조판서 어윤중(魚允中)을 양호도어사(兩湖都御使)에 임명하니, 어윤중은 바로 그날 쏟아지는 비를 맞으며 보은으로 내려와 3월 25일, 충청 영장 이승원(李承遠)과 충청 순영 군관(忠淸巡營軍官) 이주덕(李周德) 등을 대동하고 동학 도소를 찾아와 동학 측 대표 허연(許延), 이중창(李重昌), 손병희 등 7명의 의견을 들었다.

어윤중은 1848년 한성에서 태어나 1868년 20세에 과거에 급제한 후 전라우도 암행어사가 되고, 1881년 1월 박정양(朴定陽), 홍영식(洪英植) 등과 일본에 조사시찰단(朝士視察團)으로 가서 약 3개월을 머물다가, 청나라로 가서 영선사와 합류한, 고종이 신임하는 신하였다.

동학 측 대표 손병희는 어윤중에게 청했다.

"지난 2월 13일 광화문 복합 상소 때 임금님이 '각자 집에 돌아가면 소원을 들어주겠다.'하고는 소수를 체포하고, 조정 대신들이 동학을 비류(匪類)라 하니 임금님께 동학 교조 최제우를 신원하고, 동학도의 탄압을 중지하도록 해 주십시오."

이에 어윤중은 3월 27일, 조정에 "동학도 측은 전국의 방백(方伯)과 장리(長吏)들이 척양·척왜를 주장하는 동학도들을 비류(匪類)라 하고 있으니, 임금님께 알려 적자로 인정해 주기를 바라고, 그렇게만 되면 물러가겠다고 합니다. 이들 중에는 경륜과 재기가 있는데도 뜻을 얻지 못한 사람, 탐관오리 횡포에 격분한 사람, 나라의 국권이 오랑캐에게 빼앗긴 것에 분노한 사람, 죄를 짓고 도망 다니는 사람, 동학에 입도하면 살 수 있다는 소문을 듣고 따르는 사람, 빚 독촉을 받는 사람, 상민과 천민 신분을 벗어나려는 사람 등 각양각색이오니, 부디 강제로 진압하지 마시고 회유하는 것이 상책이겠습니다."라는 장계를 올렸다. 그러나 장계를 받은 고종은 "동학도들을 즉시 해산하라. 그렇지 않으면 엄벌하겠다."하고, 장위영 정령관 홍계훈(洪啓薰)에게 장위영 군사 6백 명을 이끌고 가서 강제로 진압하게 했다. 4월 1일, 어윤중이 보은 군수 이중익과 함께 동학 도소로 와서 이를 전했다.

"지금, 상감께서 군대를 보내 진압하겠다고 하니, 그리되면 피를 보는 것은 명백합니다. 저는 제 조상의 고향 보은에서 피를 보는 것을 원하지 않습니다. 제가 조정에 알려 여러분의 민당(民黨)을 탄압하지 않도록 하겠으니, 저를 믿고 각자 모두 집으로 돌아가 맡은 생업에 종사하시기 바랍니다."

최시형은 동학도를 '민당'이라 하는 어윤중이 믿을 수 있는 사람 같았다. 그리고 군대가 투입되면 많은 사상자를 내고 가까스로 재건한 동학 조직이 다시 뿌리째 무너지는 것은 불을 보듯 분명했다.

최시형은 지도부에 찬반을 물었다. 손병희, 손천민, 김연국 등 북접은 최시형의 뜻을 따랐고, 남접의 서인주, 서병학, 김개남, 손화중 등은 끝까지 투쟁할 것을 주장했다. 결국 찬반은 반반이었다. 최시형은 다음 날 4월 2일, 집회 해산을 명하고, 보은 장내리를 떠나 상주 공성면 효곡리 왕실로 향했다. 그러자 남접의 서인주·서병학 등이 최시형을 '배신자'라며 비난했다.

장내리 취회가 해산한 다음 날 4월 3일, 보은 남쪽 전라도 김제군 금구면 원평리에서 서포(徐布) 도인 수천 명과 불갑사(佛甲寺) 주지 인원(仁原), 선운사(禪雲寺) 주지 우엽(愚葉), 백양사(白羊寺) 주지 수연(水演) 등이 지방관의 탐학 시정, 동학교당 설립을 요구한 취회도 스스로 해산했다.

남접은 창의를 강력하게 주장해 '기포(起布)'로, 북접은 상대적으로 소극적이라 좌포(坐布)로도 불렸다.

2.

최시형이 보은 집회 해산한 7일 후, 1893년 4월 10일에 조정이 최시형의 체포령을 내렸다. 보은 집회는 25일 동안 관아와 아무 충돌도 없었고, 선무사 어윤중이 '관리들의 탐학과 살상 행위를 징벌하여 소원을 펴게 해 주겠다.'라는 약속을 믿고 해산했는데, 엉뚱한 체포령을 내린 것이었다. 어쩔 수 없었다. 무조건 달아나야 했다.

최시형은 1893년 4월 15일 밤, 아들 덕기, 제자 김연국 등과 왕실을 떠나 낙동강 건너 인동현(仁同縣 : 龜尾)의 도인 배성범(裵聖範) 집으로 갔다가, 다음 달 5월 칠곡군(漆谷郡) 율림리(倭館) 곽우원(郭祐源)의 집, 김산(金山 : 金泉), 성주(星州), 의성(義城), 군위(軍威) 등지로 숨었다. 그러던 7월 아들 덕기가 병이 나 김산군(金泉郡) 어모면(禦侮面) 다남리(多南里) 참나무골 편사언(片士彦)의 집에서 치료하고 있는데, 7월 15일 전주(全州)에서 서병학이 이해관, 이국빈 등과 함께 다남리로 찾아와 청했다.

"신사님! 나라가 어윤중의 약속을 지키지 않고 백성을 속이니 이게 나라입니까? 지금 삼남 각지에서 농민들이 이국안민(利國安民)을 위한 반란이 일어나고 있으니 우리도 함께 일어나 이런 더러운 나라를 무너뜨리고 새 나라를 세우게 해 주십시오."

최시형은 길을 묻고 물어 어렵게 찾아온 서병학 등에게, 수만 명의 도인들이 있다고 한들 쫓겨 다니는 신세에 지금 어떻게 할 수가 없으니, 훗날 하느님이 주실 때를 기다리기로 하자며 서병학을 돌려보내고, 영동군 황간면(黃澗面)의 김선달 집에서 얼마간 머물다가 1893년 10월 5일, 관아의 지목이 풀렸을 것이라 생각하고 왕실로 돌아갔다. 그러나 왕실은 여전히 관아의 감시가 심해 황간의 도인 조재벽(趙在壁)이 최시형을 충청도 옥천 청산현 한곡리 문바위골 김성원(金聖元)의 집으로 옮겨주었다. 김성원과 조재벽은 광화문 복합 상소 때 함께한 도인이었다.

문바위골은 북쪽에 금강의 상류 보청천(報靑川)이 흐르고, 남쪽은 영동군 황간의 경계 천금산(千金山), 천관산(天冠山) 산줄기가 막고 있었다. 최시형이 문바위골로 옮겨간 10일 후 10월 15일, 아들 솔봉 덕기가 죽었다. 패기 넘치던 19세 젊은이 덕기는 반년 넘게 도망 다니느라 제대로 먹지 못해 병을 얻은 것이었다.

최시형은 아들 덕기를 산에 묻고 돌아와 며느리 음(陰) 씨를 친정으로 돌려보냈다. 남편을 잃고 자식도 없는 젊은 며느리를 붙잡아 둘 수 없었다. 최시형은 며느리를 돌려보낸 후 항상 눈앞에 어른거리는 며느리의 환상에 깜짝깜짝 놀라곤 했다.

집에 여자가 없으니 당장 10월 28일 스승의 생신 향례를 준비할 수도 없어 강원도 인제군 남면 느릅정(柳亭) 최영서의 집으로 가서 생신 향례를 지내고, 12월 27일 전국 포접에 "각각 도소(都所)를 설치하라."는 통문을 보냈다. 도소가 많아야 도인들의 만남이 활발하기 때문이었다.

최시형은 그 후 인제 남면에서 홍천군 서면 제일리 홍창섭 집으로 가서 갑오년(1894년) 설을 쇠었다. 1월 3일 문바위골로 돌아오자 음죽군 외서촌 황산에서 김연국이, 청주 솔뫼에서 손천민이, 옥천에서 박석규(朴錫奎)가, 보은에서 임규호가, 예산에서 박희인이, 문의에서 임정준(林貞準)이, 청산에서 박태현(朴泰鉉)이, 부안에서 김낙철(金洛喆)이, 무장에서 손화중(孫華仲)이, 남원에서 김개남(金開南)이, 홍천에서 차기석(車箕錫)이, 인제에서 김치운(金致雲)이 각각 도소를 설치했다고 보고했다. 그런데 이튿날 1월 4일, 부안에서 접주 김낙봉(金洛鳳)이 찾아와 보고했다.

"신사님! 고부 접주 전봉준이 고부 군수 조병갑을 죽이려 합니다."

김낙봉(金洛鳳)은 4년 전(1890년) 형 김낙철과 충청도 청안현 서면 용산리로 찾아와 동학에 입도한 후 지금 부안 접주로 있었다. 최시형은 김낙봉에게 지시했다.

"전봉준은 우리와 생각이 다르니, 속히 호남에 가서 호남의 모든 도인들에게 내 지휘를 따르게 하라."

전봉준(全琫準)은 몇 년 전 한양의 흥선대원군의 식객으로 있다가 지금 고부 접주가 되었다. 그런데 10일 후 1월 10일, 호남으로 돌아간 김낙봉이 다시 문바위골로 와서 급보를 전했다.

"신사님! 큰일 났습니다. 전봉준이 기어이 일을 내고 말았습니다."

전봉준이 농민들과 고부 군수 조병갑의 관아를 습격한 것이었다.

3.

조병갑은 1892년에 고부 군수로 부임한 후 기존 만경강 만석보(萬石洑) 아래에 새 보를 쌓아 농민들에게 수세를 강제로 징수하고, 고부의 쌀을 줄포(茁浦), 염소(鹽所), 동진(東津), 사포(沙浦) 등 4개 포구에서 일본 상인에게 되팔아 차익을 착복했다. 1893년 가뭄 때는 전라 감영에 고부 4개 면의 재결(災結)을 받고는 농민에게는 재결이 없었다며 세금을 거두었다. 불효죄(不孝罪), 불목죄(不睦罪), 음행죄(淫行罪), 잡기죄(雜技罪) 등을 만들어 주민에게 벌금을 거두고, 자기 부친 전 태인 현감 조규순(趙奎淳)의 선정비(善政碑)를 세운다며 강제로 돈을 거두기도 했다. 특히 1893년 2월 자기 모친상에 부조금을 적게 낸 전봉준의 부친 전창혁(全彰爀)을 고문해 후유증으로 죽게 했다. 이 때문에 조병갑은 전봉준의 타도 대상 1순위였다.

전봉준은 조병갑을 응징하려고 1893년 11월 20일, 농민 정익서(鄭益瑞), 김도삼(金道三) 등과 사발통문을 돌렸다. 그러나 조병갑이 11월 30일에 익산(益山) 군수로 전보되어 계획이 무산되었다. 그 후 고부 군수로 발령받은 이은용(李垠鎔), 신좌묵(申佐黙), 이규백(李奎白), 하긍일(河肯

一), 박희성(朴喜聖), 강인철(康寅喆) 등이 모두 신병을 핑계로 사직해, 조병갑이 이듬해 1894년 1월 9일, 다시 고부 군수로 부임했다. 그러자 전봉준이 태인 접주 최경선(崔景善), 김도삼 등 3백여 명과 고부 관아를 습격했다. 군수 조병갑과 관아의 6방들도 모두 달아났다.

전봉준 등은 군수 조병갑과 관아의 6방들이 모두 달아난 고부 관아를 접수하고 옥에 갇힌 무고한 사람들을 모두 풀어 주었다. 동진강(東津江)으로 달려간 전봉준은 신보(新洑)를 허물고 손화중, 오하영(吳河泳), 임천서 등과 1월 11일부터 1월 16일까지 6일간 머물렀다.

당시 전라도 백성을 착취한 것은 조병갑뿐만이 아닌 전주의 균전사(均田使) 김창석(金昌錫), 전운사(轉運使) 조필영(趙必永) 등도 있었다.

균전사는 1892년 ~ 1893년 전라도에 큰 가뭄이 들어 쌀 생산이 줄자 조정이 전주의 진결(陳結) 관리를 위해 설치한 기구였다. 그러자 전주의 지주 김창석(金昌錫)이 뇌물 백만 냥을 바쳐 승지(承旨)가 되고, 다시 십만 냥을 더 바쳐 균전사가 되어, 진결에 3년간 세금을 면제하는 규정을 무시하고 소작인에게 도조(賭租)를 징수하며 농민들이 개간한 진결을 자신의 토지로 만들었다. 전주의 전운사 조필영은 항구에서 일본 상인에게 쌀을 되파는 과정에 매번 부족분이 생겼다며 부족분을 3년 동안 농민들에게 부과했다.

전봉준은 1894년 1월 17일, 고부성에서 농민군들을 이끌고 말목장터를 거쳐 백산면으로 나가 진을 쳤다. 백산면은 삼면이 강을 두르고 한쪽만 인마(人馬)가 통하는 '가활만민(可活萬民)'의 평야로, 한복판에 솟은 백산은 사방이 막힘없이 바라보이는 요새였다.

전봉준은 백산에서 "우리는 안으로 탐학한 관리를 베어 창생을 도탄에서 건지고, 밖으로 외적을 쫓아내 나라를 반석 위에 두려고 창의했으니, 양반과 부호들에게 고통받고, 방백과 수령에게 굴욕당한 민중들은 주저 말고 모두 일어나라. 이 기회를 잃으면 후회해도 미치지 못할 것이다."라는 격문을 띄웠다.

동학 도주 최시형은 그 이틀 후 1894년 1월 19일 전봉준에게 "망부(亡父)의 원수를 씻는 것은 효요, 생민(生民)의 곤궁을 건지는 것은 인이라 했다. 효로 인륜이 밝아지고, 인으로 민권이 복구되는 것이다. 그러나 경에 '현기(玄機)가 나타나지 않으면 운이 열리지 않고, 때가 이르지 않는다.' 했으니 마음을 조급히 먹지 말고, 더욱 진리를 탐구해 천명을 어기지 말기를 바란다."라는 통문을 보냈다.

전봉준의 봉기에 2월 11일, 전라 영장 정석진(鄭錫珍)이 병사 50명을 농민군으로 꾸며 전봉준을 체포하려다가 모두 동학군의 죽창에 죽었다.

조정은 2월 15일 문제를 일으킨 조병갑을 한양으로 압송하고, 전라 감사 김문현의 봉급을 깎고, 새 고부 군수에 용안 현감(龍安縣監) 박원명(朴源明)을, 장흥 부사 이용태(李容泰)를 고부 안핵사(按覈使)에 임명해 사태를 수습하게 했다.

박원명은 즉시 고부로 가서 소요를 일으킨 고부 농민들에게 "나라에서 여러분들을 모두 용서해 농사를 짓고 살 수 있도록 했습니다."하고 조정이 조병갑을 장흥 고금도(古今島)로 유배하면서 농민들 대부분은 2월 말경 해산했다. 전봉준은 인근 무장현(茂長縣)에 은신해 있었다. 그런데 3월 2일, 고부 안핵사 이용태가 느닷없이 역졸 8백여 명을 이끌고 고부로 와서 남자들을 보이는 족족 포승줄로 묶어 잡아들이고, 농민군의 집에 불을 지르고, 고부, 부안, 고창 등지로 다니며 '전라도 놈들은 얼른 하면 민란을 일으킨다.'고 했다. 이 때문에 신임 군수 박명원이 수습한 사태가 다시 악화되기 시작했다.

1893년 4월 30일, 무장(茂長)에서 이용태의 만행을 지켜보던 전봉준이 동학 접주 김개남(金開南), 최경선(崔慶善), 손화중(孫華仲) 등과 사태를 의논하고, 다시 백산으로 진출해 호남 16개 지역의 장령, 34개 지역 161개 면의 군장(軍將)들과 '호남창의대장소(湖南倡義大將所)'를 설치하고 다음과 같은 격문을 띄웠다.

"세상에서 사람을 가장 귀하게 여기는 것은 인륜이 있기 때문이다. 사람의 가장 큰 인륜은 군신(君臣), 부자(夫子)의 인륜이니, 임금이 어질고 신하가 충직해야 국가의 복록을 불러오는 것이다. 그런데 지금 우리 임금은 어질고 현량하지만, 신하들이 국록과 지위를 도둑질해 임금에게 아부해 총명을 가려 정직한 사람을 비도(匪徒)라 매도하고 있다. …(중략) 옛 제(齊)나라 관자(管子)가 '예(禮)·의(義)·염(廉)·치(恥) 넷이 없으면 나라가 망한다.' 했는데, 지금 모든 방백(方伯)과 수령(守令)들이 보국안민은 생각하지 않고 제 몸만 살찌우고 있다. …(중략)… 백성은 나라의 근본이다. 근본이 깎이면 나라가 잔약해지는 것이니 우리는 초야의 백성으로, 망해가는 나라를 그냥 볼 수 없어 온 나라 사람들과 마음을 함께하고 의논을 모아 보국안민을 하러 의로운 깃발을 들었다."

또한 "사람을 상하게 하지 않고, 백성들의 가축을 잡아먹지 않고, 충효를 다해 백성을 편안히 하고, 일본 오랑캐를 몰아내고, 서울로 가서 권귀(權貴)를 몰아내자."라는 기율(紀律)을 선포했다.

동학 도주 최시형은 1893년 5월 5일 전국 포접에 "우리 도는 남접 북접을 따질 것 없이 모두 용담(龍潭)의 연원인데, 듣자니 호남의 전봉준과 호서의 서인주가 별도 남접을 이끌고 창의를 빙자해 사람들을 침해하고 도인을 해친다고 하니, 이들을 일찍 끊지 않으면 선과 악이 구분되지 않을 것이다. 북접의 각 포는 이 글을 받는 즉시 남접의 사문난적을 토벌해야 할 것이다."라는 통문을 보냈다.

전봉준의 창의가 스승의 신원을 위한 삼례와 보은 취회(聚會)와는 달리 탐관오리 타도가 목적이기 때문이었다. 그러나 5월 10일에 북접 충청도 옥천 청산면, 진잠현 성전평(星田平 : 儒城), 회덕현(懷德縣) 등지의 도인들이 전봉준의 창의에 호응해 각각 자신들의 관아를 습격하고, 30년 동안 최시형과 생사를 함께한 동학도 차주 강시원(강수)까지 진잠현 봉기에 함께 했다. 강시원은 9년 전(1885년) 단양 관아에 체포되어 최시형이 거금을 들여 석방했는데, 뜻을 거역한 것이었다. 강시원은 그 후 영영 종적을 찾을 수 없었다.

전봉준은 1895년 5월 6일 자신을 체포하러 온 전라 감영 영관 이경호(李景鎬), 중군 김달관(金達觀), 초관(哨官) 이재섭(李在燮) 등을 죽창으로 박살 내고, 조정은 다음 날 5월 7일 홍계훈(洪啓薰)을 양호초토사(兩湖招討使)에 임명했다.

홍계훈은 5월 8일 제물포에서 장위영(壯衛營) 군사 8백여 명을 기선에 태워 군산(群山)으로 향했다. 그러나 장위영 군사는 군산에서 전주로 가다가 800명 절반이 달아나고 남은 군사는 470여 명에 불과했다. 홍계훈은 전주에서 5월 9일 장위영 군사 470여 명을 이끌고 태인 정읍으로 남하했다.

전봉준은 5월 10일 부안 관아를 항복 받은 후 5월 11일 새벽, 정읍 덕천면(德川面) 하학리(河學里) 황토현(黃土峴)에서 홍계훈의 장위영 군사를 물리치고 정읍 관아를 접수했다. 그 후 전봉준은 5월 12일 흥덕현(興德縣), 고창읍(高敞邑), 무장읍(茂長邑) 등을 차례로 접수하고 전주를 향해 북상했다.

홍계훈은 황토현에서 전봉준에게 패하고 전주성으로 물러나 5월 17

일 조정에 "우리 군사는 수가 적고 동학군은 숫자가 많으니, 외국 군대라도 차용(借用)해 속히 보내주십시오."라는 장계를 올리니, 고종은 시임(時任), 원임(原任) 대신들에게 외국 군대 차입 의견을 물었다. 원임 대신 김병시(金炳始)는 외국 군대가 오면 민심이 동요할 것입니다."하고, 좌의정 조병세(趙秉世)는 "백성이 편히 살면 어찌 이런 일이 있겠습니까? 지금 4칸 초가의 1년 세금이 백여 금에 이르고, 토지 5, 6두락의 1년 세금이 4섬이니. 반드시 장차 대경장(大更張)이 있어야 할 것입니다." 하는데, 병조판서 민영준(閔泳駿)이 조선 주둔 청나라 장수 원세개를 찾아가 사정을 청하였다.

"본국 전라도 백성이 본래 흉하고 사나워 다스리기 어려운데 지금 1만여 동비(東匪)가 전라도 10여 고을을 빼앗고, 죽음을 무릅쓰고 우리 군대를 격파했으니, 동비들이 서울로 북상하면 우리나라 군대는 숫자도 적고 전투를 해 본 경험이 없어 섬멸하기 어려우니, 지난 임오년(1882년)과 갑신년(1884년)의 내란도 상국(청군) 군대에 의지했으니 이번에도 북양대신(이홍장)에게 군대를 속히 보내 주게 청하십시오."

민영준은 왕후의 15촌 조카로, 1877년 별기 병과에 급제하여, 갑신정변 때도 청나라 군대를 청한 민씨 세력의 수장이었다.

고종은 5월 17일 고부 안핵사 이용태를 경상도 김산(金山 : 金泉)에, 전라 감사 김문현을 거제(巨濟)에 유배하고, 후임 전라 감사에 전 형조판서 김학진(金學鎭)을 임명하고, 총제영(總制營)의 중군 황헌주(黃憲周)에게 장위영 군사 300명과 강화 병영(江華兵營) 군사 500명 등 도합 800명을 주어 급히 전주로 파견했다.

전봉준은 1894년 5월 22일, 남쪽 영광(靈光) 관아를 점령하고 인접의 나주, 무안 관아에 "우리는 국태공에게 나랏일을 맡겨 조정의 아첨하고 비루한 자들을 모조리 쫓아내, 위로는 사직을 보전하고 아래로는 백성을 편안케 하려고 한다."라는 공문을 보내고, 5월 25일 양호초토사 홍계훈에게도 "우리는 국태공(國太公)을 모셔 종묘사직을 보전하고, 여민(黎民)을 편안하게 할 것을 죽음으로 맹세했으니 굽어 살피시라."라는 편지를 보냈다.

전봉준은 5월 28일, 장성 황룡촌(黃龍村) 갈재(蘆嶺)에서 남하하는 홍계훈의 관군과 황헌주(黃軒柱)의 8백 군사를 모두 격파하고, 5월 30일 김제군(金堤郡) 금구면(金溝面) 원평리(院坪里)로 북상한 후 신임 전라 감사 김학진에게 '우리가 국정을 국태공에게 맡기려는 것은 민심이 모두 그렇기 때문이다.(國太公 于預國政 卽民心有庶幾之望事)'이라는 편지와 폐정개혁(弊政改革) 4개 조를 요구했다.

동학 도주 최시형은 1894년 5월 30일, 영동군 청산면 문암리에서 호서와 호남의 동학 포접에 "나는 외람되이 선사(先師)의 전발(傳鉢)을 받은 후로 수십 년 동안 천명을 받들어 때를 기다려 지금에 이르렀는데, 요새 도인들이 당파를 지어 같은 도인끼리 서로 눈을 흘기니 어찌할 바를 모르겠다. …(중략) 내 그간 누차 각 포접에 서로 화합하라 당부했지만, 도인들이 잘못을 고쳐 수도(修道)는 않고 집미(執迷)로 하늘을 거역하고, 스승의 가르침을 등지는 동악상제(同惡相濟)를 행하니, 각 포접은 도금찰(都禁察)로 하여금 거역하는 교도들은 단속하라."라는 통문을 보냈다.

그런데 이튿날 5월 31일 동학군이 전주성(全州城)을 점령했다. 전봉준의 동학군은 홍계훈이 동학군 토벌을 위해 나가 전주성을 비운 사이 피한 방울 흘리지 않고 전주성을 점령한 것이었다.

그 무렵 최시형의 통문으로 공주, 진잠 등지의 북접 교도들은 스스로 해산했는데, 회덕·문의·옥천·청산·보은 등지의 교도들은 여전히 전봉준의 봉기에 호응하고 있었다.

양호초토사 홍계훈은 1894년 6월 1일부터 동학군에게 빼앗긴 전주성 탈환을 시도했다. 동학군은 전주성에 갇힌 신세였다. 그러나 홍계훈은 조선에 청나라와 일본 군대가 들어오면 조선 백성이 상할 것이라, 6월 4일 전봉준에게 협상을 제의했다.

홍계훈과 전봉준이 협상을 시작한 지 사흘째인 6월 7일, 청나라 군대 1천 5백 명이 아산만에 들어오고, 3일 후 6월 10일에는 일본군 6천 5백여 명이 제물포에 상륙했다.

일본 군대 파병은 임오군란(1882년) 이후 일본이 조선과 맺은 제물포조약의 '조선 내의 일본인의 보호를 위해 군대를 주둔시킬 수 있다.'라는 조항과 1885년 4월 일본이 청나라와 맺은 제2차 천진조약의 '조선에 군대를 파병할 때는 반드시 상대국에 이 사실을 알려야 한다.'라는 조항에 의거한 것이었다.

홍계훈과 전봉준 측은 두 나라의 군대가 조선에 파병된 1894년 6월 11일 '폐정 개혁 13개 항'에 합의하고 모든 군사 행동을 중지하기로 했다. 전봉준의 재봉기 50일 만의 '전주화약(全州和約)'이었다.

폐정 개혁의 13개 항은 다음과 같다.

1. 쌍방은 숙혐(宿嫌)을 탕척(蕩滌)하고 서정(庶政)에 협력한다.
2. 탐관오리를 찾아내 일일이 엄징한다.
3. 부호배(富豪輩)의 횡포를 엄징한다.
4. 유림과 양반의 못된 버릇을 징계한다.
5. 노비 문서는 불태워 없앤다.
6. 칠반천인(七班賤人)의 대우를 개선하고 백정(白丁)의 패랭이를 벗게 한다.
7. 청춘과부(青春寡婦)의 개가를 허용한다.
8. 무명잡세(無名雜稅)를 일절 거두지 않는다.

9. 관리는 지벌(地閥)을 타파해 고르게 등용한다.
10. 왜와 간통(奸通)한 자는 엄징한다.
11. 공사채를 막론하고 기존의 모든 채무는 무효로 한다.
12. 소작농은 주인과 수익을 평균 분작(分作)한다.
13. 전라도 53개 관아에 집강소를 설치하고, 국태공(흥선군)에게 정치를 맡겨 소망하는 바가 있게 한다.

4.
　전주화약(全州和約) 후 조선은 청나라와 일본에 철병을 요구했다. 그러나 고종이 '아직 반란군이 완전히 평정되지 않았다.'며, 일본군의 주둔을 희망하던 7월 23일(음력 6월 20일) 새벽 4시에 일본군 2개 대대가 경복궁 담을 넘어 궁중을 습격해 고종 부부를 감금하고, 흥선대원군을 섭정에 세웠다. 12년 전 임오군란 때 청나라 군대에 의해 천진항으로 끌려갔다가 3년 후 돌아와 운현궁에 머물던 흥선대원군이 일본에 의해 권좌에 복귀한 것이었다.
　일본군은 흥선대원군에게 조선이 청나라와 맺은 모든 조약을 파기하고, 조선이 일본군에게 청나라 북양 군사를 조선에서 몰아내게 해달라고 청하는 문서에 서명하게 했다. 그리고 이틀 후 7월 24일(음력 6월 22일) 첫 새벽에 풍도(楓島)에 정박해 있는 청나라 수송함대를 폭파하고, 다음날 7월 25일(음력 6월 23일) 충청도 아산만(牙山灣)의 청나라 북양함대를 폭파했다. 그리고 7월 27일 일본 공사 이노우에·가오루(井上馨)가 갑신정변 국사범 박영효, 서광범을 사면시켜 김홍집 내각에서 조선의 개혁을 추진하게 했다. 그 첫 번째가 교정청(校正廳)을 없애고 설치한 군국기무처(軍國機務處)였다. 교정청은 전주 협약 직후 1894년 6월 6일 조정이 폐정 개혁 추진을 위해 영의정 심순택(沈舜澤), 중추부영사 신응조(申應朝), 중추부판사 김홍집을 등으로 설치한 기구였다.

군국기무처의 총재관은 김홍집이 겸임하고 부총재는 박정양(朴定陽), 위원은 김윤식, 안경수, 유길준, 김학의 등 17명으로, 고종도 함부로 간섭할 수 없는 기구였다. 군국기무처는 1894년 7월 24일부터 12월까지 5개월에 걸쳐 궁내부(宮內府)와 내각(內閣)의 분리를 비롯한 과거 제도와 포도청 혁파, 경무청 신설, 개국 연호 건무(建武) 사용, 8개의 아문(衙門)을 7개 부(部)로 바꾸어 각 부에 일본인 고문관을 두고, 종래의 전국 행정 기구 도(道)·부(府)·목(牧)·군(郡)·현을 23개 부(府) 337개 군으로 개편하고, 지방에 근대식 재판소를 설치하는 등 약 210개의 개혁을 추진했다. 이 개혁은 일본의 강요 이외에도 갑신정변의 정강, 동학농민군의 요구 등도 반영되어 있었다.

전봉준은 1894년 7월 23일 전라도 고부 백산에서 다시 창의했다. 전라도 무장현에서 일본군이 왕을 감금하는 사태를 보고 전라도 53개 집강소에 "읍재(邑宰)와 진장(鎭將)이 보관하는 무기를 거두어 다시 봉기하라."라는 통문을 보내고, 전라도 정읍 접주 손여옥, 부안 접주 최경선, 동학도 김석원, 김세중, 송희옥, 흥덕, 무장, 고창 등의 도인들과 고부 백산에 모여 다시 창의한 것이었다.

전봉준은 창의문에서, "이 땅의 살아 있는 동포에게 고하노라. 우리 동학 도인들은 이 땅에서 일본을 축멸(逐滅)하려 다시 일어났으니, 민관을 불문하고 창의(倡義)에 함께 함은 충의(忠義)요, 이반하는 것은 반역(反逆)이니, 모든 충의지사(忠義之士)는 삼례로 집결하라." 했다.

그리고 9월 7일 백산에서 태인(泰仁), 금구(金溝)를 거쳐 9월 10일 삼례 도소로 가서 진안(鎭安) 접주 문계팔(文季八), 금구 접주 조준구(趙駿九),

전주 접주 최대봉(崔大奉) 등 10만 농민군에 의해 전봉준은 동도창의군(東徒倡義軍) 총대장, 김개남은 부총령, 손화중, 김덕명은 총지휘에 추대되었다. 전봉준은 동도창의군 총대장 수락에서 "왜놈들이 군대로 우리 임금님을 핍박하고 우리 국민을 기만하는 것을 어찌 참을 수 있으랴. …(중략) 지금 일본 오랑캐와 내통한 조정 대신들이 위로 군부(君父)를 위협하고, 아래로 국민을 속이고 조선의 관군이 우리 백성을 해하니, 우리 모두 죽음으로 궐기하자."라고 외쳤다.

동학교주 최시형은 전봉준 등의 창의에 전국 포접에 다음과 같은 통문을 보냈다.

"하늘이 법을 내려 선을 권하고 악을 징계하며, 미혹을 버리고 진리를 깨달아 더욱 정진해야 하는데, 도인들이 도를 빙자해 비법을 행하는 것이 어찌 정도를 지키는 처사이리. …(중략) 내가 누차 당부를 했는데도 특효가 없어 차라리 그냥 있으려다가 사문전발(師門傳鉢)의 은혜와 영우(靈友)의 부승지화(負乘之災)를 이기지 못해, 다음의 11조를 이르노니 금석(金石)의 전(典)으로 삼아 어기지 말 것이다.
첫째, 각 포는 해당 주사(主司)와 주관(主管)의 말을 따르라.
둘째, 수신행사(修身行事)는 충효를 근본으로 하고 경독(耕讀)에 힘쓰라.
셋째, 남의 무덤을 파고 돈과 재물을 빼앗는 자는 관에 알려 죄를 주라.
넷째, 각 포는 당세(黨勢)를 믿고 재물을 범하는 자를 엄벌하라.
다섯째, 누구든 남의 빚을 간섭하지 말고,
여섯째, 남에게 해를 끼치는 도인은 법소에 신고하고,
일곱째, 도인이 포덕소가 아닌 곳에 모이면 제명하고,
여덟째, 상호 구타하는 도인은 포에 알려 처리하라.
아홉째, 주정과 도박(賭博)·편재(騙財)를 범하는 도인은 제명하라.

열째, 관(官)의 명령에 불복하거나 공납금 미납으로 죄를 얻지 말라.

열한 번째, 각 포는 대소를 불문하고, 각 포덕소 지유(指諭)의 명을 따르라. 우리 도인은 어느 포(包)든 모두 용담(龍潭)을 연원으로 위도존사(衛道尊師) 해야 하거늘, 남접의 각 포가 거의(擧義)를 빙자하고 도인을 상함이 극에 이르렀으니, 빨리 남접과 관계를 끊지 않으면 훈유(薰蕕)를 분별하지 못해 옥석(玉石)이 구분(俱焚)될 것이라. 부득이 남접과 절교를 고하노니, 각 포는 성심으로 도에 어긋남이 없게 사문난적을 토벌해야 할 것이다. 각 포는 이 통문을 따라 마음을 고치고, 각 포의 교두(敎頭)와 지위(知委)를 따라 교규(敎規)에 조금도 어긋남이 없이 하고, 힘을 합해 스승의 원통함을 펴도록 하라."

1894년 9월 12일 ~ 13일 이틀간 삼례도소에서 남북접 지도자들이 전봉준의 재봉기를 두고 연석회의를 열었다. 회의는 예상대로 남접은 찬성, 북접은 반대가 약간 우세했지만, 합의에 이르지 못해 서로 삿대질과 언쟁이 오가 몸싸움이 발생했다. 남접의 오지영(吳知泳) 등이 중재에 나서 도주 최시형의 의견을 따르기로 합의하고, 남북접 지도자들이 9월 18일 도주 최시형을 찾아가 거의(擧義)를 청했다.

"전봉준이 무단으로 봉기한 것은 잘못입니다만, 일이 이미 여기에 이르렀으니 어찌하겠습니까."

최시형은 반대했다.

"전봉준의 창의는 대신사의 신원이 아니라 탐관오리의 척결을 위한 것이었다. 지금까지 동학이 탄압받는 것은 20년 전 이필제의 무모한 영해작변 때문이다. 나라에 대항하는 것은 승산도 없거니와 반드시 토벌되고 만다."

그러나 남·북접의 지도자들이 다시금 거의를 청했다.

"신사님, 우리 도인은 살아도 같이 살고, 죽어도 함께 죽어야 하지 않겠습니까?"

최시형은 남·북접 지도자들의 간곡한 건의를 외면할 수 없었다. 스승의 신원을 펴든, 탐관오리의 횡포를 막든 도인들이 단합해야 하기 때문이었다. 최시형은 도인들의 강력한 지지를 받고 싶어 남·북접 대표에게 "너희가 나를 하늘(天)로 인정한다면 동(動)함이 가(可)할 것이다." 하고 한발 물러났다. 그러자 남·북접 대표들이 최시형에게 일제히 절을 올렸다.

최시형은 "아! 누가 옳고 누가 그름을 탓해 무슨 소용 있겠는가? 이 또한 천명이니, 남·북접 도인들 모두 동도창의대장 전봉준과 함께 우리 도의 대원(大願), 스승의 사원(師寃)을 펴게 하라."하고, 전국 포접에 통문을 내렸다.

"…(전략) 대선사께서 위학의 지목을 받아 세상을 떠난 후 어언 31년, 다행히 하늘의 도움으로 도가 망하지 않아 이제 전국의 수십만 도인들이 척화의 기치로 창의하니, 칠십 노물은 스승의 전발(傳鉢) 은혜에 눈물이 옷깃을 적셔 어찌할 바 모르겠다. 모든 도인은 노부(老夫)의 마음을 살펴 기필코 비성(菲誠)을 다해 스승의 숙원을 펴고, 국난에 동부(同赴)하기 바란다. 인심이 천심이며 천운소치(天運所致)라, 부디 전봉준과 스승의 신원을 펴고, 우리 도가 바라는 큰 소원을 실현하게 하라."

그리고 충의(忠義) 대접주 손병희를 통령(統領)에, 안성 접주 정경수(鄭憬洙)를 선봉장에, 이천 접주 전규석(全奎錫)을 후군장에, 광주 접주 이종훈(李鍾勳)을 좌익장에, 음죽(陰竹) 접주 이용구(李容九)를 우익장에 임명하고, 손천민(孫天民)을 청의(淸義) 대접주, 임정재(任貞宰)를 문의(文義) 대접주, 이관영(李觀永)을 상공(尙公) 대접주, 이원팔(李元八)을 관동(關東) 대접주에 명해, 모두 손병희의 지휘를 따르게 했다.

또한 제단을 쌓아 접주 신택우, 조재벽, 장건희, 박용구, 신재련 등과 천제를 올려 하늘에 출정을 고하고, 수원 접주 김내현, 안성 접주 임명준, 음죽 접주 권재천, 양지 접주 고재당, 여주 접주 홍병기, 원주 접주 임순호, 이천 접주 전창진, 양근 접주 신재준, 지평 접주 김태열, 광주 접주 염세환 등에게도 각각 군사를 지휘하게 했다.

그 시각 전봉준은 삼례에서 9월 20일 부총령 김개남을 남원에 남겨 전라우도 임실, 장수, 무주 등을 지키게 하고, 손화중을 광주에 남겨 일본군의 해상 침투를 막게 하고 충청 감영 공주로 북상했다.

흥선대원군은 1894년 8월 청일전쟁에서 청나라가 이길 것이라 보고 사람을 평양 주둔 청나라 군부에 보내 내통하고, 선무사 이건영(李健榮)을 호남 유생들에게 보내 궐기를 촉구하며 전봉준에게 편지를 보냈다. "왜구의 대궐 침탈 때문에 조선의 명맥이 조석에 달렸다. …(중략) 너희들이 서울로 올라오지 않으면 기필코 화환(禍患)이 있을 것이다." 또한 김개남에게도 따로 편지를 보냈다. "동학도가 기병(起兵)해 어서 서울로 올라오라. 그것이 나의 진의(眞意)다."

그러나 일본군이 9월 16일 평양을 점령하고, 9월 26일 청나라의 2천여 수비대가 압록강을 건너 청나라 요동으로 달아나자, 흥선대원군은 일본 측에 붙어 고종을 밀어내고 자신의 손자 이준용(李埈鎔)을 왕에 세우기 위해 군국기무처 의원 이태용(李泰容), 박준양(朴準陽) 등과 접촉하다가 1894년 11월 30일 밤, 반대하는 군국기무처 위원 김학우(金鶴羽)를 이준용의 사랑방으로 유인해 수하를 시켜 살해했다.

그 후 1895년 3월, 김홍집 내각의 내부대신 박영효가 대원군의 손자 이준용과 그 수하들을 군국기무처 위원 김학우의 살해범으로 체포해 1895년 5월 31일, 재판을 통해 이준용은 종신유형, 하수인 박준양, 이태용 등 5명은 교수형을 받았다. 그러나 이준용은 대원군의 도움으로 강화도 안치라는 감형을 받아 훗날 일본으로 달아나고, 그 후 박영효는 일본에 친러파 민 왕후 제거를 위한 군대를 청했다가 김윤식의 밀고로 함께 모의한 신응희(申應熙), 우범선(禹範善) 등과 일본으로 달아났다.

북접 창의군 통령 손병희는 1894년 10월 12일 전봉준의 군사와 합류하러 4천 동학군을 이끌고 보은을 떠나 진잠으로 향했다. 또 다른 북접의 청의(淸義) 대접주 손천민(松天玫), 청주 대접주 홍재길(洪在吉), 황산 대접주 이용구(李容九)의 10만 동학군은 두 대로 나뉘어, 한 대는 보은에서 진잠을 거쳐 공주로 향하고, 다른 한 대는 옥천, 황간, 영동, 회덕, 진잠 등으로 우회해 공주목(公州牧) 장기면(長岐面) 한다리(大橋)로 진출하고, 공주 접주 최한규(崔漢圭)의 3천 동학군은 충청도 유구(惟鳩)를 거쳐 공주로, 청산 대접주 박덕칠(朴德七)과 덕의(德義) 대접주 박인호(朴寅浩)의 7천 동학군을 이끌고 홍주(洪州), 예산(禮山)으로, 목천 대접주 김용희(金鏞熙)는 접주 김성지(金成之), 효장 김복용(金福用), 예포(禮浦) 대접주 박희인(朴熙寅), 천안 접주 이희인(李熙人) 등은 3천 동학군을 이끌고 목천 세성산(細城山)으로 가서 한양에서 공주로 남하하는 일본군과 관군을 막기로 했다.

그 시각 조정은 전 한성부윤 신정희(申正熙)를 도순무사(都巡撫使), 전 죽산 군수 장위영 영관 이두황(李斗璜)에게 3천 2백 군사를 주어 공주로 보내 북상하는 동학군을 막게 하고, 일본군은 소좌 미나미 고시로(南小四郎)의 2백 정예군이 공주로 향했다.

장위영 영관 이두황은 동학군 토벌의 명을 받고 10월 15일 오후 전

동학 도인 서병학(徐炳學)을 앞세워 보은 장내리로 가서 텅텅 빈 장내리의 민가 2백 호와 보은 최회 때 동학도가 머물던 초막 400개소를 불태우고 공주로 남하했다. 서병학은 스승 신원을 주도하다가 관군에 체포되어 도순무사(都巡武査) 신정희(申正熙) 수하에서 동학도 토벌의 앞잡이가 되어 있었다.

손병희는 4천 동학군을 이끌고 진잠을 거쳐 3일간 남하해 1894년 10월 16일, 높은 산이라고는 없는 드넓은 은진현(恩津縣 : 論山) 소토산(小土山)에 올라서 6세 연상인 동도창의군대장 전봉준을 만나 형제의 의를 맺었다.

전봉준은 손병희에게 장부가 세상에 태어나 그냥 살아서야 되겠는가? 함께 이 땅에서 일본군을 몰아내 나라를 구하고, 광제(廣濟) 창생(蒼生)을 이루자 하고, 손병희도 장군님과 함께 나라를 위해 신명을 바치겠다고 맹세했다.

전봉준과 손병희는 은진(恩津)에서, 충청 감사 박제순(朴齊純)에게 "…(전략) 일본이 군사로 우리 임금님을 핍박하여 백성들을 근심케 하고 있는데 오늘날 조정 대신들이 자신의 안전만 도모해 일본에 붙어 임금님을 속이고 백성들을 해치고 있다. …(중략) 우리는 두 마음 품은 대신들을 쓸어내고 나라를 바로잡으려 하니, 각하(충청 감사)께서도 의(義)로 함께 하시면 다행이겠습니다."라는 편지를 보냈다. 답은 기대하지 않은 선전포고였다.

전봉준과 손병희의 연합군은 은진에서 동학군 16만 7천 명을 이끌고 10월 17일 새벽, 북쪽 계룡산 서쪽 노성면(魯城面)을 거쳐 완산군(完山郡) 경천점(庚川店)에 가서 군사를 3대로 나누어 제1대는 계룡산 널치(板峙)를 넘어 공주읍 신기리(新基里) 효포(孝浦)로, 제2대는 이인면(利仁面)으로, 제3대는 공주 감영 동쪽 장기면(長岐面) 한다리(大橋)로 가서 충청 감영을 공격하기로 했다.

　전봉준과 손병희의 동학군이 공주성 공격을 시작한 4일째 10월 21일, 관군 이규태(李圭泰)와 일본군이 공주성 북쪽 목천 세성산(細城山)의 동학군을 습격해 동학군 효장 김복용(金福用) 등 3백 70여 명이 죽고, 770명이 부상을 입고 17명이 포로가 되었다.

　전봉준의 재봉기 이후 첫 번째의 패전이었다. 전봉준은 10월 23일, 경천점(庚川店)에서 동학군 2만 6천 명을 이끌고 공주 효포(孝浦)로 나가 월성산(月城山) 웅치(熊峙)의 관군을 공격하고, 손병희는 10월 24일 4천 군사를 이끌고 이인(利仁)에서 공주 감영 뒷산 봉황산에 진을 친 서산 군수 성하영(成夏泳)과 안성 군수 홍운섭(洪運燮)의 관군을 공격했다.

　전봉준은 다음 날 10월 25일, 월성산 웅치를 공격하다가 바로 전날 밤 몰래 많은 병력을 투입한 일본군에게 크게 패해 30리 남쪽 경천점으로 물러나 광주의 손화중, 남원의 김개남에게 지원군을 요청했다.

　전봉준이 웅치에서 일본군에게 참패한 그날, 덕의 대접주 박인호(朴寅浩)가 5만 동학군으로 당진군(唐津郡) 면천면(沔川面) 구룡리(九龍里) 산골짜기에서 일본군 대부대를 크게 섬멸하고, 이틀 후 10월 27일 예산 신례원(新禮院)에서 다시 일본군을 대파했다. 동학군이 일본군에게 승리한 최초의 전투였다. 그러나 박인호는 이틀 뒤 10월 29일, 홍주성(洪州城)에서 일본군에게 크게 패해 남쪽 청양군(靑陽郡) 칠갑산(七甲山) 느티정으로 달아나 새우젓 장사꾼으로 몸을 감추었다.

5.

　전봉준은 경천점에서 1894년 11월 2일, 남원에서 도착한 1만 동학군을 이끌고 공주 감영 뒷산, 봉황산 우금치(牛禁峙)를 공격하기 시작했다.

우금치는 부여와 공주로 통하는 고개로, 옛날 산적들에게 소를 빼앗기는 일이 많아 소를 끌고 넘지 못하게 해서 우금치라는 이름으로 불렀다.

전봉준은 군사들에게 부적 '궁궁을을(弓弓乙乙)'을 태워 물에 풀어 마시게 하고, 죽창으로 '시천주조화정(侍天主造化定)' 주문을 외며 우금치 고개를 공격하게 했다. 부적 태운 물을 마시면 하늘의 가호로 적의 총알도 비껴간다고 했다. 그러나 아무런 효과도 없이 동학군은 우금치를 오르다가 고개 위에서 아래를 향해 퍼붓는 이두황의 관군과 일본군의 사격에 속절없이 쓰러지고 시간이 지날수록 수가 점점 줄어들었다. 1분 당 6백 발을 쏘는 일본군의 영국제와 미국제 총을 당할 수 없었다.

이런 상황이 40~50차례 반복되면서 관군보다 훨씬 수가 많았던 동학군은 순식간에 9천여 명이 죽고 급기야 5백여 명으로 줄어 전봉준은 어쩔 수 없이 11월 4일, 남은 군사를 거두어 노성(魯城)으로 물러나 관군 진영에, "우리 거의(擧義)는 척사원영(斥邪遠佞)이었다. 관군이 일본군을 돕는 것은 아마 본심이 아니리라. …(중략) 이제 우리끼리 싸우지 말고 서로 대의를 지켜 위로는 나라를 돕고, 아래로는 백성을 편안하게 해야 할 것이다. 만약 내게 기만(欺瞞)이 있다면 천벌을 받겠으며, 그대가 기만이 있다면 자결해야 할 것이니, 다시는 서로 상해하지 말기를 바라노라."는 뜻을 전달했다. 또한 노성면 주민들에게, "…(중략) 우리 동학도가 군부(君父)를 수호하고, 도탄에 빠진 백성을 구하고, 왜적을 멸해 사직을 안보하려다가 피차에 많은 인명이 상했으니, 어찌 통탄하지 않으랴. …(중략) 조선 사람끼리는 척왜척화(斥倭斥華)의 의(義)는 같을 것이니, …(중략) 모두 우국충정으로 함께 척왜척화해 나라가 왜국이 되지 않게 해야 할 것이다."라며 위무하는 한편, 충청 감사 조병호(趙秉鎬)에게는 "…(중략) 그대에게 충군 우국의 마음이 있거든 부디 의리로 돌아와 함께 척왜척화로 조선이 왜국이 되지 않게 동심 합력하시기 바란다."라는 편지를 보내고 논산으로 퇴각했다.

 조정은 1894년 11월 11일, 호위부장 신정희(申正熙)를 양호도순무사에 임명해 전라·충청의 동학군을 토벌하게 하고, 각지에서 유학(幼學)들이 소모관(召募官), 참모관(參謀官)이란 이름으로 동학농민군 토벌에 투입되었다.

 전봉준과 손병희는 노성에서 추격하는 관군과 일전을 벌이며 계속 남쪽으로 퇴각해 논산군(論山郡) 은진현(恩津縣) 황화대(皇華臺)로 물러났다.

 그 시각 11월 13일, 동학도주 최시형은 영동군 청산면 문암리에 딸 최윤을 홀로 남겨두고 동학군을 격려하러 강경을 거쳐 임실로 향했다. 임실은 1873년에 운암면의 최봉성(崔鳳成)이 정선 무은담으로 찾아와 동학에 입도하고, 1880년에 청웅면의 김학원(金學遠)과 허선(許善)이 절골 솔두둑으로 찾아와 입도하고, 1887년에 이병춘(李炳春)이, 1889년에 김영원(金永遠), 박준승(朴準承) 입도한 곳으로, 임실 현감 민충식(閔忠植)도 동학 도인이었다.

 전봉준은 강경(江景)에서 11월 19일, 김개남의 군사를 만나 함께 전주로 남하했다. 김개남은 11월 13일 새벽 단독으로 청주성을 공격하다가 일본군에게 패하고 강경으로 물러나 전봉준과 만났다. 김개남은 강경에서 바로 남원으로 가고, 전봉준과 손병희는 전주성에서 이틀을 머물다가 11월 22일 밤에 김제군 금구면 원평리로 물러났다.

 한편 관군과 일본군은 다음날(11월 23일) 전주성에 들어와 계속 동학군을 뒤쫓아 전봉준과 손병희는 김제군 금구면(金溝面) 원평리(院坪里)로 물러나 11월 25일, 금구 구미산(龜尾山)에서 장흥(長興) 대접주 이방언(李芳彦), 금구(金溝) 대접주 김방서(金邦瑞), 흥덕(興德) 접주 차치구(車致九) 등과 종일을 관군, 일본군과 공방전을 벌이다가 동지 37명을 잃고 남쪽

태인현(泰仁縣) 석현(石峴)으로 물러났다. 태인에서 손병희는 북접 두령 이종훈, 이용구, 임학선 등 4천 동학군과 최시형을 만나기 위해 전라도 임실 갈담으로 향하고, 전봉준은 태인 성황산에서 장흥 대접주 이방언, 금구 대접주 김방서 흥덕 접주 차치구 등과 패했다.

전봉준은 11월 27일 차치구와 정읍 입암산(笠巖山)으로 가고, 장흥 대접주 이방언과 금구 대접주 김방서는 남쪽 광주 나주를 거쳐 장흥부, 강진현으로 갔다.

전봉준은 입암산에서 차치구와 장성 백암산으로 갔다가 사흘 후 11월 30일, 재기를 위해 김개남을 만나려고 태인현 산외면 종송리(種松里)를 거쳐 12월 2일 순창군 쌍치면(雙置面) 피노리(避老里)에 이르렀는데, 날이 저물어 그 마을에 사는 옛 부하 김경천(金敬天)을 찾았다. 김경천은 전봉준을 반갑게 맞아 주막으로 데려가 저녁밥을 시키고, 몰래 그 마을의 퇴역 장교 한신현(韓信賢)에게 전봉준의 출현을 알리니, 한신현이 동네 장정들과 주막을 포위했다.

전봉준은 이상한 느낌에 급히 뒷문으로 나가 주막집 담을 뛰어넘다가 장정들이 휘두른 몽둥이에 다리뼈가 부러져 체포되었다. 전봉준 피체 후 차치구는 정읍 국사봉으로 달아났다가 친구의 밀고로 붙잡혀 마흔넷에 죽었다.

한편 김개남은 자신의 매부 서영기의 집 태인현 산내면에 숨어 있다가 집이 더 안전하다며 찾아온 옛 친구 임병찬(林炳瓚)을 따라 산내면 종송리로 갔는데, 임병찬이 몰래 전라감사 이도재(李道宰)에게 알려 12월 2일 새벽에 강화 병영 황헌주(黃軒柱)에게 체포되었다.

김개남이 체포된 산내면 종송리와 전봉준이 체포된 순창군 피노리는 20리 거리였다. 전봉준은 1천 냥의 현상금과 군수 직에 눈이 먼 옛 부하 김경천의 밀고로, 김개남은 옛 친구의 밀고로 각각 체포된 것이었다. 전봉준은 순창에서 나주, 전주를 거쳐 1894년 12월 18일 한양으로 압송되고, 김개남은 바로 전주로 압송되어 12월 13일 전주 서교장(西敎場)에서 전라도 관찰사 이도재에 의해 바로 처형되었다.

전봉준은 한양으로 압송되어 재판을 받으며 법무대신 서광범(徐光範)이 대원군과의 관련을 묻자, "척양척왜는 만백성이 원하는 것이니 어찌 대원군 한 사람의 주장일까 보냐? 내 창의문 몇 구절로 그런 억측을 하니 참으로 가소롭다. 대원군은 오직 우리 의거가 해산되기를 원했을 뿐, 우리와 아무런 관련도 없다."하고, 1895년 3월 29일, 사형을 선고받아 41세에 효수되었다.

전봉준은 교수대에서 "나를 죽일진대 종로 네거리에서 목을 베어, 오가는 사람들에게 피를 뿌리는 것이 옳겠거늘, 어찌 컴컴한 적굴에서 조용히 죽이느냐?"라며 절명시(絶命詩)를 남겼다.

때가 오자 하늘과 땅이 모두 함께 하더니, 운이 떠나니 영웅도 어찌하지 못했네. 백성을 사랑하고 의를 택했으니 내 허물은 아니리. 나라 위한 내 마음 누가 알아주리.

(時來天地皆同力 運去英雄不自謀 愛民正義我無失 爲國丹心誰有知)

전봉준 피체 후, 또 다른 주모자 최경선은 항복의 뜻을 밝히고 3일 후 체포되고, 손화중은 12월 11일 부안의 이씨 재실에서 체포되고, 김덕명은 이듬해 1895년 1월 태인에서 체포되어서 서울로 압송되어 모두 재판을 받고 효수되었다.

전봉준 피체 후, 조정이 내건 현상금 1천 냥은 김경천이 나타나지 않아서 마을 주민들이 나눠 가지고, 김개남을 밀고한 임병찬도 조정이 내린 현상금과 임실 군수 직을 받지 않았다.

구사일생의 퇴로(退路)

1.

손병희는 1894년 12월 5일, 임실군 운암면(雲岩面) 갈담(葛覃)에서 북접의 4천 동학군과 68세 동학 교주 최시형을 모시고 퇴각 길에 올랐다. 임실 갈담에서 충청도 금산군(錦山郡) 추부면(秋富面)으로 가서 덕유산(德裕山)을 넘어 무주(茂朱)로 향했다. 무주는 임실에서 충청도 영동으로 가는 가장 가까운 지름길이었다.

이튿날 12월 6일, 동학군이 무주읍에 도착하자 새벽부터 민보군(民堡軍)이 동학군을 체포하려고 쫙 깔려 있었다. 민보군은 1864년 조정이 청나라 북경이 서양 군대에 함락되자 유생들의 권유로 조선 해역에 출몰하는 이양선에 대처하려고 처음 조직한 것으로, 1894년 11월 21일 유생들이 동학란에 대처해 마을 단위로 조직한 것이었다.

손병희의 동학군이 무주에 이르자 이웃 경상우도 김산 소모영(召募營) 조시영(曺始永)이 경상도 상주 소모영에 '추풍령에서 함께 동학군을 소탕하자.'라는 공문을 보냈다. 김산 소모영은 조정이 1894년 11월 21일, 전봉준과 손병희의 동학군이 관군과 일본 군대에 쫓겨 남하하자 경상도로 들어오지 못하게 하려고 김천에 설치한 약 300명의 민보군이었다.

손병희는 무주에서 관군과 민보군을 물리치고 남대천(南大川)을 건너

1894년 12월 8일에 북쪽 천마령(天摩嶺)을 넘어 영동군 용화면(龍化面)으로 향했다. 천마령은 무주에서 영동으로 가는 가장 가까운 지름길 고개였다. 손병희 군사들이 12월 12일 새벽, 영동군 황간면 용산리 용산장터에 도착하자 관군과 경상도의 민보군이 쫙 깔려 있었다. 황간면 용산에서 최시형의 집 옥천군 청산면 한곡리 문바위골은 북쪽에 병풍을 두른 영동과 보은의 경계 천금산(天金山), 천관산(天冠山) 산줄기를 넘어야 했다.

마침 해가 지면서 눈발까지 날리고 안개가 자욱했다. 손병희는 그날(12일) 밤, 4천여 동학군을 각각 분산시켜 상주 민보단 김석중(金奭中)과 일본군의 추격을 피해 천금산·천관산 산줄기의 별재·샘터재·밤재 등을 넘어 이튿날 12월 13일 새벽, 청산면 문바위골에 당도했다. 청산면 문바위골은 최시형이 손병희에게 전봉준의 봉기에 함께 하라는 명령을 내리고 동학군을 격려하러 가면서 딸을 홀로 남겨둔 곳이었다.

최시형은 문바위골로 가서 바로 딸 윤을 찾았지만, 행방을 찾을 수 없었다. 그런데 다음 날 12월 14일 새벽, 추격하는 상주의 민보군이 문바위골에 들이닥쳐 최시형은 많은 군사를 잃고, 3천여 동학군을 이끌고 북쪽 보청천(報靑川)을 건너 보은군 탄부면(炭釜面) 상장리(上長里)로 가서 12월 15일 보은 장내리에 도착했다. 장내리는 작년(1893년) 3월 11일부터 4월 3월까지 20여 일 동안 전국의 3만 동학 도인들이 머물었던 곳으로, 당시의 도인들 막사는 관군이 지른 불로 폐허가 되어 있었다.

손병희는 장내리에서 이튿날 12월 16일, 북쪽 보은 누하리로 가서 김소촌(金素村)의 집에서 한숨을 돌리다가 다시 습격한 일본군에 몇몇 동지들을 잃고 12월 17일 남은 군사들을 이끌고 속리산 북실로 들어갔다. 북실은 선비들이 과거를 보러 갈 때 마을 뒷산에서 종소리가 은은히 들리면 이 마을 경주 김씨 문중에 과거 급제자가 나온 전설의 마을이었다. 손병희는 북실에서 다시 일본군과 관군의 습격으로 대접주 임국호,

정대춘, 김현영 등 2천 6백여 명의 동지를 잃고, 다음 날 12월 18일 5~6백 군사를 이끌고 마을 뒤 속리산 수철령(水鐵嶺)을 넘어 사내리(舍內里) 북암(北巖) 마을로 달아났다. 수철령은 고개 북쪽으로 흐른 물은 보은군 사내리(舍內利) 북암(北巖) 마을로 흘러 남한강에 들고, 남쪽으로 흐른 물은 북실, 종곡(鐘谷) 마을로 흘러 금강에 드는 분수령이었다.

손병희 등은 12월 21일 사내리 북암에서 매복한 일본군에게 다시 대원 10여 명을 잃고 북쪽 신월천(新月川)을 건너 충청도 괴산(槐山) 화양동으로 달아나, 사흘 후 12월 24일, 충주(음죽) 외서촌(지금 大所面) 되자니 마을에 도착했다. 되자니 마을은 작년 9월 손병희가 출병한 마을로, 1년 3개월 만에 도로 돌아온 것이었다. 그러나 손병희 등은 되자니 마을에서 다시 일본군의 기습으로 대원 3백여 명을 잃었다. 임실에서 퇴각할 때 4천여 명의 군사가 퇴각 길에 관군과 일본군에게 20여 차례 습격을 당해 겨우 백여 명만 남아 있었다.

최시형과 손병희는 동학군을 해산하고, 손천민(孫天民), 조재벽(趙在壁), 정봉학(鄭鳳學), 홍병기(洪秉箕), 이승우(李承祐), 최영팔(崔榮八), 임학선(林學善) 등 수십 명만을 이끌고 강원도 방면으로 향했다.

관군과 일본군이 동학군을 체포하기 위해 길목마다 지키고 있었다. 손병희는 외서촌에서 관군과 일본군이 장호원을 지키고 있다는 정보를 입수하고 1895년 1월 4일 밤, 이용구의 집 죽산현 외서촌 황산리(음성군 삼성면)로 가서 한밤중에 북쪽 마이산(馬耳山)을 올라 이튿날 이천군 설성면 이목정(梨木亭)으로 가서 남한강을 건너 북쪽 강원도 원주 부론면, 원주 횡성을 경유해 홍천 고대(高垈:홍천 삼마치리) 최우범의 집으로 갔다. 그러나 최우범의 집이 너무 가난하기 때문에 1895년 1월 초 강원도 인제군 남면 느릅정(柳木亭)의 최영서 집으로 갔다. 느릅정은 최시형이 1880년에 『동경대전』을 발간한 갑둔리와 고개 하나 사이였다.

최시형은 최영서 집에서 전국의 포접에 "군자(君子)가 환난(患難)에 대처하는 것이 곧 도(道)요, 곤궁(困窮)에 대처하는 것이 곧 도다. 우리가 큰 환난을 겪은 오늘, 새로운 각오로 천리(天理)의 변을 준비하라."라는 통문을 보냈다.

　한편 손병희는 동생 손병흠과 느릅정을 떠나 인제군 북면 진부령(珍富嶺)을 넘어 간성(杆城)으로 가서 자신의 안경을 팔아 많은 담뱃대를 샀는데, 함경도 원산(元山) 등으로 다니며 그 담뱃대를 팔아 50냥을 마련해 최시형의 생활비를 댔다. 그 후 다시 함경도 장진(長津), 평안도 강계(江界), 청나라 연변 일대로 다니며 장사로 번 돈을 최시형의 생활비로 보탰는데, 광주 대접주 이종일은 자신의 전부 전답을 팔아 최시형의 생활비를 보탰다.

　최시형은 그 즈음에 손병희에게 비소로 자신의 뜻을 전했다.

　"자네가 준 돈으로 1년 호구를 면하게 되었으니 이제는 나와 함께 있게. 자네의 천품에 대도(大度)가 있어 장차 우리 도(道)의 중임을 맡아야 할 것이다."

2.

　1895년 4월 17일, 일본의 이등박문과 청나라 북양대신 홍장(李鴻章)이 일본 시모노세끼(下關)에서 청일전쟁 강화회의를 열었다. 1894년 7월 25일 시작된 청일전쟁에서 일본이 1895년 1월 17일 산동 반도 위해위(威海衛), 1895년 2월 여순(旅順) 전장대(全莊臺) 등에서 청나라를 일방적으로 격파하고 약 9개월 만에 전쟁을 끝냈다.

　시모노세끼 강회회담에서 청나라는 일본에 배상금 은(銀) 2억 냥과 요동(遼東) 반도, 대만(臺灣)과 60여 개 섬의 팽호도(澎湖島)를 할양했는데, 러시아가 즉시 영국·프랑스와 함께 일본에 요동반도를 청나라에 반환할 것을 요구해, 1주일 후 청나라의 요동반도 할양은 1주일 후 취소되었다.

그러자 왕후가 이를 보고 러시아 편에 붙으려고 러시아 공사 베베르의 처제 궁내부 전례관(典禮官) 손탁에게 러시아와 접촉하게 했다. 고종은 1895년 8월 18일, 3차 김홍집의 친일 내각 각료들을 모두 해임하고 김홍집, 이완용(李完用), 이범진(李範晉) 등으로 친러시아 내각을 구성했다.

그러자 일본이 러시아 공사 베베르의 연결고리인 중전을 제거하려고 육군 중장 출신 미우라 고로(三浦梧樓)를 조선 공사에 임명했다. 미우라 공사는 1895년 10월 8일(음력 8월 20일) 새벽 5시, 일본군 경성 수비대 600명과 일본 낭인 자객 50여 명, 교관 우범선의 교련병대 군사 800여 명으로 경복궁을 침범해 궁을 지키는 궁내부대신 이경직(李耕稙)과 교련병대 연대장 홍계훈(洪啟薰)을 죽이고, 왕후의 처소 건청궁(乾淸宮)에서 왕후를 죽이고 우범선(禹範善)에게 왕후의 신원을 확인한 후에 시신을 불태웠다.

고종은 2개월 전에 구성한 이완용, 이범진의 친러시아 내각을 해산하고 김홍집, 조희연(趙羲淵), 권형진(權瀅鎭), 유길준(俞吉濬), 어윤중(魚允中), 서광범(徐光範), 장박(張博), 정병하(鄭秉夏) 등으로 제4차 친일파 김홍집 내각을 구성했다. 그리고 조선의 연호 '건양(建陽)'을 선포하고, 군제를 일본식으로 서울에 친위대, 지방에 진위대를 두고, 남자의 단발령(斷髮令) · 종두법(種痘法) 시행 · 태양력(太陽曆) 도입, 교육 제도 제정 등의 을미개혁 정책을 추진했다.

태양력은 고대 바벨론에서 그리스, 인도, 중국, 일본 등을 거쳐 조선에 전해진 것으로, 일주일을 7일로 정해 일요일은 휴일로 하는 제도였다. 그러나 을미개혁 단발령은 조선 유생들의 '신체 발부 수지부모(身體

髮膚 受之父母)'에 부딪혀 난항을 겪었다.

명성황후 시해 4개월 후 1896년 2월 11일 이른 새벽, 고종이 세자와 함께 경복궁을 나와 궁녀의 가마를 타고 러시아 수병의 호위를 받으며 한양 종로의 정동(貞洞) 러시아 공사관으로 옮겨갔다. 고종은 일본군에게 왕후가 살해당한 후 자신도 언제 화를 당할지 몰라 불안한 나날을 보내다가 궁중 전례관 손탁을 통해 비밀리에 러시아 공사 베베르와 연락하고 관군과 일본군이 지방으로 의병 진압을 나간 사이 러시아 공관으로 옮겨간 것이었다.

고종은 러시아 공사관에서 "대신들이 왕 앞에서는 명령을 받들겠다고 하고는 뒤에서 음흉한 짓을 할 줄 어찌 알았으랴? …(중략) 모든 신하와 백성들에게 이르노니, 역적 무리가 짐을 속이고 조작한 을미년(1895) 8월 22일의 조칙(詔勅)과 10월 10일의 조칙을 모두 취소하노라."하고, 내각총리대신 김홍집, 김윤식, 유길준, 어윤중, 조희연 등 대신들을 해임하고, 김병시(金炳始), 이범진(李範晋), 이완용(李完用), 조병직(趙秉稷), 이윤용(李允用), 윤용구(尹用求), 이재정(李在正) 등으로 친러시아 내각을 구성했다. 을미년 8월 22일의 조칙은 김홍집 내각이 중전 민 왕후를 서인으로 강등한 조칙이었다.

고종의 친러시아 내각 구성 후 김홍집 친일 내각 모든 대신들과 왕후 시해에 가담한 교련병대 대장 이두황(李斗璜), 중대장 우범선(禹範善), 이범래(李範來), 이진호(李軫鎬) 등은 일본 공사관의 비호로 일본으로 달아나고, 총리 김홍집은 농상공부대신 정병하와 고종을 직접 만나보겠다며 러시아 공사관으로 가다가 광화문 앞에서 군중의 돌에 맞아 죽고, 탁지부대신 어윤중은 이듬해 1896년 변장을 하고 고향 충청도 보은으로 가던 도중, 용인에서 마을 장정들에게 살해되었다.

고종은 친러시아 내각을 수립 후 일제가 바꾼 '내각'을 의정부(議政府)

로 되돌리고, 2월 13일 백성들에게 "백성들은 안심하고 생업에 종사하라."는 교지와 경운궁(慶運宮)의 수리를 명하고, 1896년 4월 1일 러시아 황제의 대관식에 민영환(閔泳煥), 윤치호(尹致浩) 등의 사절단을 보내 러시아의 조선 보호를 청했다. 또한 러시아에 압록강 연안과 울릉도의 삼림 벌채권, 경원(慶源)과 종성(鐘城)의 광산 채굴권, 경원전신선(京元電信線)의 시베리아 연결 공사, 인천 월미도 저탄소(貯炭所) 설치 등을 허가했다.

이를 본 구미(歐美) 열강들도 덩달아 경인선(京仁線), 경의선(京義線) 철도 부설권 등을 요구하는 가운데, 고종은 조선 조정의 각 부처에 러시아인 고문·사관(士官)·군사교관·재정 고문 등의 파견을 청했다.

3.

1895년 10월, 최시형은 임학선과 손병희의 주선으로 홍천 높은터에서 원주 치악산 산중마을 수레너미로 옮겨갔다. 수레너미는 450여 년 전 조선 태종 이방원이 치악산에 은거하는 스승 원천석(元天錫)을 모시기 위해 수레로 고개를 넘었다는 곳으로, 정감록을 믿는 사람들의 오두막 30여 채가 있는 마을이었다.

최시형은 1896년 1월 5일, 수레너미에서 제자 손병희, 김연국, 손천민을 불러, 손병희에게 도호 의암(義菴)을 내리고, 손천민에게 붓을 잡혀 '하몽훈도 전발은(荷蒙薰陶傳鉢恩), 수심훈도 전발은(守心薰陶傳鉢恩)' 두 구(句)를 쓰게 하고, 다음 날 1월 6일, 다시 세 제자를 불러 "장차 너희 셋이 우리 도를 이끌어야 할 것이다."하고, 손천민에게 송암(松菴), 김연국에게 구암(龜菴)이라는 도호를 내렸다. 손천민에게 쓰게 한 '하몽훈도 전발은(荷蒙薰陶傳鉢恩), 수심훈도 전발은(守心薰陶傳鉢恩)'은 스승으로부터 받은 가르침(荷蒙)의 은혜(傳鉢恩)를 마음으로 지키겠다는 것이었다.

　최시형은 그 며칠 후 1월 11일, 전국의 포접에 다음과 같은 통문을 보냈다.

　"스승의 말씀, 태고의 천황씨(太古兮天皇氏)는 스승 자신을 가리킨 것이요, 산위에 물이 있다는 수재어산상(水在於山上)은 우리 도류(道流)의 연원(淵源)을 말한 것이니, 이 현기(玄機)와 진리(眞理)를 깨친 후에야 개벽(開闢)의 운(運)과 무극(無極)의 도(道)를 알 것이다. 아! 뿌리 없는 나무는 없고 근원 없는 물도 없나니, 하물며 광전절후(曠前絶後) 5만 년 초창(初創)의 도운(道運)이겠는가. 내 불민(不敏)으로 훈도전발(薰陶傳鉢)의 은혜를 하몽(荷蒙) 한 지 흘금 30년, 그동안 나는 어렵고 험한 일을 다 맛보고 잦은 인액(人厄)을 거치며 질펀한 사문정맥(斯門正脈)에 나아가며, 때로 호해풍상(湖海風霜)에 형영(形影)이 막히는 반도(半途)의 발(發)도 있었고, 일궤의 휴(虧)도 많았으니 슬픈 일이다. 우리 도의 나아갈 바는 내수도(內修道)의 선불선(善不善)에 있다. 전(傳)에 '하늘은 친함이 없고 오직 극경(極傾)을 가까이 하라.' 했지만, 우리 도의 관건은 부인에게 공경과 정성을 다하는 내수도(內修道)에 있다. 그런데 근일에 들으니 일부 도인이 내정(內政)을 경계하지 않고 수신행사(修身行事)에 게을러 경만(輕慢)하다 하니, 이러고서 입실(入室)은 고사하고 문진(問津)도 기약할 수 없으니 황송하고 민망하지 않으랴. 생이지지자(生而知之者) 하학상달(下學上達)이요, 배우지 않고 선한 것은 상지(上智)요, 배운 후 선한 것은 중지(中智)요, 배워도 선치 못한 것은 하우(下愚)라. 사람 지우(智愚)가 같지 않고 성범(聖凡)이 달라 도에 힘쓰기를 하지 않으면 어리석은 사람도 지혜로운 사람이 될 수 있고, 범인(凡人)도 성인(聖人)에 이를 수 있으니, 늙은이 말이라고 버리지 말고 명심수덕(明心修德)에 힘써 더욱 마음 함양(涵養)에 힘쓸지어다."

1월 18일, 다시 "무극대운에 요순공맹 같은 인재가 많이 태어나리니 누구든 요순공맹을 자기(自期)해 수도에 지성으로 힘쓰라."는 통문을 보냈다. 그리고 제자 3암(三庵)을 각각 삼남(三南)에 보내 갑오년 전란 후의 도인들 형편을 살피게 했다. 이 때문에 비로소 최시형의 소재가 알려져 1896년 2월 호남에서 고산(高山) 대접주 박치경(朴致景), 도인 허진(許鎭), 장경화(長景化), 조동현(趙東賢), 양기용(梁琦容) 등이 수레너미로 최시형을 찾아왔다.

최시형은 1896년 2월 17일, 쌓인 눈이 녹아 남로(南路)가 트이자 손병희의 주선으로 수레너미에서 충주군 외서촌(外西村) 마루택(馬樓垞)으로 옮겨갔다가, 다시 홍천 높은터로 옮겨갔다, 마루택에 여전히 번득이는 민보군과 유회군(儒會軍)의 시선 때문이었다. 최시형은 홍천 높은터에서 1896년 4월 충주군 근서면(近西面) 동음리(冬音里) 창곡(倉谷)으로 옮겨갔다. 근서면은 동쪽으로 음성군 소이면(蘇伊面), 북쪽으로 음성읍 감우리, 서쪽으로 음성 맹동면, 남쪽으로 삼생리와 접한 곳으로, 동음리는 북쪽 만생산(萬生山)과 보현산(普賢山) 품에 안긴 가활만인(可活萬人)의 은신처로, 절 성주사가 있어 성주사(聖住寺)를 찾아가 21일 기도를 올리고, 전국 포접에 통문을 보냈다.

"우리 도는 무극대운(無極大運)이라 요순공맹과 같은 인재가 많이 태어나리니, 누구든 요순공맹(堯舜孔孟)을 자기하여 지성으로 수도에 힘쓰라. 내 누차 우리 도(道)의 종지(宗旨)는 많은 말이 필요 없고 오직 성경신(誠敬信) 삼단(三端)에 있으니 수련에 전념하라 했지만, 도인들이 입으로만 성경신을 말하고 있으니 어찌 성경신을 이룰 것인가. 내

다시 하늘의 명을 지키는 여덟 조목을 이르노니,
첫째, 내수도(內修道)와 대신사의 가르침인 동귀일리(同歸一理), 교인위아(敎人爲我)의 천명을 따르라.
둘째, 천지는 부모에게 효를 극진히 해야 감응하고, 혼원일기(渾元一氣)가 베풀어지는 것이니, 근본을 힘쓰지 않고 다른 의논을 하는 폐단을 경계하라.
셋째, 시천주조화정(侍天主造化定)은 근본이요, 영세불망만사지(永世不忘萬事知)는 단련이니, 먼저 근본에 힘쓴 후 단련에 힘쓰라.
넷째, 호말이라도 법을 지키지 않으면 하늘이 감통하지 않으니, 숙야로 내수도를 강구하라.
다섯째, 내 강론을 장석에서 말한 것으로 와전하지 말라.
여섯째, 담배와 어육주초(魚肉酒草)는 기운을 상하게 하니, 담배는 권도(權道)로 행하고, 어육주초는 일절 금하라.
일곱째, 술과 고기를 금해 천지지기(天地至氣)를 아양(兒養)하라.
여덟째, 마음을 속이는 것은 하늘을 속이는 것이니 금하라."

1896년 6월, 청주군 청천면 산막리(남이면) 신경진의 집으로 옮겨가 제자 신형모(申瀅模) 등을 가르치며, 권병덕을 경상우도 산음현(산청), 진주 홍지동(집현면), 남해 물직리(勿直里 : 상주) 등으로 보내 도인들에게 상부상조하게 하고, 한 달 후 7월, 상주부 화서면(化西面) 하송리(下松里) 청계산(대궐터산) 중턱 높는터 이자성의 집으로 옮겨갔다.
상주부 화서면은 북동쪽의 외서면, 동쪽의 내서면, 남동쪽의 화동면, 서남쪽의 화남면과 접한 속리산 남쪽으로, 마을 뒤편에 후백제 시조 견훤의 사당이 있었다. 최시형은 높은터 마을에서 사람들에게 "시천주조화정(侍天主造化定)은 근본이요 영세불망만사지(永世不忘萬事知)는 단련이니, 먼저 근본을 힘쓴 후 단련에 힘쓰라."하고, 1개월 후 8월, 다시 동쪽 상주부(尙州府) 은척원(銀尺院)으로 옮겨갔다.

은척원은 북쪽의 칠봉산(七峰山), 남쪽의 성주봉(聖柱峰), 동쪽의 작약산(炸藥山)에 둘러싸인 곳으로, 이곳 자랑거리는 북쪽 칠봉산(七峰山) 황령사(黃嶺寺)와 두곡리의 동원정과 뽕나무였다. 황령사는 고려 고종 때 (1254년) 주지 홍지(洪之)가 승려들을 이끌고 고려를 침공한 몽골 장군 차라대(車羅大) 군사를 격퇴한 현장, 두곡리(杜谷里) 동원정(同源亭)은 조선 숙종 때 이 고을 선비 동원(同源) 류광원(柳光園)의 효성을 기려 세운 것으로, 정자 이름 동원(同源)은 '사람이 세상에 태어나 각각 부모로부터 대를 이어 여러 파로 나뉘어도 처음 원류는 같다.'는 뜻이고, 두곡리의 뽕나무는 3백 년 수령이라, 예부터 상주가 양잠의 고장이었음을 말하는 것이다.

최시형이 은척원으로 옮겨간 한 달 후 1896년 9월, 평안도 용강(龍岡)에서 도인 홍기조(洪基兆), 홍기억(洪基億), 임복언(林復彦) 등이 찾아왔다. 평안도 용강은 1866년 조선군이 대동강을 거슬러 오르며 통상을 요구하는 미국 상선 제너럴셔먼호를 불태운 고장이었다. 홍기조는 1894년 21세에 동학에 입도한 후 1895년 11월에 광주 편의장 이종훈(李鍾勳)과 연락이 닿아 찾아온 것이었다. 최시형은 홍기조 일행을 만나보고 동학 전쟁 이후 완전히 무너진 동학이 평안도에서 다시 살아난 것 같아 반가워했다. 홍기조 등은 은척원에서 2개월을 머물러 동학의 교리·주문·수도·포덕의 방법을 배우고, 도호 유암(遊庵)과 접주 첩지를 받아 10월에 용강으로 돌아갔다.

그 후 황해도 송화(松禾)에서 방찬두(方燦斗)가, 호남 임실에서 접주 이병춘(李炳春)이, 정읍에서 최익서(崔益瑞)가 찾아와 각각 자기 지역에 포(包)를 설치하게 해 달라고 청했다. 이에 최시형은 "전쟁 후 모든 도인들이 도망을 다니는 마당에 포를 설치하는 것은 다시 불을 일으키는 것처럼 인심(人心)을 어지럽히는 것이니, 당분간 활동을 자제하고 수도에 매진하라."하고, 그해 12월 전국 포접에 통문을 보냈다.

"내 마음을 공경치 않는 것은 천지를 공경치 않는 것이요, 내 마음이 편안치 못하면 천지가 편안치 못하다. 내 마음을 공경하지 않는 것은 부모의 뜻을 거역하는 불효와 같으니 경계하고 삼가야 할 것이니, 하느님과 부모님에 대한 영시불망(永侍不忘)을 깊은 물에 임하듯, 얇은 얼음을 밟듯이 극진히 할 것을 바라노라. 자신의 마음을 해치는 것은 곧 나를 해치는 것이니 삼가라. 선이 악을 이기면 좋지만 악이 선을 이기면 마음과 일신이 크게 상한다. 일신이 상하면 심신을 부지할 방책이 없으니 어찌 황송치 아니하랴. 성인 말씀에 군자는 몸을 공경하는 것이 제일 크다고 했으니, 수심정기(守心正氣)로 몸을 공경하기를 축원하노라. 마음이 착하고 즐겁지 않으면 하늘이 감응치 않고 마음이 착하고 즐거워야 하느님이 감응하느니, 마음이 화(和)하면 기운이 화(和)하고 기운이 화(和)하면 집안이 화(和)하고 집안이 화(和)하면 천하만사(天下萬事)가 자연히 화(化)하게 된다.
『서경(書經)』에 '천자(天子)로부터 서인(庶人)에 이르기까지 수신(修身)을 근본을 삼는다.'라고 했으니, 마음으로 하느님을 기쁘고 즐겁게 대도를 이루기 축원하노라. 하늘이 사람을 내고 도를 낸 은혜가 이보다 더 클 수 없고 사람에게 법을 가르친 은혜가 이보다 더 중할 수 없으니, 천덕사은(天德師恩)에 잠시도 해이(解弛)해서 안 될 것이다. 수심정기(守心正氣)하면 천지보다 가깝고, 산심상기(散心傷氣)하면 천지보다 더 멀 것이다. 개미도 정숙(整肅)의 거동이 있고 벌(蜂)도 위(上)를 모시는 도가 있는데 사람이 벌과 개미만 못 할 것인가. 도는 먼저 규모를 정한 후 마음을 단속하고 공경으로 지기(至氣)를 받들어야 한다. 세상일에 공과 사가 있으니 공은 천하의 것, 사는 개인의 편사(偏私)라. 공과 사에서 군자와 소인이 갈리니, 모든 일에 지공무사(至公無私)하고, 환난(患難)에 서로 구제하며, 빈궁에 서로 돕는 것은 우리 도(道) 제일의 뜻이니, 자비(慈悲) 측은(惻隱)의 마음을 기르라. 우리 도의 연원은 자재연원(自在淵源)이니 훗날 미치지 못한 탄식이 없게 하라. 또 우리 도의 근본은 8절 2편에 있으니 8절의 뜻을 숙야(夙夜)로 투득(透得)해 그르치는 일이 없게 하고, 스승의 도법을 털끝만치라도 어기면 난법란도(亂法亂道)를 면(免)치 못하리니 호리지차(毫釐之差) 천리지위(千里之違)가 없게 하라. 포덕(布德)의 처음은 번란하기 쉬우니 밖으로 엄숙하고 안으로 바르게 해 지목(指目)과 혐의(嫌疑)를 받지 말라."(道)

그날 밤, 제자 김연국, 손병희, 김응삼, 이원팔, 이용구, 김용암, 조경중 등과 화롯불에 둘러앉아 옛날 태백산으로 도망 다니던 이야기, 친한 친구에게 곗돈 2냥을 빌려 썼다가 1년 후에 두 마지기 식경(息耕)을 뺏기고 길가에 쫓겨났던 이야기, 서인주로부터 다라니경을 외우라는 편지를 받은 이야기 등을 나누며 밤을 지새웠다. 천지가 깜깜하고, 인근 마을은 불빛 하나 없는 밤이었다. 최시형은 서인주 이야기 끝에 "그나저나 서인주는 지금 어떻게 되었는지…. 우리처럼 도망 다니는지…." 하며 한숨을 쉬었다.

4.

최시형은 은척원에서 1897년 1월 6일, 충청도 음죽군 설성면(雪城面) 수상리(樹上里) 앵산동(鶯山洞)으로 옮겨갔다. 설성면은 전에 살던 마루택에서 30리로, 지명 '설성'은 신라 때 이곳에 성을 쌓을 때 산에 내린 눈의 띠를 따라 쌓아서 유래한 이름이었다.

앵산동은 남쪽 낮은 야산에 막힌 초가 너덧 채의 작은 마을이었다. 최시형은 앵산동에서 1897년 4월 5일, 제37주년 동학 창도제를 지내고 제자들에게 "조상의 제사를 어떻게 지내야 하는가?"하고 물었다. 제자들이 "위패를 모시고 지내는 것 아닙니까?" 하자, 최시형은 "그렇지 않다. 사람은 첫 조상의 혈기가 몇만 대를 이어 내게 이른 것이라 향벽설위(向壁設位)가 아닌, 향아설위((向我設位) 제사라야 옳다. 또, 제사는 평소 식사처럼 차려 지극한 정성을 다해 마음에 고(告)하고, 부모가 살아계실 때 남긴 교훈(敎訓)과 뜻을 지켜야 할 것이니, 비록 생수 한 그릇을 올리더라도 지극한 정성을 기울여야 할 것이다."라고 했다.

최시형이 창도제를 지낸 후 앵산동에 전국에서 많은 도인과 동학 두령(접주)들이 찾아들었다. 최시형은 1897년 5월 1일, 동학 두령들에게 첩지『심신회수(心信回水)』를 발행했다.『심신회수』는 최시형이 35년 전, 매달 두 번씩 스승을 찾아가 배울 때 얼음물로 목욕재계한 정신을 다짐하게 하려는 것이었다.

그런데 다음 달 6월에 음죽 관아 포졸이 앵산동을 찾아왔다. 4, 5호에 불과한 작은 마을에 사람들이 너무 많이 드나든 때문이었다. 최시형은 그 후 도인들의 마을 왕래를 금하고 제자들에게 농사나 지으며 살자고 하였다.

그러나 그 후 별다른 일이 없어 7월부터 다시 임첩(臨帖) 발행을 재개하고, 전국에서 많은 두령이 찾아와 첩지 수천 매씩을 받아 갔다. 부안에서 접주 김낙봉(金洛鳳), 김낙철(金洛喆) 형제가, 익산에서 접주 김경제(金慶濟) 등이 앵산동에 와서 71세 고령 최시형의 임첩 발행을 도왔다. 최시형은 그 후 낙관 '북접 법헌(北接法憲)'을 '용담연원(龍潭淵源)', '검악포덕(劍岳布德)' 등으로 바꾸었다. '용담연원'은 수운 대신사의 동학을, '검악(劍岳)'은 35년 전 최시형이 살았던 곳을 말하는 것이었다.

최시형은 곁에서 임첩을 쓰고 있는 김낙봉에게 "우리 도(道)의 요지 성경신(誠敬信)의 '신(信)'을 파자(破字)하면 '사람(人)의 말(言)'이란 뜻으로, 사람의 말에서 옳은 것은 취하고 그른 것은 버리라는 것이다. 그리고 한 번 마음을 정하면 다른 말을 믿지 않아야 참된 신(信)이다."하고, 임실 대접주 이병춘에게 "말을 경솔히 하지 말라. 옛날 공자님도 말을 함부로 하지 않으셨으니, 나도 할 말을 미리 생각해 둔다네."라고 화답했다.

최시형이 은척원에 머물던 1896년 3월, 중추원 고문 서재필이 조정에 독립협회 설립을 청하고 고종은 조선 왕실의 권위 회복을 위한다는 독립협회 설립을 바로 허가했다.

서재필은 12년 전 1884년 김옥균 등과 정변을 일으켰다가 실패한 후 미국으로 달아나 의사로 있다가 1895년 12월 친일 정권의 사면을 받아 조선 중추원 고문으로 귀국해 있었다. 서재필은 고종의 조속한 환궁을 상소하고, 1896년 4월 7일 개화파 내각 유길준 등과 정부의 지원으로 한글 신문 일간지 『독립신문』을 발간했다. 1883년 10월 31일 통리아문 박문국에서 10일마다 발간한 관보 형식의 조선 최초의 순 한문 『한성순보』가 1888년 폐간된 8년 후였다. 서재필의 『독립신문』은 일본인들의 도움을 받기도 했지만, 독자적 발간이었다.

독립협회는 1896년 7월 2일 고문에 서재필, 회장에 안경수(安駉壽), 위원장에 이완용(李完用), 위원에 김가진(金嘉鎭), 김종한(金宗漢), 민상호(閔商鎬), 이채연(李采淵), 권재형(權在衡), 현흥택(玄興澤), 이상재(李商在), 이근호(李根澔) 등 8명, 간사에 송헌빈(宋憲斌), 남궁억(南宮檍) 등 10명을 선출했다.

서재필은 『독립신문』을 통해 조정과 국민에게 미국 등의 민주주의 국가를 알리고, 조선의 자주 국가를 위한 계몽을 전개하고, 종로 사거리에서 윤치호, 이상재 등과 만민공동회를 열어 국민들과 토론하며 고종의 환궁을 촉구했다.

고종은 독립협회와 백성들의 환궁 요청에 1887년 2월 20일 러시아 공관에서 왕후가 시해된 경복궁이 아닌 경운궁(慶運宮)으로 환궁했다. 서재필은 고종의 환궁 후 종로 사거리에서 각계각층의 국민들에게 미국식 국민의 민권을 알리고 조정에 내정의 개혁 등을 요구했다.

고종은 환궁 8개월 후 1897년 10월 1일, 경운궁 맞은편에 원구단(圜丘壇)을 쌓아 황제에 즉위하고, 대한제국 수립을 선포했다. 러시아가 1년 4개월 후 1898년 1월, 조선 부산의 절영도(絶影島:影島) 조차(租借)와 한·러시아 은행 설립을 요구했다. 러시아가 겨울에도 바다가 얼지 않는 부산 절령도에 저탄소(貯炭所)를 설치하려는 것이었다.

서재필은 1898년 2월 21일, 윤치호, 이상재 등과 러시아의 절영도 조차 반대 상소를 올리는데, 이튿날 2월 22일, 흥선대원군이 종로의 운현궁 아소당(我笑堂)에서 78세에 세상을 떠났다. 그러나 고종은 생부 부친상에 얼굴도 내밀지 않고, 외부대신 서리 민종묵(閔種默)에게 러시아의 절영도 조차를 허가하게 했다.

독립협회는 2월 27일, 독립관에서 러시아의 절영도조차는 대한제국의 모든 부원(富源)을 러시아에 뺏겨 식민지가 되는 것이라며 절영도 조차와 한·러시아 은행 설치 반대를 결의하고, 3월 10일, 종로에서 1만여 시민들과 반대 집회 만민공동회를 개최했다. 러시아의 군사 교관, 재정 고문의 철수, 일본의 국내 석탄 기지 철수, 대한제국의 자주독립 강화 등을 요구하고, 조정은 여론에 밀려 3월 12일, 절영도 조차를 취소하였다. 한·러시아 은행 폐쇄와 러시아의 군사 교관 재정 고문 철수를 발표했다.

그러자 러시아가 일본과 '니시(西) - 로젠(西·Rosen)' 협정을 맺고, '러시아는 조선 내정에 간여하지 않겠으며, 설령 조선이 고문을 요청해도 파견하지 않겠다.'라고 발표했다. 독립협회는 '니시(西) - 로젠(西·Rosen)' 협약으로 조선에 자주 근대화가 도래한 것이라 판단하고, 1898년 7월 3일 조정에 대한제국을 입헌군주제로 하는 '중추원(中樞院) 설립'을 상소했다.

그러나 고종의 거부로 7월 12일에 중추원을 상원(上院)으로 고쳐 다시 상소를 올리고, 10월 1일부터 궁궐을 에워싸고 연좌제(連坐制), 나륙법(挐戮法) 부활을 시도하는 조병식(趙秉式) 내각의 퇴진을 요구했다. 나륙법은 모반 등의 죄를 범한 사람은 그 가족까지 함께 처벌하는 악법이었다.

독립협회의 요구에 고종은 1898년 10월 12일 조병식 내각을 퇴진시키고, 개혁파 박정양(朴定陽), 민영환 내각을 구성하였다. 그리고 10월 17일, 만민공동회는 독립관에서만 개최하라는 조칙을 내렸다. 그러나 만민공동회는 경무청(警務廳) 앞에서 집회를 열고, 지정한 장소가 아닌 곳에서 집회를 열었으니 처벌하라며, 고종에게 의회를 설립해도 군주제는 그대로 유지된다고 설득해 고종은 박정양(朴定陽)을 중추원 의장, 한규설, 윤치호를 부의장에 임명해 1898년 10월 23일 중추원 개편안 11조가 공표되었다.

중추원 개편안 제1조는 "법률, 칙령의 제정, 폐지, 개정에 관한 사항, 의정부가 임금에게 상주하는 일체 사항, 의정부에 문의·건의하는 사항, 중추원에서 건의하는 사항, 백성들이 의견을 올리는 사항" 등을 규정하고, 제2조는 "중추원의 직원은 의장 1인, 부의장 1인, 의관(議官) 50인, 참서관 2인, 주사 4인으로 정하고, 의장은 대황제 폐하가 임명하고,

부의장은 중추원의 공천으로 폐하가 임명하며 의관의 절반은 나라(황제)가 공로가 있는 사람을 추천하고, 나머지 절반은 인민협회에서 정치·법률·학식에 통달한 27세 이상의 사람을 투표로 선거한다. 의관의 임기는 각각 12개월로 정한다. … (이하 생략)"라는 등의 내용이었다.

10월 29일, 하원의원 설립은 아직 시기상조라며 반대하는 내각 총리 박정양은 만민공동회에서 "외국인에게 의지하지 말고 관민이 한마음으로 함을 합해 전제 황권(皇權)을 견고하게 할 것, 외국과 맺는 이권 양여(讓與) 조약은 각부 대신과 중추원 의장이 함께 서명해 시행할 것, 국가의 재정과 조세는 탁지부에서 관장하고 예산과 결산을 국민에게 공표할 것, 중대 범죄의 재판에서 피고의 인권을 존중할 것, 정부가 칙임관을 임명할 때는 중의를 따르고 정해진 규정을 실천할 것, 중추원 의관 50명의 절반 25명은 황제가 임명하고, 나머지 25명은 인민협회의 투표로 선거하되, 인민협회는 당분간 독립협회가 대행하기로 한다."라는 '헌의 6조(獻議六條)'를 의결하고, 11월 5일 민선 의관 선거를 실시하기로 했다.

그런데 선거 바로 전날 11월 4일 밤, 한양 길거리에 '독립협회가 고종 황제를 폐위하고, 박정양을 대통령, 윤치호(尹致昊)를 부통령으로 공화제를 수립하려 한다.'는 벽보가 나붙었다. 이에 격분한 고종은 11월 4일 밤부터 11월 5일 새벽에, 경무청과 친위대를 동원해 독립협회 간부들을 체포하고 다시 수구파 조병식 내각을 수립했다.

한양에 뿌려진 벽보는 조병식의 소행으로 밝혀지면서 배재학당 학생 이승만, 윤치호와 상인·학생 등 수천 명이 경무청 앞에서 6일 동안 철야 집회를 열었다. 고종은 11월 10일, 그간 체포한 독립협회 지도자 17명을 전원 석방했다가, 만민공동회가 계속 종로·인화문(仁化門) 등으로 장소를 옮겨가며 "독립협회를 복설(復設)하고, 헌의 6조를 수용하라."며 요구하자, 고종은 일본 공사의 건의를 따라 11월 21일, 보부상단체 황국협회(皇國協會)의 길영수(吉泳洙), 홍종우(洪鍾宇) 등 2천 명의 회원. 군대와 순검을 동원해 만민공동회 집회를 방해하고, 강제로 해산시켰다.

12월 25일, 독립협회에 11개 죄목을 씌워 해체를 명하고, 독립협회 지도자 430명을 체포하고, 독립협회 고문 서재필을 미국으로 추방하고, "관인(官人)만이 정치를 논할 수 있으며, 인민이 정치를 논하는 것은 부당하니 백성들의 정치적 집회와 언론 결사를 엄금하고, 대한제국은 전제군주국이므로 정부 체제를 고치려는 모든 종류의 시도는 반역 행위로 처벌한다."라는 포고령을 내렸다.

1899년 8월 15일, 의정관(議政官) 윤용선(尹容善) 등이 '대한국국제(大韓國國制)' 9조를 반포하고 원수부(元帥府)를 설치해 고종 황제에게 러시아처럼 황제가 육·해군 통수권, 입법권, 사면권, 행정권, 관리 임면권, 포상권, 조약 체결권, 사신 임면권 등을 행사하게 하고, 군제를 러시아식으로 한양에 친위대(親衛隊), 지방에 시위대(侍衛隊)를 두고, 장교 양성을 위한 무관학교를 설립했으며, 토지 정리, 근대적 공장과 회사, 각종 학교의 설립, 해외에 유학생을 파견했다. 고종의 광무개혁은 결국 러시아식 개혁이었다.

5.

최시형은 1897년 8월, 앵산동에서 손병희와 원주 접주 순암(淳庵) 임순호(林淳灝)의 주선으로 앵산동 더 북쪽 강원도 원주군 강천면(康川面) 전거론리(全巨論里)로 옮겨가고, 부인 손시화는 만삭이라 한 달 후 9월 10일 옮겨갔다.

강천면 전거론리는 1600년경 들어온 전주 이씨 20여 호가 살고 있었다. 강천면은 북쪽 경기도 양평군 양동면, 동쪽 강원도 원주군, 남쪽 경기도 여주군 점동면, 서쪽 여주군 북내면(北內面)과 접하는 곳으로, 충주에서 북상하는 남한강과 동쪽 강원도 평창군 태기산(泰岐山)에서 서쪽으로 흘러온 섬강이 합류하는 지점이었다.

섬강은 강원도 태기산에서 시작되어 평창군 봉평면(蓬枰面), 홍천군 서석면(瑞石面) 경계를 흘러 횡성군 공근면에서 금계천과 만나 이룬 긴 물줄기로, 지명 강천은 강을 오가는 모든 배들이 '편안하게 쉬어가라'는 뜻이라 했다.

최시형의 부인 손시화는 전거론리로 옮겨온 4일 후 9월 14일, 둘째 아들 동호(東昊)를 낳았다. 그 한 달 후 10월 20일, 충청도 서산(瑞山) 도인 문장준(文章峻), 변필삼(卞弼參)이 스승의 제83주년 생신 향례 제수를 짊어지고 찾아왔다. 최시형은 어렵게 찾아온 두 사람에게 "이렇게 만나게 된 것도 천리 감화의 이치라."하고 반가워하면서도 언제 관아가 들이닥칠지 몰라 10월 18일, 섬강을 건너 홍천 고대(高垈)의 최우범 집으로 가서 스승의 생신 향례를 올렸다. 홍천 고대 최우범의 집은 최시형이 2년 전(1895년) 2월 도망치는 길에 며칠을 머문 곳이었다. 최시형은 스승의 생신 향례를 올리고 제자들과 음복주(飲福酒)를 나누며 다음과 같은 강설을 베풀었다.

"육종(肉種)은 기운에 이롭지 못하고, 어육(魚肉)은 입맛만 즐겁게 할 뿐(食味悅口已耳)이니 어떤 음식이든 입맛에 맞아야 한다. 사람이 음식을 먹는 것은 하늘로 하늘을 기르는 것이니, 무릇 형상은 달라도 우주의 기운(氣運)은 하나이니 무엇이든 도 아님이 없고, 하늘 아님이 없다. 비유컨대, 같은 비와 이슬에 복숭아나무는 복숭아가, 자두나무는 자두가 달린다. 도를 따라 우주가 순행하는 것이니, 이를 좇는 것은 올바른 도(道)요, 거스르는 것은 그릇된 도다. 경에 이르기를 '도에 강화의 가르침이 있다'고 했으니, 마음이 바르면 강화의 교 아님이 없다."

최시형은 다시 전거론리로 돌아와 제자들에게 '오도(吾道)의 대운(大運), 식고(食告)의 의리(義理), 물약자효(勿藥自效), 두목(頭目)의 길' 등을 강설했다. 그중에 두목의 길 요지는 이러하다.

"여러분은 두목(頭目)을 아는가. 두목은 심부름꾼으로, 두목이 한가하고 나태하면 아무 일도 할 수 없다. 두목이 어느 향례(饗禮)나 절사(節祀)에 사람들을 몇몇 층으로 대접할 때 한가히 있으면 수많은 사람을 누가 분별하여 먹이겠는가. 두목은 어설프게 몇 숟가락 선뜻 먹고 때를 잃지 않아야 난리를 당해 수백만 진중을 영솔(領率)할 때 한 사람도 명을 어기지 않고 따르게 된다. 두목은 자기를 희생하는 사람이다. 윗자리에 있는 자가 어찌 반드시 위에만 있을 것이며, 아랫자리에 있는 자가 어찌 반드시 아래에만 있을 것인가. 두목 아래에 백 배나 더 뛰어난 대두목의 자질을 갖춘 자가 있을 것이니 삼가야 할 것이다."

최시형은 1897년 12월 24일 아침, 손병희, 손천민, 김연국 세 제자를 불러 "너희 3인 중에 주장이 없을 수 없으니, 내 의암(義庵) 손병희를 대도주로 삼노라."고 선언했으며, 10일 후 1898년 1월 3일, 새해를 맞아 충청도 예산에서 덕의 대접주 박인호가 찾아오자, "그대는 장차, 의암(義庵)의 사람이 될 것이다." 했다. 박인호는 14년 전 가섭암에 머문 손병희의 10년 연상이었지만, 최시형의 말에 순순히 응했다.

최시형이 전거론리로 옮겨간 5개월 후 1898년 1월 4일, 원주 접주 임순호가 급히 달려와 "신사님, 빨리 이곳을 피하시라는 광주(廣州) 접주 정암(正菴)의 전갈입니다." 했다. 바로 이틀 전(1월 2일) 음죽 보뜰에서 편의장 이용구(李容九)와 대접주 신택우(申澤雨), 도인 권성좌(權聖佐)가 이천 관병에게 체포되어 관병이 전거론으로 갈 것 같다는 것이었다.

신택우는 최시형의 사돈, 이용구는 최시형이 손병희만큼 신임했던 제자, 권성좌는 여러 도인들이 잘 아는 사람이었다. 최시형은 서둘러 몸을 피해야 했다. 그러나 몸이 몹시 아프고 어제 폭설까지 내려 어찌할 수가 없었다.

"일이 이미 여기에 이르렀으니, 급즉완(急卽緩)이라, 서두를 것 없이 천명을 따를 수밖에 없구나!"

최시형은 '천리성령(天理聖靈) 무위이화(無爲而化)' 주문만 외워댔다. 무위이화는 사람이 애써 하지 않아도 하느님이 알아서 해 주시기를 비는 주문이었다.

그런데 이튿날 1월 4일 정오에 이천 관병 20여 명이 음죽 보뜰에서 체포한 권성좌를 앞세우고 전거론리로 들이닥쳤다. 권성좌가 관병의 고문에 최시형의 소재를 실토한 것이었다. 관병들이 먼저 김연국의 집으로 가서 대문을 박차며 소리를 질렀다.

"최법헌(해월)은 어서 나오라!"

그러자 김낙철(金洛喆)이 나와 황급히 응대했다.

"무슨 일입니까? 저는 은진(恩津) 사람으로, 집주인의 부탁으로 훈학(訓學)을 위해 이 집에 있는데, 집주인의 성씨는 이(李)씨로 알고 있으며 최법헌은 처음 듣는 이름입니다."

그러자 관병이 다그쳤다.

"그럼, 주인은 어디 있느냐?"

김낙철이 주인은 어제 성묘하러 광주(廣州)로 가셨다고 하니, 관병들은 다시 권성좌를 앞세우고 담 하나를 사이한 최시형 집으로 가서 동학 괴수 최법헌은 속히 나오라며 다짜고짜 방문을 열었다.

방안에서 손병흠, 염창순, 임순호 등과 함께 있던 손병희가 호통을 쳤다.

"네놈들은 대체 누군데 감히 함부로 사대부의 집에 들어오느냐? 지금 노인이 몇 달째 병환으로 사경을 헤매는데 이렇게 무도할 수 있느냐? 네놈들은 대체 아비도 어미도 없느냐?"

병정들은 권성좌를 가리키며 안방을 살폈다.

"이놈이 동학 괴수 집이라고 해서…."

손병희가 목침으로 문지방을 내리치며 권성좌에게 더욱 위압적으로 호통을 쳤다.

"너는 대체 어떤 놈인데, 사대부의 집을 동학 괴수의 집이라 하느냐?"

그러자 권성좌가 서슬에 놀라 말을 얼버무린다.

"아, 이 집이 아닙니다. 제가 집을 잘못 알았습니다."

관병들은 다시 권성좌를 따라 이웃 마을로 가서 권성좌가 가리키는 마을 훈장을 체포했다. 그 순간 마을 사람들은 훈장이 무슨 죄가 있어 잡아가느냐고 야단을 쳤다.

관병이 속은 것을 알고 권성좌를 사정없이 때리자 '아까 은진에서 왔다는 그 자가 최법헌'이라고 실토하고 말았다. 이에 관병들이 다시 김연국의 집으로 가서 김낙철을 붙잡아 압송하면서 상황은 일단 끝났다.

손병희 등 제자들은 관병이 물러간 후 밤이 되기를 기다려 72세 최시형을 가마에 태워 도인 이춘경(李春敬), 이춘원(李春元) 형제가 앞뒤에서 가마를 메고 눈 쌓인 어둠 속을 헤쳐나갔다. 산길을 걷다 길을 잃고 헤매다가 어느 빈 집에서 밥을 끓여 요기를 하고, 이튿날 1월 4일 새벽, 지평군(砥坪郡) 갈현(葛峴, 玉泉面 龍泉里)의 제자 이강수(李康洙)의 집으로 가서 잠시 머물다가 다시 홍천군 서면(西面)의 제자 오창섭(吳昌燮)의 집으로 갔다. 오창섭의 사촌 동생 집에서 10여 일을 머문 후, 1월 22일 원주접주 임학선(林鶴善)의 주선으로 홍천군 동면(東面) 방아재 용여수(龍汝洙)의 집으로 갔다. 다시 1주일 후 1월 30일, 원주 호매곡면(好梅谷面 : 原州 好楮面) 고산리(高山里) 송골(松洞)의 원진여(元鎭汝) 집으로 옮겨갔다. 호매곡면 고산리 송골은 1866년 흥선대원군의 천주교 박해 때 들어온 사람들이 살고 있었다.

1898년 3월 중순, 호매곡 송골에 나용환이 찾아왔다. 나용환은 평안도 성천(成川) 출신으로, 23살(1887년)에 동학에 입도해 갑오년(1894년) 동학 전쟁에 함께한 후 동학 도주 최시형의 처소를 묻고 물어 앵산동, 전거론리 등으로 갔다가 다시 호매곡면 송골로 온 것이었다. 나용환은 당당한 포덕을 만들고 싶다며 임첩(臨帖)을 청했다. 최시형은,

"과연, 우리의 도운(道運)이 북쪽에 있다는 것을 알겠네. 그대들 때문에 우리의 도가 영원히 살아 있을 것이네."

하고, 나용환에게 도호 봉암(逢菴)과 임첩을 내려 돌려보냈다.

이튿날 4월 4일 저녁, 제38주년 창도 향례를 올리려고 찾아온 제자 손병희, 임순호, 손병흠, 신현경 등에게,

"내일 새벽 창도 향례는 나 혼자 지내려 하니 자네들은 각각 집으로 가서 따로 향례를 지내라."

했다. 제자 손병희가

"문도(門徒)된 자는 비록 먼 곳에 있더라도 창도향례는 함께 모여 올려야 할 것인데 어찌 돌아가라 하시나이까?"

하자, 최시형은 따로 생각한 바가 있으니 부디 명을 어기지 말라고 했다.

제자들이 명을 어길 수 없어 각각 집으로 돌아가고, 손병희와 임순호가 남아 설득하다가 손병희가 책망을 듣고 돌아가고, 임순호도 마지막까지 남아 설득하다가 자정이 훨씬 지나서야 돌아갔다.

그런데 최시형은 이튿날 4월 5일 첫 새벽에 혼자 제38주년 창도 향례를 올린 후 정오에 들이닥친 동학군 토벌대 시찰사(視察使) 송경인(宋景仁)의 관병 수십에게 체포되었다.

송경인은 본시 동학도였는데, 1895년 조정이 최시형 체포에 많은 현상금과 군수 직책을 내걸자 그해 3월 탁지부 대신 민영기(閔泳驥)를 찾아가 동학도 체포 직책 시찰사(視察使)가 되어 3년 동안 최시형 체포에 부심하다가, 1897년 강원도 원주군 강천면 전거론리를 급습했지만 허탕 치고, 1898년 4월 초, 지게꾼 안백석(安伯石)으로부터 최시형의 은신처를 알아냈다. 한 달 전 원주 접주 임순호(林淳顥)가 항상 나물죽만 드시는 최시형 신사의 72주년 생신(3월 21일)을 맞아 모처럼 반찬 있는 생일상을 차리려고 3월 20일 도인 임학선(林學善)을 여주로 보내 잉어 등을 사서 지게꾼 안백석에게 지워 송골로 보냈는데, 송경인이 안백석을 통해 이를 알아내고 4월 4일 안백석을 앞세워 송골로 가다가 4월 5일 새벽, 집으로 돌아가는 원주 접주 임순호를 붙잡아 함께 정오에 송골로 들이닥친 것이었다.

송경인은 최시형과 임순호를 원주 문막점(門幕店)으로 압송하고, 배편으로 여주로 가서 임순호는 그 부친으로부터 뇌물을 받아 석방하고, 최시형은 1897년 4월 6일 아침 한양으로 압송되어 4월 8일 광화문 경무청에 수감되었다.

손병희는 당장 전면에 나설 수 없어 광주 대접주 정암(正庵) 이종훈(李鍾勳)에게 옥바라지를 부탁하고, 대책을 의논하기 위해 여러 제자들에게 연락을 했다. 한 달 후 5월 6일, 손병희는 김연국, 이종훈, 박인호 등과 경기도 양평군 지평면 갈현리 이강수 집에 모여 도인 홍병기, 박희인, 손병흠, 손천민, 권병덕 등에게 연락하고, 박인호(朴寅浩)는 필요한 돈을 구하러 당진으로 가고, 이종훈은 자신의 전답을 팔아 돈 100냥을 만들에 경무청에 바쳐 순검(巡檢)이 되어 광화문 경무청 옥사정 김준식(金俊植)과 형제 의를 맺고, 최시형 신사를 보살피게 했다.

덕분에 최시형은 경무청 옥에서 김준식을 통해 도인들에게 "내 걱정은 조금도 말고, 수도에 정성을 다해 우리 도를 창명(彰明)하라. 다만 지금 내게 돈 50냥이 필요하다."는 소식을 보냈다.

최시형은 이종훈이 보낸 50냥을 옥사정 김준식에게 주어 떡을 사서 옥에 갇힌 여러 죄수들에게 나누어 주게 하였다. 그리고 4월 20일, 서소문 형무소로 옮겨져 5월 11일부터 재판장 조병직(趙秉稷), 배석판사 주석면(朱錫冕), 조병갑(趙秉甲) 등의 재판을 받아 5월 29일 최후 재판에서 '대명률(大明律) 제사편(祭祀編) 금지사무사술조(禁止師巫邪術條)'로 교수형(絞首刑)을 받았다. 사무사술(師巫邪術)은 무당이나 박수(拍手)가 사술로 선한 일을 행하는 척 사람을 현혹시켜 도를 어지럽힌 죄였다. 최시형은 언도를 받은 이틀 후 1897년 6월 2일 오후 2시, 광희문 밖에서 향년 73세에 처형되었다.

최시형이 처형당한 지 3일 후인 1898년 6월 5일 밤, 광주 대접주 이종훈이 쏟아지는 장맛비 속에 옥사정 김준식과 함께 광희문 밖의 신당동 공동묘지에 버려진 최시형의 시신을 몰래 수습해 광나루 건너에서 기다리는 손병희, 김연국 등과 유구를 3십 리 광주의 도인 이상하(李相夏)의 산에 묘를 짓고 돌아오다가 고갯마루 바위에 앉아 쉬는데, 손병희가 자탄의 한숨을 내쉬었다.

"신사를 모신 지 수십 년, 아무런 공도 세우지 못했으니, 차라리 산에 들어가 다시는 바깥세상에 나오고 싶지 않습니다."

이에, 손천민(孫天民)도 절망감을 감추지 못했다.

"신사께서 세상을 떠났으니, 우리가 어찌 구구히 살기를 바라리오. 차라리 신사님을 따라 순도하는 것이 옳을 것 같습니다."

손천민은 1882년에 청주 관아 이방 때 동학에 입도하고 손병희를 동학에 입도시켜 갑오년 전봉준의 봉기에 함께한, 손병희의 4살 연상의 조카였다. 손병희는 손천민의 말에 의협심을 다졌다.

"말씀은 의(義)에 합당하지만, 자결은 일개 열사의 일이요, 대도를 이끄는 지도자가 할 말은 아닙니다. 우리는 반드시 살아남아 신사님의 은혜에 보답해야 할 것이니, 마음을 가다듬어 도를 창명하도록 해야 할 것입니다."

오히려 손병희는 막 붉은 아침 해가 떠오르는 일출의 장관을 바라보며 시 한 수를 지은 다음에 양수리 이성운 집으로 가고, 다른 사람들도 각각 헤어졌다.

"강산을 보니 우주가 토해낸 천하가 배를 채우는 것 같구나. 하늘과 사람이 서로 주고받은 땅에 수덕(水德)이 가장 아름답고 밝으니, 성령이 세세에 드러나 창창히 이어지리라.
(坐看江山圖 茂然胞腹中 若吐宇宙間 天下共飽腹 天人授受地 水德最佳明 性靈顯世世 蒼蒼復續之)"

동학 3대 교주 손병희(孫秉熙)

1.

손병희가 두물머리 이성운의 집에 머물던 20일 후 1898년 6월 26일, 인암(仁菴) 홍병기(洪秉箕)와 덕의 대접주 박인호가 손병희를 찾아왔다.

"지금 우리 도인들은 모두 지성으로 기도를 올리고 있더이다."

그 말에 손병희는,

"나는 대도의 책임자로, 지성으로 수련해 이치를 깨달아 장차 우리 도를 반드시 세계에 창명하려 하오. 내 잠시 정양하며 도의 앞날을 계획할 좋은 은신처가 없을까요"

하고 물었다. 박인호가

"성사님, 당진(唐津)은 어떻습니까? 너무 멉니까?"

하고 물으니, 손병희는

"아닙니다. 멀면 어떻습니까. 해월 신사님께서는 첩첩산중 화전 마을에도 계셨는데…."

"당진은 제 고향이니 그쪽으로 알아보겠습니다."

한 달 후인 8월에 박인호가 손병희를 당진군 동면 모동(茅洞) 마을로 옮겨주었다. 당진 접주 김현구(金顯玖)와 덕산 접주 김명배(金蓂培)가 힘을 보태 마련한 집이다. 마을 앞에 맑은 시내가 흘러 수청(水淸)골이라고도 했다. 손병희는 모동에서 전국의 포접에 다음과 같은 통문을 보냈다.

"해월 신사께서 불행을 당하신 후 소생이 대도의 책임자가 되어 대신사님의 '하느님을 살아 계신 부모님 효양(孝養) 하듯 모시라'는 가르침과 해월 신사의 '천덕사은(天德私恩)' 가르침을 받들어 우리의 도를 창명(彰明) 하려 하노라. 대신사께서 「안심가(安心歌)」에서 '무병지란(武兵之亂) 후 살아나는 인생들아, 하느님께서 복록을 정해 수명을 내게 비네.'라고·하신 말씀은 황연히 대각할 일이다. 삼재(三災) 흉흉한 지금 하늘을 모시는 지극한 노고동면(老苦同勉)의 정성과 공구 신심(恐懼愼信)에 있어야 하니, 어찌 척념(惕念) 하지 않을 수 있는가. 운수는 수시로 변하는 것이니, 모든 군자는 대신사님의 가르침을 따라 지극한 정성으로 수(壽域)에 나아가기를 바라며, 몇 가지 대응 규제를 말하노니, 첫째, 물욕을 없애 공평 정대한 마음으로 하늘을 기쁘게 하라. 둘째, 도장(道場)을 정결히 하고 매일 청수를 놓고, 자시(子時)에 3·7기도(21일)는 매일 자시에, 7·7기도(49일)는 매일 인시(寅時)에 올려 대신사와 해월 신사께 정성과 공경을 다하라."

또한 1899년 3월 10일에는 대신사의 제사를 지낸 후 박인호에게 도호 춘암(春菴)을 내리고, 「무하사(無何辭)」, 「각세진경(覺世眞經)」, 「명심장(明心章)」, 「우음(偶吟)」 등을 지어 전국 포접에 보냈다.

「무하사」는 불가의 무하유지경(無何有之境)에서 따 온 이름으로, "용담(龍潭) 물이 근원(根源)이 깊어 사해(四海)에 둘렀도다. 검악(劍岳)에 꽃을 심어 임자를 정해 화개 소식 분명하다. 동풍삼월 십오야 밝은 달이 사해에 밝고, 이화도화(李花桃花) 만발하니 만화방창 아닐런가. 백화작작(百花灼灼)하고 정전(庭前) 일지매(一枝梅)는 표일(飄逸)한 절개로, 은연한

빛을 감춰 정절을 지켰도다. 가련하다, 가련하다 화류춘풍(花柳春風) 호시절을 무연(憮然)히 보내고 황국단풍(黃菊丹楓) 아닐런가. 상풍(霜風)이 크게 일어 백설(白雪)을 날렸도다. 벽공(碧空)에 걸린 달은 추풍(秋風)을 만나 서산에 걸리고, 만화방창(萬花方暢) 붉은 꽃은 화락무성(花落無聲) 아닐런가. 가련하고 가련하다. 적막 공창(空窓)에 인적(人迹) 끊어지니 화개 소식(花開消息) 누가 알고. 정전(庭前) 매화(梅花)는 향풍(香風)에 지지발발(枝枝發發) 날로 피고 백설(白雪)이 웃으니 화개 소식 분명하다. 더디고 더디도다. 나귀 타고 오는 손님, 이런 소식(消息) 모르고 편답강산(遍踏江山) 무슨 일인가. 춘몽(春夢)을 깨닫지 못하고 정신을 수습하지 못하니 세상 풍진 고해에 무릉(武陵) 소식 어찌 알고. 무릉도화(武陵桃花) 사해(四海)에 흘렀거늘 고기잡이배 어느 때 찾아오도다. 적막(寂寞) 공창(空窓)에 표연(飄然)히 홀로 정절을 지켰으니 군자낙지(君子樂地) 아닐런가." 하는 내용으로, 수운 대신사의 경주 용담과 2대 교주 해월 신사의 검산(劍岳)을 칭송한 노래였다.

즉「무하사」는 '수심정기'에 힘써 동귀일체(同歸一體), 만화귀일(萬化歸一)하고 성경신(誠敬信) 법을 따라 후천 5만 년 무궁한 세월을 열고, 천지합덕 부화부순(夫和婦順)으로 가정을 이끌며 각자 직분(職分)을 지켜 유의유식(裕衣裕食)하여 물욕교폐(物慾交蔽) 없이 하고, 성(誠)으로 공경(恭敬)하고, 인의예지(仁義禮智)로 수신제가(修身齊家) 도덕군자(道德君子)가 되자.'라는 내용이다.

「각세진경(角世眞經)」은 "사람이 왜 하늘을 모시는가(人以侍天者何也) 묻고, 사람의 본성과 마음이 하늘에서 나온 때문(人之性心 出於天)이다. 사람은 밖으로 신령과 서로 맞닿는 기운이 있고, 안으로 가르침을 내리는 말씀이 있으니(外有接靈之氣內有降話之敎)", "마음을 지키고 기운을 바로잡아야 한다(守心正氣).", "세상일은 하늘이 알고, 땅이 알고, 사람이 알고,

신명이 알기 때문에 혼자 있을 때에도 마음을 잘 지키고 기운을 바로잡아 충성·효도·절의에 부끄러움이 없도록 경계하라." 했다.

「명심장(明心章)」은 만물은 각각 형상을 갖추고 성품을 갖추어 쓰기에 따라 화복(禍福)을 이루니 기다리면 기회가 온다.(萬物各得形 這裡自有性)라는 내용이요,

「우음(偶吟)」은 "달이 푸른 강 속을 비추니, 하늘이 그대로 보이고, 물고기가 삼킨 달빛이 하늘, 땅처럼 밝고(月照蒼江裏 自天無嫌隙 魚呑皎月色 腹中天地明), 방에 들어가 귀신과 짝하니 움직이는 자취가 하늘과 같다.(方入於中 伴鬼神 運動之跡 能如天)"는 38연의 연시(聯詩)로, 최제우 대신사께서 체포당하기 이틀 전에 제자 해월 최경상에게 주신 글을 보면, "달이 푸른 강 속을 비추니, 하늘이 그대로 보이고, 물고기가 삼킨 달빛이 하늘, 땅처럼 밝고(月照蒼江裏 自天無嫌隙 魚呑皎月色 腹中天地明), 방에 들어가 귀신과 짝하니 움직이는 자취가 하늘과 같다.(方入於中 伴鬼神 運動之跡 能如天)"는 시「영소」처럼 강(江)·물·달빛·물고기·소(牛)·구름·빗소리·바람 소리 등이 모두 하느님이라는 내용이었다.

손병희는 1899년 8월, 당진 유희군의 고발로, 1년 3개월을 머물던 모동을 떠나 가족과 예산(禮山), 홍성 등을 지나 더 남쪽 청양군(靑陽郡) 정산현(定山縣) 대치면(大峙面) 말티(斗峙)로 갔다. 충청도 청양군 칠갑산 대덕봉(大德峰) 아래 말티는 2년 전 1897년 4월 4일 밤, 제자들이 원주 전거론리에서 해월 신사를 모시고 달아난 지평군(砥坪郡) 갈현리(葛峴里)만큼이나 깊고 깊은 산골이었다.

손병희는 말티에서 1899년 9월「수수명실록(授受明實錄)」을 지었다. 「수수명실록」은 "하느님(天)이 만물을 만들어 활용하고, 사람은 아들딸을 낳아 사랑하고 길러 가계(家系)를 전해 준다.(天化生萬物 意屬形體 任意用之者也 人而生子生女 愛而養之 及其終時意予子孫 傳家萬年矣), 대저 성현이 천성

을 경(敬)으로 지극한 성(誠)을 이루려면 도를 물려받은 후학은 사람마다 도를 이루어 마음 지키기를 잊지 않아야 하늘로부터 받은 죽지도 멸하지도 않는 도를 이룰 것이다.(夫聖賢統率天性 敬而誠之及其至也 傳授後學人人成道 不忘守心故 不死不滅德與上天也夫) 사람의 생각은 서로 생각하면 있고 생각하지 않으면 없는 것이다. 이처럼 하느님의 덕과 스승의 은혜도 잊으면 없으니 천덕사은을 잊지 않아야 화(化)와 기(氣)로 성(聖)에 이르는 것이다.(論其念字人之相思則置矣 不思則無矣也 以此推則天德師恩 則存矣亡則亡矣 天德師恩念廉不亡 至化至氣至於 至聖矣)"라는 내용이다. 이는 흡사 36년 전 1863년 2월 대신사께서 제자들에게 가르친 "예부터 만물은 각기 형상이 있어, 본 것으로 말하면 그렇고 그렇지만 그 시초를 생각하면 멀고 아득해 말하기 어렵다."라는 마치 불연기연(不然其然)을 생각나게 하는 글이었다.

1900년 4월, 충청도 마치로 광주 대접주 정암(正菴) 이종훈(李鐘勳)이 손병희를 찾아와 해월 신사의 묘를 다른 곳으로 옮겨야 하겠다며 급하게 말했다. 묘역의 산주(山主) 이상하가 관아의 압력에, 빨리 다른 곳으로 옮기라고 한다는 것이었다.

손병희는 즉시 도인들에게 연락하고 한 달 후 1900년 5월 1일 새벽, 박인호가 혼자 해월 신사의 유골 칠성판(七星板)을 짊어지고 여주(驪州)로 향했다. 박인호는 오후부터 시작된 비가 시간이 갈수록 앞을 볼 수 없을 정도로 쏟아져 어느 주막집 처마 밑에서 비 그치기를 기다렸다가 다음날 5월 2일 새벽, 다른 제자들이 기다리는 광주군(廣州郡) 곤지암(昆池岩)으로 가서 일행과 스승의 유골을 여주군(驪州郡) 금사면(金沙面) 주록리(走鹿里) 원적산(圓寂山) 천덕봉(天德峰)에 이장(移葬)을 마쳤다.

손병희는 그날 신사께서 친아들처럼 보살핀 김연국이 나타나지 않자, 6월 2일 해월 신사의 제3주기 제사에 김연국을 불러서 일렀다.

"그때 우리가 신사님을 따라 죽지 않은 것은 육신 때문이 아니라, 우리 대도의 장래 때문이었소. 신사께서 생전에 소생에게 도통을 전하실 때 '구암(龜庵)·송암(松庵)·의암(義庵) 셋이 함께 일을 볼지라도 주장이 있어야 하니, 의암(義庵)을 주장(主張)으로 삼으며 사의(私意)가 아니라 천명(天命)에서 나온 것이다.'라 하셨소. 지금 그대가 다른 뜻은 없겠지만 다른 도우(道友)들이 잘 알지 못하고 있으나 별도로 날을 잡아 각지 두목이 함께 한 자리에서 대신사와 해월 신사 신위(神位)에 고해 종통연원(宗統淵原)을 정함이 옳을 것이요."

그리고 6월 27일로 법석 날짜를 잡는데, 그날도 김연국이 또 참석하지 않자, 손병희는 "내 반드시 김연국에게 천심을 감발하게 하리라."하고는 다시 법석을 7월 20일 경상도 풍기에서 갖기로 했다.

2.

손병희가 청양군 마치에 있던 1900년, 청나라는 화북 지방 일대에서 의화단(義和團) 운동이 확산되고 있었다. 의화단 운동은 1899년 11월 2일, 청나라 산동성(山東省)에서 처음 시작된 것으로, 의화단은 본래 백련교도(白蓮敎徒)의 한 갈래로 주먹을 쓰는 '권비(拳匪)'라 불리다가 청일전쟁 후 1900년 봄과 여름 사이에 의화권(義和拳) 혹은 의화단(義和團)이라는 이름으로 부청양멸(扶淸洋滅) 운동을 전개하고 있었다.

청나라는 건국 40년 후 1673년 8월부터 8년간 한족 삼번(三藩)의 반란, 1796년 3월부터 9년간 호북성·사천성·협서성의 백련교도 반란, 1850년부터 14년간 배상제회(拜上帝會) 홍수전(洪秀全)의 태평천국 반란, 1862년부터 10년간 회족(回族)의 반란이 있었다. 그런데 의화단 운동은 청나라를 도와 서양 세력을 부수겠다는 부청양멸(扶淸洋滅)의 구호 아래

서양의 문물의 상징 철도를 파괴하고, 기독교인들을 학살하고, 외국 공관을 불태우고, 외국인 선교사와 그 가족들까지 살해하고 있었다. 청나라 제10대 황제 동치제(同治帝)의 섭정, 서태후는 의화단에 '서양 남자 하나를 죽이면 상으로 은화 50냥, 여자 1명을 죽이면 은화 40냥, 서양 어린이 1명을 죽이면 은화 30냥을 주겠다.'라고 하니, 영국, 프랑스, 독일 등 서구 열강이 의화단 만행에 항의하자, 의화단을 전면에 내세워 1900년 6월, 서양 연합국에 전쟁을 선포했다.

그러나 그해 8월, 서양 연합군에게 수도 북경(北京)이 함락되어 동치제가 서안(西安)으로 달아나 1901년 9월 7일 북경에서 서양 연합 10개국과 조약을 체결해 영국에 복건성(福建省) 하문(廈門)을, 러시아에 흑룡강성·하르빈·위구르·내외몽골 등을 내주고, 막대한 배상금을 물고 북경에 서양 연합군 군대가 주둔하게 되고, 한족 관료 증국번(曾國藩), 이홍장(李鴻章), 북양 군벌 원세개(猿世凱) 등의 양무파(洋務派)는 서양 연합군과 합동으로 의화단을 토벌했다. 그 후 러시아가 송화강-고비사막을 국경으로 선포하고, 동청철도(1898년) 보호를 명분으로 만주 일대를 점령하고, 여순에 군사기지를 구축하고, 조선 압록강 용암포(龍岩浦)에 포대를 설치하고 있었다.

1900년 7월 20일, 손병희는 풍기에서 법석을 열고 손천민, 김연국, 박인호, 이용구, 손병흠, 이종훈, 홍병기, 김낙철, 김낙봉, 박희인, 홍기조 등 30여 도인에게 자신의 뜻을 밝혔다.

"신사께서 생전에 내게 종통(宗統)을 맡기셨지만 지금 다시 새로이 신령의 영교(靈敎)를 받으려고 법석을 열었으니 신사님의 영감(靈感)을 받아 종통을 결정하도록 하겠소?"

그리고 법석에 참석한 이용구의 6살 생질을 가리켰다.

"이 아이는 순연(純然)한 천심(天心)이리니, 붓을 잡혀 강서(降書)를 받도록 합시다."

그러자 김연국이 소견을 폈다.

"신사께서 생전에 이미 의암(義庵)으로 종주(宗主)로 삼으시고, 우리로 도우라 하셨으니, 다시 신령의 강서(降書)를 받는 일은 신사의 정령이 노할 일이니, 신사의 유훈을 따라 의암을 대종주(大宗主)로 삼음이 옳을 것이요."

듣고 있던 손병희는 거듭 자신의 뜻을 확인했다.

"내 구암의 말을 믿지 못하는 것은 아니지만, 혹시 훗날 다른 일로 대도의 발전에 장애가 있을지 모를 일이라, 강서(降書)를 받는 것이 옳을 것이요."

그러나 결국 김연국의 의견을 따라 손병희는 모든 사람들에 의해 대도주에 추대되어 손천민을 성도주(誠道主), 김연국을 신도주(信道主), 박인호를 경도주(敬道主)로 임명하고, 참석한 도인들에게 명첩(名帖), '용담연원(龍潭淵源) 검악포덕(劍岳布德) 북접대도주(北接大道主) 봉명전수(奉命傳受)'을 내리고 강설을 베풀었다.

"용담수류(龍潭水流)는 천일생(天一生)의 근원이요, 검악일심(劍岳一心)은 무극화생화육(无極化生化育)의 대덕이다. …(중략) 용담수류(龍潭水流) 사해원(四海源)은 수운 대신사 천황씨요, 검악인재(劍岳人在) 일편심(一遍心)은 해월 신사 지황씨다. 하몽훈도 전발은(荷蒙薰陶傳鉢恩)은 개벽 5만 년 후 5백 인이 도통할 연원이니, 내 두 분 선생님에게 상재(上梓) 50인을 내고, 천지부판(天地剖判) 후 인황씨(손병희)의 강령을 설하니, 각각 성경(誠敬)과 공경(恭敬), 대자대비로 수련해 도를 이루는 대운에 일이관지(一以貫之)로 참여하기 바라노라. 용담의 성운이 하늘과 더불어 길이 살아 죽지 않고, 내 마음의 해를 타고 하늘에 올라 아득한 선대로 가서 일마다 간섭하지 아니함이 없는 해월 신사님을 모시고 죽지도 않고, 멸하지도 않고 온전히 전하는 검악성세(劍岳聖世)를 새겼도다. 내 그간에 깨달음이 적어 대도를 일으키지 못하다가, 오늘 선사의 가르침으로 기강을 밝게 하고, 크게 광제 창생을 기약하노라."

또한 전국 포접에 통문을 보냈다.

"하명훈도는 일월의 광명이요, 스승으로부터 받은 은혜 선천용도(先天用道)는 호탕한 큰 정사요, 기강을 세우는 절의이니, 참을 지켜 뜻을 채워 맑은 덕을 버리지 말라. 날이 가고 달이 와서 음양이 덕을 합해 봄에 나서 가을에 열매 맺는 조화라, 가는 것도 없고 오는 것도 없는 마음을 지켜 옮기지도 말고 바꾸지 아니하는 큰 도를 창명하라. 하느님은 무궁하고 무궁한 한 조각 정성에 감응하리라. 일이관지(一以貫之)는 공부자의 성덕이요, 공계송심(空界送心)은 석(釋)씨의 도요, 무형유적(無形有迹)은 우리 도의 조화이니, 우리 모두 하느님을 받들어 평생 참뜻을 지키게 하라."

그리고 신도주(信道主) 김연국에게 "구암(龜巖) 사형! 내 그간 형과 얼마간 소원했소. 그러나 장차 우리 도를 창명(彰明)하려면 사형과 함께 미국에 가서, 세계 대세를 살펴보는 것이 좋을 것이오."하고 권했으나, 손병희의 제의에 김연국은 미국을 둘러본들 무슨 소용 있겠냐며 한마디로 거절했다.

2년 전, 서재필은 독립협회를 만들어 조선의 독립을 위해 힘쓴 것은 미국에서 서양 문물을 배운 덕분이었다. 서재필은 손병희보다 3년 연하인데도 가문이 좋아 18세에 과거에 급제하고, 19살 때 청나라의 속국에서 벗어나게 하려고 김옥균, 박영효 등과 정변을 일으켰다가 실패하고 미국으로 가서 의사가 되었다. 10년 후 1895년 12월, 친일 정부의 사면을 받아 조선에 돌아와 독립협회를 조직했다. 그러나 손병희는 서자 신분이라 과거도 볼 수 없어 동학에 들어가 해월 신사의 뜻을 따라 대신사의 신원 운동, 전봉준의 창의에 함께했다가 지금 동학 도주가 되어 보국안민(輔國安民)의 뜻을 이루려는 것이었다.

1900년 8월 28일, 성도주 송암(松庵) 손천민(孫天民)이 처형되었다. 손천민은 손병희의 조카로, 1882년 손병희를 동학에 입도시키고, 1892년의 삼례 교조 신원 취회, 1893년의 광화문 상소 등을 주도하고, 1894년 9월 동학전쟁에 함께 했다가 공주 우금치에서 관군에 패해 쫓겨 다녔다. 그러다 1900년 8월 23일, 보은 접주 서상옥(徐相玉)을 만나러 가다가 보은 산외면(山外面)에서 관병에게 붙잡혔다.

손천민이 죽은 넉 달 후 1900년 12월, 최시형의 세 번째 부인 손병희의 누이 손시화(孫時嬅)가 마치에서 세상을 떠났다. 손시화는 첫 결혼에 실패하고 24살에 최시형 신사를 만나 아들 동희(東曦)와 동호(東昊)를 낳고 36세에 죽은 것이었다.

손병희는 1901년 1월, 마치(馬峙)에서 전국 포접에 "용담 수운 대선생주(龍潭水雲大先生主) 무극대도대덕 무위화기영(无極大道大德無爲化氣永)"을, "검악 해월 선생주(劍岳海月先生主) 무극대도대덕 무위화기영(无極大道大德無爲化氣永)으로 바꾸라."는 통문을 보내고, 한 달 후 1901년 2월 초, 손병흠, 이용구 등과 '3·7(21일)' 기도를 올리러 경상도 예천에 있는 소백산 용문사(龍門寺)를 찾았다.

소백산 용문사는 신라 경덕왕 10년(870년), 예천 스님 두운(杜雲)대사가 창건한 사찰로, 고려 태조 왕건이 신라를 정벌하러 가다가 자욱한

운무로 길을 헤맬 때 청룡 2마리가 길을 인도했다는 신령한 절이었다. 손병희는 용문사에서 시 한 수를 지었다.

"절 문에 들어와 부처님의 말씀을 듣고 세상일을 잊고 삼생을 꿈꾸네. 사람이 없으면 어찌 부처가 있을 것이며, 무(無)가 없으면 어찌 유(有)가 있으리. 전각의 세 부처께 공양을 드리니 향기가 흩어져 하늘을 먹이네. 신령한 부처님을 아는 것은 스님의 마음, 매번 공양을 바쳐 반드시 도를 이루리. 구름은 용문사로 돌아가고, 물은 낙동강으로 흐르고, 성근 빗소리에 청산이 답하네. 서늘한 바람은 푸른 하늘의 편지요, 연못에 노니는 물고기는 푸른 바다의 마음이다. 우짖는 새는 청산의 뜻, 하얀 바위는 만 년의 뼈, 붉은 꽃은 열흘의 흔적이다. 꽃과 새가 노래하는 봄빛에 사람이 놀라 법계를 꿈꾸네.
(轉到寺門聽佛語 忘却世界夢三生 弗人何可以有佛 非不豈敢乎有有 殿閣三佛進供養 臭散歸處味食天 知是靈佛僧汝心 每食供養必成道 雲歸龍門寺 水流洛東江 疎雨靑山答 凉風碧空信 遊魚碧海心 啼鳥靑山意 白石萬年骨 紅花十日痕 花鳥啼春色 驚人夢法界)"

손병희 등이 용문사에 머물던 1901년 3월, 예천 군수 이소영(李紹榮)이 손병희 일행을 체포하려고 교졸(校卒) 수십 명을 보냈다. 손병희는 그날 밤 즉시 용문사를 나와 소백산 저수령(低首嶺)을 넘어 서쪽 제천으로 달아났다. 제천은 용문사에서 100리가 훨씬 넘는 곳이었다.

손병희는 제천 염창석(廉昌錫) 집에서 전국의 포접에 통문을 보냈다.

"우리 도의 용담수류(龍潭水流)는 대선사로부터 이어진 근원이요, 자재연원(自在淵源)은 도를 자신 안에서 구하는 이치(理致)다. 내 이제 대도의 명을 받들어 천지개벽(天地開闢)의 역사를 이루려 하노니, 맑은 물이 맑은 강에 들면 흔적이 없어도, 혼탁한 물이 맑은 강에 들면 맑은 강이 화합하지 못할 것이다. 아! 물은 본시 청탁(淸濁)이 없어, 고요하면 맑고 움직이면 흐리며, 큰 바다는 풍랑에 어지럽다. 사람도 대도를 이루지 못하면 사사롭고 더러움을 물리치지 못하니, 오성(悟性)의 청담화기(晴曇和氣)로 덕에 합하게 하라."

그리고 3월 말에 거처를 충청도 죽산군(竹山郡) 미륵평(彌勒坪)으로 옮겨갔다. 미륵평은 하늘재, 계립령(鷄立嶺), 문경새재 등으로 에워싸인 골짝이다.

손병희는 그곳에서 박인호, 이종훈, 홍병기, 손병흠, 이용구, 엄주동 등에게 물었다.

"내가 왕년에 송암(松庵)·구암(龜庵)과 더불어 미국으로 가려다가 구암이 따르지 않아 뜻을 이루지 못했는데, 오늘날 우리의 도를 세계에 창명하려면, 세계 대세를 관찰하지 않으면 불가하니, 내 10년을 기한으로 세계를 외유합니다. 여러분들의 뜻은 어떠하오?"

또한 1901년 4월, 도인들에게 의지를 밝혔다.

"내 이제 세상 문물을 보러 미국으로 가려고 하오. 문명 국가 미국에서 백성을 다스리는 모습을 직접 볼 생각이오. 3년 전 종로에서 독립협회의 서재필, 이상재, 윤치호 등이 백성들의 열렬한 지지를 받았던 것은 미국의 개명한 문명을 직접 체험한 결과였소, 내 선진국 미국에 가서 우리 민족의 살길을 찾으려 하오."

그리고 이종훈에게 도호 정암(正庵)을, 홍병기에게 인암(仁菴)을, 아우 손병흠에게 강암(剛菴)을, 이용구에게 지암(智菴)을, 엄주동(嚴柱東)에게 용암(勇菴)을 내리고, 자신이 조선을 떠난 후 도인의 결속을 당부한 후에 손병흠, 이용구를 대동하고 원산(原山)으로 가서, 배편으로 부산(釜山)을 거쳐 일본 오사카(大板)로 갔다.

3.

오사카는 교토(京都) 인근에 있는 일본 관서(日本關西) 중, 제일 큰 도시로서 조선 사람이 가장 많이 사는 곳이다. 이곳에는 미국행 배편이 있었다. 손병희는 오사카에서 미국행 배편을 구하려다 사기를 당해 돈만 날리고, 어쩔 수 없이 오사카에 머물러 있게 되었는데, 고종이 보낸 육군 참령(參領) 이창구(李昌九)로부터 귀국 명령을 듣고, 즉시 상해(上海)로 달아났다. 그 후 일본에 손병희는 없었다. 손병희는 상해에서 이상헌(李祥憲)이라는 이름으로, 다시 일본으로 들어와 청주(淸州) 부농의 아들로 행세한 때문이었다.

이상헌은 오사카에서 일본의 발전상을 보고 조선을 발전시키려면 굳이 혼자 미국에 갈 것이 아니라, 조선 젊은이들에게 선진 문명을 가르쳐야겠다는 생각에, 1901년 12월 몰래 조선에 가서 도인들 자제 24명을 일본으로 데려와 일본 학교에 입학시켰다. 3년 전 독립협회를 이끈 서재필, 윤치호, 이상재 등도 미국에서 선진 문명을 배웠다.

이상헌은 이듬해 1902년 2월 다시 조선에 가서, 젊은이 20명을 데려와 일본 학교에 입학시키고, 일본에 망명한 조선의 국사범 권동진(權東鎭), 오세창(吳世昌), 조희연(趙羲淵), 이진호(李軫鎬), 박영효(朴泳孝) 등과 조선의 개화를 의논했다. 비록 국사범이지만 조선을 청나라 속국에서 벗어나게 하려는 사람들이기 때문이었다.

이상헌(손병희)이 조선 젊은이들을 일본에 데려오던 1901년 8월 20일, 한양 영등포와 9월 21일 부산 초량에서 경부선 철도 기공식이 있었다. 일본의 측량 기사와 전문가들이 5차례의 현지 답사와 조사를 거쳐 노선을 확정하고, 철도 부설 구간의 역사(驛舍)·터널·교량 등을 설계하고, 4년 후 1905년 개통을 목표로 남쪽과 북쪽에서 동시에 공사를 진행하였다. 그간 한양에서 말을 타고 며칠을 가야 하는 한양 - 부산을 단하루 만에 가게 된다니 참으로 신기했다.

경부선 철도 부설에 막대한 토지가 수용되고, 많은 물자와 노동력이 투입된 단군 이래 최대 역사(役事)였다. 25년 전 일본 수신사 김기수가 빠른 속도에 놀란 철도가 1899년 9월 18일 조선의 인천 - 노량진 구간에 최초로 부설되고, 이제 한양에서 조선의 최남단 부산까지 부설되는 것이었다.

경부선 부설 기공식 1년 후 1902년 1월 30일, 일본이 영국과 군사 동맹을 맺었다. 러시아가 1896년 청나라로부터 북만주 - 시베리아 - 블라디보스토크를 잇는 동청철도(東淸鐵道) 부설권을 차지하고, 1898년 요동반도 · 여순 · 대련을 조차해 서해 진출을 노리며, 1900년 청나라 의화단 운동 때 자국 국민을 보호한다며 만주를 점령하고 북만주로 진출하였다. 그러던 1902년, 고종이 자신의 식사를 담당하고 있는 러시아 공사관과 연락해 러시아 공사관 파천을 도와준 궁중 전례관 러시아 여자 손탁에게 덕수궁 건너 정동의 황실 소유 땅 1,184평과 가옥을 하사했다. 손탁은 이 땅에 객실 25개의 2층 호텔을 지었다.

당시 한양에 1897년의 서울호텔, 1901년의 팔레호텔, 스테이션 호텔 등이 있었지만, 시설이 좋지 않아 미국인 선교사 헐버트, 영국인 대한매일신보 사장 베델 등이 손탁의 호텔을 이용했다.

이상헌이 오사카에 머물던 1902년 1월 30일, 일본이 영국과 런던에서 동맹을 체결했다. 러시아가 동청철도(東淸鐵道 : 하얼빈)를 통해 만주로 진출하였다. 그리고 요동 여순에 군사 기지를 건설하고, 대한제국의 마산포(馬山浦) 조차(租借)를 타진하고 있기 때문이었다.

영 · 일 동맹 협약문은 "영국과 일본은 한(韓) · 청(淸)의 독립을 승인하고, 영국은 청에, 일본은 한국이 제3국으로부터 이익이 침해될 때 필요한 조치를 취하고, 영국과 일본은 공동으로 작전과 강화(講和)를 한다."라는 내용으로, 영국이 일본을 뒤에서 돕겠다는 것이었다.

이상헌은 영국과 일본의 동맹을 보고 1903년 1월 부하 이용구(李龍九)를 조선에 보내 도인들에게 통문을 보냈다.

"…(전략) 앞으로 러시아와 일본의 전쟁이 있을 것이다. 전쟁의 승패는 도전(道戰)·재전(財戰)·언전(言戰)의 셋에 달렸다. 도전(道戰)은 각 나라의 주(主)되는 교(敎)로 마음을 복종케 하는 것, 재전(財戰)은 산업에 힘써 부국강병을 꾀하는 것, 언전(言戰)은 일을 판단해 사리를 잘 밝히는 것인데, 조선의 지도자들은 우물 안에서 하늘을 보는 개구리 꼴이니, 우리 도인 여러분들이 믿음으로 국가 대보(大輔)를 돕고, 중생을 위난에서 건져 도의 대의를 빛내기를 바란다."

그리고 다시 국내의 동학 두령들을 일본으로 불러들여서 단단히 일렀다.

"장차 일본과 러시아가 만주(滿洲)와 조선(朝鮮)을 서로 차지하기 위해 전쟁을 할 것이다. 이 전쟁에서 일본이 이기면 조선은 일본에 돌아가고, 러시아가 이기면 조선은 러시아에게 돌아가는 것인데, 조선 조정은 마냥 팔짱만 끼고 있다. 조선은 마땅히 어느 나라가 이길 것인가 잘 판단하고, 승전국 편에 공동으로 출병해 전승국 지위로 강화담판(講和談判)에 임해 국가 만전(國家萬全)의 조약(條約)을 얻어야 한다. 나는 이 전쟁에서 일본이 이기고 러시아가 패할 것을 점칠 수 있다.
첫째, 러시아는 지리상(地理上)으로 불리하고, 하나의 부동항(不凍港)을 얻고자 하는 야심일 뿐이라 정신적 동기가 박약하고, 일본은 생명을 거는 싸움이라 정신적 동기가 강해 승패의 분기점이 될 것이다. 둘째, 일본은 군략(軍略)과 병기(兵器)가 청일전쟁 때와 달리, 독일(獨逸)의 정예한 기술을 배워 가볍게 보지 못할 것이다. 조선은 일본을 도와 러시아와 싸워 전승국 지위를 얻는 것이 상책(上策)인데, 조정 대관(大官)들이 모두 친러시아 당이요, 주상(主上) 또한 러시아 편이니 누가 용기를 내겠는가. 내 이제 우리 도인의 단합된 힘으로 친러시아 당을 파(破)하고 국가의 만년 계획을 세우고자 한다."

그리하여 동학의 조직을 대도주(大道主) 아래에 도인 15만 명을 이끄는 수청대령(水淸大領), 5만 명을 이끄는 해명대령(海明大領), 1만 명을 이끄는 의창대령(義昌大領), 3천 명을 이끄는 수접주 등으로 조직했다. 수청대령은 이용구 한 사람, 의창대령은 이겸수(李謙洙), 박영구(朴永九), 나인협(羅仁協), 문학수(文學洙) 등 넷, 수접주는 나용환(羅龍煥), 이종훈(李鍾勳), 홍기조(洪基兆), 오응선(吳膺善), 노석기(盧錫璂), 이인숙(李寅肅) 등 2백여 명이었다. 동학 조직의 수청대령 수(水)는 수운 대신사를, 해명대령의 해(海)는 해월 신사를, 의창대령의 의(義)는 손병희를 상징한 것이었다.

손병희는 1903년 3월, 수접주(首接主) 이인숙(李寅肅)을 국내로 보내 의정부대신 윤용선(尹容善), 법무대신 이윤용(李允用)에게 "러일전쟁이 발발하면 어느 쪽이 이기든, 2천만 민족의 장래를 위해 나라에 의회(議會)를 설치하고, 종교의 자유를 허용하고, 정치를 개선하고, 유학(留學)을 장려하라."라는 상소를 올리게 했다. 5년 전(1898년) 독립협회가 고종에게 건의했다가 고종이 하룻밤 사이에 파기하고 독립협회를 해산시켜 무산된 내용 그것이었다.

법무대신 이윤용이 이인숙을 체포하자 손병희는 한 달 후 1903년 4

월, 동학 두령 40명을 일본 동경으로 불러, '보국안민 계책에 상중하(上中下)가 있으니, 상(上)은 일거에 혁명을 일으켜 나라를 뒤집는 것, 중(中)은 악(惡)한 정부를 소탕하고 새 정부를 세우는 것, 하(下)는 러일전쟁에서 일본군을 도와 전승국 지위를 획득해 정치를 혁신하는 것이니, 여러분들은 청일전쟁에서 일본의 승리를 도우라!'하고, 일본 육군성에 군자금 1만 원을 희사했다. 당시 손병희가 희사한 1만 원은 오늘날의 30억 원 정도라고 할 수 있다.

손병희는 그해 6월, 박남수를 황성신문사로 보내 1백 원을 희사하고, 신문에 "조정은 의회를 설치하라. 종교의 자유를 허락하라. 재정을 바르게 하고 정치를 개선하라. 학문을 장려하라."는 등을 광고하게 했다. 5년 전 독립협회가 요구했고, 얼마 전 손병희가 이인숙(李寅肅) 의정부 대신 윤용선(尹容善) 법무대신 이윤용(李允用)에게 보내 상소를 청한 내용이었다.

그런데 황성신문사가 광고 게재를 거절하고, 6월 17일 자 사설에서 광고 내용을 비판하며, 희사금을 도로 돌려주려 했다. 그러나 박남수를 찾을 수 없었다. 박남수는 곧 춘암(春庵) 박인호(朴寅浩)의 가명이기 때문이었다.

손병희는 1903년 10월, 다시 동학 두령들을 일본으로 불러, "그대들은 본국에 돌아가 도인들에게 상투를 잘라 단발(斷髮)을 하게 하라. 단발은 세계 문명에 함께하는 것이요, 마음과 뜻을 일치하게 하는 것이니, 단발을 한 연후에 기대하는 일이 성공을 거두리라" 하고, 이듬해 2월 2일, 국내의 동학 두령들에게 민회(民會)를 조직하게 하고, 민회를 조직하는 날 "도인들은 모두 흑의(黑衣)를 입고 상투를 자르라. 대신사께서는 목숨까지 바쳤으니 그까짓 상투 따위가 문제인가. 속담에 '머리털로 신발을 삼아 은혜를 갚는다.' 했으니, 우리는 단발(斷髮)로 나라와 대신사님, 해월 신사님의 은혜에 보답하라."고 당부했다.

　일본 내각은 1904년 2월 4일, 러일전쟁을 의결하니, 2월 8일 밤, 일본군은 여순(旅順)의 러시아 극동함대를 기뢰(機雷)로 공격했다. 그리고 2월 9일, 제물포항의 러시아 군함을 2척을 격침시킨 후, 2월 10일 러시아에 선전포고를 했다. 그 수순이 흡사 10년 전 청일전쟁 그것이었다.
　일본은 1904년 2월 23일, 일본 공사 하야시 곤스께(林權助)를 고종에게 보내 '한일의정서(韓日議定書)' 체결을 요구했다. 러일전쟁 발발 10일 전인 1월 13일, 일본과 러시아에 중립을 선언한 고종은 외부대신 이지용(李址鎔)에게 일본 공사 하야시 곤스께(林權助)와 '한일의정서' 체결을 지시했다.
　'한일의정서' 내용은, 조선은 일본의 충고를 받아들이고, 군사 전략상 필요한 지점을 일본에게 제공하며, 일본은 대한제국의 독립과 영토 보존을 보장한다. 등, 6개 조항이었다. 일본은 그 후 5월 5일부터 군사를 배로 부산으로 보내 경부선으로 압록강 용암포를 통해 산동반도로 향하고, 조선은 5월 18일, 러시아에 지금까지 체결한 모든 조약과 이권 양도의 폐기를 통보했으며, 대한제국의 통신 설치권을 일본에 넘겨주었다.
　일본은 요동 여순 점령에 러시아가 구축한 참호 때문에 600명에 달하는 군사 희생을 치르게 되었지만, 5개월 후 1905년 1월 2일, 어렵게 여순항을 함락했다. 당시 일본 내각은 시베리아 횡단 철도 완공 전에 전쟁을 끝내게 하려고 아카시 모토지로(明石元二郎)를 러시아 공사에 임명해 공작금 100만 엔을 주어 러시아의 무정부주의자와 사회주의자들에게 살포해 러시아 내부에서 러일전쟁을 중지를 요구하게 했다. 이 때문에 1월 22일, 시베리아 횡단 철도 노동자들이 반정부 파업을 일으켜 전쟁물자 수송이 마비되었다.

일본군은 2월 20일부터 봉천(奉天)으로 진격해 3월 10일, 봉천을 점령했다. 러시아는 육지 운송 수단이 마비되자 북유럽 발트 함대를 보내기로 하고, 5월에 발트 함대를 투입했다.

그러나 영국이 발트 함대의 지중해 수에즈 운하 통과를 막아 어쩔 수 없이 아프리카 남단 희망봉을 돌아 인도양, 태평양을 거쳐 5월 28일 대마도 해협에 도착했다. 그런데 진해만 일본 함대의 공격으로 발트 함대 38척이 격침되어 궤멸되고 말았다.

러시아는 3개월 후 8월 23일, 미국 대통령 루스벨트의 중재로, 포츠머스에서 일본과 강화회담을 시작해 9월 5일, "러시아는 일본에 대한 대한제국의 관리 감독 보호를 허용하고, 요동반도의 여순, 대련의 일본 조차를 승인하고, 장춘 이남의 철도 부설권을 일본에 할양한다. 그리고 일본이 배상금을 요구하지 않는 조건으로, 북위 50도 이남의 러시아 영토 남사할린과 오호츠크해, 베링해 연안의 어업권을 일본에 양도한다."라고 했다. 그리하여 포츠머스 조약 이후 일본은 본격적으로 대한제국과 보호조약 체결을 추진하기 시작했다.

일본이 러일전쟁에서 승리한 것은 러시아 내분을 조장해 반정부 소요를 유발시킨 아카시 모토지로(明石元二郎)의 공이 컸다. 훗날 이등박문은 아카시 한 사람의 공로가 일본군 20만 명에 필적했다고 찬양했다.

4.

1904년 11월, 대한제국 형조판서 민영환(閔泳煥)과 의정부 참정 한규설(韓圭卨)이 고종에게 한성 감옥에 수감된 이승만(李承晩)을 사면시켜 미국에 특사로 보내서 미국에 대한제국의 독립을 청원하게 했다.

이승만은 1875년 황해도 평산군(平山郡)에서 태어나 11살 때(1886년)

주시경(周時經), 김소월(金素月) 등과 배재학당(培材學堂)에서 배우며, 학당의 『협성회보(協成會報)』 주필이 되어 독립협회 만민공동회에서 우리나라에 상하원을 설립해야 하는 이유, 군주제 국가를 공화제 국가로 만들어야 하는 이유, 우리나라를 자주독립 국가로 세우는 방법 등을 토론하며, 수천 명 군중 앞에서 우리나라 국체를 공화제로 바꾸어야 한다고 연설하다가 서소문 형무소에 수감되었다.

그리고 1898년 1월 30일, 면회 온 동료가 준 권총으로 수감 동료 서상대·최정식 등과 간수(看守)를 협박해 서상대와 최정식은 탈옥에 성공하고, 이승만은 붙잡혀 다시 형무소에 수감되었다. 그런데 이듬해 1899년 7월 11일, 탈옥수 최정식이 일본으로 도망치다가 붙잡혔다. 법정에서 지난번 탈옥은 이승만이 주도했다고 진술했다. 그러나 판사 홍종우(洪鍾宇)가 이승만이 총 한 발도 쏘지 않은 것을 알고 최정식에게 사형을, 이승만에게 종신형을 선고했다. 그 후 이승만은 한성 감옥에서 5년 7개월 동안 성경으로 영어를 공부해 『한영사전』을 만들고 있었다.

이승만은 1904년 말 미국에 가서 이듬해 1905년, 미국 전쟁부 장관 윌리엄 태프트(William H. Taft)를 통해 루스벨트 대통령을 만나 미국이 일본의 대한제국 침략 저지에 협조해 달라고 요청했다. 그러나 이승만은 미국이 러일전쟁 직전 일본 총리 가쓰라 타로(桂太郞)와 체결한 협약 때문에 뜻을 이루지 못하고, 조지워싱턴대학교에서 학사 학위, 하버드 대학교에서 석사 학위, 프린스턴 대학교에서 박사 학위를 취득하고 미국에서 독립운동을 계속했다.

러일전쟁 중 이용구 등은 1904년 4월, 손병희의 명으로 서울에서 민회(民會) 대동회(大同會) 결성했다가 대동회가 곧 동학이라는 사실이 당국에 알려져 7월에 대동회를 '중립회(中立會)'로 바꾸고, 그 후에도 당국의 의심이 여전 하자 권동진, 오세창, 조희연 등의 건의로 대동회를 '진

보회(進步會)'로 바꾸어,

  첫째, 황실을 존중하고 독립 기초를 공고히 하고,

  둘째, 정부를 개선하고,

  셋째, 군정·재정을 정리하고,

  넷째, 인민의 생명과 재산을 보호한다.

라는 강령으로, 1904년 8월 30일, 전국 8도에서 일시에 발족하기로 했다.

그런데 1904년 7월 13일, '전국 농민 보안회(保安會)'가 서울 종로에서 일본의 조선 산림, 천택(川澤), 황무지 개간 반대 집회를 열었다. 일제가 1904년 6월, 조선의 토지를 신고하게 하고, 신고하지 않은 땅을 일본이 개간하려는 것에 항의한 것이었다. 이 집회로 한양의 상가가 닷새 동안 철시하고 전차 운행이 중단되었으며, 7월 18일, 조정이 일본의 황무지 개척권을 불허하면서 사태가 수습되었다.

그 후 일본군의 통역 송병준(宋秉畯)이 8월 18일, 윤시병(尹始炳), 유학주(俞鶴柱) 등과 유신회(維新會)를 결성했다가 이름을 다시 일진회(一進會)로 바꾸었다.

송병준은 1858년 함경도 장진(長津)에서 태어나 14세(1872년)에 무과에 급제한 후, 오위도총부 도사(都事), 사헌부 감찰 등을 역임하다 1876년 강화도조약 일본 대표 구로다 일행을 접대한 인연으로, 1877년 구로다의 수행원과 부산에 합작 무역회사를 세웠다가 체포되어 민영환의 도움으로 풀려났다. 그리고 1884년 김옥균 암살 명을 받아 일본에 갔다가 김옥균의 인품에 감화되어 귀국했는데, 일본에서 김옥균과 내통한 사실이 알려져 1897년 일본으로 달아나 이름을 노다 헤이치로(野田平治郞)로 바꾸고, 일본 정치인과 교유하며 야마구치현에서 양잠(養蠶), 제사(製絲), 직물 염색에 종사하다가 1904년 2월, 46세에 러일전쟁 때 일본군 장교의 통역관으로 러일전쟁에 참전하고 귀국해 일본군부의 비호로 '일진회(一進會)'를 결성했다. 송병준은 일진회 결성 후 조선은 일본 덕분에 주권을 되찾게 되었고, 일본이 러일전쟁은 일으킨 것이 동양 평화와 조선의 독립을 위한 것이라 했다.

일진회 결성 직후 1904년 8월 22일, 대한제국 외부대신 서리 윤치호(尹致昊)와 일본 공사 하야시 곤스께(林權助)가 '외국인 용빙 협정(外國人傭聘協定)'을 체결했다. 대한제국은 각 부처에 일본이 지명하는 외국인 고문을 두어 국정을 운영한다는 내용이었다.

외국인 용병 협정으로 대한제국 각 부처는 외국인 고문이 임명되어 일본인 메가타 다네타로(目賀田種大郎)가 재정 고문, 미국 공사 스티븐스가 외교 고문으로 임명되고, 군부, 학부, 경무, 문교 등 모든 부처에 일본인 고문들이 임명되었다.

재정 고문 메가타는 취임하자마자 대한제국 황실의 재산 정리 법령을 만들어 조선 화폐의 발행을 정지하고, 대한제국의 산업을 개발한다며 일본에서 강제로 차관(借款)을 들여와 막대한 부채를 안기어서 대한제국은 '외국인 용빙 협정'으로 전 부처가 일본의 시녀가 되고 말았다.

1904년 8월 29일, 이용구 등은 손병희의 명으로 전국 360개 군에서 일제히 단발 흑의(斷髮黑衣)로 '진보회'를 결성했다. 독립협회의 만민공동회 이후 최대의 집회였다. 그런데 집회 9일 후 9월 7일부터 관아가 진보회 집회에 참가한 사람들을 체포하기 시작했다. 9년 전 갑오년 전쟁 때와 같았다. 그런데 일진회 회장 송병준(宋秉畯)이 '조정은 진보회 탄압을 즉각 중지하라'는 성명서를 발표하고, 조정은 그간 체포한 진보회 회원(동학도인)을 모두 석방했다. 조정이 일본 보병 제12사단 병참감 오타니 등의 군부와 일본 정계의 인맥을 가진 극우 단체 '흑룡회(黑龍會)'의 지원을 받는 일진회를 무시하지 못한 때문이었다.

송병준은 그 후 이용구에게 "장차 당국이 진보회를 소탕할 것이니,

살아남으려면 오직 일진회와 통합해야 한다."는 편지를 보내고, 이용구는 송병준에게 "지금 동양에서 일본만이 먼저 문명을 열어 세계 열강과 함께 서 있다. 진보회는 우리 조정이 혼미 와중이라 진정한 개명의 길을 열지 못하고, 전제(專制) 위압의 독을 3천 리에 흘리며 쇄국으로 2천만 생명을 위협하고 있어 팔도에 격문을 한번 외치자 사람들이 결사 각오로 모여 결성한 것입니다. 진보회는 백성들이 한마음(一心)으로 1일 1보, 2일 2보로 나아가는 조직입니다."라는 편지를 보냈다.

이용구는 동학 전쟁에서 패한 후 1898년 1월, 이천(利川) 관군에 체포되었다가 사형을 면하고, 1901년 3월, 손병흠과 손병희를 따라 일본으로 건너가 동학의 가장 높은 수청 대령이 되었다. 1904년 9월, 손병희의 명으로 진보회 결성을 주도한 자존심 때문에 송병준에게 답장을 보낸 것이었다.

그러나 이용구는 두 단체의 설립 목적이 같다는 것을 확인하고, 갑오년과 같은 상황에서 벗어나기 위해 손병희에게 일진회와 통합하겠다는 것을 알리고, 1904년 10월 26일 일본군부를 찾아가 충성을 맹세하고, 1904년 11월 7일~8일 『황성신문』에 "대일본 황제께서 대한제국의 주권을 보호하고, 우리 강토의 유지를 세계에 약속했으니, 우리는 마음과 뜻을 다해 신의로 동맹국을 섬기고, 성의로 일본의 보호 아래 독립을 지켜 영원히 안녕과 행복이 무궁하기를 선언하는 바이다."라는 성명서를 발표했다.

손병희는 일본에서 이용구의 성명 소식을 듣고 이용구를 일본으로 불러 물었다.

"자네의 성명서 뜻이 무엇인가?"

이에, 이용구가 "장차 일본의 보호 아래 완전한 독립을 이루고자 하는 뜻입니다." 하자, 손병희는 "무슨 말인가? 일본의 보호를 받고자 하면 독립을 버려야 하고, 독립을 하려면 보호를 버려야 하거늘, 일본의 보호 아래 어떻게 독립을 하겠다는 것이냐?"하고 질책했다.

그 후 많은 애국지사들이 이용구의 일진회 사무실을 습격하고, 동학 도인들까지 친일파라고 비난했다. 이용구는 1904년 12월 2일, 일진회 회장에 취임한 이후 '일진회' 회원들을 일본군의 군수 물자 수송, 경의선 부설 공사에 거의 무상으로 동원했다.

5.

1905년 11월 9일, 대한제국 외무대신 박제순(朴齊純)과 내통한 일본 공사 하야시 곤스케가 일본 군대가 궁궐을 포위한 가운데 '제2차 한일협약'을 체결했다. 1904년 2월의 '한일의정서' 체결 7개월 후, '제1차 한일협약' 체결 9개월 후였다. 제2차 한일협약 내용은 이러하다.

첫째, 일본 정부는 한국의 외교 관계와 사무를 감리 지휘하고, 일본 외교관과 영사는 한국인의 이익을 보호한다.

둘째, 일본 정부는 한국과 타국 사이의 현존하는 조약의 이행을 완수하고, 한국 정부는 일본 정부를 거치지 않고는 국제적 조약을 절대로 맺을 수 없다.

셋째, 일본 정부는 대한제국에 통감을 한 사람을 두어 외교에 관한 사항을 관리하고, 한국 황제를 친히 만날 권리를 가지며, 한국의 각 개항장과 필요한 지역에 이사관을 두는 권리를 갖고, 이사관은 통감의 지휘 아래 종래 한국의 일본 영사에 속하는 일체의 일을 집행하고, 협약 이행에 필요한 일체의 사무를 맡는다.

넷째, 일본과 한국 사이의 조약 및 약속은 본 협약에 저촉되지 않는 한 그 효력이 계속된다.

이외, 외교권은 물론 통감을 두어 조선을 통치하는 것이었다. 제2차 한일협약 체결 11일 후, 11월 20일 대한제국 시종무관 민영환(閔泳煥)이 한일협약 강제 체결에 항거하여 종로 중추원 의관(議官) 이완식(李完植)의 집에서 칼로 배와 목을 찔러 자결하고, 전 좌의정 조병세(趙秉世), 전 참판 홍만식(洪萬植), 학부주사 이상철(李相喆), 평양 진위대 김봉학(金奉學), 대사헌 송병선(宋秉璿) 등도 자결했다. 그리고 11월 20일,『황성신문』주필 장지연(張志淵)이「시일야방성대곡(是日也放聲大哭)」이란 글을 써서 부당함을 알리고 이등박문과 을사오적을 규탄했다.

'제2차 한일 협정' 체결 후 1905년 12월 1일, 동학 교주 손병희는 동학(東學)을 '천도교(天道敎)'로 바꾸었다. 진보회의 흑의 단발 결성 후부터 조정이 동(東)이란 글자만으로도 발작하기 때문이었다. 새로 바꾼 이름 천도교(天道敎)는 수운(水雲) 대신사의 글「논학문(論學問)」'도는 비록 천도지만 학문은 동학이다(道雖天道 學則東學)'에 근거한 것이었다. 그 후 손병희는 천도교 회당을 세우기로 하고, 이종일의『제국신문(帝國新聞)』에 15회에 걸쳐서 광고를 게재했다.

"대저 우리 도의 큰 근원은 천도다. 우리의 도는 46년 역사에 신봉하는 사람이 많은데도 아직 교당을 건축하지 못한 것이 심히 유감이다. 지금 인문(人文)이 크게 열리고, 각 종교에 대한 신앙의 자유가 만국의 공례(公例)가 되어 각각 교회당을 자유로이 세우고 있으니 우리가 교회당을 세우는 것은 하늘의 뜻에 응하는 일대 표준(標準)이라 동포 여러분은 이 뜻을 널리 헤아려 주시기 바란다. 교당 신축 개공(開工)은 내년 2월이다."
　　　　　　　　　　　　　　　　　- 천도교 대도주 손병희

그리하여 한양 송현동(松峴洞 : 인사동)에 천도교 회당 신축을 시작했다. 그리고 이듬해 1906년 1월 5일, 일본에서 인쇄한 천도교 교빙(敎憑 : 교인증), 권도문(勸道文) 1백만 장을 국내로 보낸 후 바로 권동진, 오세창 등과 귀국길에 올라 1월 8일, 경성(서울)에 도착했다. 함께 귀국한 권동진과 오세창은 1895년 민 왕후 시해 사건으로 일본에 망명 와서 10년 후 1905년 8월 일본 내각에 의해 사면되고 손병희의 권유로 천교에 입교해 있었다.

손병희는 귀국 후 국민의 환영을 받고, 1906년 1월 30일, 경성 독립회관에서 3천여 청중에게 우리 겨레도 빨리 개명해야 한다.라는 강연을 하고, 국민 계몽 단체 '일진회(一進會)'에 1천 원(円)을 기부하였다.

또한 양한묵(梁漢默), 오세창, 권동진 등에게 천도교 조직을 대도주 아래에 원직(原職)과 주직(住職)을 두는 체제를 구상하게 하고, 원직(原職)에 천선(天選)・도선(道選)・교선(敎選) 셋을 두고, 주직(住職)에 중앙총부 고문실(顧問室), 현기사(玄機司), 이문관(理文觀), 전제관(典制觀), 금융관(金融觀), 서응관(庶應觀)을 두는 대헌으로 하여, 원직 천선에 성도사(誠道師), 경도사(敬道師), 신도사(信道師), 법도사(法道師)의 4과(四科)를, 원직 도선은 종래의 육임(六任)을 맡게 하고, 교선에 포덕연비 10만 명 이상의 도인을 거느리는 두목을 대교령(大敎領), 도인 2만 명 이상을 거느리는 두목을 중교령(中敎領), 도인 4천 명 이상을 거느리는 두목을 소교령(小敎領)으로 하고, 전국에 72개 대교구와 280개 지방 교구를 두었다.

그 시기, 일본이 1906년 2월 1일에 일본 공사관을 폐쇄하고, 통감부(統監府)를 설치하여, 하세가와 요미치가 조선 임시 통감을 수행하다가 3월에 이등박문이 초대 조선 통감으로 부임했다.

손병희는 조선 통감부 설치 직후 1906년 2월 10일, 오세창, 권동진 등의 추대로 천도교 대도주(大道主)에 올라 구암(龜庵) 김연국(金演局)을 성도사(誠道師), 춘암(春庵) 박인호(朴寅浩)를 원직(原職)의 교장(教長)에, 송병준(宋秉畯)을 중앙총부장, 이용구(李容九)를 전제관장(典制觀長), 김현구(金顯玖)를 총무사장(總務司長), 엄주동(嚴柱東)을 재정담당 금융관장(金融觀長), 이종훈(李鐘勳)과 홍병기(洪秉箕)를 육임(六任)에 임명했다. 그리고 1906년 2월 20일, 동학의 창도일 4월 4일을 천일(天日), 최시형 신사의 도통 승계일 8월 14일을 지일(至日), 손병희의 교주 취임일 12월 24일을 인일(人日), 대신사 순도 3월 10일을 제1대기도일. 해월 신사 순도 6월 2일을 제2대기도일, 천도교 선포 2월 1일을 교일(教日)로 하고, 매주 일요일을 시일(侍日)로 정하여, 예배는 반드시 예배당에서 올리게 했다. 일요일을 시일(侍日)로 삼은 것은 조선의 천주교가 1886년 신앙의 자유를 얻은 것처럼 천도교가 조정으로부터 종교로 인정받았기 때문이었다.

손병희는 1906년 2월 27일, 출판사 박문사(博文社)를 세우고, 6월에 천도교 신문『만세보(萬歲報)』를 창간했다.『만세보』는 손병희가 4년 전(1902년) 일본에서 주장한 '삼전론(三戰論)'의 '언전(言戰)' 신문이었다.『만세보』초대 사장 오세창(吳世昌)은 창간사에서 '우리 한(韓)의 인민을 계발키 위해 작(作)함'이라 하고, 손병희는『만세보』를 통해 문명 개화·문화 계몽 활동을 전개하며 일진회를 비판했다.

그 후 1906년 9월 5일, 천도교의 교정(教政) 일치(一致)를 교정(教政) 분리로 바꾸고, 9월 6일『만세보』에 천도교 교인으로 지켜야 할 규칙을 발표했다. 9월 17일에는 일진회의 송병준과 이용구를 불러, "내가 만든 민회(民會)가 잘못된 것은 운(運)으로 돌리려니와 세상 사람들이 모두 일진회를 매국노라 하니, 너희들이 장차 조선 어느 곳에서 살 수 있으며, 또 산다한들 무슨 소용이 있겠느냐?"하고, 일진회에 가입한 모든 천도교도들의 복귀를 지시했다.

그리하여 9월 21일, 명을 따르지 않는 일진회 교도 62명의 자격을 박탈했다. 그러자 이듬해 1907년 2월, 이용구와 1905년 이완용 내각에 입각한 송병준이 박형채, 엄주동 등과 따로 '시천교(侍天敎)'를 창립했다. 이용구 등의 시천교는 동학 주문 시천주에서 따 온 것으로, 천도교와 별반 다르지 않았다.

손병희는 1907년 2월 16일, 대한제국 내각에 "저희 200만 신도들은 44년 전 갑자년(1863년)에 억울하게 처형당한 최제우 선생과 9년 전 무술년(1898년) 6월 처형당한 동학 2대 교조 최시형(崔時亨)을 죄인 대장에서 삭제하여 주실 것을 간절히 청하옵니다."라는 상소를 올리고, 이용구(李容九)와 송병준(宋秉畯)의 시천교에서도 박형채를 내각에 보내 같은 청원을 올렸다. 당시 천도교의 재정 사정은 재정 담당 엄주동이 천도교의 동산과 부동산을 모두 시천교로 가져가 어려운 상황이었다.

대한제국 이완용 내각은 1개월 후에 천도교의 청원을 받아들였으며, 조선 통감의 지시로 호적법(戶籍法)과 중혼(重婚) 금지법 등의 대한제국 민사령(民事令)을 제정했다. 이로써 조선은 5백 년 동안 끈질기게 이어온 노비 제도가 사라지게 되었다.

동학의 교조 최제우와 최시형의 사면 후 시천교 측에서 사면이 게재된 관보 수백 매를 사서 경주 현곡면(見谷面)을 찾아가 주민들에게 나눠 주었으며, 최제우가 처형된 대구 장대의 토지와 현곡면 가정리의 주민들 토지를 사들여 최제우의 묘역을 다듬고, 3년 후(1910년 10월), 경주 노서동(路西洞) 묘지 옆에 2층 건물 시천교 대교당을 건립했다.

대교당을 세운 경주 노서동(路西洞)은 훗날 1926년에 스웨덴 황태자 구스타브가 신라 왕릉에서 봉황 장식의 금관을 발굴한 후 스웨덴(瑞典)의 '서(瑞)'와 봉황의 '봉(鳳)'을 따서 '서봉총이'라 불리어졌다.

6.

　1907년 4월 17일, 미국에 있던 한국인 공립협회(共立協會) 회장 안창호(安昌鎬)가 대한제국에 돌아와 『대한매일신보』사장 양기탁(梁起鐸), 상동교회 목사 전덕기(全德基), 독립운동가 이회영(李會榮), 이동녕(李東寧), 이동휘(李東揮) 등과 한양 남대문 상동교회에서 독립운동 비밀 단체 '신민회(新民會)'를 결성했다. 일본과 을사보호조약 체결 2년 후였다.

　신민회를 결성한 상동교회는 남편과 사별하고 1884년 52세에 아들과 함께 조선에 파송된 미국 여자 선교사 스크랜턴(Scranton, W. B.)이 1901년 남대문 상동에 설립한 교회였다.

　신민회의 중심 세력은 평안도의 기독교도, 안창호의 미국 공립협회 회원, 양기탁의 『대한매일신보』인사, 이동녕과 전덕기의 상동교회 인사, 이동휘, 이갑, 유동설 등의 무관 출신 인사, 평안도 실업가 이승훈(李承薰) 등의 다섯 계열이었다.

　안창호는 1878년 11월 9일, 평안도에서 태어나 14살(1892년)에 한양에 와서 언더우드의 구세학당(救世學堂)에서 공부를 마치고, 19세(1897년)에 독립협회 만민공동회에서 이승만, 유길준, 윤치호 등과 독립협회 만민공동회에서 활동했다. 그는 독립협회 해체 후 미국으로 가서 한국 교민회 야학교에서 교민들을 가르치다가 귀국하였다.

　양기탁은 1871년 평안도 강서에서 태어나 15세(1886년)에 한양 선교사 학원에서 영어를 배우고, 26세(1897년)에 독립협회 만민공동회에서 이상재, 이승만, 유길준, 이준 등과 활동하였으며, 독립협회 해체 후(1899년) 미국에 가서 선진 문물을 접한 후, 1902년 대한제국에 돌아와 이상재, 민영환, 이준, 이상설 등과 '개혁당(改革黨)'을 조직하였다. 1904년 영국인 '어니스트 베델'과 영자신문『코리아 타임즈』, 1905년 국한문 혼용『대한매일신보』를 창간했다.

이동휘는 1873년 함경도 단천(端川)에서 태어나 23세(1895년)에 한성 무관학교(漢城武官學校)를 졸업하고 강화도 진위대장이 되어 1906년 10월 '한북학회(漢北學會)'를 조직하고, 1907년 대한제국 군대 해산 후 의병을 일으킨 사람이었다.

그리고 이동녕은 1869년 충청도 목천에서 태어나 22세(1892년)에 진사시(進士試)에 합격하고, 26세(1896년) 때 독립협회 만민공동회(萬民共同會)에서 이준(李儁), 이승만(李承晩) 등과 활동하면서, 1904년 상동교회(尙洞敎會) 청년회를 이끌고 있었다.

이회영은 조선 선조 때 영의정 백사(白沙) 이항복(李恒福)의 10세손으로, 1867년에 한양에서 태어나 30세(1897년) 때 이상재(李商在), 이상설(李相卨), 이강연(李康演) 등과 의병에 참여하고, 1901년 독립운동을 위해 토지와 선산(先山) 등을 모두 팔아 형 건영(健榮), 석영(石榮), 철영(哲榮), 아우 시영(始榮), 호영(護榮) 등 6형제 50여 명의 가족을 이끌고 만주로 이주해 있었다.

이승훈은 1864년에 평안도 정주에서 태어나 2살 때에 어머니를 여의고 10살 때 놋그릇 공장 사환이 되어 14살(1878년)부터는 놋그릇 행상으로 큰돈을 벌었다가 청일전쟁, 러일전쟁으로 모두 잃고, 1901년 이후 다시 사업을 일으켜 갑부가 되어, 을사조약 후 학교를 세워 민족 정신을 일깨웠다.

전덕기는 1875년에 한양에서 태어나 9살에 부모를 잃고 1892년 미국 선교사 스크랜턴 여사를 만나 1896년에 세례를 받고, 서재필의 독립협회에서 활동하다 1902년부터 상동교회 담임 목사로 있었다.

신민회는 총감독(대표)에 『대한매일신보』 사장 양기탁, 총서기에 이동녕, 재무에 목사 전덕기, 집행원에 안창호가 선임되어 학교를 세워 인재를 양성하고, 만주에 독립군 양성 무관학교를 세우고 민족 산업을 육성하였다. 국민의 신사상, 신지식, 신산업 등의 계몽 활동을 전개하면서 『조선광문회(朝鮮廣文會)』를 발간, 우리 민족의 고전(古典)들을 이승훈의 평양 태극서관(太極書館)을 통해서 전국에 보급하고 중학교를 세우고, 중학교 교사 양성을 위해 평안도 정주(定州)에 오산학교(五山學校), 신안학교(新安學校), 평양에 대성학교(大成學校), 강화(江華)에 보창학교(普昌學校), 의주(義州)에 양실학교(養實學校), 납청정(納淸亭)에 가명학교(嘉明學校), 안주(安州)에 협성안흥학교(協成安興學校), 선천(宣川)에 신흥학교(新興學校), 곽산(郭山)에 흥양학교(興襄學校), 영흥(永興)에 명륜학교(明倫學校), 경성(京城)에 경성학교(鏡城學校), 안악(安岳)에 양산학교(楊山學校) 등을 설립했다.

신민회는 위아래 두 사람 이외는 서로 알지 못하는 비밀 조직으로, 입회는 국권 회복에 생명을 바치는 서약을 하고, 여러 차례의 심사와 검증을 받아야 했다. 그러던 1907년 1월 총감독 양기탁이 국채 보상 운동을 전개하다가 일진회로부터 모금 횡령죄로 고발당해 2개월 동안 구금되어 활동이 위축되었다.

1907년 7월 1일, 고종의 헤이그 밀사 사건이 통감부에 발각되었다. 통감 이등박문이 만국평화의에서 일본 대표가 보낸 전문을 고종에게 내밀며, "이것은 일본에 대한 선전포고입니다. 황제께서는 이미 조선의 외교권이 일본에게 있다는 것을 모르십니까?"하고 추궁했다.

고종은 1개월 전 일본과 맺은 보호조약을 파기하기 위해 사방에 도움을 청하다가 상동교회 목사 전덕기(全德基), 교인 이동휘(李東輝), 미국인 고문 헐버트의 건의로 네덜란드 헤이그에서 열리는 제2차 만국평화회의에 전 의정부 참찬 이상설(李相卨)을 정사로, 이준(李儁)을 부사로, 러시아 공사 이범진의 아들 이위종(李瑋鍾)을 특사로 보냈다. 세 밀사는 고종의 밀서를 가지고 중앙아시아를 거쳐 6월 28일, 만국평화회의 회의장에 고종의 친서와 신임장을 전달했다.

그러나 일본 대표가 조선은 이미 일본의 보호국이라 회의 참석 권한이 없다고 주장했다. 정사 이상설은 미리 준비한『대한제국의 사정(事情)』이란 책자를 각국 대표들에게 돌리고, 이위종이 유창한 프랑스어로 한일합방의 불법성과 일제의 만행을 규탄했는데, 2일 후(6월 30일) 부사 이준(李儁)이 투숙 호텔에서 죽었다. 1907년 헤이그 만국평화회의에 밀사로 파견됐다가 현지에서 죽은 이준의 사인 논란에 대해 자살설과 분사설에 대한 의견이 분분했다.

이등박문은 고종에게 이번 사건은 보호협약 위반이라며 이완용을 통감 관저로 불러 고종의 폐위를 지시했다. 이완용은 7월 6일, 고종에게, "폐하! 세자에게 대리청정을 명하는 것이 좋겠습니다."하고 아뢰었다. 7월 18일, 일본 외무대신 하야시 타다스(林董)가 한양에 와서 이완용에게 어전회의를 열어 고종을 퇴위시키라고 명했다. 이완용은 비서 이인직에 합방 협상을 지시하고, 직접 통감 데라우치와 만나 고종 퇴임 후의 호칭을 의논하고, 곧바로 어전회의를 열었다. 농상부대신 송병준(宋秉俊)이 어전회의에서 고종에게 아뢰었다.

"폐하! 일본 정부와 통감이 저렇게 격분하니, 사직과 백성의 안위를 위해 하야하거나 아니면 자결을 하든지 선택해야 할 것입니다."

군부대신 서리 이병무(李秉武)도 "폐하, 지금이 어떤 세상인지 모르십니까?"하고 자신의 칼을 뽑아 자결하는 시늉을 했다.

그리하여 고종은 그날 밤, "황실과 국가 대사를 황태자에게 대리시킨다."라는 조칙을 내리고 이튿날 대리청정식을 거행하려 했다. 그런데 그날 식을 주관할 궁내부대신 박영효가 몸이 아프다는 이유로 나타나지 않았다. 다음 날 7월 20일, 오전 참정대신 이완용이 대리청정 식을 강행하는데 왕위를 물리는 고종도, 물려받을 세자 이척(李坧)도 참석하지 않아, 이완용, 내부대신 임선준(任善準), 탁지부대신 고영희(高永喜), 군부대신 이병무(李秉武), 학부대신 이재곤(李載崑), 법부대신 조중응(趙重應), 농상공부대신 송병준(宋秉俊) 등만 참석했다.

박영효는 7년 전인 1900년 7월, 군국기무처에서 대원군과 고종을 하야시키고 대원군의 2남 의화군(義和君) 이강(李堈)을 국왕에 추대하려다가 실패하고, 일본으로 달아났다가 궐석재판에서 교수형을 받고, 1907년 6월 궁내부 일본인 고문 가토 마스오(加藤增雄)에 의해 특별사면되어 궁내부 특진관으로 있었다. 그는 고종 양위 날 공조참판 남정철(南廷哲), 평양 시위대와 양위에 찬성한 각료들을 죽이려다가 실패하고 다시 일본으로 달아났다.

고종 양위 닷새 후인 1907년 7월 24일, 이등박문이 대한제국 농상공부대신 송병준, 군부대신 이병무, 탁지부대신 고영희, 법무대신 조중응, 학부대신 이재곤, 내부대신 임선준 등 6대신에게 일본과 '제3차 한일신협약' 즉 '정미 7조약(丁未七條約)'을 체결하게 했다. 정미 7조약의 내용은 다음과 같다.

제1조, 한국 정부는 시정 개선에 관해 통감의 지도를 받을 것.

제2조, 대한제국의 법령 제정 및 중요한 행정 처분은 미리 통감의 승인을 받을 것.

제3조. 대한제국의 사법 사무는 행정 사무와 구분할 것.

제4조, 대한제국 고등관리 임명은 통감의 동의를 받아 행할 것.

제5조, 대한제국 정부는 통감이 추천하는 일본인을 관리로 용빙할 것.

제6조, 대한제국 정부는 통감의 동의 없이 외국인을 한국 관리에 임명하지 말 것.

제7조, 일본과 대한제국이 1904년 8월 22일 조인한 한일외국인 고문 용빙에 관한 협정서 제1항을 폐지한다.

정미조약 체결 일주일 후 1907년 8월 1일 오전 11시, 대한제국 군부 협판 한진창(韓鎭昌)이 동대문 훈련원에 병사와 장교들을 맨손 훈련을 한다며 집결시키고 일본 헌병의 포위 속에 순종의 군대 해산 조칙을 읽었다. 순종의 조칙은, "짐(朕)이 가만히 생각하니, 국사 다난한 오늘날 쓸데없는 비용을 절약해 이용후생(利用厚生)에 응용함이 급선무다. 현재 우리 군대는 나라를 완전히 방위하기에 부족하니, 이제 군사 제도를 쇄신해 사관(士官) 양성에 진력해 뒷날 징병법(徵兵法)을 발포(發布)하기로 하고, 황실 호위에 필요한 사람들만 남기고 그 외의 군대에 일시 해산을 명하고, 여러 장수와 군졸의 오랜 노고를 생각해 계급에 따라 은금(恩金)을 나누어 주노니, 장교, 하사, 군졸들은 짐의 뜻을 잘 받들라."라는 내용이었다.

한진창은 순종의 조칙을 읽은 후 손수 병사 한 사람, 한 사람의 계급장을 뗐다. 군인들 속에서 흐느낌이 시작되고, 시위대 제1연대 1대대장 박승환(朴昇煥)이 군대 해산에 항의해 권총으로 자결했다는 소식이 전해지며, 시위대 2대대가 시가지로 나가 일본군과 전투를 벌였지만 진압되었다. 순종의 대한제국 군대 해산 조칙은 훗날 이등박문과 이완용의 조작으로 밝혀졌다.

대한제국 군대 해산 다음 날인 1907년 8월 2일, 강원도 원주의 진위대 민긍호(閔肯鎬)와 박준성, 손재규 등이 봉기하고, 8월 9일, 강화 분견대 장병들이 봉기했다. 이후 전국 각지에서 강제 해산 당한 군인들이 의병에 가담하고, 그해 11월 전국의 의병들이 경기도 양주에서 원주 의병장 이인영(李寅榮)을 대장에, 허위를 참모장에, 민긍호를 관동의병장에 추대했다. 이듬해 1908년 1월 28일에는 허위(許蔿)의 300명 의병이 동대문으로 진격하고, 그 뒤를 이인영의 본대가 따랐다. 그러나 이인영이 갑자기 부친상을 만나 문경으로 돌아가 허위의 선봉 3백 의병은 후

속 부대가 끊겨 크게 패했으며, 그해 2월에는 일본군의 특수부대, 헌병, 경찰 등이 전라도 광주(光州), 충청도 조치원(鳥致院) 등에서 의병 소탕전을 전개했다.

7.

1907년 12월, 천도교의 대도주 구암 김연국이 시천교 대례사(大禮師)로 옮겨가고, 김연국을 따르는 권병덕과 부안의 김낙철, 예산의 박희인, 황해도 해주의 오응선 등 20만 천도교 신도들이 시천교로 옮겨가서, 천도교는 72개 대교구가 23개로 줄어들어 천도교 기관지『만세보』도 재정난에 문을 닫았다. 만세보가 폐간하자 이완용(李完用)의 비서 이인직이『만세보』를『대한신문(大韓新聞)』으로 이름을 바꾸어 천도교를 헐뜯어댔다.

손병희는 시천교 분립 후 어려운 재정을 해결하기 위해 교도들에게 끼니마다 쌀을 조금씩 거두는 성미제(誠米制)를 실시해 천도교 재정이 차츰 회복되어, 1907년 12월에 보성학원(현 고려대), 동덕여학교(현 동덕여대)를 인수하고, 보창, 양명, 창동학교 등 20여 개 사립학교에 매달 일정액을 지원했다. 교육을 통해 교세도 확장하고 나라의 독립을 도모하려는 것이었다.

손병희는 이듬해 1908년 1월 5일, 남산 자락에 성수산(聖壽山) 제단을 쌓아, 대신사 최제우와 최시형 신사, 동학전쟁 때의 동도대장 전봉준, 김개남, 손천민, 강시원, 손병흠 등의 영혼을 위로하는 제사를 올렸다.

손병희는 "현철(賢哲)들께서 도에 순(殉)했습니다. 우리는 경신년 4월을 가슴에 새기고, 순도하신 모든 분들을 스승으로 모시오니, 오늘도 이러하고 내일도 반드시 이러하게 우리 교의 앞길과 앞길을 크게 빛나게 해 주십시오."라는 제문을 올리고, 천도교 차도주(次道主) 박인호를 대도주에 추대하고, 양한묵(梁漢黙)을 현기사장, 김완규(金完圭)를 전제관장, 윤구영(尹龜永)을 금융관장, 오세창·이병호·장기렴을 고문, 이종훈을 도사장, 홍병기를 도사로 하는 총무진을 개편했으며, 한 달 후 1908년 2월 7일부터 권동진 등과 황해도와 평안도 순회 강연에 나섰다. 당시 황해도와 평안도에 전체 교인의 7할이 있었다.

2월 8일에는 황해도 서흥(瑞興) 교구, 2월 10일에는 평안도 평양 만수대(萬壽臺) 교구로 가서 손병희는 '종교의 본령', 권동진은 '종교의 효력'이란 강연을 했다. 손병희는 '종교의 본령'에서 "천도교는 인격적 숭고(崇古)에 의해 부연자연(不然自然)으로 화출(化出)된 종교"라 하고, 권동진은 '종교의 효력'에서 "새로운 민(民)은 천주(天主)를 모신 존엄하고 평등한 인격으로 역사를 창조하고 도덕 사회를 형성하는 주체"라 했다.

그 후 손병희는 권동진과 평안도 안주(安州), 영변(寧邊), 박천(博川) 등지를 거쳐 3월 초에 평안도 철산(鐵山) 교구로 가서 "우리 민족의 살길은 교육을 통한 자립의 역량을 구축하는 것"이라는 강연을 마치고 숙소에 들었다가 어느 자객으로부터 폭행을 당해 중상을 입고 신의주병원에 입원했다.

강연에 참석한 어느 사람이 천도교를 일진회와 같은 친일파로 오해한 것이었다. 손병희는 병원에서 '이번 폭행은 애국심에서 나온 것임으로 폭행범을 석방하라.'하고 서울로 돌아와 치료를 받으며, 대신사의 수양사위 정을산(鄭乙山)을 불러 대신사의 상(像)을 짓게 하고, 화사(畵師) 심전(心田) 안중식(安中植)에게 대신사의 초상화를 그리게 해, 1908년 3월 15일 대신사의 초상이 완성되었다.

안중식은 1861년 한양 청진동에서 태어나 20세(1881년)에 소림(小琳) 조석진(趙錫晉)과 도화서(圖畫署)에 들어가 오원(吾園) 장승업(張承業)에게 배우고, 1902년 고종의 초상화를 그린 당대 최고의 화가로, 양천 군수, 통진 군수 등을 역임하기도 했다. 대신사의 초상화는 손병희가 폭행을 당한 결과로 탄생한 셈이었다.

손병희는 1908년 4월 8일, 아픈 몸을 이끌고 양한묵, 권동진, 오지영 등과 다시 인천, 군산, 익산, 전주 지역 순회 강연을 나가, "사람에게 마음을 빼놓을 수 없는 것처럼, 국가도 종교를 빼놓을 수 없으니, 천도교를 국교로 정해 좋은 나라를 만들어야 한다."고 역설했다.

1909년 1월, 조선통감 이등박문은 고종 폐위로 악화된 조선인의 민심을 회유하기 위해 순종 황제와 측근을 1월 1일부터 1월 8일까지 경부선으로 충청도와 영남 지방을 6박 7일 동안 순행하게 하고, 다시 2주일 후 1월 27일부터 2월 3일까지 경의선으로 7박 8일 동안 서북 지방 순행을 하게 했다. 순종의 순행에 조선 학생은 태극기를, 일본 학생은 일장기를 들고 열렬하게 환영하게 했다. 그리고 1909년 6월 14일, 조선 통감을 사임하고 일본으로 돌아가 추밀원 의장이 되어 1908년 9월 4일, 청나라와 '간도협약(間島協約)'을 체결했다. 간도는 고구려 멸망 후 고구려 장수 대조영(大祚榮)이 세운 압록강 서쪽 서간도(西間島)와 두만강 연안 북간도(北間島)의 대진국(大震國:渤海) 강역으로, 조선 인조 22년(1644년) 때에 청나라가 자국 조상의 발상지라며 출입을 금하고, 숙종 16년(1677년) 조선인의 퇴거를 명해 1712년 조·청(朝淸) 양국이 백두산에 정계비를 세우고 조선인이 농사를 지으며 살아왔는데, 일본도 을사조약 후 간도에 파출소와 영사관까지 개설했지만, 청나라로부터 남만주 철도부 설권, 무순(撫順) 탄광 개발권을 받으려고 몰래 백두산정계비까지 철거하고 간도협약을 체결한 것이었다.

간도협약 체결 후 1909년 10월 26일, 일본 추밀원 의장 이등박문이 대한의군(大韓義軍) 참모 중장 안중근(安重根)에게 사살되었다. 만주 협약 체결 후 일본으로 돌아갔다가 다시 1개월 후 10월 21일, 러시아 재무상 코코초프와 회담하러 만주 하얼빈에 와, 열차에서 러시아 재무상 코코초프와 회담을 마치고, 러시아 의장대 사열을 받기 위해 열차에서 내렸다가 다시 열차에 오르던 9시 30분, 안중근의 권총 저격을 당한 것이었다.

이등박문은 저격을 받고 쓰러지면서 "범인은 조선인?"하고 숨을 거두었고, 조선인 안중근은 가슴에서 태극기를 꺼내 높이 들고 "꼬레아! 우라! (Korea! Ypa!)"를 크게 3번을 외치고 러시아 공안에 체포되었다. '꼬레아 우라'는 "대한민국 만세"의 에스프란트(Esperanto)어였다.

안중근은 바로 일본 경찰에 인계되어 1910년 3월 26일, 요양(遼陽) 여순(旅順) 형무소에서 처형되었다.

한편, 이등박문 피살 8일 후 1909년 11월 4일, 이완용이 시종원경(侍從元卿) 윤덕영(尹德榮), 한성부민회(漢城府民會) 대표 윤효정(尹孝定) 등과 이용구가 주관한 남산 장충단 이등박문 추도회에 참석해 "이토는 나의 스승과 같으며 나는 이등박문의 극동평화론(極東平和論)을 지지하고 존경합니다. 공을 저격한 안중근은 조선인의 이름으로 처단해야 합니다."라며 충성을 고했다.

그리고 1909년 12월 22일, 저녁 명동성당의 벨기에 황제 레오폴 2세 추도 미사에 인력거를 타고 참석했다가 정문에서 군밤 장수로 변장하고 기다리던 독립 투사 이재명에게 옆구리와 어깨 등을 찔려 병원으로 후송되고, 이재명은 대한독립 만세를 외치고 일본 순사의 군도(軍刀)에 허벅지를 찔려 체포되어 이듬해 9월 살인 미수죄로 교수형을 받았다.

8.

이등박문 피살 6개월 후 1909년 12월 4일, 일진회 회장 이용구가 "조선은 일본이 1894년 막대한 전비(戰費)를 소모하고 수만 명의 군사를 희생하며, 조선을 청나라 굴레에서 벗어나게 했는데, 일본의 호의를 배격해 독립의 기초를 지키지 못했고, 또 1904년 러일전쟁 때 청일전쟁 10배의 전비를 들여 러시아 먹잇감이 되는 것을 막아 주었는데, 이쪽에 붙었다 저쪽에 붙었다 하다가 보호조약을 체결하게 되었으며, 그 후 일본과 감정을 풀고 기술을 배우고, 문명의 모범을 받아들여야 하는데, 헤이그 밀사 사건을 일으켜 '정미 7조약'을 체결하게 되고, 그 후에도 식산(殖産)에 힘써 생활을 향상은 물론 교육을 발전시키지 않고, 도리어 안으로 권세와 이익을 다툼으로 밖으로 폭도와 비적(의병)의 창궐로 인민의 생활이 도탄에 빠지고, 안중근이 조선 백성을 위해 수고한 통감 이등박문을 죽여 일본이 조선 정책을 근본적으로 바꾸게 되었다."는 성명서를 발표했다. 그리고 순종(純宗) 황제에게 상소를 올렸다.

"…(전략) 지금 우리나라를 병자(病者)에 비하자면 명맥이 끊어진 시체나 다름없습니다. 외교, 재정, 법헌(法憲)도, 나라를 지킬 군대(軍機)도 없으니, 아무것도 전하의 뜻으로 결정되지 못합니다. …(중략) 최근 일본과 한국이 나라를 합쳐 새로 하나의 큰 제국을 만들자는 논의는 2천만 동포가 죽을 곳에서 살아날 구멍을 얻은 것입니다. …(중략)… 신들은 일한합방(日韓合邦)을 단군 이래 최대 대전(大典)을 세우는 것이라 확신하며, 신 이용구는 2천만 민중을 대신해 자손만대에 사직이 번영을 누리는 1등 민족 대열에 서는 복을 누리기 축원하며, 학수고대하는 마음으로 죽음을 무릅쓰고 피눈물을 흘리며 고합니다."

이용구는 일찍이 일본학자 다루이 도기치(樽井藤吉)의 대동아 합방론(大東亞合), 오카쿠라 텐신(岡倉天心)의 범아세아론(凡亞細亞論) 등에 심취

되고, 통감부 촉탁 흑룡회의 일본인 우치다 료헤이(內田良平), 다케다 한시(武田範之)의 '한국의 외교권은 일본이 행사하되 황실(皇室)을 존치하고 내각과 의회를 두는 국가로 합방하자.'라는 의견에 동의해 대한제국을 방문하는 일본 황태자를 열렬히 환영하고, 일본을 찬양해, 조선 백성들의 타도 대상 1순위라, 도저히 조선에서 살 수 없었다. 그래서 1904년 4월 일본 수상 가쓰라를 찾아가 일진회가 앞장서서 한일병합을 추진하겠으니, 그 대신 일진회 회원들을 이끌고 만주로 이주할 비용 3백만 엔을 줄 수 있겠냐 하고 물었다. 그러자 일본 총리 가쓰라는 일한합방을 위한 것이라면 3백만 엔이 아니라 3천만 엔도 좋다고 약속했다. 이용구는 그 후 일한합방 분위기 조성을 위해 성명서를 발표하고, 한일합방을 상소한 것이었다. 이용구의 성명과 상소에 일진회 고문 우치다 료헤이와 일진회 외곽단체들이 지지를 표했다. 그러나 『대한매일신보』는 노회선언(奴會宣言)이라 비난하고, 많은 일진회 회원들이 탈퇴하고, 이용구는 일본 헌병대의 신변 보호를 받았다.

이용구의 상소에 이어 이완용(李完用)도 순종 황제에게 상소를 올렸다.

"…(전략) 우리 대한제국은 외교, 군사, 사법의 3대 권한을 일본에 위임해 나라 명맥을 유지하고 있습니다. …(중략) 조선의 사직과 백성을 보호하고 동아세아의 평화 보장은 오직 일왕의 은애(恩愛)에 의지할 수밖에 없으니, 우리 측이 먼저 일왕에게 합방을 청해 한일 양국이 한 나라가 되면 우리 황실은 영원히 만대의 번영을 누리게 되고, 우리의 사직과 백성을 영원히 보전하고, 세계 대세에 순응할 수 있을 것입니다. …(중략) 삼가 2천만 민중을 대표해 의견을 올리오니 황제께서 일왕에게 아뢰기를 바랍니다."

이완용은 우봉 이씨(牛峯李氏) 7대손으로, 10세에 친척 이호준(李鎬俊)의 양자로 들어가 25세(1882년)에 증광별시에 급제하고 조선 최초의 근대식 학교 육영공원(育英公院)에서 영어와 신학문을 배워 1887년 주미전권공사 박정양(朴定陽)을 따라 미국에 가서 주차미국 참찬관, 미국주차 대리공사를 역임하고, 1894년 김홍집(金弘集) 내각의 외무협판(外部協辦), 1895년 5월 박정양 내각의 학부대신(學部大臣) 등을 거쳐 민 왕후 시해 때 미공사관에 피신하고, 1896년 2월 러시아 공사관으로 옮겨간 고종에 의해 친러파(親露派) 내각의 외부대신, 학부대신, 독립협회 위원장을 겸하고, 1904년 2월 궁내부(宮內部) 특진관(特進官)이 되었다. 러일전쟁이 일본의 승리로 기울자 친러파에서 친일파로 변절해 1905년 박제순(朴齊純) 내각의 학부대신 때 을사조약을 체결하고, 1907년 5월 박제순 내각의 총사퇴 후 1907년 7월 2일 제3대 통감 테라우치에 의해 내각 총리대신이 되었다.

9.

1910년 2월, 천도교 교주 손병희는 천도교 간부들을 대동하고 경주 현곡리로 가서 대신사의 묘소를 참배하고, 양산(梁山) 천성산(千聖山) 내원암(內院庵)의 적멸굴을 찾아가 교인들에게 다음과 같이 강론했다.

"우주에 존재하는 생명은 성령의 적극적 섭리와 소극적 섭리의 표출이다. 성의 적극적 섭리는 형상(形像)이 있지만 소극적 섭리는 형상이 없다. 일찍이 대신사께서 '몸 안에는 신령(神靈)이, 몸 밖에는 기(氣)가 있어, 사람이 하늘에 정성을 다하면 성령이 세상에 나타난다.' 하셨는데, 비유컨대 같은 비와 이슬에 복숭아나무는 복숭아 열매가, 살구나무는 살구 열매를 맺는 이치다. 대신사께서는 '물건마다, 마음마다 성령출세 아님이 없다.' 하셨으니, 이를 깨닫고 깨닫지 못하는 것은 성령을 수련하고 수련하지 않는 차이일 뿐이다. 우리가 저마다 대신사의 심법을 받아 성령을 수련해 모든 이치를 환히 깨닫고 보면 대신사의 심법이 우주의 생멸도 없고, 줄고 더함이 없는 출세가 되는 것이다."

또한, "옛적에 이곳을 보고 오늘 또 보노라(昔時此地見 今日又看看)"라는 시 한 수를 지었다. 천성산 굴은 40년 전 대신사께서 찾아와 49일 기도를 올린 곳이었다.

1910년 7월 2일, 제3대 총독 테라우치 마사다케(寺內正毅)는 조선 전국에 "지금부터 황제(순종)는 창덕궁(昌德宮) 이왕(李王)으로 하고, 모든 민중은 천황 폐하의 신민이 되어 영원토록 깊은 인덕(仁德)의 혜택을 받을 것이다."라고 선포하고, 주한일본군 헌병 대장 아카시 모토타로(明石元二郎)를 경무총감에 겸직시켜 전국의 첩보 수집, 행정 사무, 경찰 업무를 수행하게 했다. 그리고 조선의 어용 신문『매일신보』와『경성일보』만 남기고,『황성신문』,『대한매일신보』등을 폐간했다.

이어서 일본은 1개월 후 1910년 8월 4일 내각 총리 이완용과 농상공부대신 조중응 등에게 한일병합을 지시했다. 그리고 그 15일 후 8월 20일, 조선에 주둔하는 모든 일본군을 동원해 창덕궁을 포위하고, 8월 22일 총리대신 이완용, 궁내부시 종원경(侍從院卿), 윤덕영(尹悳榮), 궁내부대신 민병석(閔丙奭), 탁지부대신 고영희(高永喜), 내부대신 박제순(朴齊純) 등을 불러 어전회의를 열어 이완용을 '한일합병조약' 체결 전권위원으로 선임했다. 오후 4시 이완용이 데라우치의 관저로 찾아가 '한일병합조약'을 체결하고, 발표는 혹시 있을 조선 민중의 반항을 잠재우려고

7일 후 8월 29일에 순종의 명의로 관보에 다음과 같은 협약조약 전문을 공포했다.

"한국 황제 폐하와 일본국 황제 폐하는 양국 간의 특수하고 친밀한 관계를 회고해 상호 행복을 증진하며 동양의 평화를 영구히 확보하기 위해 한국을 일본 제국에 병합함만 같지 못함을 확신해 양국 간 병합 조약 체결을 결정하고, 일본국 황제 폐하는 통감 자작 데라우치(寺內正毅)를, 한국 황제 폐하는 내각총리대신 이완용을 전권위원으로 임명해 양국 전권위원이 아래(左) 조항을 정한다.

1. 한국 황제 폐하는 한국 정부에 관한 일체의 통치권을 완전하고도 영구히 일본국 황제 폐하에게 양여한다.
2. 일본국 황제 폐하는 전조(前條)에 게재한 것을 수락하여 한국을 일본국에 병합함을 승낙한다.
3. 일본국 황제 폐하는 한국 황제 폐하, 태황제 폐하, 황태자 폐하와 그 후비 및 후예에 그 지위에 상응(相應)한 존칭과 위엄, 명예를 향유하게 하며, 또 보지(保持)에 충분한 세비를 공급할 것을 약속한다.
4. 일본국 황제 폐하는 전조(前條) 이외의 한국 황족과 그 후예에 대해 각기 상당한 명예와 대우를 향유하게 하며, 필요한 자금 공여를 약속한다.
5. 일본국 황제 폐하는 훈공 있는 한인(韓人)으로 특히 표창함이 적당하다고 인정되는 자에 대해 영작(榮爵)을 수여하고 은금(恩金)을 준다.
6. 일본국 정부는 합병 후 전기(前記)의 한국의 시정을 담임하고, 법규를 준수하는 한인의 신체와 재산에 대해 충분한 보호를 하며, 복리 증진을 도모한다.
7. 일본국 정부는 새로운 제도를 존중하는 한인으로 상당한 자격이

있는 자를 사정이 허하는 한에서 한국 관리로 등용한다.
8. 본 조약은 일본 황제 폐하와 한국 황제 폐하의 재가를 거쳐(經) 공포일로부터 시행한다. 이 증거로 양 전권위원은 본 조약에 기명 조인한다."

- 융희 4년(1910년) 8월 22일 내각총리대신 이완용(李完用) 인(印). 명치 43년 (1910년) 8월 22일 통감 자작 데라우치 마사다케(寺內正毅) 인(印)

한·일 병합조약 체결 한 달 후 9월 9일, 전라도 광양에서 선비 매천(梅泉) 황현(黃玹)이 합방에 항의해 자결하고, 전라도 곡성군 입면(立面)에서 소송(小松) 정재건(鄭在健)이 '명치(明治) 세상에서는 살 수 없다.'라는 유서를 남기고 단검으로 목을 찔러 자결했다. 그러나 조선은 한일합방에 너무도 조용했다.

조선통감 데라우치는 9월 12일, 경무총감(警務總監) 아카이시(明石元二郎)를 김가진(金嘉鎭), 오세창(吳世昌)의 대한협회, 이용구의 일진회, 이완용의 정우회(政友會), 심일택(沈日擇)의 평화협회, 유생 협동회(儒生協同會), 서북학회(西北學會) 등에 보내 모든 정치 단체의 해산을 통보하였다. 일진회에 회원의 잔무 정리를 위한 일주일 기간을 주고 해산 경비 15만 원을 지급했다. 그 후 조선총독부는 고종의 고문 미국인 헐버트를 미국으로 추방하고, 이종일(李鍾一)의 『제국신문(帝國新聞)』을 폐간했으며, 손병희를 총독부로 불러 천도교 조직과 교인의 신상을 조사하는가 하면, 경찰을 천도교 각 교구로 보내 교도들을 감시하고, 천도교의 재무·회계 장부를 매일 보고하도록 지시했다. 그리고 총독부에 불온한 행동과 의사를 표시하지 않겠다는 서약을 하게 했다.

또한 데라우치는 10월 1일, 제1대 조선 총독을 겸임 발령받아 통감부를 총독부로, 대한제국을 조선으로 바꾸고, 부통감(副統監) 야마가타 이

사부로(山縣伊三郎)를 총독부 정무총감에 임명하고, 조선 민중에게 다음과 같은 훈령을 내렸다.

1. 총독은 위임된 범위 내에서 육·해군을 통솔하며 일체의 정무를 통할한다.
2. 통감부와 소속 관서는 당분간 그대로 두며 총독의 직무는 통감이 행한다.
3. 종래의 한국 정부의 표훈원(表勳院) 외는 총독부 소속 관서로 당분간 그대로 두고, 조선의 관리는 구 대한제국에 근무하는 것과 같이 취급한다. 단, 구 대한제국 법규에 의한 친임관(親任官), 주임관(奏任官), 판임관(判任官)은 그대로 대우하고, 또 관(官)의 채용 허가를 받은 자는 1904년 일본 칙령 제195호 적용을 받는 자로 간주한다.

이후 데라우치는 조선의 입법, 사법, 행정, 군 통수권 등을 행사하는 사실상의 군주가 되어, 일본에 협력한 사람들을 내각 자문 기구 중추원(中樞院) 참의에 임명하고, 지방 행정 기구를 도(道), 부(府), 군(郡), 면(面)으로 개편해 도지사, 부윤, 군수는 일본인 혹은 친일파 조선인으로 임명했다. 그리고 한일병합 이전 대한제국 관리들이 범한 국세 포흠죄(逋欠罪), 각종 범법 행위를 모두 사면하고, 한일병합 유공자 왕족, 이완용 등의 관료 76명에게 작위(爵位)와 은금(恩金)을 내려 일본 관광을 시키고, 대한제국 탕금(帑金) 약 1,700만 원(圓)을 전국 13도 군현에 보내고, 서울과 각 지방에 헌병과 경찰을 보내 만약의 소요를 막게 했다. 그리고 송병준에게 한일합방의 공로로 훈1 등 자작(子爵)을 수여하고 조선총독부 중추원 고문에 임명했다.

이러한 사태에 이르러 손병희는 천도교 월보를 통해 일본의 한일병합을 성토하고,『천도교월보』주간 이교홍(李敎鴻)을 서울의 각국 외교 공관에 보내 한일병합을 반대하는 편지를 전하게 하니, 통감부는『천도교월보』주간 이교홍, 간부 김완규, 오상준, 이종린 등을 투옥했다.

손병희는 한일합방에 격분하여, "대신사께서「흥비가(興比歌)」에서 '세상일은 어려운 같으면서도 쉽고, 쉬운 것 같으면서도 어렵다'고 하신 것은 바로 오늘을 예언한 것이니, 이를 깨닫지 못한 자가 바로 이용구와 송병준이다. 사대(事大)와 아부는 비자주성이요, 파벌과 독재는 비민주성이요, 훼예(毁譽)와 모욕은 비민족성이다. 내 10년 안에 반드시 이 3대 망국병을 바로 잡아 국권을 회복하리라"하고, 또한 1910년 8월 6일에는 전국 포접에 우리 교인들이 눈에 보이는 물질과 귀에 들리는 이론만 숭상하다 보니, 사람들 정신이 각박해졌다. 서양 종교가들도 사람들이 종교성을 버리고 과학만 숭상하니 이대로 가면 세상이 장차 어느 지경에 이를지 몰라 다시 종교를 연구한다고 하는데, 사진도 찍을 대상이 있어야 하듯, 우리 천도교도는 신앙의 근본 하늘의 신계(神界)에 복귀하는 새로운 주문 '신사영기 아심정(神師靈氣 我心定) 무궁조화 금일지(無窮造化 今日至)를 지어 반포하노니, 각자 자기 집 출입문에 붙이고 청수기도 때마다 105번씩 외우라'는 통문을 보냈다. 주문의 '신사영기 아심정(神師領氣 我心定) 무궁조화 금일지(無窮造化 今日至)'는 '신사의 영기가 내 마음에 들어와 오늘 무궁한 조화가 이룬다.'는 의미였다.

손병희는 1910년 8월 15일, 천도교 기관지 한글 신문『천도교월보』를 창간해, 보암(普庵) 이종린(李鍾麟)에게 발행인 주필을 맡겼는데,『천도교월보』는 전국 100만 신도들에게 천도교 소식을 전하며 종교·학술 등을 계몽했다.

손병희는 이듬해 1911년 1월 3일, 서우순(徐虞淳)을 천도교 대접주, 이병춘(李炳春)을 성도사(小師), 홍기억(洪基億), 나인협(羅仁協)을 경도사

(敬道師), 홍기조(洪基兆)를 신도사(信道師), 오영창(吳榮昌)을 법도사(法道師)로 명하고, 전국 포접에 "매일 오후 9시 청수로 기도를 올리되, 매끼 밥을 지을 때 쌀 한 숟가락씩을 성미(誠米)로 뜨고, 시일(侍日 : 일요일)에 가족들과 교당이나 전교실(傳敎室)로 가서 설교를 듣고 지성으로 기도하라."라는 통문을 보냈다.

10.

을사보호조약 체결 후 1908년, 서간도 길림성에서 대종교 교도 조성환(曺成煥)이 흑룡강성(黑龍江省) 오운현(烏雲縣)의 토지 약 10만 평을 매입해 약 5천 가호의 교민을 이주시켜 학교를 세우고 학생들에게 조선의 역사를 가르치며, 독립군 양성을 위한 둔전(屯田)을 추진하였다. 러시아 연해주에서 1910년 8월, 의병장 유인석(柳麟錫)과 간도 관리사 이범윤(李範允) 등이 '조선 13도 의군'을 조직하고, '성명회(聲明會)'를 결성했다. 성명회는 한일합방 무효를 세계 만방에 알리려는 목적이었다. 그리고 청년 결사대 50명으로 일본인들의 거주지를 습격했다.

그러자 일본이 러시아와 동맹을 맺고 성명회와 13도 의군의 퇴거를 요청하니, 러시아는 이상설(李相卨) 등의 13도 의군 간부 20여 명, 성명회 회원 42명을 멀고 먼 시베리아 우수리스크(Usurisk)로 추방했다.

그러나 이상설(李相卨)과 이위종(李瑋鐘)은 1911년에 다시 연해주 블라디보스토크로 돌아와 성명회를 확대한 권업회를 조직해서 교민의 지위 향상, 반일 투쟁 등을 전개했다. 이위종(李瑋鐘)은 1911년 1월에 부친 러시아 공사 이범진(李範晉)이 한일합방에 항의해 자결하자 러시아제국 육군사관학교에 입학했다.

데라우치 총독은 취임 두 달 후 1910년 12월, 황해도 신천(信川)에서,

안중근의 사촌 동생 안명근(安命根)과 안악(安岳)의 목사·교육자 등 160여 명을 독립군 군자금을 모금했다며 체포해 총독부로 압송했다. 이듬해 1911년 1월, 『대한매일신보』사장 양기탁 등 신민회 회원 33명을 보안법 위반 죄로 1911년 9월, 대성학교 교장 윤치호(尹致昊)와 목사 이승훈(李承薰), 양기탁(梁起鐸), 임치정(林蚩正), 주진수(朱鎭洙), 안태국(安泰國), 고정화(高貞華), 김도희(金道熙), 옥관빈(玉觀彬), 황해도 안악 양산학교(楊山學校) 교장 김홍량(金鴻亮), 김구(金九), 안악교회 목사 최명식(崔明植), 이승길(李承吉), 교관 도인권(都寅權), 김용제(金庸濟), 의주 출신 이유필(李裕弼) 등을 1910년 12월 27일, 압록강철교 개공식에서 자신을 암살하려 했다고 체포했다. 압록강철교는 1900년의 노량진·제물포간 철도, 1905년의 경부선 철도, 1906년의 경의선 철도에 이어 만주로 진출하기 위해 부설한 것이었다.

총독부가 1912년 5월, 윤치호, 양기탁, 유동열 등 123명을 데라우치 총독 암살 미수범으로 기소했지만, 법원은 123명 중 윤치호, 양기탁, 안태국, 이승훈, 임치정, 옥관빈 등 6명만 징역 5년에서 10년을 선고하고 나머지 99명은 무죄를 받았다. 유죄를 선고받은 6명은 3년 후 1915년 2월 모두 특사로 석방되었는데, 윤치호는 그 후 일본에 저항을 포기하고 "나는 중국, 그리고 악마 같은 정부가 있는 조선보다 동양의 낙원 일본에서 살고 싶다."고 했다.

데라우치 총독 암살 미수 사건으로 '신민회(新民會)'는 해체되어, 회원 일부는 간도로 옮겨가 간도에 자치 기구 경학사(耕學社)와 동림무관학교(東林武官學校)를, 흑룡강성 밀산현(密山縣)에 봉밀산 무관학교(蜂蜜山武官學校)를 세웠다. 훗날 간도의 경학사는 부민단 한족회, 서로군정서(西路軍政署)로, 신흥학교는 신흥무관학교로 개편되었다.

손병희는 1911년 4월, 성(誠)·경(敬)·신(信)·법(法)의 '4과(四科)'와 주문(呪文)·청수(淸水)·시일(侍日)·성미(誠米)·기도(祈禱)의 '5관(五款)'을 제정했다. 5월 16일에는 현기관장 오세창, 공선관장 나용환, 제관장 권동진, 감사원장 오지영, 법도사 양한묵 등과 경부선 열차로 경주로 가서 5월 18일 현곡면 가정리 용담정(龍潭亭)을, 5월 19일, 팔공산 후연점(後淵店)을, 5월 22일, 최시형 신사 탄생지 황오리(皇吾里)를, 5월 23일, 대신사의 묘소를 참배했다.

후연점은 대구와 경주의 중간 지점 주점(酒店)으로 1864년 4월 18일(음력 3월 13일), 제자들이 최시형 신사의 유구(遺柩)를 경주로 운구할 때 몸에 온기가 남아 있어 사흘을 머문 곳이었다.

손병희는 경주에서 10일을 머물고 6월 8일 경성으로 돌아왔다. 그리고 3개월 후 9월에는 대도주 박인호와 금융관장 윤구영(尹龜榮)에게 북한산 우이동(牛耳洞)의 임야와 밭 2만 7천 946평을 매입해 천도교육관 봉황각(鳳凰閣)을 착공하고, 이듬해 1912년 봄 가회동의 대지 2천 평, 건물 2백 칸의 집을 사들여 최시형의 유가족을 살게 하였다.

그해 6월 19일, 손병희는 전국의 천도교 교역자 483명을 봉황각(鳳凰閣)에 불러 49일 동안 7회에 걸쳐 연성수련회를 열어 다음과 같이 '이신환성(以身煥性)'을 설파했다.

"이신환성은 우리의 몸을 성령(性靈)으로 바꾸는 것이다. 육신은 백년을 사는 하나의 물체이지만, 성령은 천지가 펼쳐지기 전부터 본래 있던 것으로, 대신사께서 성령으로 주장을 삼으라고 하셨다. 성령으로 주장을 삼으면 복을 받을 것이요, 육신으로 주장을 삼으면 재난을 당할 것이다. 수련이 극치에 이른 사람은 육신의 안락을 잊고, 험고(險固)의 괴로움이 곧 안락함이라는 것을 깨닫는 것이 이신환성(以身煥

成)이다. 수련의 최고 경지에 이르러야 대신사님의 성령출세(性靈出世)의 참뜻을 알 수 있다. 대신사의 법력은 둥근 우주에 가득차고 탄생과 소멸이 없어 물에서도 젖지 않는다. 한여름에 물이 얼음이 되고 성미 그릇에 성미가 불어나는 것도 대신사의 법력이다. 대신사의 법력은 생전이나 사후가 같다. 큰 바다가 뒤집히면 어족이 모두 죽듯, 대기가 뒤집히면 인류가 어찌 생존할 것인가. 앞으로 이런 생사를 넘나드는 시기를 겪은 후라야 우리의 목적을 달성할 수 있으니, '이신환성'은 생존을 위한 후천개벽이다. 자신의 성령과 육신을 개벽하지 못하고 어찌 광제포덕을 달성하랴. 대신사의 '하느님께서 복록을 정해 내게 수명을 비네.'라 하신 말씀은 성령으로 몸을 바꾸라는 것이다. 하늘이 있어 물건을 보고, 음식을 먹고, 길을 가는 이치를 알 것이다."

그리고, 손병희는 시 한 수를 지었다.

"사해에 덕이 밝게 떨치고, 땅이 맑은 봄을 실었으니, 누가 그 사이에서 만물의 정을 얻으리.

德振四海明 地載三春晴 誰能間其間 可得萬物"

조선에서 데라우치 총독이 '조선 회사령'을 제정하고, 1911년 1월 1일부터 조선의 회사 설립과 활동을 간섭하기 시작했다. 그러나 조선 민중 대부분은 아무런 저항도 않고 순종하던 1911년 5월, 청나라 호남성(湖南省) 성도(省都) 장사(長沙) 등에서 상인과 학생들이 정부의 철도 국유화 반대 파업을 시작했다.

우정부대신 성선회(盛宣懷)의 건의를 따라 민간 주식과 영국·프랑스·독일·미국의 은행단의 연리 5%, 40년 상환 600만 파운드 차관을 들여와 미국 회사가 건설한 '성도 - 무한' 구간의 천한철도(川漢鐵道)를 완공 후에 민간인 투자 금액의 60%를 상환하고 나머지 40%를 국가에서 무이자 주식을 배당하고, 장차 이익이 나면 10년에 걸쳐 분할 상환하려고 하자, 군중들은 정부가 철도 국유화로 민간인 돈을 약탈하는 것이라며 철시(撤市)로 항의했다.

폭동은 1911년 10월 10일, 호남성(湖南省) 무창(茂昌)으로 확산되었다. 혁명당 손문(孫文)은 부사관도 군사학교 학생들과 함께 파업에 동조하게 하고, 청나라 18개 성의 호응으로 1912년 1월 1일, 중국의 임시대총통에 추대되었다.

청나라 조정은 1912년 2월, 총리대신 원세개(遠世凱)에게 폭동을 진압하게 했다. 원세개는 1882년 조선의 임오군란을 진압한 후 12년 동안 조선 총독으로 있다가 이홍장이 죽은 후 1901년에 북양대신이 되었는데 서태후의 명을 거슬러 1907년부터 하남성(河南省) 창덕(彰德)에 숨어 있다가 이듬해 1908년 11월 14일에 광서제가 죽고, 서태후가 광서제의 10개월 된 동생 부의(賻儀)를 12대 황제에 올린 다음 날 세상을 떠나자, 섭정을 하던 부의의 생부 순친왕에 의해 총리대신이 되었다.

그러나 원세개는 손문으로부터 임시정부 대총통 지위를 양보받고, 1912년 2월 12일, 청나라 선통제를 폐위시켰다. 이로써 중국은 진시황 이후 약 2천 년을 이어온 황제 국가가 사라지고 중화민국이 탄생하게 되었다.

한편, 조선총독부는 1913년 3월 18일에 '조선 민사령'을 공표했다. 조선 민사령은 식민지 조선에서 발생하는 모든 민사 문제를 판단하는 기준으로, 1907년 대한제국 중추원이 의결한 호적법에 이어 손해 배상법, 채무 보증법, 중혼(重婚) 금지법, 친권자(親權者) 및 후견인(後見人) 법, 상속 재산법 등을 제정해 일본 법령을 따르게 하려는 것이었다.

자주독립국 조선을 세우기 위해

1.

천도교 교주 손병희는 데라우치 총독 3년 1913년 3월 21일, 천도교 두목을 군대식의 도령(道領), 교훈(敎訓), 봉훈(奉訓) 셋으로 조직하고, 12월 27일, 천도교 총부 현기관장에 오세창, 공선관장에 나용환, 전제관장에 권동진, 금융관장에 오영창, 감사원장에 오지영 등으로 임원을 개편하고, 천도교 교육관 봉황각 옆에 새 교육관 1칸을 증축했다. 이듬해 1914년 4월 2일, 박인호 등 천도교 지도자 73인을 불러 법문을 설하고, 지금까지의 유기명 성미를 무기명으로 바꾸었다.

그러던 3개월 후 1914년 7월 28일, 유럽 지중해 발칸반도에서 전쟁이 발발했다. 발칸반도는 나폴레옹 몰락 후 오스만제국이 통치하다가 1877년 러시아가 튀르크 전쟁에서 승리한 후 오스만제국의 영향력에서 벗어나고, 세르비아와 몬테네그로 등이 독립하고, 1878년 오스트리아·헝가리 제국, 영국, 독일 등이 보스니아를 독립시키고, 영국은 키프로스의 관할권을 얻었다. 그 후 1908년 오스트리아·헝가리 제국이 보스니아를 병합하고, 슬라브 민족 세르비아가 러시아의 지원을 받아 발칸반도의 슬라브 민족을 통일하려 했다. 그런데 1911년 오스만 제국이 이탈리아·튀르크 전쟁에 패해 발칸반도의 모든 영토를 잃고, 세르비아 · 그리스 · 루마니아 영토를 회복하는데, 1914년 6월 28일, 보스니아 수도 사라예보에서 세르비아의 한 청년이 보스니아를 방문한 오스트리아 황태자 부부를 암살하면서 전쟁이 시작된 것이었다. 이후 오스트리아는 독일과, 세르비아는 영국 · 프랑스 · 러시아 등과 동맹을 맺고 전쟁이 확대되었다.

발칸반도 전쟁 중이던 1914년 5월 연해주에서 이동휘, 이상설 등의 대한광복군이 러시아와 중국의 국경 한인촌에서 독립운동을 전개하고, 국내에서 보성인쇄소 사장 묵암(默庵) 이종일이 1914년 8월, 직원 장효근(張孝根) 등과 천도구국단(天道救國團)을 만들어 천도교 교주 손병희를 고문에 추대하고 '삼갑(三甲)운동'을 제의했다. 삼갑은 1894년 갑오년(甲午年)의 동학전쟁, 그 10년 후 1904년 갑진년(甲辰年)의 진보회 결성을 이어 1914년 갑인년(甲寅年)에 민중의 봉기를 일으키자는 것이었다.

이종일은 1858년에 충청도 태안에서 태어나 16세(1874년)에 문과에 급제하고, 24세(1882년)에 박영효(朴泳孝) 등과 일본에 갔다 와서, 1898년 8월 10일『제국신문』을 창간하고, 이상재(李商在) 등과 독립협회에서 활동하다가 독립협회 해체 7년 후(1906년) 손병희의 권유로 천도교에 입도하여, 1910년 일제가 자신의『제국신문』을 폐간하자 보성(普成)인쇄소, 『천도교월보』사장으로 있었다.

손병희는 이종일의 제의에 "우리가 크게 움직이면 많은 사람의 희생이 따를 것이다. 좀 더 검토해 보기로 하세."하고 허락하지 않고, 1915년 북한산 낙산(駱山) 남쪽 박영호의 별장 만만평(滿萬坪)의 대지 900평 건물 100평의 가옥을 사서 7월부터 상춘원(常春園)을 건립했다.

그 시기 1915년 2월에 테라우치 총독 암살범으로 유죄 선고받은 윤치호 등 6명이 모두 특사로 석방되었다.

손병희는 1915년에 명월관 기생(18세) 주옥경(朱玉卿)을 세 번째 아내로 맞이했다. 손병희와는 34세 연하인 주옥경은 1894년에 평양에서 태어나 14세 때 권번(券番)에 들어가 시, 그림, 춤, 가무, 예기 등을 배웠다. 그녀는 뭇 남성들의 총애를 받으며, 일본 고관들도 곁을 맴돌았다. 손병희는 일본의 정보를 입수하기 위해 반드시 주옥경이 필요했다. 다행히 첫째 부인 곽씨와 둘째 부인 홍씨도 크게 반대하지 않고, 사위 정광조, 최린 등도 부인으로 맞이하기를 권했다. 주옥경은 손병희를 만난 후 자신의 호를 수의당(守義堂)으로 했다. 의암(義庵) 손병희를 지킨다는 뜻이었다.

손병희는 1917년 1월 10일, 시천교에서 천도교로 복귀한 권병덕(權秉悳)과 함께 평안도 지방으로 순회강연을 나갔다.

권병덕은 33년 전인 1883년, 최시형 신사를 상주군 화서면 전성촌, 공성면 왕실 등으로 옮겨 주고, 10년 전인 1906년부터 천도교의 대정(大正), 현기사장(玄機司長), 전라도 순독(巡督) 등을 역임하다가 1907년 8월, 천도교 대도주 김연국이 갑자기 시천교로 자리를 옮기자 함께 시천교로 가서 관도사(觀道師)·봉도사(奉道師)가 되어 시천교의 지침서『교인필지(敎人必知)』까지 저술했지만, 송병준이 시천교를 독단으로 운영하자, 김연국과 따로 시천교 총부를 세웠다가 김연국과 결별하고 10년 만인 1916년 4월, 다시 천도교로 복귀했다.

손병희는 1917년 8월 14일, 최시형 신사의 도통승계일 지일(地日) 기념일을 맞아 상춘원에서 각지에서 상경한 교역자들과 기념식을 올리고, 한강에 유람선 40척을 띄워 명월관 기생들을 불러 교도들과 여흥을 즐겼다.

1917년 2월, 러시아 수도 상트페테르부르크에서 수십만의 노동자들이 거리로 몰려나와, "우리에게 빵을 달라. 전쟁은 싫다. 황제는 물러나라."라는 시위를 시작했다. 당시 러시아가 3년 동안 모든 전선에서 독일 · 오스트리아 · 헝가리 연합군에게 패하고, 심각한 식량난 때문에 시위를 막아야 할 군대까지 오히려 시위대에 동조하고 있었다. 군중들은 13년 전, 일본의 아카시 모토지로(明石元二郎)가 반정부 선동을 시작한 결과라 할 수 있었다. 러시아는 1개월 후에 러시아 황제가 물러나고 임시공화국이 수립되었다.

이 시기 1917년 6월 8일, 조선 총독 하세가와(長谷川 · 好道)가 조선의 일본 합방을 세계에 알리기 위해 창덕궁 이왕(李王 : 순종)을 경부선에 태워 부산에서 관부연락선으로 일본 하관(下關), 명고옥(名古屋 : 나고야)을 경유해 6월 14일 동경으로 보내 일본의 대정(大正) 천황을 알현하게 했다.

1917년 10월에는 레닌이 볼셰비키 세력들과 러시아 임시공화국을 장악했다. 그리고 한 달 후 11월, 중국 · 러시아 국경 한인촌에 머물던 이동휘가 러시아와 같은 혁명을 일으키기 위해 러시아 연해주로 갔다가 러시아 헌병대에 독일의 간첩 혐의로 체포되었다. 이듬해(1918년) 2월에 그는 사회주의자 조선 여성 김 알렉산드라 도움으로 석방되어 3월에 러시아 하바롭스크로 가서 부하 김립(金立), 신민회 · 광복단 · 권업회 · 대한광복군정부 동지들과 '조선인 정치 망명자 회의'를 열고, '볼셰비키당과 같은 무산 계급 정당을 만들어 조선 해방 운동을 이끌어 가자.' 했다. 그러나 신민회 출신 이동녕, 양기탁, 조성환 등이 '이동휘가 본래 뜻을 잃었다.'며 회의장을 떠났다. 이동휘는 그 후 4월 24일, 하바롭스크에서 김 알렉산드라, 박애, 김립, 유동열, 오성묵 등과 한인사회당을 결성하고, 자신은 중앙위원회 위원장, 김립은 총서기가 되고, 이후 독일군, 중국군 포로들로 적위대(赤衛隊)를 조직해 반 볼셰비키 백군과 싸우다가 대원의 절반 이상을 잃고 북만주 요하로 잠적했다.

발칸전쟁(1차 세계대전)이 막바지로 치닫던 1918년 1월 18일, 미국 대통령 윌슨이 미국 의회에서 "세계의 각 민족은 스스로 정치적 운명을 결정할 권리를 가지며 다른 민족의 간섭을 받지 않아야 한다."는 14개 조항의 민족자결주의 원칙을 제창했다. 그러나 윌슨의 '민족자결주의 원칙'은 패전국 식민지에만 적용되어 국제사회는 조선 문제를 일본의 국내 문제로 취급하고 있어 1918년 3월, 천도구국단(天道救國團) 단장 이종일이 천도교 교주 손병희에게 국제사회가 조선 문제를 일본 국내 문제로 취급하고 있으니 속히 전 세계에 일본이 나라를 빼앗아간 사정을 알려야 한다.하고 촉구했다. 이종일은 4년 전 손병희에게 '3갑(三甲) 운동'을 제의한 바도 있었다.

이종일의 건의 며칠 후인 1918년 11월(양력), 북간도 길림(吉林)에서 중광단(重光團)의 '독립선언' 소식이 날아들었다. 중광단(重光團)은 1911년부터 국내에서 독립 운동을 하던 대종교(大倧敎) 교도 서일(徐一), 계화(桂和), 채오(蔡五) 등이 1915년 10월에 국내의 대종교 본부를 북간도 왕청현(汪靑縣)으로 옮겨 동포들에게 단군교의 교리를 가르치며 1차 세계대전 때 용병으로 시베리아에 파견된 체코 군대의 무기를 사들여 조직한 무장 독립투쟁 단체로, 1년 전 1917년 3월의 러시아 혁명에 자극받은 것이었다.

대종교 교조 나철(羅喆)은 1863년 전라도 벌교에서 태어나 29세(1892년)에 장원 급제로 관직에 나갔으나 7년 후 을사조약이 체결되자 관직을 버리고 고향 벌교로 내려가 동지 오기호(吳基鎬), 이기(李沂), 윤주찬(尹柱瓚) 등과 비밀결사 '유신회(維新會)'를 만들었다.

나철은 일본의 조선 침략을 호소하려고 1905년 8월 10일, 러일전쟁 강화회담장인 미국 포츠머스로 가다가 일본의 방해로 좌절되어, 이등박문과 일본 총리(大隈重信)에게 각각 '한·중·일(韓中日) 3국이 친선 동맹을 맺고, 선린 우의로 조선 주권을 보장하라.'는 편지를 보내고, 이듬해(1906년) 음력 1월 1일, 동지들과 을사 5적을 처단하려다가 동지들이 체포되자 동지들을 구하러 자수를 했다. 1907년 7월 3일에 10년 형을 받아 전라도 지도(智島)로 유배(流配)되었다가 풀려나서, 1909년 음력 1월 15일, 단군교를 창시했다. 1년 후 1910년에 단군교를 다시 대종교(大倧敎)로 바꾸었으나, 일제의 탄압에 1916년 9월 12일, 황해도 구월산(九月山) 삼성사(三聖詞)에서 일제를 규탄하는 유서를 남기고 자결했다.

중광단의 독립 선언에 조소앙, 김규식, 김좌진, 신채호, 박은식, 이시영, 이동녕 등, 미국의 안창호, 이승만 등 39명의 서명이 있었다. 중광단은 독립 선언서에서 이렇게 천명했다.

"…(전략) 우리 대한은 예부터 대한의 한(韓)이며 이민족(異民族)의 한(韓)이 아니다. 우리의 털끝만 한 권리라도 이민족에게 양보할 수 없고 우리 강토의 촌토(寸土)라도 이 민족이 점령할 권리가 없으며 한 사람의 한국인이라도 이민족의 간섭을 받을 의무가 없다. …(중략) 일본의 천박한 무인은 섬으로 돌아가고, 반도는 반도로 돌아가며, 대륙은 대륙으로 돌아갈지어다. …(중략) 아아! 우리 대중이여. 공의(公義)로 독립 운동으로 군국전제(軍國專制)를 없애고 민족의 평등을 전 지구에 널리 시행하는 것이 우리 독립의 뜻이요, 무력 겸병(武力兼倂)을 근절해 천하가 모두 평등한 것이 우리 독립의 본령이다. …(중략) 일어나라 독립군아! 준비하라 독립군아! 세상에 한 번 죽음은 피할 수 없는 바이니 누가 구차히 개돼지 같은 일생을 도모하겠는가. …(중략) 우리의 선언은 인류 평등을 실현하기 위한 자립임을 명심하고, 하늘의 밝은 뜻을 받들어 모든 사망(邪網)에서 해탈(解脫)하는 것이 건국이라는 것을 확신하며 육탄혈전(肉彈血戰)으로 독립을 완성할 것이다."

- 무오년 2월 1일(음력)

이종일은 손병희에게 중광단의 독립 선언 소식을 전하며, 준엄히 따졌다.

"성사님께서 10년 전 이용구의 사대 행위를 개탄하시어 '내 10년 안에 반드시 3대 망국병을 바로 잡아 국권을 회복하겠다.' 하셨습니다. 그런데 대체 우리는 그간 무얼 했습니까?"

이에 손병희는 즉시 권동진, 오세창, 최린 등을 불러 국권 회복 방안으로 무력 봉기, 대중 시위 외교 활동, 국민대회 개최, 독립 청원서 제출, 독립 선언문 발표 등, 각종 방법을 검토하게 했다.

1918년 11월 4일, 발칸전쟁(제1차 세계대전)은 오스트리아·헝가리가 연합국의 휴전에 합의하고 7일 후 11월 11일, 독일이 휴전에 합의하면서 막을 내리고 독일·오스트리아·헝가리·오스만의 4개국이 해체되었다.

전승국 러시아는 혁명군파와 반혁명군파의 내전에 휩싸이고, 유럽과 중동에 새로운 독립국가가 탄생했으며, 일본을 비롯한 승전 연합국은 다시는 전쟁이 일어나는 것을 막으려고 국제연맹을 만들었다.

1918년 8월, 신한청년당 여운형이 중국 상해에서 제1차 세계대전의 전후 처리를 위해 상해를 방문하는 미국 대통령의 특사 크레인(C·R Crane)을 만나, '파리강화회'의 조선 대표 파견을 약속받고 1919년 1월 상해임시정부가 파리강화회의에 김규식을 파견하려던 1919년 1월 21일, 고종이 11년 전 일본에 의해 황제에서 쫓겨나 덕수궁에서 12년을 이왕(李王)으로 살다가 향년 69세에 세상을 떠났다.

일제가 고종을 독살했다는 소문 속에, 손병희는 "…(전략) 일본의 사주를 받은 두 궁녀가 밤에 드시는 식혜에 독약을 넣어 황제가 드시고 피를 토하고, 일본은 독약을 넣은 궁녀를 죽여 입을 막았답니다."라는 글을 발표했다.

그로부터 5일 후 2월 9일, 일본 동경에서 조선 유학생들의 독립선언 소식이 날아들었다. 조선 유학생 6백여 명이 1919년 2월 8일, 일본 동경 기독교회관에서 대한 독립 선언서를 낭독하고, 각국 공사관에 전달한 것이었다. 이 역시 러시아의 민중혁명에 자극받은 것이었다.

손병희는 이종일에게 "어린 학생들이 우리보다 낫구려. 내 그간 묵암(李鍾一)이 권한 독립 선언을 속히 결단하지 못한 것이 민망할 뿐이오." 하고는, 즉시 천도교가 중심이 되어 기독교계, 불교계, 구한말의 고관, 언론계, 학생, 농민 등이 함께하는 독립 선언을 지시하고, 권동진과 오세창에게 천도교 내부의 일을, 최린에게 천도교 외부의 일을 맡게 했다.

2.

최린(崔麟)은 1878년에 함경도 함흥에서 태어나 한양에 와서 개화파 청년들과 교유하다가 17세(1895년)에 동학에 입도하고, 26세(1904년)에 일본 명치대학 법학과를 졸업한 후 1910년부터 천도교의 보성고보 교장으로 있었다.

최린은 손병희의 명령을 따라 대한제국의 전 예조·이조판서 윤용구(尹用求), 박영효(朴泳孝), 한규설(韓圭卨), 윤치호(尹致浩) 등을 찾아가 독립 선언에 함께 참여할 것을 청했다. 윤용구는 서화와 바둑을 두며 '때가 좋지 않다'하고, 다른 사람들 역시 몸이 아프다며 꽁무니를 뺐다. 또 가장 믿었던 윤치호와 이상재(李商在)는 더욱 냉담했다. 최린은 혹시나 하고 이완용까지 찾아갔다가 거절당한 후 "신성한 독립 제전에 늙은 소보다 어린 양이 좋을 것이다."하고, 일본 유학 시절에 알고 지내던 육당 최남선(崔南善)을 찾아가 부탁했다. 그 후 최남선이 평북 정주 오산학교 교장 이승훈(李承薰)을 포섭하고, 이승훈이 감리교회 목사들을 동원했다.

　최린은 또 불교 잡지 『유심(唯心)』의 발행인, 만해(卍海) 한용운(韓龍雲)과 서울 대각사(大覺寺) 주지 백용성(白龍城)을 찾아가 승낙을 받고, 유림(儒林)의 심산(心山) 김창숙(金昌淑)을 찾아 승낙을 받았다. 그러나 김창숙은 그 후 모친의 병환 때문이라며 '그냥 학자로 남겠다.'하고 이름을 올리지 않았다. 그 외에 남대문교회 목사 함태영(咸台永), 중앙학교 교장 송진우(宋鎭禹) 등은 뒷일을 대비해 일부러 제외하고, 결국 서명한 사람은 모두 종교계 인사 33인이었다.

　손병희는 만세 운동 날짜를 3월 1일로 잡았다. 3월 2일은 일요일, 3월 3일은 일본이 잡은 고종의 인산일이기 때문이었다.

　독립 선언서는 시인 육당(六堂) 최남선(崔南善)이 짓고, 인쇄는 천도교 측이, 독립 선언서를 일본 정부와 귀족원, 중의원, 각국 대표와 미국 대통령, 파리평화회의에 보내는 것은 기독교 측이 맡기로 했으며, 서울은 3월 1일, 정오 탑골공원에서 배포하고 전국의 주요 도시는 3월 1일 이전에 미리 보내기로 했다.

　독립 선언서 작성자 최남선은 1904년 10월, 국비로 일본에 유학 갔다가 2개월 후 귀국해 1908년 11월, 잡지 『소년(少年)』을 창간하고, 소년지에 발표한 「해(海)에게서 소년(少年)에게」라는 시(詩)로 문명이 널리 알려져 있었다.

　독립 선언 대표들은 1919년 2월 27일 밤, 최린의 집에 모여 민족 대표 1번에 손병희, 2번에 기독교계 대표 길선주(장로교), 3번에 감리교 목사 이필주, 4번에 불교계 대표 한용운을 올리고, 3월 1일 오후 2시에 탑골공원에서 대한 독립을 선언하기로 했다.

　그날 밤, 이종일은 보성인쇄소에서 직원 3명과 극비리에 독립선언서를 인쇄하다가 종로경찰서 악질 형사 신승희에게 발각되었다. 이종일은 즉시 윤전기를 끄고 신승희를 붙들고 밖으로 나가 돈은 얼마든지 주겠다고 제의했다. 그리고 급히 손병희를 찾아가 5천 원을 받아 신승희에게 주었다. 덕분에 독립선언서는 계획대로 2만 1천 장이 모두 인쇄되었다. 당시 이종일이 신승희에게 뜯긴 5천 원은 오늘날 5천만 원에 상당하는 거금이었다.

그 무렵 천도교 측은 경운동 교당 대지 매입과 신축 등 어려운 재정 속에 기독교 측에 5천 원, 상해 신한청년당에 3만 원, 만주 지역 독립운동 단체에도 6만 원을 지원했다.

손병희는 다음날 2월 28일, 독립 선언식 장소를 탑골공원에서 태화관(泰和館)으로 바꾸고, 춘암 박인호에게 임시 교주를 맡게 했다. 독립선언식 장소를 바꾼 것은 학생들이 일본 경찰과 충돌하는 불상사를 피하기 위해서이고, 박인호에게 임시 교주를 맡긴 것은 자신이 투옥된 후 천도교를 이끌게 하려는 조치였다.

손병희는 3월 1일 오후 1시, 권동진 등과 태화관에서 독립 선언서 낭독은 생략하고, 한용운의 간단한 인사말에 이어 독립 만세를 부르고 곧 일제에 사실을 통보한 후 모두 남산의 왜성대 경무총감부로 연행되었다. 길선주, 유여대, 정춘수 등은 지방에서 늦게 도착해서 자진 왜성대로 출두하고, 김병조(金秉祚)는 혼자 상해로 달아났다.

독립선언서의 내용은 참으로 엄숙하고 비장하다.

"우리는 우리 조선이 독립한 나라임과 조선 사람이 자주적인 민족임을 선언한다. 이로써 세계 만국에 알리어 인류 평등의 큰 도의를 분명히 하는 바이며, 자손 만대에 깨우쳐 일러 민족의 독자적 생존의 정당한 권리를 영원히 누려 가지게 하는 바이다. 5천 년 역사의 권위를 의지해 선언함이며, 2천만 민중의 충성을 합해 두루 펴서 밝힘이며, 영원히 한결같은 민족의 자유 발전을 위해 이를 주장함이며, 인류가 가진 양심의 발로에 뿌리박은 세계 개조의 큰 기회와 시운에 맞추어 함께 나아가기 위해 일으킴이니, 이는 하늘의 지시이며 시대의 큰 추세이며, 전 인류 공동 생존권의 정당한 발동이라, 천하의 어떤 힘이라도 이를 막고 억누르지 못할 것이다. 낡은 시대의 유물 침략주의 강권주의에 희생되어, 역사 있은 지 몇천 년 만에 처음으로 딴 민족의 압제에 뼈아픈 괴로움을 당한 지 10년, 그동안 우리 생존권을 빼앗겨 잃은 것이 얼마이며, 정신상 발전에 장애를 받은 것이 그 얼마이며, 민족의 존엄과 영예에 손상을 입은 것이 그 얼마이며, 새롭고 날카로운 기운과 독창력으로써 세계 문화에 이바지하고 보탤 기회를 잃은 것이 그 얼마이냐? …(중략) 병자수호조약 이후 때때로 굳게 맺은 갖가지 약속을 배반한 일본의 배신을 죄주려는 것이 아니다. …(중략) 오늘날 우리 조선의 독립은 조선 사람으로 하여금 정당한 생존과 번영을 이루게 하는 동시 일본으로 하여금 그릇된 길에서 벗어나 동양을 붙들어 지탱하는 중대한 책임을 이루게 하는 것이며, 꿈에도 잊지 못할 괴로운 일본 침략의 공포심으로부터 벗어나게 하는 것이며, 또 동양 평화로써 그 중요한 일부를 삼는 세계 평화와 인류 행복에 필요한 단계가 되게 하는 것이다. …(중략) 아! 새로운 세계가 눈앞에 펼쳐진다. 위력의 시대가 가고 도의의 시대가 왔도다. 과거 한 세기 내 갈고 닦아 키우고 기른 인도적 정신이 이제 막 새 문명의 밝아오는 빛을 인류 역사에 쏘아 비추기 시작했도다. …(중략) 우리는 본디부터 지녀온 온 권리를 지켜 온전히 하여 생명의 왕성한 번영을 실컷 누릴 것이며, 풍부한 독창력을 발휘해 봄 기운 가득한 천지에 순순하고 빛나는 민족 문화를 맺게 할 것이다. …(중략) 양심이 우리와 함께 있으며, 진리가 우리와 함께 나아가도다. 남녀노소 없이 어둡고 답답한 옛 보금자리로부터 활발히 일어나 삼라만상과 함께 기쁘고 유쾌한 부활을 이루어 내게 되도다. 먼 조상의 신령이 보이지 않는 곳에서 우리를 돕고, 온 세계의 새 형세가 우리를 밖에서 보호하고 있으니 시작이 곧 성공이다. 다만 앞길의 광명을 향하여 힘차게 곧장 나아갈 뿐이로다. '공약 3장' 하나, 금일 우리들의 거사는 정의, 인도, 생존, 번영을 위하는 민족적 요구이니, 오직 자유적 정신을 발휘할 것이요, 결코 배타적 감정으로 일주하지 말라. 하나, 우리는 최후의 한 사람까지, 최후의 순간까지 민족의 정당한 의사를 쾌히 발표하라. 하나, 일체의 행동은 가장 질서를 존중하여 오인의 주장과 태도로 하여금 어디까지든 광명정대하게 하라."

- 건국 4252년 3월 1일, 민족 대표 손병희 등 33인

조선 총독 하세가와 요미치(長谷川好道)는 3월 1일 서울 시내 곳곳이 만세 소리와 태극기 물결로 뒤덮이자 경찰을 동원해 시위를 진압하고, 총독부 경무총감은 민족 대표 29명과 서명에 불참한 김선주 등 3명, 독립선언서 작성자 최남선, 중앙학교 교장 송진우(宋鎭禹), 문필가 현상윤(玄相允), 천도교 임시 교주 박인호(朴寅浩) 등 16명을 추가로 체포해 3월 5일 서대문형무소에 수감했다가 4월 4일 경성지방법원 예심부에 회부했다.

3·1일 만세 운동은 평양, 의주, 원산 등을 거쳐 3월 12일 만주 서간도 길림성 유하현으로, 3월 13일 북간도 용정(龍井)으로, 3월 13일 연해주 블라디보스토크로 확산하고, 3월 17일 연해주에서 독립 투사 문창범(文昌範) 등이 '대한국민의회(大韓國民議會)'를 수립해 손병희(孫秉熙)를 대통령에 추대하고, 서울에서 13개도 독립 투사 23명이 '한성 정부'를 수립해 이승만(李承晩)을 집정관 총재, 이동휘를 국무총리로 추대하고, 4

월 11일 중국 상해에서 임시정부를 수립했다. 그 후 4월 12일 러시아 연해주 신한촌에서 세 정부 대표가 회의를 열어 임시정부를 상해에 두기로 합의하고, 4월 23일 대통령에 이승만, 국무총리에 이동휘를 추대했다.

상해임시정부 출범 1주일 후인 1919년 4월 20일, 경기도 화성군 향남면(鄕南面) 제암리(提巖里)에서 일본군이 독립 만세를 부른 주민 29명을 교회에 가두고 밖에서 문에 대못을 박아 불을 질러 죽였다. 당시 캐나다 선교사 윌리엄 스코필드가 제암리 교회로 달려와 찍은 사진으로 이 사건이 세상에 알려져 세계의 비난이 쏟아지자 일본은 1919년 8월 3일, 제2대 총독 하세가와를 소환하고 후임 총독 육군 대장 출신 사이토 마꼬도(齋藤實)를 임명했다.

그리고 8월 18일, 일본 천황은 조선 백성들에게 "짐(朕)은 일찍이 조선의 강녕을 위념(爲念)하고 조선 민중을 애무함이 조금도 차이가 없는 일시동인(一視同仁)이라. 이제 조선 총독을 문관에서 임용하고, 총독부의 헌병 경찰을 보통 경찰로 바꾸고, 일반 관리와 교원의 위협적 군대식 제복과 착검(着劍)을 폐지하고, 관리(官吏)에 약간의 조선인을 등용하고, 언론·출판·집회의 제한을 완화하겠노라."라는 담화를 발표했다.

사이토 총독 또한 9월 3일, "조선에서 신문 발간을 허가하고, 사법 제도를 개정해 한국인의 태형(笞刑)을 폐지하고, 지금까지의 헌병 경찰을 일반 경찰로 바꾸고, 조선 사람도 관리로 임용하고, 조선 사람의 교육 기회 확대를 위해 보통학교와 고등보통학교를 증설하고, 수업 연한과 수업 시간을 늘리겠다."고 발표했다.

상해임시정부는 1919년 법원(사법)의 민주공화제를 의결하고, 압록강 하구 단동(丹東)에 국내와의 연락을 위한 교통국(交通局), 서울에 총판(總辦), 각 도에 독판(督辦)을 설치해 정보 통신·군자금 모금·무기 수입을 하게 하고, 동포들에게 군자금 모금을 위한 애국 공채를 발행하고, 독립 운동 소식을 알리는『독립신문』을 발행하며, 서간도의 대한독립군, 최진동(崔振東)의 연변 군무도독부(軍務都督府), 안무(安武)의 북간도 국민회군(國民會軍), 김좌진(金佐鎭), 이범석(李範奭)의 남만주 서로군정서, 서일(徐一)의 북간도 북로군정서(北路軍政署), 김규면(金圭冕)의 연해주 대한신민단(大韓新民團), 이범윤(李範允)의 연해주 광복단(光復團) 등과 연락을 취하고, 총리 이동휘는 1920년 1월 22일, 한인사회당 간부 한형권(韓馨權)을 러시아 모스크바로 보내 레닌에게 '대한민국 임시정부를 승인하고 한국 독립군의 장비를 적위군(赤衛軍)과 같은 수준으로 지원하고, 시베리아에 독립군 지휘관 양성사관학교 설치, 독립 운동 자금 원조 등을 요청했다.

임시정부의 요청에 레닌은 200만 루블의 금괴 지원을 약속하고 이자는 연리 4푼~6푼으로 조선의 독립 후 철도 부설권, 광산 채굴권, 관세 등으로 상환하게 했다. 1920년 6월 6일~7일 북만주 길림성 화룡현(和龍縣) 봉오동(鳳梧洞)에서 홍범도(洪範圖), 최진동(崔振東), 안무 등의 대한군 북로독군부(北路督軍府), 독립군 신민단의 이흥수, 한경세의 독립군이 일본군을 크게 물리쳤다. 10월 1일에는 홍범도의 독립군이 일본군을 서간도 청산리 협곡으로 유인해 1백 20여 명을 무찌르고, 10월 22일에는 청산리 완루구(完樓溝) 어랑촌에서 일본군 5백여 명을 물리쳤다.

3일 후 10월 25일~26일, 서로군정서 김좌진의 독립군이 청산리 고동하(古洞河) 상류에서 일본군과 10여 회의 전투를 벌여 일본군 연대장 등 1천 2백여 명을 물리쳤다.

일본군은 그 보복으로 1920년 12월까지 2개월 동안 서간도 길림현의 한인마을 삼원보(三源堡) 신한촌(新韓村)의 학교와 교회에 불을 질러 한인 3천 4백 69명을 학살하고, 조선 독립군은 일본군의 보복을 피해 총

9개 중대 3천 5백여 명 군사를 이끌고 1921년 2월 두만강 건너 러시아와 중국 국경 흑룡강성(黑龍江省) 계서시(鷄西市) 우수리강(烏蘇里江) 한인촌 밀산(密山)으로 옮겨가 9개 독립군 부대를 대한독립군단(大韓獨立軍團)으로 통합해 총재에 중광단 단장 서일(徐一), 부총재에 홍범도, 고문에 백순(白純) 김호익(金虎翼), 외교부장에 최진동, 참모부장에 김좌진, 군사고문에 지청천(池靑天)을 추대했다.

　하지만 대한독립군단은 당장 대병력을 유지할 탄약, 무기, 피복, 군량 등이 부족했다. 그런데 연해주 공산한인무장대 오하묵(吳夏黙)이 대한독립군단에 "대한독립군단이 극동러시아 아무르(Amur) 스보보드니(자유시)로 온다면 부대가 주둔할 땅과 물자 등을 제공하겠다."라는 편지를 보내왔다.

　오하묵은 35년 전(1886년), 그의 아버지가 함경북도 명천(明川)에서 큰 아들 오성묵을 등에 업고 길림성으로 가서 오하묵을 낳고, 9년 후(1895년) 두 형제가 러시아 우수리스크로 가서 22년 후 1917년, 레닌의 10월 혁명에 공을 세웠다. 오하묵은 1919년 9월, 이르쿠츠 '한인 전로공산당(韓人全露共産黨) 연해주 공산 한인 무장대' 대장으로 있었다.

　대한독립군단은 오하묵의 편지를 굳게 믿고 1921년 3월에 밀산을 떠나 만주·러시아 국경 우수리강을 건너 6월 20일, 유역 이만(泥灣 : 달네레첸스크)에 도착했다. 이만은 1898년 러시아가 5년 이상 사는 한인의 정착을 허용해서 1914년 1월에 권업회 지회가 설치되어 1919년 11월경, 독립군이 창설된 연해주 지역의 최북단이었다. 그런데 1920년 4월, 러시아의 극동공화국이 탄생하면서 우수리강 남쪽은 러시아 반혁명과 백군과 일본군이, 북쪽은 러시아 볼세비키 적군파가 주둔하고 있었다. 그런데 대한독립군단이 이만에 도착하자 볼세비키 혁명군이 러시아 반혁명 백군 토벌에 동참할 것을 요구했다.

당시 자유시 이만(泥灣)에는 3년 전 1918년에 러시아 반혁명 세력 백군을 지원하기 위해 연해주에 파견된 일본군에게 쫓겨 온 친공산주의 한인 독립군 이만부대, 다반부대, 오하묵의 공산 한인 무장대 등이 주둔하고 있었다. 이만에 온 일본군은 러시아에서 철병하겠으니 대신 러시아가 한인 독립군 소탕을 의뢰한 상황이었다.

볼셰비키의 요구에 대한독립군단의 일부인 홍범도 등은 순순히 복종했지만, 사할린 의병 대장 박 일리아와 대부분의 대한독립군단은 요구를 거부하고 이만에서 다시 열차로 일주일을 달려 6월 28일, 자유시(스보보드니)로 갔는데, 러시아 측이 대한독립군단의 무장해제를 명하고, 이를 거부하자 볼셰비키 혁명군과 오하묵의 공산 한인 무장대가 박 일리아의 사할린 의병대와 대한독립군단 군사를 2중, 3중으로 포위하고 기관총으로 272명을 살해하고 917명을 체포했다.

대한독립군단 대원 37명은 달아나다가 제야(Zeya)강 빠져 죽고 250명이 행방불명되었다. 홍범도는 그 후 대원 300여 명을 러시아 적군에 편입시킨 공으로 레닌으로부터 훈장과 권총을 받았다.

대한독립군단 총재 서일과 참모부장 김좌진은 참변 직전에 밀산(密山)으로 돌아갔다가 간도로 가고, 서일 총재는 밀산에 갔다가 8월 26일 러시아 마적단의 습격을 받아 많은 병사들을 잃고 그 책임으로 8월 27일 자결했다.

대한독립군은 자유시 참변으로 완전히 궤멸되고 이후 독립군은 남만주의 참의부·정의부, 김좌진의 북만주 신민부로 재편되어 공산당에 등을 돌렸다.

3.

제3대 조선 총독 사이토는 부임 후 문화 통치를 표방하면서 밀정을 두어 독립운동을 탄압했다. 심지어 이등박문 살해에 가담했다가 5년을 복역하고 1915년 출옥한 우덕순(禹德淳)까지 하얼빈 조선인 회장으로 임명해 독립군의 정보를 제공하게 했다.

그러나 그 이후 조선은 많은 변화가 시작되었다. 1920년 3월 『조선일보』가, 4월에 『동아일보』가, 6월 25일 천도교 기관지 월간 『개벽(開闢)』이 창간되었다. 기사 삭제, 압수, 정간과 폐간 등으로 탄압했지만, 한일병합 후 조선 사람들은 10여 년간 암흑 시대에서 벗어나 처음으로 참 소식을 접하게 되었다.

우리나라 최초의 신문은 1883년의 『한성순보』, 1896년 4월 서재필의 『독립신문』, 최초의 잡지는 1908년 11월 최남선(崔南善)이 발행한 『소년(少年)』이었다. 최남선이 만든 『소년』이 3년 후(1911년) 5월에 통권 5호로 폐간하고, 1914년 10월, 또 『청춘(靑春)』을 발간했다가 1918년 9월 통권 15호로 강제 폐간되었다. 이듬해(1919년) 2월 1일 김동인(金東仁), 주요한(朱耀翰), 전영택(田榮澤) 등이 동경에서 발간한 『창조(創造)』에서 이광수(李光洙), 박석윤(朴錫胤), 오천석(吳天錫), 김관호(金觀鎬), 방인근(方仁根) 등이 활약했다.

『개벽』은 천도교의 자금 지원으로 매월 천도교 측의 글 한 편 정도를 싣고, 문학, 사상, 정치, 경제, 역사 등의 다양한 글을 게재했다. 그러나 창간호부터 총독부가 거스르는 내용이 있다며 압수를 거듭하여 그때마다 『개벽』은 호외(號外), 임시 호를 발행하며 천도교 측의 권동진(權東鎭), 권오설(權五卨), 이돈화(李敦化), 조기간(趙基栞), 차상찬(車相瓚) 등과 시인 김소월(金素月), 김안서(金岸曙), 한용운(韓龍雲), 최남선(崔南善), 김기림(金起林), 김기전(金起田), 방정환(方定煥), 윤극영(尹克榮), 윤석중(尹石重),

이상화(李相和), 변영로(卞榮魯), 신석정(辛夕汀), 주요섭(朱耀燮), 주요한(朱耀翰), 이은상(李殷相), 모윤숙(毛允淑) 등, 소설가 강경애(姜敬愛), 현진건(玄鎭健), 김유정(金裕貞), 이효석(李孝石), 이광수(李光洙), 김기진(金基鎭), 김동인(金東仁), 나도향(羅稻香), 심훈(沈熏), 채만식(蔡萬植), 윤백남(尹白南), 염상섭(廉想涉), 박종화(朴鍾和), 장덕조(張德祚), 이태준(李泰俊), 홍명희(洪命憙) 등, 정치가 박영효(朴泳孝), 김윤식(金允植), 윤치호(尹致昊), 이상재(李商在), 한규설(韓圭卨), 박헌영(朴憲永), 김준연(金俊淵), 안재홍(安在鴻), 김활란(金活蘭), 조봉암(曺奉岩), 유진오(兪鎭午), 변영태(卞榮泰), 방응모(方應謨) 등, 음악가 정순철(鄭淳哲), 문일평(文一平), 홍난파(洪蘭坡) 등, 역사학자 박은식(朴殷植), 정인보(鄭寅普), 이병도(李丙燾), 손진태(孫晋泰) 등, 문학평론가 백철(白鐵) 등의 약 3백 명에 달하는 필진이 참여하는 동안 판매금지 34회, 정간 1회, 벌금 1회, 내용 삭제 95회를 거쳐 6년 후(1926년) 8월호 박춘우(朴春宇)의 글「모스크바에서 열린 국제농촌학원」을 문제 삼아 통권 72호로 강제 폐간당했다. 8년 후(1934년) 11월에 수필가 차상찬(車相瓚)이 속간했다가 또 1935년 3월, 4호로 폐간되고, 해방된 1946년 1월 김기전이 다시 속간했지만 1949년 3월, 9호를 끝으로 영영 폐간되었다.

　『개벽』의 주간 이돈화(李敦化)는 1884년 함경남도 고원군(高原郡)에서 태어나 1902년 천도교에 입도해 동학 진보회(進步會) 결성에 참여하고, 1910년 천도교월보사 사원이 되어 천도교 청년회를 이끌며 36세에 『개벽』을 창간했고, 주필 김기전(金起田)은 1894년 평안도 구성군(龜城郡)에서 태어나 보성전문학교를 고학으로 졸업하고 26세에『개벽』주필을 맡아 이듬해 1921년 천도교 소년회의 이정호(李正浩), 방정환(方定煥) 등과 '어린이날'을 제정하고, 개벽이 폐간되는 1926년까지 주필을 역임했다.『개벽』의 창간사는 이러하다.

"아! 풍운(風雲)! 아! 벽력(霹靂)! 모래가 날리며 돌이 날도다. 나무가 부러지며 풀이 쓰러지도다. 아! 흑천지(黑天地)다, 수라장이로다. 천(天)의 악이냐? 세(世)의 죄냐? 혼돈(混沌)이로다. 아! 총검(銃劍)! 아! 쇄도(殺到)! 머리가 떨어지고, 다리가 끊어지도다. 이놈도 거꾸러지고 저놈도 자빠지도다. 아! 와텔루이다, 해하야(垓下野)다. 삶(生)을 위함이냐? 죽음(死)을 위함이냐? …(중략)… 새 바람이 일고 한 빛이 비치니 찬란한 빛(光)의 세계로다. 평화의 개조(改造)를 높이 부르짖으니 온 인류의 자유 운(運)이 내(來) 함이냐? 시(時)가 이른 것(到)이냐? 이것이 개벽이로다! 철인(哲人)이 말하되 다수 인민의 소리는 신의 소리라. 그러나 신이 스스로 말을 못 하니, 인민이 소리로 갈앙을 널리 세계에 전하니, 온 세계 모든 인류가 부르짖기 시작하도다. 강자도 약자도 부르짖고, 우자(優者)도 열자(劣者)도 부르짖도다. 다수의 인민이 갈앙하고 요구하는 개벽의 소리로다. …(중략) 시(時)를 개벽하고, 사(事)를 개벽하고, 인물을 개벽하는 소리다. 우리들이 개벽시를 쓰는 것은 신의 요구다. 인민의 소리는 개벽으로 더욱 커지고 넓어지리라. 오호라, 인류 출생 수십만 년의 오늘, 개벽이 태어남이 어찌 우연이랴!"

『개벽』은 또 다른 자매지, 『부인(婦人)』, 『신여성(新女性)』, 『어린이』, 『조선농민(朝鮮農民)』, 『신인간(新人間)』, 『별건곤(別乾坤)』, 『학생』, 『혜성(彗星)』, 『제일선(第一線)』, 『신경제(新經濟)』 등을 통해 조선 민중의 계몽을 주도했다.

4.

1921년 2월, 유림(儒林)의 김창숙 등이 '우리 동포에게 고함'이라는 성명을 통해 상해임시정부의 이승만을 성토했다. 이승만이 1919년 3월 13일, 국제연맹에 조선의 위임 통치를 청원하고, 1년이 넘도록 미국에 머물러 국정 운영 차질을 초래하고, 독단으로 구미위원부를 설치하고, 재정을 임의로 사용했다는 등 13개 이유였다.

1921년 4월에는 임시정부 국무총리 이동휘가 러시아로부터 받은 200만 루블의 금괴를 자의로 사용한 문제로 연해주로 낙향했다. 그러던 1921년 2월 22일, 천도구국단(天道救國團) 이종일(李鍾一)이 서대문형무소에서 2년 6개월을 복역하고 출소했다. 이종일은 출소 직후 2월 25일, 보성인쇄소 직원들과 제2 독립 만세 운동을 일으키려고 제2 독립선언서를 인쇄하다가 일본 경찰에 발각되어 무산되었다. 이종일은 압수당한 제2 독립선언서에서 이렇게 외쳤다.

"존경하는 천도교도와 민중 여러분, 저는 마침내 풀려나 자유의 몸이 되었습니다. 우리 대한은 당당한 자주독립국이며 평화를 애호하는 세계의 으뜸 국민임을 재차 선언합니다. 지난 기미년(1919년)의 독립 만세 운동은 우리의 독립 의지를 세계 만방에 천명한 국제 정세에 병진하는 자유, 정의, 진리의 함성이었지만, 가슴 아프게도 일본의 무력적 압력으로 말미암아 꺾이고 말았습니다. 아! 우리 민중들은 망해가는 나라를 그냥 방치하렵니까. 좌절해서는 아니 됩니다. 우리나라와 우리 집을 지키려는 한두 사람의 지사가 없습니까. 참으로 비참하고 슬픈 일입니다. 운이 다해 그렇습니까, 명이 다해 그렇습니까. 우리는 일어나야 합니다. 섬나라 사람은 섬으로 보내고 반도 사람은 반도를 지켜야 합니다. 우리가 지금은 비록 일본의 압박과 질곡에 얽매여 있지만 틀림없이 광복할 것이니, 민중이여! 안심하고 이번 독립운동에 참여하십시오. 우리의 국혼이 건재하고 견고하면 결단코 망할 운수는 아닙니다. 지금 국제 정세를 살펴보면 시급히 독립 시위 운동을 펴지 않으면 자존 영생할 수 없으며, 일본을 방축하지 않고는 결코 조선이 발전할 수 없음을 명심해야 합니다. 지금 우리가 사는 것은 사는 것이 아닙니다. 일본은 3·1 만세 운동 이후 무단 헌병 경찰 통치를 고쳐 유화 정책을 쓰고 있지만, 고등경찰 통치에 기만당하지 말고 오로지 독립이 있을 뿐임을 가슴에 새겨 일본을 쫓아내야 합니다. 우리 민족의 진로는 오직 자주독립이 있을 뿐이니, 일본의 감언이설에 기만당하는 어리석음을 씻어내야 할 것입니다. 저희 보성사 직원 일동은 뜻 맞는 동지들과 다시 기미년의 감격을 재현하고, 조국의 독립을 위해 신명을 바칠 것을 선언합니다."

1921년 4월 5일, 최시형의 아들 천도교 외교부장 최동희(崔東曦)가 천도교 운영을 중앙 집권에서 지방 분권으로, 단일 체제 교주를 집단 지도 체제로 개혁할 것을 요구했다.

최동희는 1904년 15살에 일본에 가서 서양 학문과 레닌의 공산 혁명을 배우고, 1917년 28세에 조선에 돌아와 외삼촌 손병희에게 '시천교와 함께 항일운동을 전개하자'고 제의했다가 받아들여지지 않자, 1918년 7월 중국 상해로 가서 한인사회당(韓人社會黨) 군사부장 유동열(柳東說)로부터 조선의 독립을 위해 러시아 볼셰비키 혁명군과 연대해야 한다는 권유를 받고, 1920년 7월 천도교 남접의 오지영 등과 천도교 혁신사상연구회(革新思想研究會), 천도교 고려혁명위원회를 결성해 종법사 이종훈(李種勳)을 고려혁명위원회 고문에, 홍병기(洪秉箕)를 고려혁명위원장에 추대하고, 자신은 부위원장 겸 외교부장이 되어 천도교 대헌을 매년 12월 전국 60개 지부에서 무기명 투표로 각 1인의 대표자를 뽑아 교주를 선출하기로 했다. 그러나 손병희의 맏사위 정광조(鄭廣朝), 원로 오세창, 권동진, 최린 등이 옥중의 손병희 결정을 따라야 한다며 반대하던 1921년 3월, 손병희가 옥중에서 박인호를 제4대 교주로 임명했다.

박인호는 4월 6일 대헌 체제의 복귀를 선언하고, 4월 12일, 오세창, 나용환, 임예환, 홍기조, 이병춘, 박준승, 홍기억 등과 함께 손병희의 뜻을 거역한 개혁파 이종훈(李鐘勳), 홍병기(洪秉箕), 정계완(鄭桂玩), 오지영(吳知泳), 최동희(崔東曦) 등을 제명했다.

그 후 최동희는 고려공산당을 찾아 상해로 떠나고, 박인호는 천도교 간부 최동오(崔東旿), 신숙(申肅)을 상해로 보내 임시정부가 미국 워싱턴에서 개최되는 태평양회의(太平洋會議)에 한국의 우수성을 알리기 위해 보낼 박은식의 『한국독립운동지혈사(韓國獨立運動止血史)』 등의 발간 경비를 전달했다.

그 며칠 후 1921년 6월 15일, 조선총독부가 조선사편찬위원회를 설치하고 이완용, 박영효, 권중현 등 3명을 고문으로 임명하고, 일본인 나가노 칸(長野幹) 등 10명, 조선인 9명을 위원에 추대했다.

조선사편찬위원회는 처음 1915년 데라우치 총독이 시도했으나 3·1 만세 운동 등으로 미뤄오다가 조선의 역사가 연원이 매우 오래지만 각 분야에서 조선의 문화가 학술적으로 연구된 것이 없고, 문화 변천의 흔적을 더듬을 사승(史乘)을 찾아볼 수 없다며 설치한 것이다.

그 후 1937년까지 97만 5,534원의 거금을 쏟아부어 조선의 단군조선의 역사 『환단고기(桓檀古記)』, 김부식의 『삼국사기(三國史記)』 기록을 부정하고, 한나라 무제가 서기 313년 중국 요동(遼東)에 설치한 낙랑군(樂浪郡)을 평양 대동강 유역이라 했으며, 삼국 시대 초기 한반도 남쪽 가야에 일본이 '임나일본부(任那日本府)'를 두어 조선을 지배했다는 반도사관(半島史觀)의 『조선사(朝鮮史)』 35편, 『사료총서』 102편, 『사료복본』 1,623편을 만들어 조선은 예부터 한 번도 한반도를 벗어난 적이 없다고 가르침에, 이후 대한제국 사학자들은 그렇게 조작된 내용들을 우리나라의 정사(正史)로 신봉하게 되었다.

  1922년 5월 19일 새벽 3시, 의암(義庵) 손병희(孫秉熙)가 자택 상춘원에서 한 많은 세상과 작별했다. 3년 전(1919년) 서대문형무소에서 일제의 심한 고문에도 "내게 국가라는 관념은 없고 오직 종교가 만족스럽게 행해지게 하려고 조선의 독립을 도모했다."라며 그의 뜻을 굽히지 않았다. 1920년 10월, 최린, 오세창, 이종일, 한용운 등과 경성복심법원에서 징역 3년을 언도받고 복역 중 1921년 10월 22일에 뇌출혈로 풀려나 상춘원에서 6개월을 요양하다가 향년 61세에 세상을 떠난 것이다.

  손병희의 유해는 별세 18일 후 6월 5일 아침, 장례위원장 권동진 등 수백만 시민의 애도 속에 영결식을 마치고 10대의 자동차와 200여 대의 인력거가 따르는 가운데 미망인 홍응화, 주옥경과 세 딸의 오열 속에 오후 5시경에 천도교육관 봉황각 옆에 안장되었다.

  다음날 6월 6일에는 제4대 천도교 교주 박인호가 천도교단의 신·구파 갈등에 책임을 지고 사임했으며, 6월 10일, 천도교 혁신파가 임시총회에서 천도교 대표위원 42인을 선출하고, 7월 25일에 이종훈(李鐘勳), 홍병기(洪秉箕), 오지영(吳知泳), 최동희(崔東曦) 등의 제명을 철회하고, 9월 4일에 천도교의 교헌을 집단 체제 종리사(宗理師) 제도로 바꾸어 권동진, 최린, 오세창 등 8명의 종리사를 선출했다.

'좌·우 합작' 독립운동

1.

3·1 만세 운동 후 상해임시정부 총리 이동휘가 1920년 1월 22일, 한인사회당 간부 한형권(韓馨權)을 러시아 모스크바로 보내 러시아 혁명정부 레닌에게 임시정부 지원을 요청했다.

1921년, 20세 청년 박헌영(朴憲永)이 중국 상해로 가서 고려공산당에 입당하면서 조선의 독립운동에 공산주의가 등장하기 시작했다. 박헌영은 1900년 5월, 충청도 예산에서 부농의 아들로 태어나 1919년 경성고보를 졸업했다. 그는 1922년 1월, 김단야(金丹冶), 임원근(林元根), 최창식(崔昌植) 등과 만나 연해주의 극동피압박민족대회에서 1923년 5월에 연해주 코르부료(高麗局)로부터 '조선에 공산당을 조직하라!'는 지시를 받고, 1925년 4월 17일, 서울에서 김재봉(金在鳳), 조봉암(曺奉岩), 김약수(金若水) 등과 조선공산당을 창건했다.

김재봉은 1891년, 경상도 안동에서 태어난 부농의 아들, 조봉암은 1899년, 강화도에서 태어나 1924년 모스크바 공산대학을 졸업한 사회주의자, 김약수는 1890년, 경상도 기장(機張)에서 태어나 1918년에 의열단 김원봉(金元鳳), 화가 이여성(李如星)과 서간도로 가서 고려공산당에 가입하고, 1920년부터 북성회(北星會), 북풍회(北風會) 등에서 활동했다.

조선 총독 사이토는 1922년 6월, 함경도 장진강(長津江) 지류 부전강(赴戰江)에 부전호 댐을 착공하고, 11월 전라도 임실군 정읍시 산내면에 운암호(雲岩湖) 댐을 착공했다. 부전호 댐 물은 5년 후 1927년 4월 4일 27,5㎞ 도수터널로 동쪽 성천강(城川江)에 보내 낙차 696.9m 발전소를 건설하고, 운암호 댐 물은 1928년 유역 변경(流域變更) 도수로(導水路)로 발전을 한 후 만경강(慢鷲江)으로 보내 드넓은 호남평야의 농업 용수로 사용해 질 좋은 쌀을 생산하게 되었다.

사이토 총독은 1925년 4월 말, 치안 유지법을 제정해 공산당 활동을 막고, 6월 11일 경무국장 미쓰야 미야마쓰(三矢宮松)를 만주 동북 3성 봉천의 마적단 군벌, 장작림(張作霖)에게 보내 '장작림 군대가 만주에서 활동하는 독립군을 체포해 일본에 인계하면 일본은 그 대가로 포상금을 지급하겠다.'라는 협약을 체결했다. 이 협약 체결로 만주의 조선 독립군은 중국 마적단과 일본 경찰에 의해 활동이 위축되었다.

조선총독부는 1925년 11월 22일, 조선공산당 조직을 확대하고 공산청년회원을 비밀리에 모스크바로 파견하는 박헌영, 김재봉, 강달영 등을 신의주에서 체포하여, 박헌영을 11월 30일, 서대문형무소에 수감했다. 박헌영이 수감되자 최시형의 아들 최동희가 이듬해 1926년 4월 4일, 러시아 연해주에서 김봉국(金鳳國), 이규풍(李圭豊), 오동진, 천도교교도 홍병기, 이동락 등과 고려공산당을 창건했다. 형무소에 수감된 박헌영은 자신의 똥을 먹는 등의 미친 행동을 해서 1927년 11월에 병보석으로 출감했다. 이후 아내의 고향 원산으로 가서 1928년 11월에 연해주로 달아나 시베리아횡단철도로 모스크바로 갔다.

고려공산당 창건 20일 후인 1926년 4월 25일, 대한제국 황제 순종 이척(李坧)이 세상을 떠났다. 19년 전 (1907년 7월 20일) 조선 통감에 의해 부친 고종이 강제 폐위된 후 대한제국 황제에 올라서 1907년 7월 24일,

일본과 '정미조약(丁未條約)'을 체결하고, 대한제국 군대를 해산했는데, 1910년 8월 29일, 일한합방이 체결되자 창덕궁(昌德宮)에서 이왕(李王)으로 살다가 향년 50세에 세상을 떠난 것이었다.

순종이 세상을 떠나자 기독교청년회 간사 유억겸(兪億兼)과 『기독신보(基督 新報)』 주필 박동완(朴東完)이 천도교 교주 박인호를 찾아와 3·1 운동과 같은 대대적 독립운동을 일으키자고 했다. 유억겸은 유길준의 둘째 아들로, 1912년에 일본에서 중고등학교, 대학·대학원을 졸업하고 1923년 3월 귀국했다. 박동완은 3·1 만세 운동으로 2년을 복역한 후 『기독신보』 주필로 있었다.

그러나 만세 운동을 일으키는 것은 사이토 총독의 문화정치로 미국 등 국제 사회와 조선 민중의 관심이 점점 식어가고, 서울에 일본이 주둔시킨 육·해군 7천 군대 때문에 쉽지 않았다.

그런 가운데 천도교 청년회 박래원과 조선공산당 ML당(통일당) 책임 비서 강달영(姜達永), 고려공산당 책임 비서 권오설(權五卨) 등이 중앙고보 학생 이현상(李鉉相), 이동환, 박용규, 인쇄공 이용재(李用宰), 민창식(閔昌植), 연희전문 학생 이병립, 박하균, 경성대학 학생 이천진 등과 연락해 순종의 인산일인 6월 10일에 독립만세 운동을 일으키기로 했다. 이른바 독립운동의 좌·우 합작이었다.

강달영은 1887년 경상도 진주에서 태어나 1919년 3월 합천에서 만세 운동에 참여한 후, 1926년 조선공산당 ML당(통일당) 책임 비서로 있었고, 권오설은 1894년 안동에서 태어나 1919년 광주에서 독립 만세 운동에 참여하고 1924년 공산당 화요회(火曜會), 1925년 고려공산당(高麗共産黨) 책임 비서로 있었다.

박래원(朴來源) 등은 6월 6일 만세 운동의 격문 10만 장을 인쇄해 『조선일보』, 『개벽』, 『신여성』 등에 끼워 전국 소비자 조합, 천도교 지방

교구, 청년 단체 등에 보내고, 호남선, 경부선의 대전역, 경의선의 황해도 봉산군 사리원역, 경원선 원산 등은 미리 배포하기로 하고 서울은 당일 배포하기로 했다. 그런데 이튿날 6월 7일 밤 격문이 종로경찰서에 압수되고, 박래원, 손재기, 김덕연, 최덕현 등이 체포되었다.

그러나 남은 사람들이 6월 8일 격문을 다시 인쇄하고, 태극기와 조선 독립 만세기, 격문 약 1만 매를 인쇄해 순종의 상여가 단성사 앞을 지나는 6월 10일 오전 8시 30분에 중앙고보, 연희전문, 경성대학의 학생 2만 4천여 명이 거리로 나왔다. 그들은 다음과 같은 격문을 뿌리며, 독립 만세를 외쳐댔다.

"형제여! 자매여! 단결하라! 일체의 일제 납세를 거부하자! 조선 관리는 모두 퇴직하고 일본인 공장의 직공은 총파업하라! 일본인 교원에게 배우지 말라! 일본 상인과 관계를 단절하라! 일본은 군대와 헌병을 철거하고 투옥 인사를 석방하라! 교육은 조선어로! 동양척식주식회사는 철폐하라! 제국주의 군벌, 대자본가 계급과의 투쟁이 곧 민족의 해방이며 정치적 해방이다. 피압박 민족과 무산자 대중은 모두 함께 정의의 깃발을 들고 우리와 함께 보조를 맞춰나갈 것이며, 제국주의 일본도 운명이 다하고 있음이 명백하다.…(중략) 형제여 자매여! 최후까지 싸워 완전 독립을 쟁취하자! 혁명적 민족 운동자 단체 만세! 조선 독립 만세!"

일본 경찰은 한양의 시위 학생 210명과 전국 각지 학생 1천여 명을 체포하고, 고려공산당청년회 책임 비서 권오설, 조선 ML당 책임 비서 강달영, 중앙학교 교장 송진우 등을 연행했다.

2.

6·10 만세 운동 5개월 후 1926년 11월, 일본에서 조선 유학생 정우회(正友會)의 안광천(安光泉), 하필원(河弼源) 등이 천도교 교주 박인호를 찾아와, "앞으로 국내에서도 독립운동에 사회주의 단체나 민족주의 단체를 무시하거나 경시하지 말고 두 단체가 민족유일당으로 합쳐야 합니다."라고 했다.

민족유일당은 1922년에 만주 요녕성 환인에서 군정서 등 독립운동 7개 단체가 모여 효율적 독립운동 수행을 위해 대한통의부(大韓統義府)로 통합하고, 1923년에 만주 길림성 연길에 의군부(義軍府)가, 1924년 11월 남만주에 정의부(正義府)가, 1925년 북만주 영안현에 신민부(新民府)가 조직되어 만주 교포 사회를 통치했는데, 4개월 전 1926년 10월에 임시정부 안창호 등이 독립운동의 단일 전선을 위해 중국 북경에서 창립한 단체였다.

그 후 1927년 1월, 최동희의 고려공산당 당원 이동락이 중국 장춘에서, 홍병기가 신의주에서 당원 15명과 함께 일본 경찰에 체포되고, 최동희가 상해의 김규식의 집에 숨어 있다가 38세에 위장병으로 세상을 떠나 좌우 연합이 쉽지 않았다.

그러나 박인호는 좌우익을 망라하는 국내의 좌우익 지도들과 접촉하고, 1927년 2월 15일 오후 7시에 한양의 경성 기독교청년회 대강당에서 새로운 독립운동 단체인 신간회(新幹會)를 결성하였다. 신간회 발기인은 안재홍(安在鴻), 홍명희(洪命熹), 이상재(李商在), 신채호(申采浩), 신석우(申錫雨) 등이었다.

홍명희는 1925년부터 상해에서 조소앙 등과 함께 독립운동을 한 좌익계, 안재홍은 1916년 중국 상해에서 독립운동 지원 단체 동제사(同濟社)에서 활동하고, 3·1 만세 운동 후 3년간 투옥된 우익계, 이상재는

1881년부터 일본과 미국을 돌아보고 1898년 만민공동회에서 활동한 우익계, 신채호는 1880년 충청도 대덕에서 태어나 19세에 독립협회에서 활동하고, 1905년 『황성신문』 주필, 1907년 신민회 회원, 1923년 상해 국민대표회의 창조파를 이끈 좌익계, 신석우(申錫雨)는 1894년 청주에서 관찰사 신태휴(申泰休)의 아들로 태어나 일본에서 대학을 졸업하고, 1919년 4월에 상해 임시정부 교통국장을 역임한 우익계였다.

신간회 창립식에서 사회자 홍명희가 신간회 회장에 이상재를, 부회장에 천도교 원로 권동진을, 총무에 박인호의 양아들 박래홍(朴來弘)을 추대했다.

신간회 결성 후 2달 후인 1927년 5월, 민족주의 계열의 여성 김활란(金活蘭), 유영준(劉英俊), 유각경(兪珏卿), 최은희(崔恩喜) 등이 사회주의 계열의 여성 박원민(朴元玟), 정종명(鄭鍾鳴), 주세죽(朱世竹) 등과 신간회 자매 성격의 근우회(槿友會)를 결성했다.

중국에서의 민족유일당 운동은 1927년 4월 상해로, 5월에 광동으로, 9월에 남경으로 확산하였다. 1928년 2월 상해 임시정부의 국무령 홍진(洪震)과 안창호가 만주의 독립군을 찾아가 민족유일당 결성을 촉구하고, 세 단체 대표 39명이 1928년 5월부터 논의를 계속했지만 합의에 이르지 못해 이듬해(1929년) 4월, 혁신의회(革新議會)와 한족연합 국민부(國民府)로 나뉘어졌다.

사이토 총독은 1929년 8월 17일부터 경복궁에서 조선박람회를 개최했다. 자신이 5년 전 1915년, 한일합방 5주년 기념 조선물산 공진회를 개최하며, 경복궁 전각들을 허물고 착공한 조선총독부 청사가 14년 공사 끝에 완공된 것을 기념하려는 것이었다.

사이토 총독은 조선박람회에 산업관(産業官), 미곡관(米ノ館), 사회경제관, 미술공예관, 교통건축토목관, 육해군관, 내지관(內地館), 연예관 등

을 두어 조선의 각종 생산품, 조선과 일본의 각종 미술품, 전통 공예품, 일본 각 부(府)와 현(縣)의 특산품 등을 전시하고, 조선 권번(기생)의 검무, 승무, 무고, 무용과 일본 노래 등의 공연을 통해 1929년 8월 17일부터 9월 12일까지 수학여행 학생, 농민 등 1백만 명의 관람 인원을 계획했다.

1930년 1월 24일, 독립군 국민 부주석 김좌진이 만주의 북간도 중도 철도 산서역(山西驛) 자택 근처에서 고려공산당 박상실(朴常實)에게 살해되었다. 이 사건으로 모처럼의 좌우 합작 독립운동이 주춤하고, 신간회는 2년 후 1931년 5월에 해체되었다. 신간회 해체 후 발기인 신석우(申錫雨)는 자신의 조선일보사를 안재홍(安在鴻)에게 맡기고 상해로 달아나고, 여성 근우회(槿友會)는 스스로 해산했다.

김좌진 장군 피살 이듬해 1931년 6월 17일, 우가키 가즈시케((宇垣一成)가 조선 총독에 부임했다. 그 3개월 후 9월 18일, 일본 관동군 참모 이타가기(板垣征四郎)와 이시와라(石原莞爾)가 만주 봉천(심양) 유조구(柳條構)에서 봉천철도를 폭파했다.

봉천철도 폭파 후 관동군 제10대 사령관 무토 요부노시(武藤信義)는 철도 폭파는 중국의 소행이라며 만주 곳곳을 침공해 4개월 만에 조선 넓이 5배에 이르는 만주 전역을 점령하고, 1932년 3월 1일, 청나라의 마지막 황제 부의(賻儀)를 황제에 세워 만주국(滿洲國)을 수립했다.

관동군은 만주국을 일본의 식민지가 아닌 독립 주권 국가를 표방하고, 만주족, 한족, 몽골족, 조선족, 야마토의 5족의 국가를 선언하는가 하면, '만주국 산업개발 5개년계획'을 세우고 일본인을 만주로 이주시켜 만주의 풍부한 철광석, 석탄 등을 이용해 만주의 드넓은 농지에 공장과 도로를 건설하기 시작했다.

일본 국민의 참여가 소극적이자 일본 사람은 1등 국민, 조선 사람은

2등 국민, 나머지는 3등 국민으로 만들어 '2등 국민' 조선 사람들을 만주국의 관리, 군인 등에 임명하는데, 1932년 2월에 국제연맹이 '만주는 중국에 귀속되어야 한다.'라는 결의안을 찬성 41개 국가, 반대 1개 국가, 기권 1개 국가로 의결했다.

그러자 일본은 1933년 2월 24일에 국제연맹을 탈퇴하고, 일본 육군성은 만주국에 일본 예산의 3배에 이르는 26억 엔을 투입해 대대적 군수산업 공업단지를 건설했다.

만주가 제2의 일본이 되자 만주에서 활동하던 조선 독립군들은 만주를 떠나 중국 본토로 옮겨가야 했는데, 2개월 후인 1933년 4월 29일에 조선의 윤봉길이 일본 천황의 생일 기념 식장 상해 홍구공원(虹口公園)에 폭탄을 던져 일본군 주요 인사들이 죽자, 상해임시정부는 5월 절강성(浙江省) 항주(杭州)로 옮겨가야 했다.

만주국 수립 7년 후인 1939년부터 조선의 가수 채규엽(蔡奎燁)의 「북국(만주) 5천 킬로」, 진방남(秦芳男)의 「꽃마차」 등의 노래가 유행했다.

3.

제6대 조선 총독 우가키 가즈시케(宇垣一成)는 부임 후 '내선 융화', 신사 참배, 조선인의 심전 개발을 추진하는 한편, 당시의 세계적 대공황 속에 파탄에 빠진 조선 정책을 지주 계급 위주의 농정에서 벗어나 값싸고 풍부한 석탄, 전력, 노동력 등을 이용해 조선 북부 지방의 공업화를 추진했다. 만주와 공동으로 압록강에 수력발전소를 건설했으며, 1927년에 건설한 흥남 비료공장을 세계적 수준으로 확장했다.

한편으로 1936년, 조선의 '유사 종교 해산령'을 내렸다. 조선에서 일본의 '신도(神道)', 불교, 이회광의 친일 불교 원종(圓宗), 외래 종교 천주교, 기독교를 제외한 차경석(車京石)의 보천교 등을 강제 해산시키기 위한 법령이었다.

이보다 앞선 1901년 여름, 전라도 고부 출신 30세 강일순(姜一淳)이 전주 모악산 대원사에서 동학처럼 옥황상제를 모시는 증산교(甑山敎)를 창시했는데, 강일순이 죽은 후 제자들이 각각 선도교(仙道敎), 순천교(順天敎), 제화교(濟化敎), 태을교(太乙敎), 대순진리회(大巡眞理會), 보화교(普化敎) 등을 세웠다.

보천교 교주 차경석은 1880년 전라도 고창에서 동학 접주 차치구의 장남으로 태어났다. 1894년 11월 30일, 15세 때 아버지 차치구와 전봉준은 일본군과 관군에 쫓겨 장성 입암산으로 들어가 숨었는데, 전봉준은 12월 2일, 부하 김경천의 밀고로 체포되고, 아버지 차치구는 순창군 쌍치면 국사봉으로 달아났지만, 역시 친구의 밀고로 체포되고 말았다. 차경석은 아버지가 죽은 17년 후(1901년), 22세에 강일순의 제자가 되었다가, 1909년 강일순이 죽은 2년 후(1911년) 제자들이 세운 선도교에 들어가 1918년에 교주가 되어 자신이 곧 도참서인 정감록의 진인이라며, 1921년 정읍(井邑) 입암면 대흥리에 대형 교회당을 세우고, 덕유산 아래 함양군 황석산(黃石山)에서 천제(天祭)를 올려 국호를 대시국(大時國), 교명을 보화(普化)라 선포했다.

교주 차경석은 자신이 개벽을 이루어 조선이 세계의 종주국이 될 것이라 했으며 신도 수가 한때 600만을 헤아렸는데, 1922년부터 상해임시정부에 군자금 5만 원(현재 10억 원 추산)을 보내고, 또 다른 만주의 독립군 정의부(正義府), 좌익 김재봉, 김철수 등에도 많은 독립운동 자금을 보냈다.

그러자 총독부는 1936년 보천교를 독립운동 소굴이라며 유사 종교 해산령을 내려 해체시켰다.

그런데 그 시기(1920년 ~ 1930년), 세상을 경악케 한 백백교(百百敎)가 있었다. 백백교 교주는 유(儒)·불(佛)·선(禪) 3교가 3천 년이 흐르는 세월 동안 본질은 쇠퇴하고 거죽만 남았다며, '한 사람의 교주가 천하를 희게 하고(一之白將欲白之於 天下地)', 장차 조선이 독립하고 백백교가 통치할 것이라며, 간부들을 각지로 보내 불로장생과 부귀영화를 미끼로 헌금을 모으고, 예쁜 딸을 가진 부모들을 입교시켜 성폭행을 하고 땅에 묻었다가 교주는 1937년 2월 18일 밤 12시, 피해자 가족에 의해 살해되었다.

1937년 7월 7일, 일본 관동군이 중국 북경 근처 노구교(盧溝橋)에서 병사 하나가 훈련 중에 없어졌다며 중국군을 공격했는데 없어진 병사가 곧 나타나 7월 11일, 중국군과 협정을 맺고 사건이 일단락되었다.

그런데 일본은 본토에서 군대 3개 사단을, 만주국에서 2개 여단을, 조선에서 1개 사단을 북경에 급파해 중국을 전면적으로 침공하기 시작해 11월 26일 상해를, 12월 13일 남경을 함락하고, 1938년 1월 중국인으로 '남경 정부'를 세워 일본에 협조하게 했다. 일본 관동군이 중국 동북 3성에 만주국을 세운 것과 같은 방법이었다.

1937년 8월, 미나미 지로(南次郎)가 조선 제7대 총독으로 부임했다. 미나미는 1934년 12월부터 1936년 3월 12일까지 만주의 일본 대사 겸 제12대 관동군사령관을 역임한 육군 대장 출신이었다.

미나미 총독은 부임하자마자 '내선일체'를 강조했다. '내선일체'의 내(內)는 일본 본토, 선(鮮)은 조선을 말하는 것이었다. 미나미 총독은 "일본과 조선은 한 몸이 되어야 한다. 마음도 피도 육체도 모두 한 몸이 되어야 한다. 내선일체는 동아시아 건설의 핵심이며, 내선일체를 않고는 만주국을 형제의 나라로, 중국과 제휴하는 것은 생각할 수도 없다."라고 했다. 전임 6대 총독 우가키 가즈시게가 '내선 융화', 신사 참배, 조선인의 심전 개발을 강조한 정책을 더욱 강화한 것이었다.

미나미 총독은 1937년 10월, 조선의 학교, 관공서, 은행, 공장 등에 '우리는 대일본제국의 신민(臣民)이다. 우리는 몸과 마음을 합해 천황 폐하에게 충의를 다하고 인고의 단련을 통해 훌륭하고 강한 국민이 되겠다.'라는 황국신민서사(皇國臣民誓詞)를 시키고, 소학교(小學校)를 국민학교(國民學校)로 바꾸어 궁성 요배를 강요했다. 1938년 2월에는 '육군특별지원령'을 만들어 조선 청년들을 중일전쟁에 동원하고, 3월에 조선교육령을 개정해 조선어, 조선사 교육을 폐지하고, 수업을 일본어로만 하라고 강요했다. 학생들끼리 조선말을 하는 것을 서로 감시하게 했으며, 1940년 11월에는 조선민사령(朝鮮民事令)을 고쳐 조선 사람의 이름을 일본식으로 고치고, 6개월 내에 개명하지 않으면 아이들의 학교 입학을 금하고, 청년들은 징병과 징용으로 끌어갔다. 국민학교는 '황국신민의 학교'라는 뜻이요, 궁성 요배는 일본 궁성 방향을 향해 고개를 숙여 절을 올리는 것이었다. 수업을 일본어로만 하고, 조선 사람의 이름을 일본식으로 고치게 하는 것은 조선인을 일본인으로 만들기 위한 작업이었다.

미나미의 이런 정책을 보면서 조선을 이끌어 온 천도교 지도자, 민족의 지도자들은 아무도 저항하지 않았다. 오히려 천도교의 최린은 3·1만세운동을 이끌고 서대문형무소에 투옥되었다가 1921년 12월에 출소한 후 천도교 종리사(宗理師)·종법사(宗法師)가 되어 1927년 6월부터 10개월 동안 미국·유럽 21개국을 둘러보고 1929년에 천도교 도령(道領)이 되었지만, 1934년 4월, 일제의 회유에 총독부 중추원 참의원이 되었으며, 1935년 11월, 천도교 청년회 조기간(趙基幹), 손병희 사위 정광조(鄭廣朝) 등과 친일 단체 시중회(時中會)를 만들어 "조선은 일본의 통치 아래에서 새로운 인생관을 세워 일본과 한 가족이 되어 천도교의 성

(誠)·경(敬)·신(信)으로 내선일체를 이루자."하고, 1937년 일본의 중일 전쟁을 찬양했다.

『천도교월보』사장 황산(凰山) 이종린(李鍾麟)은 3·1 만세운동 후 1923년 조선물산장려회 발기인, 언론 집회 압박 탄핵 회장, 1927년 신간회 발기인, 천도교 교령 등을 역임하다가 만주사변 이후 이름을 일본식 스미하라 쇼린(瑞原種麟)으로 고쳐 국민정신총동원 조선연맹의원, 국민총력천도교연맹 이사장, 임전대책협의회의원, 조선종교단체 전시보국회 천도교위원 노릇을 했다.

근우회 김활란(金活蘭)은 1934년부터 일본의 정책을 선전하고, 1938년 6월 20일, 이화여전 학생 400명으로 애국단을 조직하고 자신의 이름을 일본식 '야마기 카쓰란(天城活蘭)'으로 고쳤으며, 일제의 징병제 실시에 "이제야 기다리고 기다리던 징병제 감격이 왔다. 지금까지 귀한 아들을 즐겁게 전장으로 보내는 내지(일본)의 어머니들을 물끄러미 바라만 보다가 이제 우리도 진정한 황국신민의 영광을 누리고 책임을 다할 기회가 왔다. 이 황송한 감격을 저버리지 않고 우리에게 내린 책임에 최선을 다하자. 학도병 출진의 북이 울렸으니 발맞추어 마음 놓고 떠나라! 뒷일은 우리 부녀가 지킬 것이다. 남아로 태어나 오늘같이 생의 참뜻을 느꼈음도 없었으리라. 이제 학병 여러분 앞에 국가에 순(殉)할 거룩한 사명이 부여되었으니 주저하지 말고 어서 가라!" 했다.

소설가 춘원 이광수는 동우회 사건 후 조선문인협회(朝鮮文人協會) 회장이 되어 "나는 일찍이 조선인의 일본 동화(同化)는 일본 신민이 될 정도면 그만이라 생각했지만, 이제 조선인은 조선인이라는 사실을 잊어야 한다는 생각이다. 조선인이 영원히 살 수 있는 유일한 길은 피와 살과 뼈가 모두 일본인이 되는 것이다."라고 했다.

조선의 대표적 지성인 윤치호(尹致昊)는 만민 공동에서 민주의회 국가 설립을 주장하고, 1907년 신민회에서 활약했지만, 1911년 일제의 총독 테라우치 암살 사건으로 3년을 복역한 후부터 독립운동을 접고, 3·1독립 만세 운동도 거부하며 조선총독부에 협조하기 시작했다. 그런 상황에 조선공산당이 활동하기 시작했다. 1925년 11월, 조선공산당 책임 비서 박헌영이 모스크바에서 공산대학을 졸업하고 1932년 상해로 돌아와 공산당기관지『코뮤니티』를 제작해 국내로 보내기 시작했다.

그러나 1933년 7월, 일본 경찰에 체포되어 6년 형을 선고받아 서대문형무소에 수감되었고, 조선공산당 일본 총국 이재유(李載裕), 김삼룡(金三龍), 이현상(李鉉相), 이관술(李寬鉥) 등이 조선공산당 재건을 위한 경성 트로이카를 결성했다.

그러나 총독부에 의해 조직이 와해되고, 1939년 3월에 박헌영이 6년을 복역하고 출소하자 혼자 활동하던 이관술이 김삼룡, 정태식(鄭泰植), 이현상, 홍민표 등과 다시 경성 콤 그룹을 만들어 서울의 대창직물 등에 소그룹 콤 그룹을 조직했다. 그러나 총독부의 탄압에 모두 체포되고 박헌영은 광주(光州)의 벽돌공장으로 잠적했다.

4.

1936년 12월 24일, 천도교 4교주 박인호는 인일(人日 : 손병희 도통 승계일) 기념식에서 전국 천도교회에 "내년 2월 3일부터 21일간 매일 오전 5시에 '신사영기 아심정(神師靈氣我心定) 무궁조화 금일지(無窮造化今日至) 시천주영 아장생(侍天主令我長生) 기궁기궁 조화정(氣弓氣弓造化定)' 주문을 1,050번씩 외우고, 저녁 9시에도 1,050번씩 외워 멸왜 기도(滅倭祈禱)를 하라."는 통문을 보내고, 다시 천도교 원로 권동진(權東鎭)과 장흥(長興) 대접주 김재계(金在桂), 서산 접주 최준모(崔俊模) 등을 불러서,

"대신사님이 「교훈가(敎訓歌)」에서 '내 운수 좋거니와, 네 운수 가련할 줄 너 어찌 알 것인가.' 하셨으니, 우리나라 운수가 열릴 날이 머지않았다. 여러분들은 각각 교도들을 직접 찾아가 문서가 아닌 '말'로 '신사영기 아심정(神師靈氣我心定) 무궁조화 금일지(無窮造化今日至) 시천주영 아장생(侍天主令我長生) 기궁기궁 조화정(氣弓氣弓造化定)' 주문(呪文)을 올리라."고 했다.

이 기도는 '최제우 대신사와 최시형 신사의 영기가 내 마음에 들어와 무궁한 조화를 일으켜 오늘 우리를 장생하게 하는 기를 내려주시라.'라는 뜻이었다.

멸왜 기도 운동(滅倭祈禱運動)은 그 후 전라도 강진군 대구면(大口面), 완도군(莞島郡), 장흥군(長興郡) 대덕면(大德面), 해남군, 진도군(珍島郡) 등지로 전해졌고, 1937년 2월, 황해도 신천군(信川郡) 신천교회까지 전해졌는데, 황해도 신천경찰서가 '신천교회 천도교 교도들이 모종의 불온한 일을 계획하고 있다.'라는 정보를 입수하고 가짜 신도를 교회로 들여보내 사실을 탐지하여, 황해도 도경이 3월 4일 천도교 교도 홍순의(洪純義) 등 수백 명을 검거하고, 사리원(沙里院) 경찰서에서 독립운동 자금을 모금했다며 고문하니, 82세 박인호는 자택에서 심문당하다가 형무소로 수감되었다.

조선총독부는 황해도 신천교회 사건 3개월 후인 1937년 6월 6일, 동우회(同友會) 회원들을 체포했다. 동우회는 3·1 만세운동 3년 후 1922년 2월, 도산 안창호가 일제가 허용하는 범위 안에서 국민 계몽과 문맹 퇴치를 위해 서울과 평양에 수양동우회를 결성하고, 이듬해(1923년) 3월에 상해에서 이광수를 국내로 보내 두 조직을 합치고, 1929년 11월에 흥사단(興士團)까지 합쳐 종래의 인격 수양, 실력 배양을 넘어 대혁명(大革命)을 시도한 단체인데, 일본 경찰은 안창호가 전국 동우회 35개 지부에 보낸 '기독교인으로 독립에 이바지하는 방법'이란 글을 문제 삼아 주요한(朱曜翰), 이광수(李光秀), 김윤경(金允經), 박현환(朴賢煥), 이윤재(李允宰) 등, 동우회 주요 간부들을 체포하고, 변호사, 의사, 교육자, 목사, 언론인, 상공인 회원 93명, 그리고 평양지회 회원, 서울지회 회원 등 108명을 체포한 것이다.

이 사건으로 최윤세(崔允洗), 이기윤(李基潤) 등이 고문을 받아 죽고, 안창호는 구속 6개월 후 1937년 12월에 병으로 풀려났지만, 1938년 3월 10일 세상을 떠났다. 나머지 회원들은 재판을 받아 이광수는 징역 5년, 조병옥 등 19명은 징역 2년에서 4년을 선고했다.

일본군이 남경에 위성국가를 세우던 1939년 9월 1일, 유럽에서 또 전쟁이 발발했다. 1918년 제1차 세계대전에서 패한 독일이 베르사유조약으로 식민지를 잃고 상당한 배상금을 물게 되자, 1923년 정권을 잡은 아돌프 히틀러가 1936년 베르사유조약 폐기를 선언하고, 1939년 9월 1일, 이웃 폴란드를 침공한 것이었다. 독일의 프랑스 침공에 영국이 9월 3일에 독일에 선전포고를 하고, 독일은 10월에 이탈리아와 11월에 일본과 동맹을 맺었다.

중국에 있던 대한민국 임시정부는 장사(長沙) 등을 거쳐 1939년 봄 중국 내륙의 중경(重慶)으로 옮겨가서 1940년 3월 13일, 김구(金九)를 주석에 추대했는데, 연안(延安)에 김두봉(金枓奉), 최창익(崔昌益), 한빈(韓斌), 무정(武亭), 박효삼(朴孝三), 박일우(朴一禹) 등이, 호북성 무한(武漢)에 김원봉의 조선의용군(朝鮮義勇軍)이, 국내는 좌익의 조선공산당 박헌영(朴憲永), 조선인민당 여운형(呂運亨), 우익의 『동아일보』사장 송진우(宋鎭宇), 경성방직 사장 김성수(金成洙), 보성전문학교 교수 장덕수(張德秀), 『조선일보』사장 안재홍(安在鴻), 조선물산장려회 조만식(曺晩植) 등이, 미주(美洲)에 서재필(徐載弼), 이승만(李承晩) 등이 활약하고 있었다.

그러던 1940년 4월 3일, 천도교 제4대 교주 춘암(春菴) 박인호 상사(上師)가 세상을 떠났다.

박인호는 1855년, 충청도 예산군 덕산(德山)에서 태어나 28세(1883)에 동학에 입도하고, 1892년 이후 의암 손병희 성사와 삼례 교조 신원 취회, 동학전쟁, 진보회 흑의단발집회 등을 함께했으며, 1907년 12월 천도교 차도주, 1921년 1월 제4대 천도교 교주가 되어 손병희 사후에는 신·구파 갈등으로 물러났다가 다시 구파에 의해 교주에 추대되어 신간회 결성. 6·10 만세운동, 멸왜 기도 운동 등을 이끌었는데, 향년 85세로 세상을 떠난 것이다.

박인호의 묘역에 천도교 도령(都領) 최린(崔麟)이 '天道教 第四世教主 法宗 春菴上師 朴寅浩之墓'라고 새긴 비석을 세웠다. 묘지는 1964년 3월 28일, 경기도 포천군(抱川郡) 소흘읍(蘇屹邑) 무봉리(茂峰里)로 옮겨갔다.

1940년 5월, 중경 임시정부는 한국국민당, 한국독립당, 조선혁명당 셋을 통합해 새로이 한국독립당을 창당하고, 9월 17일에 중국 국민당의 지원을 받아 대한광복군을 창설하여 총사령관에 지청천, 참모장에 이범석을 임명했다. 9월 27일, 베를린에서 일본, 독일, 이탈리아가 3국 동맹을 맺고, 독일과 이탈리아는 유럽의 지배권을, 일본은 동아시아 지배권을 선언하고, 일본은 인도차이나반도를 침공하기 시작했다.

그러자 그때까지 중립을 지키던 미국이 일본에 석유 수출 금지를 선언하고, 1941년 12월 7일 첫새벽, 일본의 미국 하와이 진주만의 태평양 함대 기습 폭격으로 태평양 전쟁, 즉 대동아전쟁이 시작되었다.

미국은 일본의 진주만 기습 폭격에 전함 5척, 구축함 2척, 표적함 1척을 격침당하고, 항공기 188대가 파손 당하고, 군인과 민간인 2천 4백여 명을 잃은 후에야 1942년 4월 18일부터 일본의 수도 동경과 요코하마,

나고야, 고베 등을 폭격했다. 그러나 일본의 벌떼 같은 제로 항공기에 고전하다가 6월 4일, 미드웨이 해전에서 승기를 잡았다.

1942년 5월 28일, 조선 7대 총독 미나미가 조선인들의 탄핵을 받아 본국으로 소환되고, 이튿날 전 일본 관동군 참모장 육군 대장 고이소 구니아키(小磯國昭)가 제8대 조선 총독으로 부임했다.

고이시 총독은 부임 후 10월 1일, 조선어학회 회원 이중화(李重華), 장지영(張志暎), 최현배(崔鉉培) 등 11명을 체포했다. 또한 조선총독부 경찰은 함흥에서 영생고교(永生高校) 여학생들이 기차 안에서 '조선어학회가 『조선어 사전』을 편찬한다.'라고 하는 말을 엿듣고, 1943년 4월 1일까지 『조선어 사전』 편찬에 가담했거나 협력한 이극로(李克魯), 이윤재(李允宰), 이희승(李熙昇), 이석린(李錫麟), 권승욱(權承昱), 한징(韓澄) 등 33명을 체포해서 함흥 홍원 경찰서로 압송하여 고문하다가 재판에 회부했다.

극심한 고문으로 1943년 12월 8일 이윤재가, 1944년 2월 22일, 한징이 죽고 다른 회원들은 재판을 통해 이극로는 징역 6년, 최현배는 징역 4년, 이희승은 징역 2년 6개월, 정인승, 정태진은 각각 징역 2년, 김법린, 이중화, 이우식, 김양수, 김도연, 이인 등은 각각 징역 2년에 집행유예 3년을 선고했다.

한편, 중경 임시정부는 일본의 진주만 폭격 3일 후 1941년 12월 10일, 일본에 선전포고를 하고, 1942년에는 김원봉의 조선의용대가 광복군에 편입했다.

조선 총독 고이소(小磯國昭)는 1943년 8월, 조선의 지원병 제도를 학도병 제도로 바꾸어 학생 2만 3천여 명을 징집하고, 중등학교 이상의 모든 학교에 군사 훈련을 실시하고, 국민학교 졸업생까지 군사 시설 공사장, 포로 감시원, 운수 등에 동원하고, '국민 동원령'을 내려 조선 사람을 군인과 용병(傭兵)으로 끌어갔다.

1943년 11월 27일, 연합국 미국, 영국, 중국 대표가 이집트의 수도 카이로에서 회담을 열어 '연합국이 전쟁에서 이기더라도 영토 확장을 도모하지 않을 것이며, 일본은 제1차 세계대전 후 약탈한 타국 영토를 반환하고, 특히 한국은 장차 자유 독립 국가로 승인할 것'을 선언했다. 이에 프랑스, 폴란드, 소련 등이 임시정부 승인을 통보했다.

연합국 대표들이 국제연맹을 대체할 국제 기구의 주요 목적과 회원국의 평화 안보 공조 목표 설정을 의논하던 1944년 7월 21일, 아베 노부유키(阿部信行)가 제9대 조선 총독으로 부임해서 조선에 징병, 징용, 근로보국대를 조직하고, 만 12세 이상 40세 미만의 여성까지 근로 정신대(挺身隊)로 차출했다.

1945년 2월 4일, 연합국 프랑스, 폴란드, 소련 대표가 흑해 크림반도 얄타에서 회담을 가졌다. 종전 후 독일의 분할 점령, 전범들의 국제 재판 회부에 합의하고, 50개국의 대표가 미국 샌프란시스코에서 2월 11일까지 새로운 국제연합 기구 창설을 의논하였다.

7월 26일에는 독일 포츠담에서 일본에게 카이로선언 수락, 무장 해제, 전쟁 범죄자 처벌, 민주주의 부활, 언론·종교·사상의 자유 및 기본 인권 존중, 군수 산업 금지, 민주 정부 수립, 점령지 철군, 포츠담 선언 수락 등 13대 항을 요구했으나 일본이 거부하자, 미국은 8월 6일, 일본 히로시마에 8월 9일, 나가사키에 원자폭탄을 투하하니, 일본 천황이 1945년 8월 15일, 정오에 직접 항복 방송을 하였다.

이렇게 제2차 세계대전이 끝남에 조선총독부는 8월 16일 12시를 기해 형무소에 수감된 조선의 독립 투사들을 일제히 석방하자, 조선인민당 여운형(呂運亨)이 8월 15일 밤에 건국준비위원회를 구성했다.

여운형이 이처럼 빨리 움직인 것은 일본 항복 하루 전인 8월 14일, 조선 총독이 경무총감을 여운형에게 보내 '일본이 갑자기 철수할 경우 조선의 치안 행정권을 이양하겠으니, 일본인들의 안전한 철수를 보장해 달라.'고 제의했기 때문이다. 총독부 경무총감은 먼저 고하(古河) 송진우(宋鎭禹)를 찾아갔다가 거절당하고 여운형을 찾아갔는데 송진우와 달리 즉시 경무총감의 제의를 수락함에, 여운형의 제의에 따라 형무소와 경찰서에게 수감된 조선인 정치범·경제범을 8월 16일 12시를 기해 전원 석방했다.

여운형은 8월 16일, 건국준비위원회 산하에 건국치안대(建國治安隊)를 설치해 총독부에서 양도받은 무기로 치안을 맡게 하고, 총독부가 전시 식량을 배급해 오던 조선식량영단(朝鮮食糧營團)을 식량대책위원회(食糧對策委員會)로 바꾸어 식량을 배급하기로 했다.

8월 18일에는 공산당 장안파 정백(鄭栢), 좌익계 화요파(火曜派)의 조동호(趙東祜), 리승엽(李承燁), ML당 이정윤(李廷允), 최익한(崔益翰) 등과 조선인민공화국(朝鮮人民共和國) 수립을 선포했는데, 그날 전라도 광주 벽돌 공장에 숨었던 박헌영이 목탄 트럭을 타고 전주(全州)에 숨었던 동지 김삼룡(金三龍), 이주하(李舟河) 등을 데리고 서울로 와서 김형선(金炯善), 이관술(李觀述), 이현상(李鉉相), 정태식(鄭泰植), 홍민표 등과 함께 건국준비위원회에 가담하였다.

8월 23일, 소련군 장교 김성주(金聖柱)가 김책(金策), 김일(金一), 허가이(許哥而), 남일(南日) 등과 원산항(元山港)으로 상륙해서 8월 26일, 연안파(延安派) 김두봉(金枓奉)과 조선인민공화국 수립을 선포함에, 우파 고하(古河) 송진우(宋鎭禹) 등은 '새 공화국 수립'은 중경(重慶) 임시정부 귀국을 기다려야 한다.'며 이에 반대했다.

9월 8일에 미군 제24 군단장 하지(Hodge) 중장은 서울에 와서 제9대 조선 총독 아베 노부유키의 항복을 받고 미군정 실시를 선포했다. 그리고 9월 16일, 소련군 장교 김일성(金日成)은 북조선 공산당을 창건하고, 10월 16일, 미국에서 이승만(李承晩)이 귀국했는데, 1945년 10월 24일에 국제연합이 창설되었다.

이승만은 귀국 후 박헌영에게 좌·우파를 망라하는 '건국준비촉성회' 결성을 제의했지만, 11월 16일, 박헌영이 친일파 처단이 먼저라며 이승만과 결별하니, 이승만은 11월 23일, '독립촉성중앙협의회'를 발족하는데, 그날 중경에서 임시정부 주석 김구가 귀국했다.

김구는 귀국 당일 오전 미군정장관 아놀드 소장을 예방하고 기자회견에서 '독립촉성중앙협의회를 어떻게 생각하느냐?'는 질문에는 대답하지 않고, 11월 24일 회견에서 '박헌영의 친일파 청산을 어떻게 생각하느냐?'는 질문에는 '친일파 청산은 건국 후로 미루는 것이 바람직하다.' 하고, 이후 경교장(京橋莊)에 머무르면서 새로운 공화국 수립 문제를 협의했다. 경교장은 친일파 금광 업자인 부호 최창학(崔昌學)이 김구에게 헌납한 주택 죽첨장(竹添莊)으로, 부근의 다리인 경교(京橋)를 따서 붙인 이름이었다.

5.

김구가 경교장에 머물던 1945년 12월 16일, 미국, 영국, 소련의 외무장관이 모스크바에서 회담을 열고, "조선에 12월 26일까지 민주주의 임시정부를 세우고, 그 후 5년 동안 미·영·소·중 4개국이 5년의 신탁통치를 한 후 완전한 정부를 수립한다."고 발표했다. 그러자 조선공산당 박헌영과 김일성 측은 찬성하고, 우익의 이승만, 김구, 송진우 등은 반대했다. 특히 송진우는 "원칙적으로 반대하지만 어쩔 수 없는 경우 수용할 수밖에 없다."하고, 김구는 아예 반대였다.

송진우는 12월 28일 경교장에서 김구와 회합을 갖고 자정을 넘긴 12

월 29일 새벽 4시까지 격론을 벌이다가 귀가했는데, 2시간 후 새벽 6시경에 괴한의 총에 살해되었다.

1946년 1월 1일부터 김구와 이승만의 신탁통치반대운동이 시작되고, 2월 9일에 김일성이 '북조선 임시인민위원회'를 결성했다.

2월 19일에는 박헌영이 조선인민당 여운형(呂運亨), 조선노동당 허헌(許憲), 조선의용대 김원봉(金元鳳), 조선신민당 백남운(白南雲) 등과 좌파 연합의 '민주주의민족전선'을 결성했다.

그런데 미국과 소련 대표가 1946년 3월 20일부터 서울 덕수궁에서 조선을 건국하는 논의를 시작했다. 회의는 시작부터 소련 대표가 "신탁통치 반대 세력은 임시정부 구성에서 제외해야 한다."고 고집해 난항을 겪다가 1947년 6월 25일 제2차 미소공동위원회가 속개되어 여운형이 좌우 합작 임시정부 수립을 주장하다가 7월 19일 괴한에게 암살되고, 10월 27일 소련 대표의 철수로 미·소 공동위원회가 결렬되어 조선 건국 문제는 국제연합에 회부되었다.

국제연합은 1947년 11월 14일, "한반도에서 유엔 한국 임시 위원단의 감시 아래 1948년 5월 10일 남한만의 단독선거를 실시한다."는 결의안을 찬성 43표, 기권 6표로 가결했다. 그리하여 호주, 캐나다, 중국, 엘살바도르, 프랑스, 인도, 필리핀, 시리아, 우크라이나 공화국 등 9개국 대표로 유엔 한국 임시위원단이 구성되었다.

그 1개월 후 12월 2일에 한민당 총무 장덕수가 살해되었다. 미 군정청은 장덕수 살해범의 배후로 김구를 지목했다. 김구가 상해 임시정부 경무국장 때 측근을 시켜 이동휘의 비서 김립(金立)을 살해하고, 자신의 상해 임시정부만 정통이며, 장덕수, 김성수 등 국내 인사들은 모두 친일파라고 각을 세운 때문이었다.

그런데 그 2개월 후 1946년 5월 15일, 미군정 수도경찰청장 장택상

(張澤相)이 '조선정판사(朝鮮精版社)' 사건을 발표했다. 수도경찰청은 시중에 이상한 자금이 유통된다는 정보를 입수하고 수사를 벌여 5월 4일 조선정판사 사원 이재원 등 7명을 체포했다. 그들의 자백에 따르면, 박헌영이 1945년 9월 조선공산당 조직을 전국으로 확대하면서 일본이 철수할 때 두고 간 조선은행 100원권 원판 1매를 가지고 1945년 10월 25일부터 『해방일보』 사장 권오직(權五稷), 조선정판사 사장 박낙종(朴洛鍾), 서무과장 송언필(宋彦弼), 재무과장 박정상(朴鼎相), 기술과장 김창선, 평판 기술공 정명환(鄭明煥), 창고 주임 박창근(朴昌根) 등과 모든 직원이 퇴근한 밤중에 6차에 걸쳐 지폐 1,200만 원을 발행해서 조선공산당 조직부장 이관술을 통해 조선공산당 창건에 사용한 것이라 했다.

미군정은 1946년 5월 7일, 관련 조선공산당 당원 14명을 체포하고 박헌영(朴憲永)과 비서 이강국(李康國), 권오직(權五稷) 등의 검거령을 내렸다. 그러자 박헌영은 9월 5일 상여를 타고 38도선을 넘고, 이강국은 자신의 애인 김수임(金壽任)의 현지 남편 미군정청 헌병사령관 베어드의 관용차로 38도선을 넘었다.

박헌영은 9월 16일, 황해도 해주(海州)에서 남한의 김삼룡에게 "남한에서 폭동을 일으켜 미군을 철거하게 하라."는 지령을 내리고, 10월 1일~2일 대구에서 남조선에서 미군을 몰아내자는 폭동을 일으키게 하고, 11월 23일 조선공산당, 조선인민당, 남조선신민당을 남조선로동당으로 통합한 후, 1947년 2월 7일, 남로당과 민주주의 민족 전선이 전국의 전기 노동자, 철도 노동자, 통신 노동자들에게 파업의 지령을 내려 2월 9일 각 지역에서 노동자와 학생들을 동원해 '조선 분할을 계획하는 유엔 한국 위원단 반대', '남조선 단독 정부 수립 반대'. '미소 양군의 동시 철퇴', '통일 조선 민주주의 정부는 조선 인민에게', '제국주의 앞잡이 친일파 이승만과 김성수 타도', '노동자와 사무원 보호 노동법과 사회보험 제도 즉각 실시', '노동 임금을 배로 올리고, 정권은 인민위원회로', '지주의 토지를 몰수해 농민들에게' 등의 피켓을 들고 지서와 관공서를 습격했다.

그리고 이틀 후 2월 9일, 김구의 단독 선거, 단독 정부 수립 반대 성명 발표로 시위가 더욱 격렬하게 전개되어 쌍방에서 100여 명이 죽고 수천 명이 경찰에 체포되어 2월 20일 막을 내렸다.

1948년 3월 1일, 김달삼이 제주 관덕정 3·1절 기념식장에서 '망국적 남한 단독 정부 수립 반대', '미군 즉시 철수' 등의 현수막을 걸고 시위를 벌였다. 3월 10일, 제주도내의 166개 기관이 파업을 벌이고 우익 인사와 경찰관을 살해했으며, 4월 3일 새벽 2시, 한라산에 올라 횃불을 신호로 제주 관내 24개 경찰지서 중에서 12개소를 습격해 경찰관을 죽이고, 서북청년회, 독립촉성국민회 등의 사무실을 습격했다.

미 군정청은 4월 5일, 전남 경찰 100여 명으로 제주비상경비사령부를 구성해 제주 해상을 봉쇄하고, 국방경비대 9연대장 김익렬(金益烈)이 4월 28일 폭도들과 만나 72시간 이내에 전투를 중지하기로 합의했다. 그런데 이튿날 한독당 당수 김구(金九)와 김규식(金奎植)이 단독선거. 단독 정부 수립을 반대하는 남한의 41개 정당, 사회단체 대표 396명을 이끌고 김일성이 개최하는 평양의 남북한 연석 회의에 가서 4월 30일 김구, 김규식, 김일성, 김두봉 4자회담에서 북한에 '북한만의 단독 정부 수립 반대, 수풍발전소 전력의 남한 송전 계속, 황해도 연백저수지 개방, 조만식 선생의 월남 허용, 하얼빈의 안중근 의사의 유해 서울 봉환' 등을 요구했다.

그러나 북한은 안중근 의사의 유해 봉환은 소련의 허락을 받아야 한다며 즉답을 피하고, 김구는 평양에서 15일을 머물다가 5월 5일 서울로 돌아와 '남과 북이 미국과 소련 양국의 군대 철수에 의견이 일치했고,

김일성도 북한만의 단독 정부 수립은 절대로 하지 않겠으며 전력의 남한 송전과 연백저수지 개방에 동의했다.'라고 발표했다. 그런데 5월 6일 제주경비대 9연대장이 박진경 중령으로 교체되어 제주 폭도와의 평화 회담은 무산되었다.

그리고 5월 10일에 남한에서 총선거가 실시되어 5월 31일, 제헌국회가 구성되었으며, 김일성은 6월 2일에 조선인민공화국 수립을 선포하고, 태극기 대신 새 국기를 제정하고 남한에 송전을 단절했다. 그 후 6월 19일, 제주 제9연대장 박진경이 부하 남로당원 문상길 중위 등 9명에게 살해되고, 8월 15일에는 대한민국 정부가, 9월 9일에는 북한의 조선민주주의 인민공화국이 수립되었다.

1948년 8월 15일, 대한민국 대통령 당선자 이승만은 서울 광화문 광장의 정부 수립 기념식에서 '자유와 민주가 넘치는 새나라 건설'을 약속하고, 10월 11일에는 제주에 반란군 토벌 사령부를 설치하였다.

10월 17일, 송요찬(宋堯讚) 장군이 9연대장에 부임해 여수 주둔 국군경비대 제14연대에 2개 중대의 병력을 제주로 차출하게 했는데 차출부대가 여수항에서 제주를 향해 출항하는 10월 19일 오후 6시, 여수 국군경비대 14연대 상사 지창수(池昌壽)와 김지회(金智會) 중위 등이 1천여 명의 군인을 선동해서 우익 군인들을 살해하고 시내로 들어가 여수시 인민위원회를 조직하고, '제주도 출동거부 병사위원회' 이름으로 '우리 조선 인민의 아들은 같은 형제를 죽이는 제주 파병을 거부한다.' '미군의 즉시 철퇴' '대한민국 분쇄 맹세' '친일파 민족 반역 경찰관 소탕' '무상 몰수 무상 분배 토지 개혁' 등의 깃발을 들고 시위를 했다. 10월 20일에는 순천·벌교·광양 방면 등으로 진출해서 순천 주둔 1연대 홍순석 중위와 합류했으나 국군에게 쫓겨 백운산과 지리산으로 들어갔다가 1949년 3월 박헌영이 해주에서 김삼룡을 통해 "50만 남한의 남로당

당원이 폭동을 일으켜 8월 20일까지 대한민국의 공권력을 인수해 9월 20일 서울에서 새로운 총선거를 통해 조선민주주의 인민공화국 정부를 수립하라."는 지령을 내렸다.

그러나 여수, 순천 좌익 군인의 반란 후 주한 미군의 철수를 중단하고, 북한이 7월 2일 강원도 오대산에 유격대를 보내 국방부를 긴장시켜 폭동을 일으킬 수 없는 상황에, 북한은 1950년 6월 25일에 남침을 감행하여 남한 전역을 3개월 동안 통치하다가 9월 15일 유엔군의 인천 상륙으로 퇴각했다.

이현상이 1950년 9월부터 덕유산에서 남부군을 조직해 게릴라전을 하는 가운데 12월 말, 중공군의 참전으로 전선이 다시 38도 부근으로 남하했다. 이현상은 1951년 8월 11일, 남부군 참모장 박종하가 합천군 가회(嘉會) 지서를 습격한 후 지리산으로 들어가 국군과 대항하는 중인 1953년 7월 27일에 휴전이 조인되고, 이현상은 9월 18일 하동군 화개면 빗점골에서 국군에게 사살되고, 제주 폭동 사건은 그 1년 2개월 후 1954년 9월 21일 종료되었다.

남한의 정부 수립을 방해하던 박헌영은 1948년 북한의 내각 부수상 겸 외무상에 있다가 휴전 직전 1953년 3월 미국 간첩으로 몰려 총살되고, 비서 이강국도 박헌영 간첩 사건에 몰려 총살당했다. 권오직(權五稷)도 인민위원회 외무성 부수상, 주중 대사로 있다가 그해 8월에 총살당하고, 김약수는 6·25전쟁 때 북한에 납치되어 1959년에 반당혁명분자로 숙청되고, 이승엽도 역시 박헌영 간첩 사건으로 총살되었다. 이관술은 조선정판사 위폐 사건으로 1946년 9월 무기징역을 선고받아 6년 동안 대전 형무소에서 복역 중 6월 28일, 대전 인근 산골짜기에서 보도연맹원과 함께 처형되고, 김삼룡은 이주하와 남로당 지하당을 조직했는데, 1950년 2월 체포되어 북한의 조만식과 교환 협상을 추진하다가

6·25 발발로 6월 26일, 서울형무소에서 총살되었다.

경성 콤 그룹 정태식은 해방 후『해방일보』주필, 노동당 기관지『노력인민』주간을 맡아 1950년 4월 국가보안법 위반으로 징역 20년을 선고받았지만, 6·25동란으로 월북했다가 박헌영 간첩 사건에 총살되고, 남로당 위원장 박갑동은 박헌영의 간첩 사건으로 사형선고를 받았다가 1956년 석방되어 중국, 홍콩을 거쳐 지금 일본 동경에 살고 있다.

그 후 대한민국은 1960년 이승만 정권이 퇴진하고, 1961년 박정희 정권이 수립되었다. 대한민국이 건국한 후에도 북한은 흡수 통일을 위해 6·25 전쟁을 일으키고, 1958년 2월 16일 부산에서 서울로 가는 대한국민항공사 비행기 창랑호를 납치하고, 1968년 1월 21일, 김신조(金新朝) 등의 124부대 무장 공비 31명을 보내 청와대를 습격했다. 1968년 10월 31일 울진·삼척에 무장공비 120명을 침투시키고, 1969년 12월 11일 강원도 강릉에서 대한항공 비행기를 납치했다.

2023년 대한민국 경제는 세계 10위 권, 북한은 세계 최하위권이다. 동시에 건국한 북한은 당시 일본이 건설한 장진강, 부전강, 압록강 수풍발전소, 흥남비료공장 때문에 경제가 농사만 짓는 남한을 훨씬 앞섰지만, 75년이 지난 남한은 무한 경쟁 자유 경제를 선택하여 경제 대국으로 우뚝 서 있다.

대한민국은 1979년 12월 16일 저녁 7시 41분, 중앙정보부장 김재규가 박정희 대통령을 시해한 후 1980년 5월 18일 광주 민주화 운동이 있었다. 그리고 1981년 3월 3일, 간접선거인단 선거로 전두환이 제11대 대한민국 대통령에 선출되었다.

그러자 북한은 대통령을 살해하려고 1983년 19월 9일, 버마 아웅산 묘소에 폭탄을 설치해 참배하러 간 전두환 대통령 일행 이범석 등 각료들과 외교관, 취재진, 현지 안내인 등 80여 명을 살해했다.

6.

최시형의 딸 최윤(崔潤)은 1894년 11월 15일, 부친 최시형이 동학을 격려하러 영동군 청산면 문바위골을 떠난 3일 후인 11월 18일, 16세에 옥천 관아에 끌려가 아전 정주현에게 주어져 아들 정순철(鄭順哲)과 딸 정순열(鄭順悅)을 낳고, 1911년 역적의 딸이라는 이유로 쫓겨났다. 그녀는 1925년 딸 순열을 데리고 김연국의 계룡산 신도안(新都內)으로 가서 6·25동란 후 딸 순열을 출가시키고, 대신사의 경주 용담정으로 내려가 월남 피난민 여신도와 함께 살다가 1956년, 78세에 세상을 떠났다.

최윤의 아들 정순철은 15세(1911년) 때 옥천군 청산에서 서울로 가서 천도교 보성학교를 졸업하고, 1919년 일본에 가서 음악을 공부하며 같은 유학생 방정환(方定煥), 손진태(孫晉泰), 진장섭(秦長燮) 등과 '색동회'를 조직했다. 1929년 자신이 10년 동안 작곡한 동요 「짝짜꿍」, 「물새」, 「갈잎 피리」 등 10여 곡의 동요 제1집을 출간하고, 1939년 다시 일본에 가서 음악 공부를 했다. 1942년에 귀국해 음악 교사로 있다가 1950년 9월 28일, 국군의 서울 수복 때 제자에게 납북되었다.

손병희 셋째 부인 주옥경(朱鈺卿)은 손병희 별세 후 1924년 손병희의 셋째 딸 손광화(孫廣嬅), 최린(崔隣)의 부인 김우경(金友卿) 등과 최시형 신사의 '부화부순(夫和婦順)'의 뜻을 따라 전국 천도교 내수단을 조직해 여성의 사회적 지위 향상, 사회사업, 문맹 퇴치 운동을 하다가 1927년 사위 방정환의 권유로 일본에 가서 2년간 신학문을 배우고 돌아와 봉황각에서 손병희 묘소를 돌보며 경운학원 원장, 민족 대표 유족회 회장 등을 역임하다가 1982년 1월 17일, 87세에 세상을 떠났다.

해방 후 총독부에 협조한 인사인 『천도교월보』 사장 황산 이종린은 과도 정부 입법 의원, 초대에서 2대까지 국회의원이 되었다가 1949년 1월, 반민특위에 회부되었다. 1950년 9월 28일, 북한군에 납치되어 1958

년 12월에 평안북도 선천에서 세상을 떠났다.

소설가 춘원 이광수는 1950년 6월에 북한에 납치되어 10월 25일, 평안북도 강계군 만포(滿浦)에서 폐결핵으로 58세에 병사했다.

그리고 윤치호는 1945년 8월 19일, 개성의 자택 고려정(高麗町)에서 괴한의 습격으로 80세에 세상을 떠났다.

최제우의 동학은 1905년 12월 1일, 제3대 교주 손병희에 의해 천도교로 바뀌었고, 1906년에 이용구와 송병준이 동학에서 분리한 시천교(侍天敎)를 창시하고, 1913년에 김연국은 한양 가회동에서 제세교(濟世敎)를 창시했다. 시천교는 그 후 1938년 11월, 이용구의 아들 이석규(李碩奎)가 대동일진회로 바꾸었는데 1982년에 해체되고, 김연국의 제세교(濟世敎)는 1925년, 충청도 계룡산 신도안(新都安)으로 옮겨가 이름을 상제교(上帝敎)로 바꾸어 신도 수가 50만을 헤아리다가 1944년 음력 8월 7일, 김연국이 세상을 떠나자 아들 김덕경이 물려받아 1961년에 이름을 천진교(天眞敎)로 바꾸고 1985년에 본부를 대전 가양동(佳陽洞)으로, 1996년에 논산시 연산(連山) 등으로 옮겨가면서 교주를 선거로 선출하고 있다.

천도교는 해방 후 남한은 1948년, 신파·구파의 통합으로 3년 임기 교령(敎領) 제도를 채택하고, 북한은 1945년 9월 14일 천도교 청우당이 조직되어 1946년 2월 1일, 소련 군정의 허가를 받아 도(道)·군(郡)에 천도교 북조선 '청우당(靑友黨)'을 결성해 북한 정권에 흡수되었다.

그런데 천도교 교령 최덕신(崔德新)이 1986년 4월, 부인과 함께 북한으로 월북했다. 최덕신은 1919년부터 독립운동을 주도한 천도교인 최동오(崔東旿)의 아들로, 1950년 제11사단 사단장 때 예하 9연대의 거창 양민학살사건으로 직위 해제되고, 5·16혁명 후 외무부 장관, 서독 주재 대사, 1967년 제20대 천도교 교령, 1970년 21대 교령을 역임했는데 미국을 통해 월북했다. 그 후 최덕신은 북한 청우당 중앙위원 · 최고인민위원회 대의원 등을 역임하다가 1989년 11월 16일 세상을 떠났다.

그 11년 후인 1997년 8월 15일, 대한민국의 22, 23대 천도교 교령 오익제(吳益濟)가 또 중국을 거쳐 월북하고, 2019년 7월에 최덕신의 둘째 아들 최인국이 중국을 통해 월북했다.

동학란은 1894년 이후 동비(東匪) 난으로 불리다가 대한민국 수립 후 1962년에 '동학농민혁명(東學農民革命)'으로 격상되었다. 1965년 5월 19일, 서울 탑골공원에 손병희의 흉상을 건립하고, 2018년 4월 24일에는 서울 종로, 옛 전옥서(典獄署) 터(전봉준이 마지막 밤을 보낸 곳)에 녹두장군 전봉준의 동상을 건립했으며, 2019년 2월 19일, 전봉준의 황토현 승전일인 5월 11일을 '동학농민혁명 기념일'로 지정하고, 2022년에 정읍 황토현에 동학농민운동 기념공원이 조성되어 있다.

※ 참고 문헌 ※

- 『보성의 인물』, 보성군청, 2019.
- 『동학혁명 100년사』(1·2권), 기념위원회, 1994.
- 『인명사전』, 삼성출판사
- 『한국민족문화 대백과사전』
- 『위대한 한국인(㊀)』, 崔東熙, 태극 출판사 1972.
- 인터넷 자료, 심국보.
- 유튜브, 박종인 · 김용삼 · 함재봉 등.

| 집필 노트 |

이 글, 『용담수류(龍潭水流)』는 동학을 창시한 최제우(崔濟愚)와 그 제자 최시형(崔時亨), 손병희(孫秉熙), 박인호(朴寅浩), 동학농민혁명 일으킨 전봉준(全琫準) 등으로 이어지는 이야기다.

필자는 66년 전, 1958년 사범학교 2학년 때 소설로 문단에 등단하여 우쭐한 마음에 동학농민혁명(東學農民革命)과 관련한 소설 한 편을 쓰고 싶었다. 그러나 학교에서 배운 동학 지식으로는 쓸 수 없어 40년 동안 시골 초등학교에서 어린이들을 가르치다가 2003년 2월 퇴직 후, 동양 고전을 배울까 해서 서울 인사동 천도교 회관 뒷골목에 있는 '풍류사랑'을 다니다가 문득 젊은 시절의 기억이 떠올라 다시금 『동학혁명 100년사』, 『위대한 한국인 최시형』 등을 읽고, '동학'과 '동학농민혁명'이 별개의 사건임을 알았다.

동학은 1861년 경주 사람 최제우가 창시한 가슴에 하늘을 모시는 종교이고, '동학농민혁명'은 1894년 동학 고부 접주 전봉준이 농민을 수탈하는 고부 군수 조병갑을 응징하고, 부패한 조정을 바로잡기 위해 일으킨 창의였다. 그러나 필자는 동학농민혁명의 규모가 너무도 방대해 60년 전과 마찬가지로 역시 소설을 쓸 수 없었다.

그러던 2019년 8월, 조국(曺國) 사태가 발발했다. 많은 국민들이 하자 많은 조국의 법무장관 임명을 반대했지만, 대통령이 '본인이 직접 책임질

불법 행위가 드러난 것은 없다.'라며 외면하는 모습이 흡사 120년 전 동학을 탄압하고 나라를 말아먹은 조선의 고종과 같았다. 필자는 동학이 탄압받던 시기의 부끄러운 우리 역사를 나의 아들딸, 손자, 친지에게 알리고 싶어 붓을 들기로 했다.

안타깝게도 주위의 많은 사람이 고종을 나라를 지키기 위해 일본에 저항하고 백성을 사랑한 성군으로 잘못 알고 있는데, 고종은 관군을 동원하고 심지어 일본 군대를 끌어들여 동학 농민을 학살하고 결국 나라를 일본에 넘긴 나쁜 군주였다.

지인들 중에는 '지난 역사를 알아서 무슨 소용 있느냐?', '왜 정치에 관심이 많으냐?'고 묻는다. 그러나 우리는 되풀이되고 되풀이되는 역사를 제대로 알아야 바른 미래를 지향할 수 있는 것이다. 2차 세계대전 때 유태인과 전쟁 포로 약 1천 1백만 명을 학살한 독일 히틀러의 만행, 가까이는 1974년 7월, 캄보디아 지도자 폴 포트가 새 캄보디아를 건설한다면서 3년 7개월에 걸쳐 전 국민을 강제로 지방 집단농장에 보내 130만 명을 학살한 만행의 역사도 반드시 알아야 한다.

필자는 이 글을 3차례의 백두대간 답사와 동학의 여러 자료를 바탕으로 구성했다. 최제우의 제자 최경상(최시형)이 1871년 이필제의 영해작변 이후 도망 다닌 경상북도 봉화군의 소백산 도래기재, 단양군 단성 가산리(嘉山里), 영월군 남면의 무은담(霧隱潭), 단양군 대강면 도솔봉(兜率峰) 아래

절골, 최시형이 내수도문을 지은 김천시 구성면 복호동(伏虎洞), 갑오 동학 농민 전쟁 후 도피한 강원도 간성군(干城郡) 죽왕면 왕곡리(旺谷里) 등이 모두 백두대간 품이었다.

그러나 동학의 전주화약은 1940년 동학교도 오지영의 글에만 있을 뿐이라는 입장도 없지 않다. 따라서 독자 여러분들은 사실 진위에 너무 집착하지 말고 그저 한 편의 가벼운 소설로 읽어 주시기를 바라며, 훗날 미완의 이 글을 보완해 주실 분을 기다린다. 그리고 이 글에서 동학의 절대자 '한울님'을 하느님과 크게 다르지 않다고 보고 '하느님'으로 표기했으며, 글의 인명(人名)과 지명(地名)에 한자를 병기했음을 밝힌다. 인명은 동명이인의 구별을 위해, 지명은 조상들과의 문명 단절을 피하려는 것이었다.

끝으로, 글 속의 한문을 한글로 풀어주신 '풍류서당' 훈장 운봉(雲峯) 최동락(崔東洛) 선생님, 책을 출판해 주신 도서출판 미담길 이자야 대표님, 전병삼 수필문학작가회 회장님, 늘 함께하는 가족에게도 고마운 말씀을 드립니다.

2024년 4월

성북구 오동산(梧東山) 기슭에서 저자 배상

부록

■ 동학 관련 연보(年譜)

1824년(甲申) 10월 28일 : 최제우(崔濟愚) 탄생
1827년(丁亥) 2월 21일 : 최경상(崔慶詳) 탄생
1860년(庚申) 4월 5일 : 최제우 득도
1861년(辛酉) 6월 : 최경상 동학(東學) 입도
1863년(癸亥) 12월 10일 : 최제우 피체
1864년(甲子) 3월 10일 : 최제우 참형
1865년(丙寅) 3월 : 최경상 영양군 일월산 용화동 은거
1871년(辛未) 3월 10일 : 이필제 영해 작변
1872년(壬申) 1월 : 최경상 영월 중동면 직동리 피신
1874년(甲戌) 5월 : 최경상 단양군 절골 이거. 최경상 재혼(안동 김씨)
1875년(乙亥) 1월 : 최경상의 아들 덕기(德基) 출생. 최시형(崔時亨)으로 개명
1877년(丁丑) 10월 : 구성제 시행(정선 무은담)
1878년(戊寅) 5월 : 최시형의 딸 윤(潤) 출생
1881년(辛巳) 1월 : 『동경대전』100부 발간. 6월 『용담유사』100부 발간
1883년(癸未) 2월 : 『동경대전』목천판 발간. 8월 경주판 발간
1884년(甲申) 8월 : 최시형 상주군 전성촌 이거. 11월 도소 보은 이전
1887년(丁亥) 1월 : 최시형의 아들 덕기 결혼. 부인 김씨 별세
1888년(戊子) 2월 : 최시형 손시화와 결혼
1890년(庚寅) 1월 : 최시형의 아들 동희 출생
1891년(辛卯) 1월 : 최시형 진천군 초평면 이거. 호남 순방
1892년(壬辰) 5월 : 최시형 상주군 공성면 왕실 이거
11월 김제군 삼례(參禮) 취회

1893년(癸巳) 2월 : 광화문 복합상소. 3월 11일 보은 장내리 취회
1894년(甲午) 1월 : 전봉준(全琫準) 고부 관아 점거
             5월 전봉준 봉기
             9월 전봉준 재봉기, 북접 동학군 합류
             11월 동학군 패퇴
1897년(丁酉) 12월 24일 : 손병희(孫秉熙) 동학 대도주(교주) 임명
1898년(戊戌) 4월 6일 : 최시형 피체. 6월 2일 최시형 참형
1901년(辛丑) 4월 : 손병희의 일본 망명
1904년(甲辰) 4월 : 동학 진보회 집회
1905년(乙巳) 12월 1일 : 손병희, 동학을 천도교(天道敎)로 개칭
1919년(己未) 3월 1일 : 3·1만세 운동
1921년(辛酉) 1월 : 박인호(朴寅鎬) 제4대 천도교주 취임
1922년(壬戌) 5월 : 손병희 별세
1926년(丙寅) 6월 10일 : 6·10만세 운동
1929년(己巳) 11월 3일 : 광주학생 운동
1940년(庚辰) 4월 3일 : 박인호 별세

龍潭水流

ⓒ 강남구 2024

초판 인쇄 2024년 5월 01일
초판 발행 2024년 5월 10일

지 은 이 : **강남구(姜南求)**
감   수 : **강현권(姜炫權)**

펴 낸 이 : **이자야**
디 자 인 : **오미나**
편   집 : **미담길**
펴 낸 곳 : **도서출판 미담길**

등   록 : 2019. 10. 7. 제2019-000058호
주   소 : 서울시 광진구 아차산로61길20, 401호
전   화 : 010-4208-1613
E-mail : midamgil@naver.com

값 20,000원

ISBN 979-11-92507-10-1

*도서출판 미담길과 저자의 서면 동의 없는 무단 전재 및 복제를 금합니다.
*잘못된 책은 바꿔 드립니다.